dtv *galleria*

premium

Markus Christian Schulte von Drach

furor

Thriller

Mit einem Nachwort von
Christof Koch

Deutscher Taschenbuch Verlag

Originalausgabe
April 2005

www.dtv.de
Umschlagkonzept: Balk & Brumshagen
Umschlagfoto: © mauritius-images/phototake
Satz: Fotosatz Reinhard Amann, Aichstetten
Gesetzt aus der Stempel Garamond 10,75/12,75· (QuarkXPress)
Druck und Bindung: Kösel, Krugzell
Gedruckt auf säurefreiem, chlorfrei gebleichtem Papier
Printed in Germany · ISBN 3-423-24440-2

Für Silvi
und Luca

GEIST:
Beklag' mich nicht, doch leih dein ernst Gehör
Dem, was ich kund will tun.
HAMLET:
Sprich! Mir ist's Pflicht zu hören.
GEIST:
Zu rächen auch, sobald du hören wirst.
HAMLET:
Was?
GEIST:
Ich bin deines Vaters Geist.

Shakespeare, ›Hamlet‹,
Erster Akt, 5. Szene

ERSTER TEIL

»Wir brauchen ein psychochirurgisches Programm, mit dem man unsere Gesellschaft politisch kontrollieren kann.«

Dr. José Delgado,
Professor für Neuropsychiatrie,
Yale University, und Mitarbeiter
im Projekt MKULTRA
(Congressional Record Nr. 26,
Vol. 1118, 24. Februar 1974)

Prolog

Als Christian Raabe seine Entscheidung traf, hatte er noch fünf Minuten zu leben. Fünf Minuten können eine lange Zeit sein. Dem Wissenschaftler kam es jedoch so vor, als würde ihm die Uhr mit rasender Geschwindigkeit die letzten Sekunden seiner Lebenszeit rauben.

Der Teppich dämpfte seine Schritte, während er durch die Gänge des Instituts lief. Die Wände warfen ein dumpfes Echo zurück in die nächtliche Stille.

Durch das Fenster am Ende des Ganges spiegelte sich das Mondlicht in den gerahmten Porträts lange verstorbener Männer. Raabe war es, als würde sein vorüberhuschender Schatten ihre Gesichter zum Leben erwecken. Fast meinte er ihre missbilligenden Blicke im Nacken zu spüren. Es waren die Riesen, auf deren Schultern er geklettert war, um weiter zu sehen als alle Wissenschaftler vor ihm. Doch jetzt fiel sein Blick auf nichts als den Abgrund, der sich vor ihm aufgetan hatte.

Endlich hatte er die Fahrstühle erreicht. Er drückte hastig den Rufknopf und holte sein Handy aus der Tasche. Seine Hände zitterten, als er wählte. Eine unpersönliche Stimme forderte ihn auf, eine Nachricht zu hinterlassen.

»Junge, es … Es tut mir Leid …« Er stockte, holte ein Taschentuch aus der Hose und tupfte die Schweißtropfen ab, die sich in seinen Augenbrauen gesammelt hatten.

»Ich weiß nicht, wie … Gott, wie ich es hasse, das alles auf eine Mailbox zu sprechen. Aber es …«

Während er nach Worten suchte, bildete sich auf seiner Stirn eine steile Falte.

»Ich habe Fehler gemacht, furchtbare Fehler, Sebastian.«

Mit leerem Blick schaute er durch das Panoramafenster hinaus auf die Dächer der Nachbarhäuser. Straßenlaternen warfen dunstige Lichtflecken auf die Straße vor dem Institut.

Christian Raabe hatte noch drei Minuten zu leben.

»Aber jetzt ist es vorbei«, flüsterte er in das Mobiltelefon. »Ich werde für alles bezahlen.«

In der Ferne war der Motor eines einsamen Autos zu hören.

»Ich habe immer versucht, euch aus allem rauszuhalten. Es gibt da etwas in meinem Leben, wovon ihr nichts wisst. Und das hat gute Gründe, glaub mir. Darum tu jetzt einfach das, worum ich dich bitte. Tu es für dich. Bitte.«

Das Auto näherte sich. Der Wagen bog in die Straße zum Institut ein und beschleunigte. Das Scheinwerferlicht schnitt gelbe Kegel in die Dunstschwaden.

»Sebastian, hör zu ...«

Das Auto, ein deutsches Modell in dunkler Farbe, hielt mit quietschenden Bremsen vor dem Portal. Christian Raabe sah vier Männer herausspringen und zum Eingang laufen. Wo blieb denn dieser verdammte Fahrstuhl! Endlich war in der Tiefe ein elektrisches Brummen zu hören.

»Schalt meinen Computer an. Auf der Festplatte befindet sich ein Ordner ›Memout‹. Lösch ALLE Dateien darin. Und dann vergisst du, dass es sie je gab, hörst du? Es hat sie nie gegeben, und du weißt nichts von ihnen. Verstehst du?« Er beobachtete, wie die Anzeige des Lifts langsam nach oben wanderte. »Und noch etwas. Ich weiß nicht, warum, aber man scheint so etwas immer erst zu sagen, wenn es zu spät ist. Ich hoffe, es hat für dich noch eine Bedeutung.« Christian Raabe seufzte. »Ich bin stolz auf dich, und war es immer. Es tut mir Leid, dass ich dir kein besonders guter Vater war, aber ich liebe dich. Und ich weiß, du kommst zurecht.«

Der Fahrstuhl hatte das Stockwerk erreicht. Ein helles Klingeln ertönte, als die Türen sich öffneten.

Christian Raabe hatte noch zwei Minuten zu leben.

18. April, Morgen

Es war etwas Schreckliches passiert. Das war ihm klar, als er sich durch die neugierige Menschenmenge drängte, die den Weg zum Portal des Instituts versperrte. Davor standen Polizei- und Krankenwagen.

Es war Sebastian unangenehm, sich durch die Menge hindurchschieben zu müssen. Niemand sollte meinen, er gehöre zu diesem sensationslüsternen Mob. Er hasste Gaffer. Schließlich unterschied sich der Mensch von anderen Primaten auch durch die Fähigkeit, Impulse wie Sensationsgier zu kontrollieren.

Als Sebastian den Eingang erreichte, sah er, dass die großen Glastüren verschlossen waren. Vielleicht waren diese Menschen hier doch keine Gaffer, vielleicht waren es auch nur Studenten, die in ihre Vorlesung wollten und nicht ins Gebäude hineinkamen? Er klopfte gegen die Scheibe. Der Portier erkannte ihn und ließ ihn mit kummervollem Blick eintreten. Noch bevor Sebastian fragen konnte, was los sei, wurde er von einer Menschengruppe abgelenkt, die sich vor dem Fahrstuhl drängte.

Eine Angestellte des Instituts kam herüber, das Gesicht bleich wie der Tod. Eine junge Sanitäterin führte sie am Arm. Vom Fahrstuhl her wehte schwach ein süßlich-metallischer Geruch. Mehrere Polizisten standen gelangweilt neben einer Krankentrage.

Als Sebastian sich an der Menge vor dem Lift vorbeidrückte, sah er zwei Männer in orangefarbenen Overalls auf dem Dach des Fahrstuhls stehen. Ein dritter in weißem Kittel beugte sich über den leblosen Körper in einer großen Blutlache. Der Mann im weißen Kittel trug darunter einen Anzug. Als er sich umdrehte und sein Blick auf die Schaulustigen fiel, fluchte er laut.

»Schafft doch die Leute hier weg«, fuhr er die Polizisten an. Sofort drängten die Uniformierten die Zuschauer zur Seite. Sebastian fand sich in einer Gruppe von Leuten wieder, die aufgeregt miteinander schwatzten. Er versuchte etwas herauszuhören, doch niemand schien etwas zu wissen. Dann wurde ihm klar, dass er gerade zum Gaffer geworden war. Fluchend machte er sich auf den Weg in die Cafeteria.

Er hatte kaum an seinem Kaffee genippt, als der Pförtner mit einem Polizisten eintrat, sich umblickte und dann auf seinen Tisch zeigte. Der Polizist kam direkt auf ihn zu.

»Sebastian Raabe? Kommen Sie bitte mit.« Es klang wie ein Befehl. Überrascht stand Sebastian auf und folgte dem Polizisten, der im Eiltempo wieder in Richtung Fahrstuhl marschierte. Unterwegs stießen sie auf die Sanitäter mit der Krankentrage. Unter der Decke, die darüber lag, zeichnete sich ein Körper ab. Ein älterer Mann lief neben ihnen her. Sebastian erkannte ihn an seinem grauen Anzug wieder. Er hatte nur den weißen Kittel abgelegt. Der Polizist stellte sie knapp vor.

»Kommissar Krug, das ist Sebastian Raabe.«

Der Kommissar zog Sebastian schroff am Arm zu sich heran, während sie den Sanitätern mit der Trage folgten. Stolpernd passte sich Sebastian ihrem Tempo an.

»Wir brauchen Ihre Hilfe.« Krug vermied es, ihn anzusehen.

Sie verließen das Gebäude durch den Haupteingang. Als sie den Krankenwagen erreicht hatten, hinderte der Kriminalbeamte die Sanitäter daran, die Trage in den Wagen zu hieven. Dann wandte er sich wieder an Sebastian.

»Könnte sein, dass wir schlimme Nachrichten für Sie haben. Wann haben Sie Ihren Vater zum letzten Mal gesehen?«

»Gestern Nachmittag. Wieso?«

»Wir vermuten, dass dies hier Ihr Vater ist.« Krug zeigte auf die Trage. »Sieht so aus, als hätte er versucht, sich das Leben zu nehmen.«

Sebastian hörte jedes einzelne der Worte genau. Aber er war nicht in der Lage, ihre Bedeutung zu begreifen.

Er starrte auf einen unförmigen, von Verbänden bedeckten Kopf. Das Gesicht verschwand fast vollständig unter einer Sauerstoffmaske. Etwas an der Schädelform stimmte nicht.

Das war bloß ein Körper auf einer Trage, nichts weiter als irgendein Körper auf einer blöden Trage, dachte er. Was hatte der mit seinem Vater zu tun?

»Wir hoffen, dass Sie ihn identifizieren können«, erklärte der Polizist.

Identifizieren? Langsam dämmerte ihm, worum es hier ging.

Krug hob die Decke etwas an, so dass der rechte Arm des Verletzten zu sehen war. Die Hand war weiß, bleich, blutleer. Da war der Ring, die Narbe am Handgelenk, der halbmondförmige Leberfleck. Sebastian spürte, wie ihm schwindelig wurde. Der Boden unter seinen Füßen wurde weich, er versank bis zu den Knien im Asphalt. Einer der Sanitäter kam gerade noch rechtzeitig, bevor Sebastian fiel.

»Können Sie uns etwas darüber sagen, warum Ihr Vater versucht haben könnte, sich umzubringen? Hatte er Sorgen? Geldprobleme?«

Sebastian schüttelte den Kopf. Hatte er diese Frage nicht gerade zum dritten Mal gestellt bekommen? Und wie hieß dieser Polizist noch mal?

»War er depressiv?«

Diese Frage war neu. Krug, Kommissar Krug, erinnerte sich Sebastian. So hieß der Polizist, der ihm gegenübersaß und ihm

Fragen stellte, als ob sein Vater tot wäre. Bisher hatte sich niemand die Mühe gemacht, ihm irgendetwas zu erklären. Hirntot, hatte einer der Sanitäter gesagt, bevor der Krankenwagen abgefahren war. Er selbst hatte sich zu Krug in einen Polizeiwagen gesetzt, und jetzt waren sie hier, im Polizeipräsidium nahe der Liebfrauenkirche.

»Hat Ihr Vater getrunken?« Der Kriminalbeamte klang fast mürrisch.

»Natürlich, ab und zu«, antwortete Sebastian »Aber er hat nicht gesoffen, wenn Sie das meinen«, fügte er irritiert hinzu.

Krug nickte nur und schwieg. Keine Spur von Anteilnahme oder Mitleid. Eher wirkte er, als würde er auf etwas warten. Als das Telefon klingelte, hatte Krug schon beim ersten Läuten den Hörer am Ohr.

»Ja, er ist hier. Ja, wir schicken ihn sofort rüber.« Der Polizist legte auf und wandte sich wieder Sebastian zu.

»Wir möchten Ihnen gern noch ein paar Fragen stellen. Das übernimmt ein Kollege, wenn Sie nichts dagegen haben.«

Als würde das jemanden interessieren. Wieder setzten sie ihn in ein Auto. Der Beamte, der schweigend hinterm Steuer saß, fuhr den Streifenwagen im Schneckentempo durch die Fußgängerzone von der Theatinerstraße bis zum Odeonsplatz. Überrascht stellte Sebastian fest, dass der Polizist ihn direkt vor dem Bayerischen Innenministerium aussteigen ließ. Er schaute dem Wagen hinterher, der sich wieder in den Verkehr auf der Ludwigstraße einordnete.

Ein kleiner, fetter Mann kam aus dem Haupteingang des Innenministeriums direkt auf ihn zu. Die viel zu weiten Hosenbeine flatterten um seine feisten Fußknöchel wie zwei aufgescheuchte Vögel. Er baute sich schnaufend vor Sebastian auf, stemmte die Fäuste in die Seiten und musterte den jungen Mann vor sich aus zusammengekniffenen Schweinsäuglein.

»Herr Raabe? Schön, dass Sie da sind.« Er streckte Sebastian eine weiche, klebrige Hand entgegen und fuhr sich mit einem Taschentuch über das Gesicht. Dieses Taschentuch war ja wohl ein Klischee, dachte Sebastian. Das wirkte fast wie der Versuch eines dicken Mannes, einen dicken Mann zu spielen. Auch die hohe Stimme passte dazu.

»Herr Raabe, es tut mir furchtbar Leid, was mit Ihrem Vater passiert ist. Es ist wirklich schrecklich«, fuhr der fette Mann fort. »Mein Name ist Dietz, Mark Dietz, Polizeibeamter. Kurz, Kommissar.«

Kurzkommissar, dachte Sebastian.

Der Dicke schien Sebastians Verwirrung zu spüren und versuchte sich in einem beschwichtigenden Ton.

»Reine Routine, das alles«, erklärte er. »Ich bin mit der Untersuchung des Falls betraut. Ihr Vater ist ja ein wichtiger Mann. Kommen Sie bitte mit.«

Nach einigen Treppen und endlosen Korridoren fand Sebastian sich in einem kleinen Büro wieder, dessen Besitzer offensichtlich starker Raucher war. Kalter Rauch hing in der Luft, und überquellende Aschenbecher waren im ganzen Raum verteilt. Dietz ließ sich ächzend in den Bürosessel hinter dem Schreibtisch fallen und bot Sebastian den Platz gegenüber an.

»Ihr Vater…«, begann der Kriminalbeamte. Ist hirntot, setzte Sebastian im Geiste fort. Seltsam, dass mir das irgendwie überhaupt nichts sagt, dachte er.

»… ist ein wichtiger Mann«, beendete Dietz seinen Satz. »Und Sie wissen, er hat auf einem Gebiet geforscht, das von unschätzbarer Bedeutung für die Wissenschaft ist. Deshalb müssen wir alles wissen, was uns helfen könnte, seinen Unfall aufzuklären. Ich weiß, dass das jetzt sehr hart für Sie ist«, erklärte der Dicke. »Aber je schneller wir es hinter uns gebracht haben, umso besser, nicht wahr?«

»Natürlich.«

»Zigarette?«

Dietz reichte ihm eine Schachtel. Sie war noch unberührt. Sebastian öffnete sie und zog umständlich eine Zigarette heraus. Dietz gab ihm Feuer, machte selbst jedoch eine Rauchpause. Oder war Dietz Nichtraucher und dieses Büro gar nicht Dietz' üblicher Arbeitsplatz?

»Ich erkläre Ihnen jetzt, was wir bislang wissen, beziehungsweise, wovon wir bis jetzt ausgehen. Sind Sie bereit?«

Sebastian zuckte mit den Achseln. »Natürlich will ich wissen, was los ist.«

Dietz nickte. Die Haut an seinem Hals schlug Wellen, die auf den Krawattenknoten brandeten.

»Ich habe vor zehn Minuten mit dem Krankenhaus telefoniert. Vor einer Stunde hat sein Hirnstamm noch Impulse abgegeben und sein Herz noch geschlagen. Aber das Großhirn war zu stark geschädigt, als dass man auf Reste von Bewusstsein hoffen konnte. Inzwischen ist auch der Hirnstamm stumm. Es sind nur noch die Maschinen, die den Stoffwechsel aufrechterhalten. Ihr Vater ist hirntot.«

Sebastian nickte. Ja, hirntot, das hatte der Sanitäter wohl gesagt. Er nahm die Informationen zur Kenntnis, doch sie erreichten nicht die tieferen Schichten seines Bewusstseins. Er speicherte sie irgendwo in seiner Großhirnrinde. Irgendwann wird aus der Kenntnis Erkenntnis werden, dachte er.

»Ihr Vater hat sich offensichtlich gestern Nacht in seinem Büro betrunken. Wir haben eine leere Flasche Bushmills dort gefunden.« Dietz machte eine Pause, klopfte mit den Fingerspitzen lautlos auf seine breiten Oberschenkel. »Dann ist er zum Aufzug gegangen, eingestiegen, hat die Deckenluke geöffnet und ist auf das Fahrstuhldach gestiegen. Beim Hinauffahren muss eine der Seitenstreben der Schachtwand seinen Schädel eingeschlagen haben.«

Bevor Sebastian etwas sagen konnte, fuhr der Polizist fort.

»Als heute Morgen eine Angestellte des Instituts den Fahrstuhl benutzen wollte, stand sie in einer Blutlache, die sich auf dem Boden der Kabine gebildet hatte.«

»Das ist doch alles nicht wahr«, entfuhr es Sebastian. Den Schädel eingeschlagen auf dem Fahrstuhldach, das war doch absurd!

»Ich wünschte, ich könnte Ihnen etwas anderes sagen.« Dietz sah ihn zum ersten Mal an.

»Ich habe meinen Vater noch nie betrunken gesehen.« Sebastian hatte sich schnell wieder unter Kontrolle. »Ein Abstinenzler ist er zwar nicht gewesen, aber er hat immer nur in Maßen getrunken.«

Eine Droge mit Geschmack hatte es sein müssen, er trank nicht, um den Durst zu löschen, Alkohol war für ihn kein Konversations-Katalysator. Whiskey, irischer Whiskey, ein Glas oder zwei am Abend. Aber doch niemals eine ganze Flasche.

»Wir müssen mit dem arbeiten, was wir an Hinweisen haben«, erklärte Dietz. »Können Sie sich vorstellen, was ihn in den Tod getrieben haben könnte?«

Sebastian schüttelte den Kopf. Er hatte keine Ahnung. Selbst über den Tod seiner geliebten Frau vor einigen Jahren war sein Vater nach einer Weile ganz gut hinweggekommen, hatte bald zurückgefunden in seine Routine. Nichts Außergewöhnliches seither, soweit Sebastian wusste. Aus welchem Grund also hätte sein Vater seinem Leben jetzt ein Ende setzen sollen?

»Könnte es mit seiner Arbeit zu tun gehabt haben?«

Die Frage überraschte Sebastian völlig. Wie kam Dietz denn auf diese Idee? Der Gründer und Direktor des Wilder-Penfield-Instituts für Hirnphysiologie war voll und ganz in seiner Arbeit aufgegangen. Sie hatte für Christian Raabe das Leben bedeutet.

»Nein, ausgeschlossen.«

»Woran hat Ihr Vater eigentlich zuletzt gearbeitet?«

»Keine Ahnung. Ich weiß natürlich, womit er sich grundsätzlich beschäftigt hat. Nach aktuellen Details müssen Sie seine Kollegen fragen.«

»Ja, danke für den Tipp. Ich denke, das war es dann erst mal.« Als Dietz sich aus seinem Stuhl wuchtete, stand auch Sebastian auf.

»Ich bringe Sie noch hinaus«, schnaufte der Dicke. »Ach ja, wir würden uns gern in der Wohnung Ihres Vaters umsehen. Reine Routine.«

»Und wann soll das passieren?«

»So bald wie möglich. Wir melden uns bei Ihnen.«

Ihre Schritte hallten in den Gängen des Innenministeriums. An einer Biegung stieß Sebastian mit einer jungen Frau zusammen. Er entschuldigte sich, Dietz fasste ihn am Ellenbogen und zog ihn rasch weiter. Aus den Augenwinkeln sah Sebastian, dass die Frau ihnen überrascht nachblickte. Die muss ich ja wirklich erschreckt haben, dachte er.

Am Ausgang reichte Dietz ihm die Hand und gab ihm seine Karte. »Wenn Ihnen noch etwas einfällt, dann melden Sie sich, ja?«

»Natürlich. Und halten Sie mich auf dem Laufenden.«

Hirntod. Natürlich hatte sich Sebastian im Verlauf seines Medizinstudiums mit diesem Thema beschäftigt, zumal er an einem der führenden Institute auf dem Gebiet der Hirnforschung studierte. Im allgemeinen Sprachgebrauch unterschied man Tod und Hirntod. Die meisten Naturwissenschaftler aber setzten den Hirntod mit dem Tod gleich: Tot war der Mensch nach ihrer Definition, wenn Hirnfunktion, Atmung und Kreislauf künstlich aufrechterhalten werden mussten.

Doch da der Körper eines hirntoten Menschen auf Berührungen oder Geräusche durchaus reagieren konnte, waren Laien oft verwirrt und verwechselten diese Reflexe mit Lebenszeichen. Aber was war denn Leben überhaupt? Ein funktionierendes System? Auch ein Auto war ein funktionierendes System. Ein funktionierendes organisches System also? Da kam man der Sache wohl schon näher. Aber was bedeutete »funktionieren«? Ein Mensch mit schweren Hirndefekten lebte, wenn die Störungen nicht zum Zusammenbruch von Atmung und Herz-Kreislauf führten. Ein Mensch mit einer Störung der Atemregulation zum Beispiel lebte, auch wenn seine Atmung durch elektrische Geräte kontrolliert ausgelöst werden musste.

Letztlich war es wohl eine philosophische Frage, die Sebastian inzwischen zumindest für sich beantwortet hatte: Wenn es keine Hirnströme mehr gab, dann war der Geist tot. Die Persönlichkeit, die den Menschen ausgemacht hatte, war nicht mehr vorhanden. Das Leben war vorüber, wenn die geistige Existenz ausgelöscht war. Sebastian war sich völlig sicher, dass sein Vater das genauso gesehen hätte.

Und deshalb hatte er sich dagegen entschieden, seinen Vater – oder vielmehr dessen Hülle – im Krankenhaus zu besuchen. Sein Vater hätte nichts davon, und er selbst ... Sebastian spürte eine schwarze Leere in sich, und er hatte Angst, dass sie sich beim Anblick dieses Körpers mit Verzweiflung füllen würde. Er war noch nicht bereit, den Tod seines Vaters so nahe an sich heranzulassen.

Am Odeonsplatz reihte er sich in die Passantengruppe ein, die sich von der Rolltreppe in das unterirdische Röhrensystem der U-Bahn tragen ließ. Die Verkehrsbetriebe berieselten den Bahnsteig mit Vivaldis ›Vier Jahreszeiten‹. Es war stickig, in der verbrauchten Luft hing der Geruch von heißem Kunststoff.

Wie ferngesteuert beschloss Sebastian, ins Institut zurückzufahren und im Büro seines Vaters nach irgendetwas zu suchen, das helfen würde, zu begreifen, was geschehen war. Außerdem musste er unbedingt jemanden fragen, wie es jetzt weitergehen würde, was zu tun war. Vermutlich gab es eine ganze Reihe von Dingen zu organisieren, Unterlagen zu sichten, mit denen sich irgendjemand würde beschäftigen müssen. Das brachte ihn auf einen Gedanken. Er holte sein Handy aus der Hosentasche, doch bevor er es einschalten konnte, kam seine Bahn, und er verschob den Anruf auf die Ankunft am Sendlinger Tor.

Während er die Lindwurmstraße entlanggging, rief Sebastian über sein Mobiltelefon in der Anwaltskanzlei Kanngießer und Lannert an.

Auf Höhe der Matthäuskirche meldete sich die Sekretärin und stellte ihn zum Anwalt seines Vaters durch.

»Ich habe es schon gehört, Sebastian«, begrüßte Horst Lannert ihn. »Es tut mir furchtbar Leid. Ich weiß, dass man in so einem Moment nicht viel sagen kann, aber wenn ich etwas für dich tun kann, lass es mich bitte wissen.«

Sebastian wusste, dass Lannert es ernst meinte. Er war für Christian Raabe mehr gewesen als nur sein Anwalt. Die beiden Männer hatte eine langjährige Freundschaft verbunden.

»Danke. Ich ... Ich weiß überhaupt nicht, was jetzt zu tun ist. Könnten Sie ... Könnten wir uns ...«

»Aber natürlich. Ich würde vorschlagen, wir treffen uns gleich in der Wohnung deines Vaters und besprechen dort alles Weitere. Wir können dann auch seine Unterlagen durchgehen und so weiter. Ich werde für heute alle Termine absagen.«

Sie verabredeten sich für den Nachmittag. Sebastian fiel ein Stein vom Herzen. Als er das Handy wieder in die Hosentasche stecken wollte, klingelte es. Kurz schwebte sein Daumen über der Stopp-Taste, doch dann sah er, dass es die Mailbox war.

»Sie haben eine neue Nachricht. Heute um ein Uhr vierzehn«, kündigte die bekannte Frauenstimme an.

»Junge, es ... Es tut mir Leid.«

Sebastian erstarrte. Das war die Stimme seines Vaters. Wie konnte ... Natürlich, die Nachricht stammte aus der vergangenen Nacht. Er trat rasch in den Vorraum der Matthäuskirche, hier war es still und die Stimme seines Vaters klang wie aus dem Jenseits.

»Ich habe Fehler gemacht, furchtbare Fehler, Sebastian. Aber jetzt ist es vorbei. Ich werde für alles bezahlen.«

Wovon sprach sein Vater da?

»Ich habe immer versucht, euch aus allem rauszuhalten. Es gibt da etwas in meinem Leben, wovon ihr nichts wisst.«

Sebastians Hand krampfte sich um das Handy, und er bemerkte erst jetzt, dass er die ganze Zeit die Luft angehalten hatte. Er ließ sie zischend aus der Lunge strömen, während er angespannt weiter zuhörte.

»... schalt meinen Computer an. Auf der Festplatte befindet sich ein Ordner ›Memout‹. Lösch ALLE Dateien darin. Und dann vergisst du, dass es sie je gab, hörst du? Es hat sie nie gegeben, und du weißt nichts von ihnen. Verstehst du?«

Noch nie hatte Sebastian seinen Vater so reden gehört. Er spürte die blanke Verzweiflung in jedem Satz. Trotz des kühlen Luftzugs über den Bänken des Gotteshauses brach Sebastian der Schweiß aus.

»Und noch etwas. Ich weiß nicht, warum, aber man scheint so etwas immer erst zu sagen, wenn es zu spät ist. Ich hoffe, es hat für dich noch eine Bedeutung. Ich bin stolz auf dich, und war es immer. Es tut mir Leid, dass ich dir kein besonders guter Vater war, aber ich liebe dich. Und ich weiß, du kommst zurecht.«

Sebastian hörte die Nachricht noch einmal ab, dann noch einmal. Und jedesmal brannten sich die Worte in sein Bewusstsein »ich habe Fehler gemacht, furchtbare Fehler« und »ich bin stolz auf dich«.

Verstört ging er tiefer hinein in die dunkle Kirche und setzte sich auf eine der vorderen Bänke. Von einem Holzkreuz blickte Jesus Christus mitleidsvoll auf ihn herunter.

Mitschnitt der Sitzung des Parlamentarischen Untersuchungsausschusses »Spezialkräfte« vom 5. April. Abschrift in Auszügen

Vorsitzender Dr. Reinhard B. (SPD): Meine Damen und Herren, ich begrüße Sie zur heutigen Sitzung des Parlamentarischen Untersuchungsausschusses »Spezialkräfte«. Für das Protokoll: Gemäß den Beschlüssen des Deutschen Bundestages vom 16. und 26. März hat der Ausschuss den folgenden Untersuchungsauftrag: Er soll klären, ob deutsche Soldaten im Rahmen der Operation »Freedom Encouragement« im Sudan an einem Massaker an einheimischen Zivilisten beteiligt waren.

Noch einmal kurz die Fakten zum vorliegenden Fall.

Seit dem 6. Dezember vergangenen Jahres beteiligen sich die deutschen Streitkräfte an der Militäroperation »Freedom Encouragement« im Sudan. Es handelt sich dabei um eine Operation im Rahmen der UN-Friedensmission »International Security Assistance Force Sudan«, kurz ISAS. Der Beteiligung vorausgegangen ist die Zustimmung des Deutschen Bundestages am 19. November letzten Jahres. Der Einsatz steht in unmittelbarem Zusammenhang mit dem Kampf gegen den internationalen Terrorismus. Grundlage für den Beschluss sind Artikel 51 der Charta der Vereinten Nationen und Artikel 5 des Nordatlantikvertrages. Verfassungsrechtliche Grundlage: Artikel 24, Absatz 2 des Grundgesetzes, der das Vorgehen im Rahmen eines Systems gegenseitiger kollektiver Sicherheit regelt. Zugleich hat das Bundeskabinett die Resolutionen 1746 und 1747 des Sicherheitsrates zugrunde gelegt.

Einem Pressebericht zufolge … einen Augenblick bitte. Es handelt sich um einen Artikel von Hans Diehm in der Hamburger Wochenzeitschrift ›Global‹ vom 5. Januar dieses

Jahres. Darin wird der Vorwurf erhoben, dass Mitglieder der deutschen Streitkräfte im Rahmen der Militäroperation »Freedom Encouragement« im Sudan am 20. Dezember vergangenen Jahres Zivilisten getötet hätten. Die Anschuldigungen sind schwerwiegend und richten sich auch gegen das Verteidigungsministerium. Der Bundestag hat diesen Untersuchungsausschuss eingesetzt, um den Vorfall aufzuklären. Der heutigen Sitzung ist die Sichtung der Akten aus dem Verteidigungsministerium vorausgegangen, anhand derer die Mitglieder des Untersuchungsausschusses sich ein Bild der militärischen Situation im Sudan aus Sicht des Ministeriums machen konnten. Der Untersuchungsausschuss hat nun eine Reihe von Zeugen geladen, von denen einige heute aussagen werden. Die Öffentlichkeit wird gemäß Grundgesetz Artikel 44 ausgeschlossen.

Jochen H. (Grüne): Ich möchte hier noch einmal feststellen, dass ich mit dem Ausschluss der Öffentlichkeit nicht einverstanden bin.

Dr. Reinhard B. (SPD): Wir nehmen das zu Kenntnis. Aber Sie wissen, dass der Einsatz im Sudan in der Öffentlichkeit umstritten ist.

Im Rahmen des Untersuchungsausschusses wollen wir eine Reihe von Zeugen vernehmen, von denen der Erste nun bitte aussagen möge. Es handelt sich um (geschwärzt). Würden Sie sich bitte vorstellen.

Zeuge: Ich heiße (geschwärzt). Ich bin Angehöriger des KSK, des Kommandos Spezialkräfte, stationiert in der Graf-Zeppelin-Kaserne in Calw und stehe im Range eines (geschwärzt). Ich bin seit 1998 Mitglied des Kommandos.

Dr. Reinhard B. (SPD): Sie sind demnach Offizier beim KSK. Unseren Informationen zufolge waren Sie während der Zeit, die uns hier interessiert, im Sudan.

Zeuge: Das ist richtig. Während der Operation »Freedom

Encouragement« waren etwas mehr als 80 Angehörige des KSK dort im Einsatz. 86, um genau zu sein. Es handelte sich um eine vollständige Kommandokompanie. Wir operierten im Nordosten des Sudan. Das Basislager war bei Port Sudan eingerichtet, am Roten Meer, in der Provinz Ash Sharqiyah.

Dr. Volker N. (PDS): Worin genau bestand Ihre Aufgabe?

Zeuge: Es ging darum, Terroristen-Nester auszuheben. Der Gegner hatte sich in unzugängliches Gebiet zurückgezogen und verschanzt.

Dr. Volker N. (PDS): Und deshalb wurde das KSK gebraucht? Ist es nicht so, dass Ihre Truppe für reaktionsschnelle und gezielte Aktionen in Ergänzung oder anstelle des Einsatzes herkömmlicher militärischer Kräfte vorgesehen ist?

Zeuge: Ja, aber zu unseren Aufgaben gehören auch der Schutz eigener Kräfte sowie Kampfeinsätze tief im gegnerischen Gebiet.

Dr. Volker N. (PDS): Sind Ihre Einsätze nicht auch häufig militärpolitischer Natur?

Dr. Reinhard B. (SPD): Herr Dr. N., wir verstehen, worauf Sie hinauswollen. Aber bevor Sie versuchen, die Bundesregierung für irgendetwas verantwortlich zu machen, sollten wir zunächst einmal den Vorfall selbst rekonstruieren. Und um weiteren Fragen des Kollegen N. zuvorzukommen: Ich erinnere Sie daran, dass die Situation im Sudan als akute Krise bewertet wurde, bei der die Zeit für eine reguläre parlamentarische Beschlussfassung zum Einsatz des KSK nicht ausgereicht hat. Der Einsatz der Spezialkräfte wurde deshalb in einem Eilverfahren durch die zuständigen Ausschüsse genehmigt.
Herr (geschwärzt), ist es richtig, dass Sie es waren, der mit dem Journalisten Diehm Kontakt aufgenommen und ihn über die Vorfälle informiert hat, über die wir hier zu sprechen haben?

Zeuge: Das ist korrekt. Herr Diehm war zu der Zeit für ›Global‹ im Sudan unterwegs und besuchte am 24. und 25. Dezember das Basislager der Bundeswehr bei Port Sudan. Er plante eine umfangreichere Reportage. Ich hielt mich zur gleichen Zeit dort auf und traf mich mit ihm zu einem Gespräch. Ich habe ihn heimlich getroffen.

Henning B. (SPD): Ging das auf seine oder Ihre Initiative zurück?

Zeuge: Auf meine.

Dr. Heidrun F. (CDU): Könnten Sie bitte kurz wiederholen, worüber Sie damals mit ihm gesprochen haben?

Zeuge: Ich habe Herrn Diehm den Hinweis gegeben, dass in der Gegend Zivilisten durch Angehörige der deutschen Streitkräfte getötet worden waren. Details habe ich ihm nicht gegeben. Ich hatte gehofft, dass er selbst herausfinden würde, was geschehen war.

Jochen H. (Grüne): Hans Diehm hat die Informationen, die er von Ihnen bekommen hatte, sehr schnell veröffentlicht. Er scheint kaum Zeit auf eine umfassende Recherche verwendet zu haben, richtig?

Zeuge: Es scheint so.

Jochen H. (Grüne): Die Anschuldigungen in seinem Artikel waren recht vage formuliert. Aber Sie können uns mehr dazu sagen?

Zeuge: Das kann ich.

Jochen H. (Grüne): Nun ist Herr Diehm ja kurz nach der Veröffentlichung seines Artikels überraschend verstorben. Vermuten Sie einen Zusammenhang zwischen dem Artikel und seinem Tod?

Zeuge: Ja. Ich kann es aber nicht beweisen.

Dr. Reinhard B. (SPD): Nun, der Tod von Hans Diehm steht hier eigentlich nicht auf der Tagesordnung. Sie haben erklärt, Sie könnten uns mehr über den Vorfall mitteilen, den Sie gegenüber dem Journalisten nur angedeutet hatten.

Zeuge: Ja. Zu der Zeit, als das geschah, hielten wir uns tiefer im Landesinneren auf, westlich von Port Sudan. Wir waren erst wenige Tage zuvor eingetroffen. Unser Einsatzbefehl lautete: Sicherung eines Dorfes, in dem sich nach Informationen der Nachrichtendienste Terroristen aufhalten sollten. Also sicherten wir das Dorf und identifizierten eine Reihe von verdächtigen Personen.

Jochen H. (Grüne): Was hat diese Personen verdächtig gemacht?

Zeuge: Nun, sie waren männlich und nach unseren Schätzungen zwischen dreizehn und sechzig Jahre alt.

Jochen H. (Grüne): Das ... Das war alles?

Zeuge: Das sind natürlich nur die ersten Kriterien. Später werden sie durch weitere ergänzt. Waffenbesitz beispielsweise. Normalerweise werden die Verdächtigen dann auch genauer überprüft. Nicht durch uns, sondern durch andere Teile des Heeres. Aber in diesem Fall ...
(Pause)

Dr. Reinhard B. (SPD): Ja? Was war in diesem Fall? Fahren Sie bitte fort.

Zeuge: Nun, in diesem Fall gab es später keine Personen mehr, die man hätte überprüfen können.

Henning B. (SPD): Was meinen Sie damit?

Zeuge: Sie wurden alle getötet. Wir ... haben sie alle getötet: Männer, Frauen und Kinder.

Dr. Reinhard B. (SPD): Meine Damen und Herren. Bitte! Ich bitte um Ruhe. Frau Dr. F., bitte.

Dr. Heidrun F. (CDU): Warum, in Gottes Namen, haben Sie all diese Menschen getötet?

Zeuge: Ich ... ich weiß es nicht.

Dr. Heidrun F. (CDU): Sie wissen es nicht?
(Pause)

Christian V. (CDU): Wie viele Menschen haben Sie getötet?

Zeuge: Ich weiß es nicht genau. Ich schätze, es waren etwa dreißig.

Dr. Volker N. (PDS): Und Sie können uns nicht sagen, warum Sie dreißig Menschen getötet haben? Das ist doch Wahnsinn!

Zeuge: Ja. Nein. Ich habe diese Menschen nicht allein erschossen. Es waren vier Kommandotrupps mit jeweils vier Mann im Einsatz. Wir hatten Zugstärke, sechzehn Mann unter meiner Führung. Und ich kann Ihnen nicht sagen, warum wir diese Menschen erschossen haben.

Dr. Volker N. (PDS): Hat Ihnen jemand verboten, darüber zu reden?

Zeuge: Nein. Ich kann es nicht sagen, weil ich es nicht weiß.

Dr. Volker N. (PDS): Aber vielleicht beschreiben Sie uns, was passiert ist, an diesem Tag. Der Reihe nach.

Zeuge: Wir sind am frühen Morgen in das Dorf eingedrungen und haben die Hütten durchsucht. Aber wir haben niemanden festgenommen. Einige Menschen wurden sofort erschossen. Andere wurden aus ihren Hütten herausgetrieben und dann auf dem Dorfplatz erschossen.

Dr. Reinhard B. (SPD): Gab es irgendeine Form von Widerstand?

Zeuge: Nein.

Dr. Heidrun F. (CDU): Wurden Sie provoziert?

Zeuge: Nein, niemand, soweit ich weiß. Ich weiß nur, dass es passiert ist. Wir haben es getan, so, wie ich es gerade beschrieben habe.

(Pause)

Ich würde ja selbst gern verstehen, warum wir es getan haben. Das war nicht unser Auftrag. Wir wurden ausgebildet, uns anders zu verhalten. Mehr weiß ich nicht.

(Pause)

Mehr kann ich dazu nicht sagen.

18. April, Mittag

Auf dem Türschild von Christian Raabes Büro stand lediglich sein Name. Kein Titel, keine Funktion, nichts wies darauf hin, wer dieser Raabe eigentlich war – oder besser, gewesen war. Sebastian öffnete vorsichtig die unverschlossene Tür. Er wusste, dass er sie nicht zu weit aufdrücken durfte, um nicht gegen die Regale an der Wand dahinter zu stoßen. Die vielen Bücher ringsherum reduzierten die freie Fläche des Büros auf wenige Quadratmeter. Aber obwohl das Zimmer so zugestellt war, war es darin sehr hell. Die obere Hälfte der Wand gegenüber der Tür war verglast und ging nach Osten. *Ex oriente lux*, dachte Sebastian. War das seine eigene Assoziation oder hatte das sein Vater einmal an dieser Stelle gesagt?

Sebastian quetschte sich durch den Türspalt, ließ die Tür hinter sich ins Schloss fallen und ging zum Schreibtisch. Einige Bücher waren aus dem Regal gefallen und lagen auf dem Boden. Auf dem Schreibtisch herrschte ein Chaos aus Fachzeitschriften, Journalen, Aktenordnern und vollgekritzelten Notizzetteln. Die Schubladen standen teilweise offen. Sonst hatte hier immer ein wohl geordnetes Chaos geherrscht. Jetzt sah es aber so aus, als sei vor ihm jemand da gewesen, wahrscheinlich die Polizei.

Der Bildschirm des Computers stand so auf dem Schreibtisch, dass die Sonne nicht blenden konnte. Sebastian räumte eine dicke Lage Zeitschriften und Journale von der Tastatur – ein Querschnitt aller einschlägigen Fachblätter der letzten Monate. Das Wissen wächst und wächst, aber das Verständnis nicht, hatte sein Vater einmal gesagt. Es war ein seltsames Gefühl, in diesem Schreibtischsessel zu sitzen und zu wissen, dass sein Vater niemals hierher zurückkommen würde. Das hier war sein Leben gewesen, und man spürte ganz deutlich seine Präsenz. Unglaublich, dass dieses Leben vorbei sein sollte.

Sebastian schaltete den Computer ein und hörte zu, wie er mit leisen, satten Tönen hochfuhr. In der Mitte des schwarzen Bildschirms erschien ein kleiner roter Funke, aus dem sich zu den Rändern hin pulsierend Kreise ausbreiteten. Es sah aus, als würde sich der Bildschirm rhythmisch aus seinem Rahmen herauswölben. Links oben tauchte ein Wort auf:

`Ready`

Also gut, dachte Sebastian, versuchen wir es mal mit einem ganz einfachen Start. Er gab die Standardkennung seines Vaters ein.

`@CR`

Dann drückte er die Eingabetaste. Der Computer reagierte nicht. Die drei Zeichen blieben einige Sekunden dort stehen und verblassten dann. Wieder erschien der rote Funke, diesmal verwandelte er sich jedoch nicht in die konzentrischen Kreise, sondern in Buchstaben, die aus ihm herauswuchsen und dann quer über den Bildschirm den Satz bildeten:

`Ne stultus quidem usus sit isto computatore, Mellon`

Das war ganz sicher keine der üblichen Formeln, mit denen ein PC seinen Benutzer begrüßte.

Sebastian überlegte. Soweit er es verstand, bedeutete das:

»Nur ein Narr benutzt diesen Computer«.

Seltsam. War das ein selbstironischer Spaß seines Vaters? Hieß das, wer kein Narr ist, versucht nicht, diesen Computer zu benutzen? Ach was. Und was bedeutete eigentlich dieses letzte Wort, »`Mellon`«?

Sein Vater musste davon ausgegangen sein, dass Sebastian das richtige Passwort herausfinden konnte. Er traute ihm offensichtlich zu, dieses Rätsel zu lösen. Im Gegensatz zu allen anderen, die es versuchen könnten. Die Lösung musste demnach nahe liegend sein – zumindest für ihn.

Los, denk nach, Sebastian. Dein Vater war nicht der romantische Typ, der ein Passwort benutzte, das mit seinem Leben oder seinen Gefühlen zu tun hatte. Aber wenn Sebastian die Dateien löschen sollte, konnte sein Vater keine willkürliche Tastenkombination zur Sicherung benutzt haben, sondern etwas, das sich Sebastian erschloss. Vielleicht zuerst alle Daten mit einer Bedeutung auflisten und nacheinander eingeben, Geburtstage, Hochzeitstag ... Nein, das war zu simpel. Musik? Der Anfang des Liedes des Vogelfängers in Mozarts ›Zauberflöte‹ oder ... nein, das war ein einziges Stochern im Nebel. Die schlichte Aufforderung seines Vaters, den Computer einzuschalten, unterstellte doch, dass er das Passwort kennen müsste.

Nur ein Narr benutzt diesen Computer. Nur ein Narr ... Er begann, die Anfangsbuchstaben der Worte zu variieren. Nein, das ist alles Blödsinn, dachte Sebastian. Das entspricht nicht seinem Stil, er war kein Typ für Albernheiten. Die Marotte der Amerikaner, Abkürzungen zu Akronymen zusammenzustoppeln, hatte sein Vater immer lächerlich gefunden.

Denk nach, Sebastian, denk nach. Aber der einzige Hinweis, den er bis jetzt hatte, war die simple Aufforderung seines Vaters, den Computer einzuschalten, und dieser Satz mit dem Narren. Wer war damit gemeint? Und was bedeutete das Wort am Ende des Satzes, »Mellon«? Sein Vater musste annehmen, dass er es kannte.

Sebastian stand auf und nahm ein Fremdwörterbuch aus dem Regal. Dann ein lateinisches Wörterbuch. Nichts. Nicht einmal ähnliche Begriffe.

Er schaute aus dem Fenster. Durch den Dunst, der über der Stadt lag, konnte er die Türme der Liebfrauenkirche sehen, ein Stück weiter lag die Isar. In einigen Kilometern Entfernung ragte der Friedensengel in die Höhe, wie eine Galeonsfigur ohne Schiff. In Sebastian war alles wie taub.

Er öffnete das Fenster. Der Dreck des Stadtverkehrs war

schon unterwegs in die Höhe, aber noch nicht auf dieser Etage angelangt. Eine frische Brise wehte herein, und trotzdem war da Schweiß auf seiner Stirn.

Er setzte sich wieder an den Schreibtisch und legte die Füße auf die Tischplatte. Ob seine Freunde schon gehört hatten, was passiert war? Er verspürte plötzlich das Bedürfnis, mit Mato zu reden. Er fand das Telefon unter einigen Zeitschriften und wählte die Nummer von Chen Mato.

Als der sich endlich meldete, war er offensichtlich bemüht, nicht in den Telefonhörer zu gähnen.

»... lo?«

»Mato? Ich bin's, Sebastian. Bist du ansprechbar?«

»Sebastian! Wie geht es dir? Mann, das tut mir echt Leid mit deinem Vater. Ich habe versucht, dich anzurufen, aber dein Handy war nicht an. Was ist denn eigentlich passiert?«

»Ehrlich gesagt habe ich das selbst noch nicht kapiert. Aber lass uns später darüber reden.«

»Ja, klar. Kann ich irgendwas für dich tun?«

»Kannst du. Ich habe eine etwas ungewöhnliche Frage. Wundere dich jetzt nicht, sondern denk einfach drüber nach, ja? Was fällt dir zu ›Narren‹ ein?«

Es blieb eine Weile ruhig.

»Seltsame Frage«, stellte Mato fest. »Willst du die lange oder kurze Version vom Lebenslauf eines gemeinsamen Bekannten hören? Entschuldige. Ist vielleicht gerade nicht der Moment für Witze.«

»Schon gut. Also, was fällt dir zum Thema Narren ein? Literatur, Bilder, Musik.«

»Hm, nicht viel. Fasching. Narrenhände beschmieren Tisch und Wände. Narren und Kinder sagen die Wahrheit. Ach ja. Es gibt da ein Buch. Das ›Narrenschiff‹ von Sebastian Brant.«

Sebastian hatte noch nie davon gehört.

»Ein Buch aus dem fünfzehnten Jahrhundert. Ich glaube,

dieser Brant war Schweizer. Vielleicht auch Österreicher oder Deutscher, jedenfalls ist das Buch deutschsprachig. Und ganz lustig. Ich habe es zu Hause bei meinen Eltern ab und zu in den Fingern gehabt. Die fressen ja alles, was deutsch ist und sich reimt. Dieser Brant hat alles, was ihm zu seiner Zeit nicht passte, in Gedichten kritisiert. Sachen wie neue Moden, das Schwätzen in der Kirche ... das waren seine Themen. Ist wirklich lesenswert, einfach zum Spaß. ›Im Narrenschiff voran ich geh, weil ich viel Bücher um mich seh, die ich nicht lese und versteh.‹ Ist doch klasse, oder?«

Mato machte eine kurze Pause. »Mir fällt ehrlich gesagt im Augenblick nicht mehr dazu ein«, musste er schließlich zugeben. »Worum geht's denn eigentlich?«

Sebastian überlegte, was er ihm sagen konnte. Konnte er Mato einweihen? Wäre das seinem Vater recht? Andererseits: Er war momentan wirklich auf Hilfe angewiesen. Also erzählte er Mato von seinem Computerproblem.

»Du schließt also einen simplen Tastencode aus«, fasste Mato zusammen, »und du hättest gern eine Schnitzeljagd. Na gut. Zu dieser Narrensache fällt mir erst einmal nix ein. Dieses Wort ›Mellon‹ kommt mir ganz vage bekannt vor. Hast du Robert schon gefragt?«

Robert Müller kannte sich besser mit Computern aus als irgendjemand sonst.

»Nee, gute Idee. Ich melde mich wieder. Sonst sehen wir uns morgen. Tschüs. Und: danke.«

Sebastian überlegte. Er rotierte auf dem Drehstuhl und sah sich im Zimmer um.

Oben auf einem der Regale stand ein menschlicher Schädel. Feine Linien bezeichneten die Teile, die sich abheben ließen, um den Blick ins Innere freizugeben. Das ganze Gehirn darin ließ sich auseinander nehmen. Es war ein Schulungsstück, präpariert aus einem echten Gehirn. Wenn er sich recht erinnerte, handelte es sich um das Gehirn eines verstorbenen Bekannten seines Vaters. Irgendwie morbide, dachte Sebastian. Das Gehirn seines Vaters wollte jedenfalls bestimmt niemand mehr präparieren. Bei dem Gedanken wurde ihm wieder bewusst, was mit seinem Vater passiert war. Erneut brach ihm der Schweiß aus.

Neben dem Waschbecken standen eine Kaffeemaschine, eine Büchse mit Kaffee und eine Packung Filter. Sebastian füllte Wasser und Kaffeepulver in die Maschine und schaltete sie ein. Sein Kopf war leer, und irgendwo ganz tief hinten pochte eine Ader im Rhythmus seines Herzens. Er spürte, wie der Kopfschmerz sich langsam ausbreitete. Ob sein Vater hier Tabletten hatte? Er suchte die Regale ab, in denen sich Fachliteratur der letzten Jahrhunderte befand. In einer Abteilung standen vergilbte Ausgaben von Aristoteles' Werk ›Über das Gedächtnis‹, daneben Werke von Augustinus, Epikur und Hippokrates sowie die beiden Bände ›L'homme machine‹ und ›Les animaux plus que machines‹ von de La Mettrie aus den Jahren 1747 und 1750. Originalausgaben. In anderen Regalen fand Sebastian die Standardwerke der Allgemeinen und Speziellen Neurophysiologie in den neuesten Ausgaben. Und jede Lücke war mit Zeitschriften vollgestopft. Von Tabletten keine Spur. Ein angenehmer Kaffeeduft erfüllte den Raum. Im Schreibtisch, dachte Sebastian. Garantiert hatte er die Tabletten im Schreibtisch.

Er zog die oberste Schublade auf und entdeckte einen Schlüssel mit Anhänger, den er an sich nahm. Dann erstarrte er. Vor ihm in der Schublade lag eine Pistole, eingehüllt in ein Öltuch. Eine von diesen Dingern, bei denen das Magazin in den Griff geschoben wurde. Verwirrt und erschrocken nahm er die schwarze, kompakt wirkende Waffe mitsamt dem Tuch vorsichtig heraus und legte sie auf den Tisch. In der Schublade war außerdem ein Kästchen mit Munition.

Was zum Teufel wollte sein Vater damit?

Sebastian nahm die Pistole vorsichtig in die Hand. Sie war vielleicht zwanzig Zentimeter lang und wog sicher weniger als ein Kilo. Er legte den Zeigefinger um den Abzug. Es kribbelte in seinem Finger und in seinem Bauch. Die Waffe lag angenehm in der Hand, die Griffschalen ließen sich bequem umfassen. Er hob die Pistole mit ausgestrecktem Arm bis auf Augenhöhe und brachte Visier und Korn vor seinem rechten Auge übereinander. Über den Lauf hinweg sah er ins Fenster eines gegenüberliegenden Hochhauses.

»Peng«, sagte er. Dann ließ er den Arm wieder sinken. Mit einem Mal war ihm klar, welche Faszination von so einem Ding ausgehen konnte. Auf der Innenseite seiner Oberschenkel spürte er eine Kälte, die sich bis in den Unterleib zog. Das verwirrte ihn. Er legte die Pistole in das Tuch zurück. Dann starrte er sie an und wurde sich seiner Umgebung langsam wieder bewusst. Ziemlich gefährlich, dachte er, ohne selbst zu wissen, was er damit meinte. Was um Himmels willen hatte sein Vater mit dieser Pistole gewollt?

Sebastian nahm einen Schluck Kaffee, während sein Blick auf eine Schublade unter der Kaffeemaschine fiel. Natürlich! Er öffnete das Fach und holte die Kopfschmerztabletten heraus. Hätte er sich denken können. Koffein und Aspirin – sein Vater hatte darauf geschworen. Sebastian spülte eine der Tabletten mit dem Kaffee hinunter.

Was sollte er mit dieser Pistole machen? Seinen Fund melden? Überhaupt seltsam, dass die Polizisten das Ding nicht mitgenommen hatten. Sie mussten es bei der Durchsuchung doch gesehen haben. Er würde die Pistole behalten. Irgendwie ein gutes Gefühl, eine Waffe zu haben, dachte er. Dann wäre er jederzeit in der Lage, sich zu verteidigen. Spinnst du jetzt, Sebastian Raabe, dachte er. Gegen wen willst du dich bitte schön verteidigen? Irgendwie hatte ihn das alles wohl ganz schön durcheinander gebracht. Andererseits: Man wusste ja nie. Er würde sie bei nächster Gelegenheit mitnehmen, wenn er eine Tasche dabei hatte. In den Hosenbund wollte er sie jedenfalls nicht stecken.

Er sah zu den Türmen der Liebfrauenkirche hinüber. Die Zeiger der Uhren waren von hier aus nicht genau zu erkennen. Entweder zehn nach zwölf ... aber das konnte nicht sein. Dann also vierzehn Uhr. In einer Stunde war er mit Lannert in der Wohnung seines Vaters verabredet.

Seine Gedanken kehrten zu der Pistole zurück. Hatte sein Vater sich bedroht gefühlt? Sebastian machte sich noch einen Kaffee. Das Pochen im Kopf war verschwunden. Er setzte sich wieder an den Schreibtisch und legte die Pistole mit dem Tuch zurück in die Schublade. Es fiel ihm schwer. Sollte er die Waffe nicht doch mitnehmen? Er versuchte, sich zu entspannen. Dann bemerkte er, dass von draußen ein Schwall dreckiger Luft hereinkam und den Kaffeeduft verdrängte. Er trank in Ruhe die Tasse leer, stand auf und schloss das Fenster. Dann schaltete er den Computer aus und verließ das Büro.

»Kannst du nicht vorstellen. Sterben Kinder an Hunger in meine Heimat.«

Der Besitzer der kleinen koreanischen Imbiss-Stube redete aufgeregt auf Sebastian ein.

»Weißt du noch, was US-Präsident einmal gesagt hat? ›Wir kennen das wahre Gesicht von Nordkorea. Rüstet sich mit Massenvernichtungswaffen aus und lässt gleichzeitig seine Bürger verhungern.‹ Hundert Gramm Getreide bekommen die Kinder dort nur noch am Tag.«

»Ja, das ist schlimm«, bestätigte Sebastian abwesend, während er seinen Seoul-Burger aß. Er hätte den Imbiss gern rasch wieder verlassen, wollte seinen Besitzer aber nicht vor den Kopf stoßen. Der Gedanke an hungernde Kinder verdarb ihm den Appetit. Eigentlich hatte er Doo Dong-won mit seinen Geschichten über die Heimat ja ins Herz geschlossen. Aber heute war ihm das alles zu viel.

Der Koreaner schüttelte nachdenklich den Kopf. Dann schaute er stirnrunzelnd an Sebastian vorbei zur Tür. Sebastian folgte seinem Blick und sah gerade noch, wie jemand aus dem Eingang verschwand.

Fünf Minuten später stieg Sebastian die Treppe zu seiner Wohnung im Herzen des Münchner Westends hinauf. Sonst war er sehr froh über den Aufzug, der ihn normalerweise in den fünften Stock brachte. Aber heute benutzte er lieber die Treppe.

In der Wohnung warf er seine Jacke auf den Wohnzimmertisch, schleuderte sich die Turnschuhe von den Füßen und ging ins Bad, um sich die Reste des Burgers von den Händen zu waschen. Ein Blick in seinen Kühlschrank: Mehr als ein Bier ließ sich darin nicht finden. Sebastian öffnete die Flasche und setzte sich an den Küchentisch. Lustlos blätterte er eine Weile im Feuilleton der ›Süddeutschen Zeitung‹. Dann wurde es Zeit für das Treffen mit Lannert.

Als er das Appartment von Christian Raabe betrat, spürte Sebastian die Präsenz seines Vaters noch stärker als in dessen Büro. Schuhe standen überall im Flur, auf der Kommode stapelte sich die Post. Die Wohnung war dank der Putzfrau sauber, aber total unordentlich. Am Kühlschrank hing ein Zettel, auf dem sein Vater notiert hatte, was einzukaufen war. Das ist doch seltsam, dachte Sebastian. Er schreibt auf, dass ihm Butter, Käse und Wurst fehlen, und dann geht er los und bringt sich um?

Es klingelte. Sebastian drückte auf den Türöffner, trat dann ans Wohnzimmerfenster und schaute hinaus. Hinter der Scheibe und von einer riesigen Topfpflanze halb verdeckt, wirkte die Welt dort draußen wie der Inhalt eines riesigen Terrariums.

Man hatte eine fantastische Aussicht über die Stadt. In der Ferne ragten die Türme, die verschiedene Versicherungen und Banken in den letzten zehn Jahren um den Stadtkern herum hochgezogen hatten, in die Höhe. Ein dunkler Punkt stand zwischen zwei Hochhäusern und wurde immer kleiner. Ein Hubschrauber, der wie ein Insekt zwischen den Bäumen eines Waldes herumschwirrte.

Sebastian schaute auf die Uhr. Die große Standuhr im Wohnzimmer zeigte genau fünfzehn Uhr. *Mors certa hora incerta* war in das Ziffernblatt eingraviert. Der Tod ist sicher, die Stunde ungewiss. Außer man bringt sich selbst um, dachte Sebastian.

Es klopfte an der Tür. Sebastian begrüßte Lannert, der legte ihm die Hand auf die Schulter und sah ihn ernst an.

»Okay, Sebastian. Dann packen wir's mal an«, sagte er. Er lockerte sich die Krawatte und zog das Jackett aus. Vermutlich war er direkt aus der Kanzlei gekommen.

Gemeinsam betraten sie Christian Raabes privates Büro, das zugleich sein Schlafzimmer gewesen war. Auch dort herrschte ein übersichtliches Chaos. Das Bett war noch zerwühlt von der letzten Nacht, die sein Vater darin verbracht hatte. Der Wecker war stehen geblieben. Es war ein altmodischer Wecker zum Aufziehen. Für seinen Vater waren Uhren zum Aufziehen eine der genialsten Erfindungen der Menschheit gewesen. Mit einer winzigen Energiemenge, hervorgerufen durch eine kleine Bewegung von Daumen und Zeigefinger, ließ sich die Zeit in Stunden und Minuten strukturieren. *Das* stand für die Kraft des menschlichen Geistes. Zum gleichen Zweck Unmengen von Energie aufzuwenden, noch dazu bei einem unglaublich miesen Wirkungsgrad, war für ihn ein Symbol für Dummheit und Ignoranz. Sebastian hatte das überzeugt, und er hing sehr an seiner aufziehbaren Taschenuhr.

Lannert betrachtete die Aktenordner, die in Reih' und Glied

in einem der Regale standen, und begann dann, sie einzeln herauszunehmen und durchzusehen, während sich Sebastian in den bequemen Bürosessel seines Vaters setzte. Ganz oben auf dem Schreibtisch vor ihm lag ein Buch. Vermutlich war es eines der letzten Dinge, die sein Vater noch in der Hand gehabt hatte. Neben dem in schwarzes Kunstleder gebundenen Buch lag ein Pumpfüller mit schwarzer Tinte. Die Kappe war nicht aufgesetzt, die Tinte auf der Feder eingetrocknet.

Er musste sich überwinden, das Buch aufzuschlagen. Es war, als würde er tief in die Privatsphäre seines Vaters eindringen – was ihm zuvor nicht im Traum eingefallen wäre. War das jetzt in Ordnung? Es war seltsam, in den Unterlagen eines Toten zu schnüffeln. Und: War sein Vater denn wirklich tot? Ein Tod auf Raten. ›Das Leben ist ein Sterben vom Augenblick der Geburt an.‹ Wer hatte das gesagt? Es war kein tröstlicher Gedanke. Sebastian schüttelte sich, als könnte er das Unbehagen, das sich leise eingeschlichen hatte, so wieder loswerden.

Das Buch schien eine Art Tagebuch zu sein. Er erkannte die Handschrift seines Vaters sofort. Die Notizen waren auf den ersten Blick nicht sehr aufschlussreich, manches war kaum zu lesen, nur einzelne Worte, Namen und Zahlen konnte er identifizieren: *National Institute of Medicine, Bethesda, Maryland* und *Def. Begrf.; Korrel. Mentaler Ereignisse und elektrischer Signale.* Dahinter ein Datum, das etliche Jahre in der Vergangenheit lag.

Die Angaben bezogen sich auf ein für seine Hirnforschung berühmtes Institut. Die zweite Zeile wies vermutlich auf ein Seminar oder einen Vortrag hin, den sein Vater dort gehalten hatte, denn es ging um ein Thema, für das er sich am Anfang seiner Karriere interessiert und zu dem er auch einige Abhandlungen verfasst hatte. Auf der zweiten Seite war der Institutsname noch einmal zu lesen, außerdem noch ein Name, *F. Wallroth*. Offensichtlich hatte sein Vater sich Termine notiert, zu denen jemand über ein interessantes Thema berichtet oder er selbst einen Vortrag gehalten hatte. War das Buch nur ein Terminkalender? Den Namen Wallroth kannte Sebastian gut, ein Kollege seines Vaters, der seit Ewigkeiten am Wilder-Penfield-Institut arbeitete. Für Sebastian war Wallroth, solange er denken konnte, eine Art väterlicher Freund gewesen.

Sebastian blätterte jetzt schneller weiter und schlug dann willkürlich irgendwelche Seiten auf. Er stieß dabei immer nur auf Variationen desselben Themas: Termine, Instituts- und Personennamen. Dann stach ihm plötzlich etwas rot in die Augen. Er blätterte zurück. Da war es. Ein roter Kreis um drei Worte: *Dennett widerlegt, Theater*. Er schaute auf das Datum der Seite. Aber er wusste schon, welcher Tag es sein würde. Es war der Tag, an dem sein Vater den Beweis dafür gefunden hatte, dass es einen Ort im Gehirn gab, an dem viele der für eine einheitliche, bewusste Wahrnehmung notwendigen Informationen zusammenliefen.

Lange Zeit hatte man erwartet, im Gehirn einen solchen Ort zu finden, eine Art Kinoleinwand, auf der ein Film mit Ton- und Geruchsspur ablief. Der amerikanische Philosoph Daniel C. Dennett hatte diesen Ort als *Cartesianisches Theater* bezeichnet und behauptet, es gäbe ihn nicht. In dem Sinne, in dem der Begriff ihn ursprünglich beschrieb, gab es ihn tatsächlich nicht. Es gab keinen Ort, an dem *alle* Informationen *zusammen*liefen. Aber es gab eine Art Kanal, den *fast* alle Informationen *durch*liefen. Sein Vater hatte ihn entdeckt, und die kleine Hirnregion war nach ihm benannt worden: der *Raab'sche Kanal*. Christian Raabe hatte sich in seiner Euphorie dazu hinreißen lassen, dem Fund in seinem Buch eine leicht übertriebene Notiz zu widmen.

Auf den letzten beschriebenen Seiten entdeckte Sebastian weitere rote Markierungen. Diesmal waren es die Namen zweier Kollegen, Wallroth und Steadman, die rot angestrichen waren. *Verdammte Idioten* stand dahinter. Das überraschte Sebastian. Wieso beschimpfte sein Vater seinen Freund Wallroth und seinen Mitarbeiter Steadman, und dann noch in roter Farbe? Rot markiert war auch etwas auf der allerletzten Seite. Dort stand ein Kürzel, *IS/STA*, das Sebastian nichts sagte. Und dann hatte sein Vater noch die letzten beiden Worte im Buch rot unterstrichen: *Nie wieder!*

Sebastian nahm das Buch in die Hände und lehnte sich im Stuhl zurück. Dabei fiel ein Blatt Papier heraus, das zwischen den Seiten gesteckt hatte. Ein kurzer Blick zeigte ihm, dass es sich um einen Brief an seine Mutter handelte, der begann mit *Liebe Julia.* Durfte er ihn lesen? Oder würde er dabei zu tief im Privatleben seiner Eltern herumschnüffeln? Ein Liebesbrief würde es wohl nicht sein, vermutete Sebastian. Diese Briefe lagen sicher irgendwo zum Paket zusammengeschnürt in einem Karton im Schrank. Ein Papier, das im Terminkalender lag, musste einen anderen Zweck haben. Er entschied sich dafür, den Brief zu lesen, aber erst später.

Er untersuchte nochmals die ersten Seiten des Buches. Auf Seite zwei stand der Name Wallroth zum ersten Mal. Dann wieder auf Seite 13, zusammen mit dem Namen eines Institutes: *California Institute of Technology, Pasadena,* und auf Seite 20, vor *RIKEN-Institut für physikalische und chemische Forschung, Wako-shi, Jap.* Danach auf Seite 32, mit einem schwedischen Institut zusammen. Auf Seite 37 tauchte Wallroths Name dann zusammen mit den Namen *J. W. Berthold, M. Koch* und *G. Steadman* auf. Dort stand noch ein Wort: *Coca.* Das war sicherlich keine Institutsbezeichnung. Die nächste Notiz war vier Wochen später datiert. Es schien ein Name zu sein: *Gen. Bartolo.* Schließlich kam, weitere acht Wochen später, wieder eine rote Markierung, zusammen mit einem neuen Namen: *San Mateo.* Dahinter stand das Wort *Katastrophe.* Mehr nicht. Wenige Tage nach diesem Eintrag fand er noch einmal die Namen *Berthold* und *Koch*. Hinter beide Worte hatte sein Vater ein Kreuz gemalt. Das war alles. Enttäuscht legte Sebastian das Buch beiseite und nahm sich den Brief an seine Mutter vor.

Liebe Julia,
ich habe gute Nachrichten. Hier läuft alles bestens. Es ist nicht zu glauben, was es bedeutet, staatliche Unterstützung zu bekommen. Das Institut besteht zwar nur aus einer Hütte, aber die Geräte sind erstklassig, die Lage ist fantastisch. Wir schauen aus dem Fenster direkt auf die Pampa, am Horizont ragen die Gipfel der Kordilleren in den Himmel. Manchmal tauchen tatsächlich Lamaherden auf. Eine Postkartenaussicht, nahe an der Grenze zum Kitsch. Und abends besuchen uns regelmäßig Viscachas, die südamerikanische Version des Murmeltiers.
Ich wünschte, du könntest die Aussicht mit mir teilen.
Auch das Projekt geht wunderbar voran. So ganz ohne Geldsorgen arbeitet es sich wie von selbst. Es war die richtige Entscheidung, sich einmal auf die Neurotransmitter zu konzentrieren. Und wer weiß, wenn wir hier fertig sind, ist die Welt vielleicht um ein wichtiges Medikament reicher. Bis jetzt haben wir keine Nebenwirkungen festgestellt. Und die paar Mal, da wir das neue Zeug selbst ausprobiert haben, war die Arbeit die reine Freude. Wir kommen uns ein wenig seltsam vor. Wie unsere eigenen Versuchskaninchen. Aber Stress haben wir genug, und da ist es doch nahe liegend, unser Stress-Medikament selbst zu testen.
Wenn man es sich recht überlegt, ist es natürlich eine seltsame Sache, mit ehemaligen Drogen-Baronen zusammenzuarbeiten. Aber in dieser Wunderpflanze steckt ein so ungeheures Potenzial. Wir wollen heute endlich einen Test in klinischer Größenordnung durchführen, der hoffentlich signifikante Daten ergibt. General Bartolo hat uns dafür eine Einheit – oder

was immer die militärische Größenordnung ist – zur Verfügung gestellt, die in der Nähe ihr Basislager hat. Wir sind sehr gespannt, aber voller Hoffnung. Frank lässt dich grüßen. Ich werde dir morgen von den Ergebnissen berichten.

Sebastian hatte keine Ahnung gehabt, dass sein Vater einmal in Südamerika gewesen war. Seine Eltern hatten niemals davon gesprochen, und er konnte sich auch nicht an Fotos erinnern. In der Wohnung seines Vaters gab es zwar einen kleinen Wandbehang aus Peru. Ein Tumi war darauf abgebildet, ein präkolumbianisches Messer, mit dem die frühen peruanischen Kulturen Schädeloperationen durchführten, um böse Geister aus dem Kopf kranker Menschen zu befreien. Doch Sebastian hatte sich nie Gedanken über die Herkunft gemacht. Und von dieser Arbeit an einem Stressmedikament auf Coca-Basis hatte er auch noch nie gehört. Er las weiter.

Eine entsetzliche Katastrophe! Wie konnte das nur passieren? Die Vorversuche sind doch alle problemlos verlaufen. Wir machen hier sofort alles dicht und verschwinden. Zum Glück weiß außer uns, den Soldaten und Bartolo niemand etwas davon. Er und Dietz, dieser Regierungsvertreter, haben uns versichert, niemand würde von dem »Unfall« erfahren. Dietz hat uns zugesagt, die Regierung würde die Verantwortung gegebenenfalls den Terroristen in die Schuhe schieben. Ich habe furchtbare Alpträume. Garland hat eine Vermutung. Er war selbst nicht dabei und ist auch danach völlig cool geblieben. Auch Frank war nicht dabei, war mit Kopfschmerzen im Institut geblieben. Ich wollte, ich hätte Garlands Nerven. Seine Hypothese: Koinzidenz-Katastrophe. Er nimmt an, dass etwas in den Konserven oder im Bier war, das sich nicht mit unserer Substanz vertragen hat. Jo und Matthias sind nicht mehr ansprechbar, Jo hat versucht, sich umzubringen, Matthias hat sich vollkommen in

sich zurückgezogen. Ich habe keine Ahnung, was in ihm vorgeht.
Wir drei waren dabei. Wir haben mit den Soldaten gegessen und getrunken. Und wir waren beteiligt an dem, was dann geschah. Gott vergebe mir, was haben wir getan? Übermorgen fliegen wir ab. Ich denke, wir werden [...]

Hier brach der Brief ab. Sein Vater hatte ihn nie abgeschickt, seine Mutter hatte ihn vermutlich nie gesehen. Sebastian wurde nicht schlau aus dem, was da stand.

Lannert riss ihn aus seinen Gedanken. »Ich glaube, ich habe die wichtigsten Unterlagen zusammen. Ich seh mir das in Ruhe an, dann besprechen wir alles Weitere.

Sebastian nickte. »Okay. Kann ich noch was tun?«

»Nein, im Moment nicht. Wir müssen warten, was passiert. In welches Krankenhaus ist Christian eigentlich gebracht worden?« Lannert begann, die Akten in seine Tasche zu stopfen.

»Klinikum Innenstadt. Das liegt ja direkt neben dem Institut.«

Lannert schüttelte den Kopf. »Ich kann es immer noch nicht glauben. Das kann alles nicht wahr sein.« Sebastian sah, dass die Augen des Anwalts feucht schimmerten. In seinem Hals bildete sich ein Kloß. Fang bitte nicht an zu weinen, bat er im Stillen. Lannert fuhr sich mit der Hand über die Augen und riss sich zusammen. »Okay, Sebastian. Ich lass dich dann wieder alleine. Wenn das in Ordnung ist?«

Sebastian nickte und vertiefte sich sofort wieder in die Aufzeichnungen seines Vaters, versuchte zu verstehen, worum es in dem Brief ging. Es gab ein paar Namen: General Bartolo, J. W. Berthold, M. Koch, G. Steadman, Wallroth und dieser Dietz von irgendeiner Regierung. Dietz, den Namen hatte er heute schon einmal gehört ... Ach ja. Der Fettsack heute morgen hatte sich so vorgestellt. So ein Zufall. Jo war vermutlich J. W. Berthold, Matthias M. Koch, Garland G. Steadman. Steadman und Wallroth arbeiteten noch immer mit seinem Vater zusammen. Hatten gearbeitet. Also: Vier vermutlich deutsche Forscher und der Amerikaner Steadman hatten offenbar in den Anden einen Versuch gemacht, an dem Soldaten beteiligt gewesen waren. Und der war schief gegangen. Sebastian öffnete nochmals das Tagebuch und suchte die Seite, wo er den Namen des Generals gelesen hatte. Er notierte das Datum und den Namen San Mateo. Dann packte er den Brief und das Tagebuch ein.

Wenn Christian Raabe seinem Leben selbst ein Ende gesetzt hatte, warum hatte er es getan – und warum auf so bizarre Weise? Was war in Südamerika passiert? Wie war das Passwort? Sebastian hatte eine Menge Fragen.

Als er die U-Bahnstation Theresienwiese verließ, knallten dicke Regentropfen auf den Bürgersteig. Die einzelnen Tropfen wirkten wie hingespuckt und fühlten sich auf dem Gesicht auch so an. Er klappte den Kragen der Lederjacke hoch. Niedrig hängende Regenwolken schluckten die letzten Reste von Sonnenlicht. Die Leuchtreklamen der Geschäfte spiegelten sich verzerrt auf der feuchten Straße und vermischten sich im Dunst der Gullideckel mit den Werbebildern, die direkt auf den Boden projiziert wurden, zu einem bunten Farbensalat. Sebastian musste sich gegen den Wind stemmen, während er über das Kopfsteinpflaster der Schwanthalerstraße hastete.

Auf dem Bürgersteig vor seinem Haus standen Absperrgitter. Er wich auf die Straße aus und sah, dass das Fenster seines Nachbarn weit offen stand. Ein Bettlaken hing davor. Mein Gott, dachte Sebastian, der alte Förster… Noch bevor er weiterdenken konnte, griff die Kraindl aus dem Erdgeschoss nach seinem Arm: »Herr Raabe, stellen Sie sich das vor: Herr Förster ist umgebracht worden!« Sie starrte an der Hauswand hoch. Ein Mann in Uniform zog das Laken in das Zimmer hinein. Das Licht ging aus. Sebastian stieg die Treppe zu seiner Wohnung hinauf. Noch ein Toter, dachte er.

Mitschnitt der Sitzung des Parlamentarischen Untersuchungsausschusses »Spezialkräfte« vom 5. April. Abschrift in Auszügen – Fortsetzung

Dr. Reinhard B. (SPD): Meine Damen und Herren. Wie Sie wissen, gibt es einen weiteren Zeugen, der bereit ist, über die Vorkommnisse, die Gegenstand dieser Untersuchung sind, auszusagen. Stellen Sie sich bitte selbst vor?

Zeuge: Mein Name ist (geschwärzt). Ich war Angehöriger des Kommandos Spezialkräfte und in Calw stationiert. Ich stand im Range eines (geschwärzt). Ich war seit 1999 Mitglied des KSK. Ich bin im Januar dieses Jahres aus dem aktiven Dienst ausgeschieden und arbeite jetzt bei einer Sicherheitsfirma in Mannheim.

Dr. Reinhard B. (SPD): Herr (geschwärzt). Sie haben sich im Dezember als Mitglied der deutschen Streitkräfte im Sudan aufgehalten?

Zeuge: Ja.

Dr. Reinhard B. (SPD): Kennen Sie Herrn (geschwärzt)?

Zeuge: Ja. Er war mein direkter Vorgesetzter.

Dr. Reinhard B. (SPD): Erinnern Sie sich an Ihren ersten Einsatz dort?

Zeuge: Ja.

Dr. Reinhard B. (SPD): Erzählen Sie uns bitte, was Ihrer Erinnerung nach während dieses Einsatzes geschehen ist.

Zeuge: Wir sind alle völlig durchgedreht. Wir sind völlig ausgeflippt. Ich … wir … sind …
(Pause)
Wir sollten ein Dorf sichern und dann haben wir einfach …

Dr. Reinhard B. (SPD): Bitte beruhigen Sie sich.

Zeuge: Ja. Es ist … Ja. Also, wir haben dieses Dorf gesichert, und dabei sind wir … Ich erzähle einfach mal, wie ich es erlebt habe. Wir sind schnell in das Dorf eingedrungen, vielleicht fünfzehn Hütten. Mitten in der Wüste. Wir waren irgendwie aufgedreht. Die Bewohner kamen auf uns zu, und sie wirkten bedrohlich. Ich weiß gar nicht, wieso. Im Nachhinein … es … Aber ich habe sofort geschossen. Um mich herum, die Kameraden, die haben es genauso gemacht. Überall lagen die Leichen. Wir haben so viele Kugeln in ihre Körper gejagt, dass … Wir haben geschossen. Auf alles, was sich bewegt hat. Wir haben sie alle umgebracht. Ich habe gesehen, wie einer meiner Kameraden sein Messer gezogen hat, nachdem sein Magazin leer war. Er hat … Himmel, ich … ich habe gelacht! Heute … ich träume immer noch davon.

(Pause)

Dr. Reinhard B. (SPD): Danke. Bitte setzen Sie sich. Wir würden Ihnen jetzt gern einige Fragen stellen. Zuerst einmal: Haben Sie irgendeine Idee, wie es dazu kommen konnte, dass Sie alle – offenbar grund- und wahllos – Menschen getötet haben?

Zeuge: Ich weiß es bis heute nicht.

Dr. Heidrun F. (CDU): Ist vor Ihrem Einsatz etwas Außergewöhnliches passiert?

Zeuge: Was meinen Sie?

Dr. Heidrun F. (CDU): Vielleicht erzählen Sie uns, was passiert ist, seit Sie Deutschland verlassen hatten.

Zeuge: Ich erinnere mich, dass es sehr heiß war. In Deutschland war ja Winter. Wir sind zuerst auf dem Stützpunkt der Amerikaner in Saudi-Arabien gelandet, auf der Prinz Sultan Air Base. Dann ging es wieder nach Westen, über das Rote Meer nach Port Sudan. Es gibt dort einen kleinen Flughafen, im Süden der Stadt. Da haben die Amerikaner die Sharqiyah Air Base eingerichtet. Sie sagen Sharky Air Base dazu. Am zweiten Tag nach unserer Ankunft wurden wir ins Landesinnere geschickt. Eigentlich sollten ja die Red See Hills unser Operationsgebiet sein. Das ist diese Gebirgskette am Roten Meer.

Ziemlich schroffe Berge, bis zu 2000 Meter hoch. Die Terroristen haben dort ihre Ausbildungslager. Der größere Teil der Kommandokompanie hat dort auch operiert.
Aber vier Kommandotrupps wurden mit Geländewagen auf die Hauptstraße nach Khartoum geschickt. Wir sind in den Tälern geblieben, und als wir die Berge hinter uns hatten, kam schließlich über Funk der Befehl, am nächsten Tag dieses Dorf zu sichern. Wir richteten uns für die Nacht ein, schliefen abwechselnd. Es war wie bei einer Übung. In der Morgendämmerung ging es dann los.

Dr. Heidrun F. (CDU): Und das war es dann?

Zeuge: Das war es dann.

19. April, Morgen

Sebastian wachte mit einem miesen Gefühl auf. Er hatte schlecht geträumt, konnte sich aber nicht mehr erinnern, was. Eine Ahnung sagte ihm, dass es um seinen Vater gegangen war. Jetzt lauert dieser Traum irgendwo in meinem Gehirn, dachte er, und wartet darauf, dass ich wieder schlafe, um dann im Dunkeln hervorzukriechen und mir die nächste Nachtruhe zu versauen. Er stand auf und schlich eine Weile in der Wohnung umher, als wäre es nicht seine. Schließlich ging er ins Bad und spritzte sich kaltes Wasser ins Gesicht. Frischer fühlte er sich danach nicht. Erst die Dusche zeigte Wirkung. Als er sich rasierte, war er einmal mehr froh, dass sein Spiegelbild nicht mehr den pausbäckigen Jungen zeigte, in dessen Gesicht man die Barthaare noch mit der Lupe hatte suchen müssen. Er hatte sich spät entwickelt, aber jetzt, mit fünfundzwanzig, war er ganz zufrieden. Er fand, dass er wie Paul Newman aussah. Wenigstens ein bisschen. Und zum ersten Mal erkannte er auch Christian Raabes Züge in seinem Gesicht.

Der Instituts-Hörsaal füllte sich langsam mit Studenten. Sebastian entdeckte Mato und Robert und warf sich in den Stuhl neben ihnen. Mato sah ihn aus traurigen Augen an und drückte ihm die Hand. »Mensch, wie geht's dir inzwischen?« Robert nickte ihm zu.

Professor Steadman hatte Sebastian gesehen und hob die Hand zum Gruß. Sebastian nickte. Er dachte an den Brief seines Vaters. Ob ihm Steadman sagen konnte, was in Peru vorgefallen war? Mato tippte ihn an. »Hey, ich weiß inzwischen, was ›Mellon‹ bedeutet.«

Steadman begann nicht gleich mit der Vorlesung. »Verehrte Damen und Herren«, begrüßte er die Studenten. »Sie haben es sicherlich schon erfahren: Unser Direktor, Professor Christian

Raabe, liegt seit gestern Morgen mit schwersten Hinverletzungen im Krankenhaus. Er wird nicht mehr an das Institut zurückkehren.« Steadman senkte den Kopf und ging vor der großen Tafel auf und ab. Er sah aus wie diese unsympathischen Figuren aus einem Roman von Charles Dickens. Dürr und irgendwie staubtrocken. Auf seiner dünnen Nase saß eine Nickelbrille. Sein zugeknöpfter, blütenweißer Laborkittel reichte ihm bis unter die Knie. Steadman arbeitete schon lange nicht mehr selbst im Labor, aber der Kittel musste sein. Lächerlich, fand Sebastian.

»Professor Christian Raabe ist hirntot, und Sie alle wissen, was das bedeutet«, fuhr Steadman fort. Sein Akzent verriet ihn auch nach zwei Dutzend Jahren in Deutschland noch als Amerikaner. »Ich denke, ich mache mich keiner Geschmacklosigkeit schuldig, wenn ich deshalb bereits jetzt Folgendes sage.« Steadman blieb stehen und blickte ins schweigende Auditorium. »Wir werden Christian Raabe als vorbildlichen Wissenschaftler in Erinnerung behalten. Sie erhalten hier an seinem Institut eine große Chance. Bemühen Sie sich, sich seines Instituts würdig zu erweisen. Auf diese Weise ehren Sie am besten sein Andenken. Aber nun zum Thema meines Vortrags.« Steadman begann, etwas Unleserliches an die Tafel zu kritzeln.

Sebastian konnte sich nicht konzentrieren. Er dachte über den seltsamen Satz auf dem Bildschirm seines Vaters nach. Sobald Steadman fertig war, würde er Mato nach »Mellon« befragen. Mato saß ganz gerade und versuchte, über die Reihe von Studenten vor ihm hinweg zu erkennen, was Steadman an die Tafel schrieb. Der Chinese war nur einen Meter sechzig groß und litt unter einer beginnenden Glatze. Robert neben ihm überragte alle übrigen Studenten um gute zwanzig Zentimeter. Seinen Kopf bedeckte eine Flut brauner Locken, die ihm über den Kragen des alten, braunen Ledermantels hingen, den er trotz der Wärme anhatte und in dem er dank der ausladenden

Schultern wie ein Bär wirkte. Sebastian war mit Robert nie richtig warm geworden. Mato brachte ihn gelegentlich mit, wenn sie sich abends trafen, und Sebastian erinnerte sich an einige witzige Treffen – aber Robert blieb seltsam verschlossen. Er verbrachte die meiste Zeit vor seinem Computer.

Später in der Cafeteria setzte Robert sich zu Mato und Sebastian. Etliche Leute kamen zu Sebastian und schüttelten ihm die Hand. Dann waren sie wieder allein.

»Also, pass auf ...« Robert nickte seinem Freund zu. »›Mellon‹ ist ein Begriff aus ›Der Herr der Ringe‹«, erklärte er.

Sebastian kannte zwar Titel und Film, hatte das Buch sogar von seinem Vater bekommen, es aber nie gelesen.

Mato war erstaunt. »Noch nicht gelesen? Also, lohnt sich!«

Robert warf seinen Rucksack auf den Tisch und holte ein zerfleddertes Taschenbuch heraus. Er reichte es Sebastian. Auf dem Umschlag war eine idyllische Landschaft dargestellt. Der Untertitel lautete ›Die Gefährten‹.

»Tolkien hat nach dem Ersten Weltkrieg in Oxford Wortgeschichte der Mythologie gelehrt«, erklärte Robert. »Irgendwann hat er eine eigene Sprache entwickelt und um diese eine Sagenwelt namens Mittelerde aufgebaut. Das hier«, er wies auf das Buch auf dem Tisch, »ist der erste Band seiner Trilogie ›Der Herr der Ringe‹.«

Er wandte sich an Sebastian. »Jetzt zu ›Mellon‹. Im Kapitel ›Eine Wanderung im Dunkeln‹ versuchen die Hauptfiguren in eine Zwergenmine einzudringen. Sie kriegen die Tür nicht auf, aber im Mondlicht sehen sie, dass etwas an den Felsen geschrieben steht. Schlag mal das Buch auf, ich habe einen Zettel zwischen die Seiten gelegt.«

Sebastian öffnete das Buch, und ein Stück Papier fiel heraus. Er hob es auf. Es war eine Spielkarte. Die Herzdame. Dass es eine Dame war, konnte man allerdings nicht an der Kleidung erkennen. Sie trug nämlich keine.

»Oh. Die habe ich schon vermisst«, meinte Robert, ohne rot zu werden.

Auf der aufgeschlagenen Seite prangte eine Zeichnung: ein mit einer fremdartigen Schrift verzierter Torbogen auf zwei Säulen.

»Das soll Zwergensprache sein«, erklärte Mato.

»Tatsächlich ist es aber Elbensprache«, fiel Robert ein. »Es heißt da unter anderem *Pedo mellon a minno.* Gandalf, der Zauberfritz in der Truppe, übersetzt das mit *Sprich, Freund, und tritt ein.* Er glaubt, sie bräuchten ein Losungswort, das nur Freunde kennen. Aber ihnen fällt keines ein. Irgendwann kommen sie dann darauf, dass sie bloß *Freund* zu sagen brauchen. Und sie rufen natürlich nicht Freund, sondern …«

»›Mellon‹«, warf Mato ein. »Stimmt, das heißt ja *Freund.* Dein Vater kannte die Story offensichtlich gut.«

Robert kratzte sich am Kopf. »Überraschend. Aber die Parallele ist offensichtlich.«

»Vielleicht muss man nur ›Mellon‹ eintippen?«, meinte Mato. »Aber was soll dann dieser ganze Quatsch mit dem Narren?«

»Wie wäre es, wenn wir es einfach ausprobieren?«, schlug Sebastian vor.

Im Büro seines Vaters war es zu dritt ziemlich eng. Sebastian setzte sich in den Schreibtischsessel. Es war ein seltsames Gefühl. Das Leder war kühl, und doch fühlte es sich irgendwie warm an, als wäre sein Vater gerade erst von dem Sessel aufgestanden. Fast erwartete Sebastian, dass Christian Raabe hereinkommen, sie mit hochgezogenen Augenbrauen ansehen und mit einer lässigen Handbewegung aus dem Zimmer werfen würde. Reiß dich zusammen, dachte er. Dein Vater wird nie wieder durch diese Tür kommen. Er schaltete den Computer an. Als das `Ready` erschien, tippte er `@CR` ein und drückte die Eingabetaste. Der Bildschirm wurde hell. Dann tauchte der rote Funke auf und verwandelte sich wie schon beim letzten Versuch in die Buchstaben, die den seltsamen Satz bildeten:

`Ne stultus quidem usus sit isto computatore, Mellon`

»Also, das ist Latein«, bemerkte Robert. So weit war Sebastian auch schon gekommen.

»Ich weiß. Es heißt: Nur ein Narr benutzt diesen Computer, Mel ...«

»Nein«, unterbrach ihn Mato. »Es heißt: Nur ein Narr *benutze* diesen Computer. Usus *sit*.«

Robert überlegte und schüttelte dann den Kopf. Mato hatte Recht. Wieso konnte ein Chinese so gut Latein?

»Wieso kann ein Chinese so gut Latein?«

»Weil die Unfähigkeit eulel hochachtenswelten Folschungsleisenden, unsele Splache zu lelnen, uns Kindel des Ostens zwang, eule Splache zu ellelnen. Nun tipp schon das Zauberwort ein, und dann werden sich für dich Tür und Tor zu Bit und Byte öffnen«, antwortete Mato.

Sebastian machte weiter.

`Mellon`

Einige Sekunden geschah nichts. Dann explodierten die Buchstaben mit einem Knall, und Bruchteile schienen zusammen mit Lichtfetzen durch die Glasscheibe auf den Betrachter zuzurasen. Sebastian erschrak und sprang vom Stuhl.

Auf dem Bildschirm drehte sich eine dreidimensionale Narrenkappe.

»Was war denn das?«, fragte Robert verdattert.

»Was wohl«, brummte Mato und stand auf. »Haben wir vielleicht ein falsches Passwort eingegeben?«

»Also, so einfach ist es offensichtlich doch nicht.« Sebastian schüttelte den Kopf.

»Sieht so aus«, stimmte Robert zu. »Ich persönlich denke, wir können auch einen simplen Tastencode ausschließen, weil

Sebastian niemals darauf kommen könnte. Geburtstage und so werden es wohl auch nicht sein …«

»Wartet mal«, unterbrach Mato ihn. »Das hier ist eine richtige Schnitzeljagd. Wir haben es mit einer Aufforderung zu tun.« Er kniff die Augen zusammen und überlegte. »Ich denke, ich weiß, was gemeint ist«, sagte er schließlich. »Der lateinische Satz stellt eine Art Einschränkung dar. Wer kein Narr ist, der braucht es erst gar nicht zu versuchen. Und ich vermute, ›Mellon‹ ist nur ein Hinweis darauf, wie man den Rest des Codes verstehen soll. Vielleicht muss man den Narren wörtlich nehmen. Es muss ein Narr sein, der den Computer einschaltet … irgendwie.«

»Soll ich mir eine rote Pappnase aufsetzen, bevor ich die Kiste anschalte?«, fragte Sebastian entnervt. Mato betrachtete nachdenklich sein Gesicht.

»Wer jetzt eine blöde Bemerkung macht, bekommt was aufs Maul«, warnte Sebastian den Freund.

»Und was jetzt?«, Robert kratzte sich ausgiebig sein unrasiertes Kinn und schob dabei seinen Unterkiefer nach vorn. »Im Augenblick fällt mir nichts mehr ein.«

Sebastian, Mato und Robert hatten sich an einen Tisch in der Cafeteria gesetzt und gerade mit dem Mittagessen begonnen, als der Chinese aufsprang. »Hobbes«, brüllte er. »He, Hobes!«

Der junge Mann, der da auf Inlineskates durch die Cafeteria balancierte, verzog das Gesicht zu einem schiefen Grinsen. Mit den Rollen unter den Füßen war er etwa so groß wie Sebastian, ohne die Blades etwas größer als Mato. Als er am Tisch angelangt war, sah man unter seiner Motorradjacke eine phosphoreszierende Schrift auf dem T-Shirt aufblitzen. Mato packte einen Zipfel der Jacke und legte den ganzen Spruch frei: »Born to be!« Er kratzte sich am Kopf. »Born to be Ausrufezeichen? Was ist das denn für ein Leben?«

Hobbes setzte sich.

»Sebastian …«, begann er, aber der unterbrach ihn.

»Ich weiß. Ist schon gut.«

Eine Weile aßen sie schweigend.

»Was fällt dir zum Thema Narren ein?« Sebastian fiel mit der Tür ins Haus.

Hobbes schien nicht mal überrascht. Nach wenigen Sekunden antwortete er: »Also, zuerst einmal fällt mir da Till Eulenspiegel ein.«

Sebastian richtete sich auf. Wieso war er da nicht selbst drauf gekommen? »Klar, das ist ja der Narr überhaupt«, bestätigte er.

»Genau, direkt nach dem Kanzler und Mato«, nuschelte Robert.

»Es gibt einen Roman über Eulenspiegel von Charles de Coster. Den findest du in jeder Bibliothek«, fuhr Hobbes fort. »Es gibt allerdings noch eine andere Version. Eine ältere, ursprüngliche, aus der Zeit um 1500 oder so. Allerdings habe ich den Namen des Autors vergessen. Hermann irgendwas.«

»Sieht so aus, als müsste ich in nächster Zeit eine Menge lesen.« Sebastian grinste.

19. April, früher Nachmittag

Nach dem Mittagessen verließen Sebastian und Hobbes gemeinsam das Institut, während Mato und Robert die Praktikumsräume aufsuchten.

Sebastian hätte nicht sagen können, wieso, aber Hobbes faszinierte ihn. Etwas an ihm war anders, ungewöhnlich. Aufmerksam geworden waren Mato und er auf Hobbes, als der sich ein Wortgefecht mit einem der Dozenten am Institut geliefert hatte. Hobbes sollte die Funktion einer bestimmten Region im Temporal-Lappen des Gehirns beschreiben, hatte aber nur die Schultern gezuckt. Auf die zynische Belehrung, dass Wissen Macht sei, hatte Hobbes mit einem Zitat geantwortet: »Ja, aber nur in geringem Grade, weil ein vorzügliches Wissen höchst selten gefunden und auch sehr wenigen hier und da einmal einleuchten wird; denn Wissen kann nur vom Wissenden entdeckt werden.«

Das stammte von Hobbes, Thomas Hobbes.

Obwohl ganz offensichtlich ein aufgeweckter Kerl, mangelte es »ihrem« Hobbes an Selbstbewusstsein. Er war nicht der Typ, der sofort den starken Mann markierte. Auch respektierte er gegenüber seinen Freunden gewisse Grenzen, während Mato und Sebstian nach dem Motto lebten: Lieber einen guten Freund verlieren, als auf eine gute Pointe verzichtet.

Das Freundschafts-Angebot hatte Hobbes gern angenommen. Sehr viel wussten Sebastian und Mato nach wie vor nicht über ihn, manchmal hatte Sebastian den Verdacht, als schämte er sich seiner nicht-akademischen Herkunft.

»Sag mal«, Hobbes sah Sebastian fragend an, »kann ich irgendwas für dich tun?« Er verzog den Mund. »Wahrscheinlich fragt dich das jetzt andauernd jemand, was?«

»Stimmt«, antwortete Sebastian. »Trotzdem danke. Ich komme zurecht.«

Sie erreichten das Sendlinger Tor und nahmen die Rolltreppe hinunter zur U-Bahn.

»Kennst du dich mit Waffen aus?«, fragte Sebastian plötzlich.

Hobbes stutzte und schaute ihn irritiert von der Seite an.

»Wie kommst du denn darauf!?«, fragte er. Sebastian wurde jetzt erst bewusst, dass er tatsächlich nicht auf die Idee gekommen wäre, Robert oder Mato diese Frage zu stellen. Wieso fand er sie bei Hobbes nicht so abwegig?

»Und was wäre, wenn ich die Frage mit Ja beantworten würde?«, fragte der jetzt.

»Ach, vergiss es. War bloß so eine Idee.«

Hobbes' Bahn fuhr ein und hielt mit quietschenden Bremsen.

»Also, wenn dir die Idee noch einmal kommt, dann frag' mich einfach wieder.« Hobbes drängte sich durch die aussteigenden Passagiere in den Wagen.

Sebastian fuhr bis zum Marienplatz, dann mit der S-Bahn zum Gasteig. In der Stadtbibliothek wollte er nach dem ›Narrenschiff‹ und den ›Eulenspiegel‹-Büchern suchen.

Die Bibliothek empfing Sebastian kalt und abweisend. Das Personal hinter den Computer-Terminals in der Eingangshalle fertigte die Besucher ab wie an der Supermarktkasse. Sebastian beeilte sich, die Standorte seiner Bücher zu recherchieren. Alle drei Exemplare des ›Narrenschiffs‹ waren ausgeliehen.

Das Buch von de Coster fand er unter den Klassikern. Es hieß ›Thyl Ulenspiegel. Die Legende und die heldenhaften, fröhlichen und ruhmreichen Abenteuer von Ulenspiegel und Lamme Goedzak im flandrischen Lande und anderswo‹. Charles de Costers Roman war 1867 erschienen, und Sebastian fand schnell heraus, dass es ganz sicher nicht das war, was er suchte.

Neben dem Roman entdeckte Sebastian drei Taschenbücher, die ebenfalls den Titel ›Till Eulenspiegel‹ trugen. Ihren Einband zierte ein Holzstich, der einen Mann auf einem Pferd zeigte. In den beiden hoch erhobenen Händen hielt der Kerl eine Eule und einen Spiegel. Wie sinnig, dachte Sebastian. Wie man der Einleitung entnehmen konnte, war der Autor dieses ursprünglichen Eulenspiegels wahrscheinlich ein gewisser

Hermann Bote, der wiederum ältere Geschichten gesammelt und aufgeschrieben hatte, die damals in Deutschland kursierten. Allerdings, so hieß es, war man sich der Autorschaft nicht ganz sicher. Das Buch war damals anonym erschienen. Fünfhundert Jahre später kam dann jemand auf die Idee, Bote könnte dieser Autor gewesen sein. Die Anfangsbuchstaben der letzten sechs Geschichten ergaben einen Namen: ERMANNB, ein Akrostichon. Nun, soweit Sebastian seinen Vater kannte, hätte der ein Original – in diesem Falle Bote – auf jeden Fall einer Variation – also de Coster – vorgezogen. Trotzdem nahm er beide Bücher mit.

In einem Antiquariat in Schwabing fand Sebastian schließlich auch den Brant: eine kleinformatige, ziemlich schäbige Ausgabe, dafür aber schön billig.

Ein paar Straßen weiter setzte er sich in ein Café, bestellte einen Käsekuchen und nahm sich das Buch vor. Das Titelbild zeigte einen mit Narren beladenen Pferdewagen, darunter ein Schiff, ebenfalls voll mit Narren, wie an ihren Kappen mit Eselsohren zu erkennen war. Die Szene war mit ›Ad Narragoniam‹, zum Narrenland, überschrieben. Ein Narr war namentlich als »Doctor Griff« gekennzeichnet. Ein Narr als Doktor. Ein Doktor als Narr? Konnte das mit dem Passwort-Rätsel zusammenhängen?

Die Sprüche, mit denen das Buch gefüllt war, gefielen Sebastian. *Wiewohl Terentius saget, daß / Wer Wahrheit ausspricht, erntet Hass.* Großartig! Dieses Buch würde einen Ehrenplatz im Regal erhalten, selbst wenn sich herausstellen sollte, dass es ihn auf der Suche nach dem Passwort nicht weiterbringen würde. Dann blätterte er den de Coster durch. Doch auch der schien nicht sonderlich vielversprechend. Das Interessanteste war noch ein Rezept für eine Hexensalbe.

Die Bilder, die die einzelnen Historien in Hermann Botes ›Eulenspiegel‹ illustrierten, ähnelten den Abbildungen im ›Narrenschiff‹. Der erste Stich, den Sebastian zufällig aufschlug, zeigte einen Mann, der neben eine Wanne kackte. Saubere Lektüre, dachte Sebastian, aber die werde ich mir später zu Gemüte führen.

20. April, Vormittag

Sebastian hatte sich vorgenommen, noch ein wenig am PC seines Vaters herumzuspielen, in der Hoffnung, sich nicht wieder zum Narren zu machen. Als er durch die Gänge des Instituts lief, wäre er fast mit einem älteren Mann zusammengestoßen. Überrascht sah er auf.

»Wallroth! Bist du wieder da!«

Der Mann umarmte ihn und drückte ihn an die Brust. Sebastian fühlte sich mit einem Mal unglaublich erleichtert. Endlich war Wallroth aus den USA zurück.

»Wie geht es dir?«, fragte der Wissenschaftler. »Na ja, das ist eine dumme Frage. Ich meine, geht es dir halbwegs gut? Kommst du zurecht?« Er hatte Sebastian eine Hand um den Oberarm gelegt und hielt ihn fest. Ohne eine Antwort abzuwarten, fuhr er fort: »Es tut mir so verdammt Leid, dass ich nicht früher kommen konnte. Ich wollte mich gestern gleich in den Flieger setzen, als ich gehört hatte, was passiert ist. So genau weiß ich immer noch nicht, was los ist. Ich habe davon bisher nur in den Zeitungen gelesen. TRAGISCHER UNFALL und so. Ich wollte sofort kommen, damit du nicht so allein dastehst. Aber dann dachte ich mir, dass dich eigentlich keine Tante Frank in den Arm nehmen muss.« Er sah Sebastian ernst in die Augen.

Sebastian grinste ihn an. »Schon gut. Aber jetzt bin ich verdammt froh, dich zu sehen«, antwortete er.

Wallroth nahm Sebastian noch einmal in den Arm, hielt ihn fest und schaute ihn von oben bis unten an.

»Lass uns reden, Sebastian«, Wallroth deutete auf Christian Raabes Bürotür, »komm.«

Er setzte sich in den Bürosessel, Sebastian ließ sich auf der Kante des Tisches nieder, so saßen sie sich halbwegs gegenüber.

»Wenn du jemanden oder irgendetwas brauchst, dann musst du mir das sagen, okay? Ich meine das ernst.«

»Weiß ich ja. Danke. Aber Lannert hat schon begonnen, ein paar kompliziertere Dinge zu regeln.«

»Gut. Sehr gut. Wenn du mit jemandem reden willst, über das alles ...«

»Im Moment kapiere ich noch gar nichts. Es ist alles so irreal.« Sebastian überlegte einen Augenblick. Aber dann bemerkte er, dass er nicht überlegen musste. Alles, was er sagen wollte, war schon da. Er musste nur den Mund aufmachen.

»Er ist weg, und seine Wohnung ist unheimlich leer. Es ist seltsam. So eine Wohnung ist ja schon dann furchtbar leer, wenn man weiß, der Mensch, der dort gewohnt hat, kommt irgendwann wieder. Wenn man weiß, er kommt nachher noch, dann ... dann spürt man ihn, auch wenn er gerade nicht da ist. Aber wenn er nie mehr nach Hause kommen wird ... es ist so, als wäre es ein paar Grad kälter als früher.«

Wallroth nickte und schwieg.

»Ein paar Sachen gibt es allerdings, die ich nicht verstehe ...«

Als Sebastian nicht weitersprach, warf Wallroth ihm einen aufmunternden Blick zu.

»Ich soll seinen Computer anschalten«, fuhr Sebastian stockend fort.

Wallroth beugte sich überrascht vor. »Den Computer hier in seinem Büro?«, fragte er. »Du sollst diesen Rechner anschalten?«

»Ja. So habe ich das verstanden.«

»So! Und? Hast du?«

»Ich habe es versucht. Aber man braucht ein Passwort.«

»Und das Passwort kennst du nicht?«

»Nein. Keine Ahnung. Woher denn?«

Wallroth lehnte sich wieder zurück und kratzte sich nachdenklich an der Nase. »Hm, zu blöd. Christian sagt, du sollst den Rechner anmachen, und gibt dir das Passwort nicht. Was soll denn das?«

»Ich habe keine Ahnung. Wenn man den Rechner startet, dann kommt so ein lateinischer Satz: ›Nur ein Narr benutze diesen Computer‹. Und dann kommt noch ein Wort, allerdings nicht auf Lateinisch: ›Mellon‹.«

»Nur ein Narr… aha. Und was das soll, weißt du nicht?«

»Nein. Das Wort ›Mellon‹ stammt vermutlich aus einem Roman. Dem ›Herrn der Ringe‹.«

Er erklärte Wallroth den Sinn, den er und seine Freunde hinter diesem Wort vermuteten. Wallroth stimmte zu.

»Den ›Herrn der Ringe‹ kenne ich. Eure Schlussfolgerung klingt vernünftig. Sprich ›Freund‹ und tritt ein. ›Mellon‹ deutet darauf, dass man den Satz irgendwie wörtlich nehmen soll. Habt ihr da auch schon eine Idee?«

Sebastian erzählte ihm von den Büchern, die er sich besorgt hatte.

»Weißt du, ich habe mir ja eigentlich immer etwas auf meine literarische Bildung eingebildet. Aber weder vom ›Narrenschiff‹ noch von Hermann Bote habe ich bisher gehört. Nicht einmal den ›Herrn der Ringe‹ habe ich gelesen. Vielleicht hatte mein Vater ja den Plan, meine Bildung mit diesem Narrenrätsel noch ein letztes Mal zu erweitern.«

»Hey, hey. Klingt das vielleicht ein bisschen verbittert?« Wallroth stand auf und begann, im Zimmer herumzuschlendern und den Inhalt der Regale zu betrachten.

»Verbittert? Vielleicht«, antwortete Sebastian. »Ich meine,

es ist schon schwer genug. Und jetzt lässt er mich auch noch Rätsel raten.«

»Nicht raten«, widersprach Wallroth. »Nicht raten: nachdenken.« Er nahm den Schädel aus dem Regal und betrachtete ihn gedankenverloren.

Sebastians Blick fiel auf Wallroths neuen, eleganten Anzug. Die meisten Professoren am Institut achteten nicht so sehr auf ihr Äußeres, Krawatten sah man eher selten. Auch sein Vater mochte keine Krawatten. Wallroth dagegen sah immer aus wie ein Politiker im Fernsehen: Die Haare kurz, gepflegt und grau meliert, der Anzug maßgeschneidert, elegant und sportlich. Mit dem kräftigen Nacken, dem starken Kinn und dem offenen Blick gab er das Bild des idealen US-Präsidentschaftskandidaten ab. Und in einer Uniform hätte er gut auch für die Marines Werbung machen können. Andererseits, das wusste Sebastian, trieb er keinen Sport außer Golf. Er war etwa so alt wie Christian Raabe. Beide zusammen hatten das Institut gegründet und zu dem gemacht, was es war. Sein Vater war das Oberhaupt der Forschung, Wallroth Verwaltungschef.

»Wenn ich selbst eine Idee habe, sage ich dir Bescheid«, sagte Wallroth schließlich. Dann wechselte er das Thema.

»Ihr beide, Sebastian. Du und dein Vater...« Er wiegte nachdenklich den Kopf. »Ihr habt euch nie wirklich verstanden.« Es war eine Feststellung, keine Frage. Sebastian zuckte mit den Schultern.

»War wohl nicht zu übersehen.«

»Wenn man euch beide kennt, jeden für sich genommen, dann hätte man meinen können, ihr hättet ein Herz und eine Seele sein müssen, so ähnlich seid ihr euch«, sagte Wallroth nachdenklich. »Aber ich weiß schon. Du hattest wahrscheinlich das Gefühl, dass du es Christian nie recht machen konntest, was?« Ohne eine Antwort auf diese Frage abzuwarten, fuhr er fort: »Aber das konnte niemand. Auch ich nicht. Nicht einmal deine Mutter. Aber wer es ihm am allerwenigsten recht machen konnte, das war er selbst. Zum Beispiel hat er sich dafür gehasst, dass er mit dir nicht wie zu einem erwachsenen Menschen sprechen konnte. Das ist ihm einfach nicht gelungen. Ihm war klar, dass er sich immer als dein Lehrer aufgespielt hat, und er war darüber unglücklich. Und er wusste, dass er viel zu wenig Zeit für dich hatte. Immer ging es nur um seinen Beruf, seine Forschung. Er hatte Verantwortung: dir gegenüber – und gegenüber der Gesellschaft. Er hat immer gesagt, die Verantwortung gegenüber der Gesellschaft könne er übernehmen, die dir gegenüber nicht. Da hielt er sich selbst für inkompetent und hat sich in allem auf deine Mutter verlassen. Als sie starb, war er froh, dass du schon so gut wie erwachsen warst.«

»Ich war noch nicht erwachsen«, warf Sebastian ein.

»Aber alt genug, um dein Leben selbst in die Hand zu nehmen. Schau dich doch an.« Wallroth hob seine Hände. »Du gehst deinen Weg. Dazu brauchst du deinen Vater nicht. Schon lange nicht mehr. Deshalb solltest du ihm verzeihen können, dass er… dich nicht ausgebremst hat mit seiner arroganten Studiendirektorenart.« Wallroth lachte, und Sebastian fiel ein. Aber es war ein bitteres Lachen. Dann wurde Wallroth wieder ernst.

»Ich möchte nur wissen, was hier wirklich geschehen ist. Dein Vater hat sich doch nicht besoffen, wie die Polizei offenbar annimmt. Ich kann das einfach nicht glauben.«

Sebastian schüttelte den Kopf. »Ich habe nicht die geringste Ahnung, was los war.«

Wallroth schlug mit der Faust auf den Tisch. Erschrocken drehte Sebastian sich zu ihm um. Er hatte ihn selten so wütend gesehen.

»Dass wir aber auch gar nichts bemerkt haben!« Wallroth war sichtlich aufgebracht, Tränen schossen ihm in die Augen.

»Wenn ich nur daran denke, dass er vielleicht meine Hilfe gebraucht hätte.«

Plötzlich fiel Sebastian wieder ein, dass er Wallroth etwas fragen wollte: »Was ist eigentlich damals schief gegangen, als ihr in Südamerika gearbeitet habt?«

Wallroth war gerade im Begriff gewesen aufzustehen. Jetzt fiel er auf den Stuhl zurück. »Was?«

»Was ist schief gegangen, als ...«

»Wie kommst du darauf, dass wir in Südamerika gearbeitet haben? Wann soll das gewesen sein?«

»Keine Ahnung. Vor meiner Geburt. Da stand etwas in seinem Tagebuch.«

»Christian hat Tagebuch geführt?« Wallroth wirkte überrascht.

»Na ja, eigentlich ist es eher ein Notizbuch. Er hat da wichtige Veranstaltungen und Termine festgehalten.«

»Und was soll da von Südamerika drinstehen?«

»Darin nicht viel. Aber es gibt da einen Brief, den er an meine Mutter geschrieben hat, und da steht drin, dass etwas schief gegangen ist bei einem Versuch ...«

»Okay, Sebastian, ich sage dir jetzt was«, unterbrach ihn Wallroth. Sebastian überraschte der Ton, den er in seiner Stimme hörte.

»Wir ... wir haben nicht in Südamerika geforscht. Aber ich kann mir denken, was Christian gemeint hat. Pass auf, es ist eigentlich ganz einfach, auch wenn es nicht so leicht zu erklären ist.« Der Wissenschaftler schaute einen Augenblick schweigend auf den Boden. Er schien zu überlegen. Dann sah er Sebastian ins Gesicht.

»Dein Vater und deine Mutter haben sich einmal heftig gestritten. Lange bevor du geboren warst. Wir wollten damals nach Spanien, Christian und ich. Bevor wir gefahren sind, gab es Krach. Worum es ging, weiß ich nicht mehr genau, aber ich glaube, deine Mutter wollte nicht, dass dein Vater immer so lange von zu Hause weg bleibt. Das ist Christian aber schwer gefallen. Sosehr er deine Mutter auch geliebt hat, er war besessen von seiner Arbeit, ohne sie war er nicht glücklich. Und als wir in Spanien waren, da hat er einen Brief bekommen, in dem deine Mutter ihm schrieb, sie wolle sich von ihm trennen. Er hat ihr sofort zurückgeschrieben, aber wohl so getan, als hätte er ihren Brief nie erhalten. Er schrieb ihr, er würde zurückkommen, weil ein Experiment missglückt war. Er erfand einen simplen Grund, mit dem er sofort zurück nach Deutschland fahren und zugleich so tun konnte, als wüsste er nichts von ihrem Brief.« Wallroth blickte Sebastian eindringlich an. Was sollte das? Was Wallroth erzählte, passte hinten und vorn nicht. In dem Brief war die Rede von den Kordilleren, von Lamas und von der Pampa gewesen. Doch noch bevor er Wallroth darauf aufmerksam machen konnte, beendete der das Gespräch.

»Das ist alles. Eine rein private Geschichte.«

Der Forscher stand auf und stellte sich neben Sebastian. »Die Verwaltung wird sicher nicht lange damit warten, einen Nachfolger als Institutsleiter zu bestimmen. Vermutlich habe ich gute Karten. Aber ich sage dir ganz ehrlich, lieber hätte ich noch zehn Jahre auf den Job gewartet, als dass ich ihn jetzt auf diese Weise bekomme. Na ja, nur dass du dich nicht wunderst. Und wenn dir noch was einfällt, was ich für dich tun kann, dann sag mir Bescheid.«

Als Wallroth sich verabschiedet hatte, sah Sebastian ihm lange hinterher. Wallroth bemühte sich redlich. Sicher war er ein guter Freund. Aber irgendwo fehlte ihm ein Quentchen Sensibilität. Und was war das für eine merkwürdige Spanien-Geschichte? Das war doch von vorn bis hinten erfunden! Sein Vater hatte den Brief ja nie abgeschickt. Oder war das nur ein Entwurf? Außerdem war in dem Brief eindeutig die Rede von den Anden gewesen. Wie kam Wallroth auf Spanien? Er würde ihn später dazu noch mal fragen müssen.

Er setzte sich hinter den Schreibtisch und startete den Computer. Dann kramte er die Notizen heraus, die er sich während der Lektüre des ›Narrenschiffs‹ gemacht hatte, und tippte einige der auffälligeren lateinischen Begriffe ein. Er begann mit

`Ad Narragoniam`

Die Reaktion des Computers überraschte ihn inzwischen nicht mehr. Die sich drehende Narrenkappe hatte heute eine andere Farbe. Alle weiteren Versuche ergaben ebenfalls lediglich neue Farbvariationen. Nachdem auch

`Veritas odium parit`

keinen Erfolg brachte, gab Sebastian auf. So weit also das ›Narrenschiff‹, dachte er enttäuscht. Da hatte er eine Niete gezogen.

Wozu eigentlich das ganze Theater? Bloß weil sein Vater auf die absurde Idee kam, auf seinem Computer müssten einige ominöse Daten gelöscht werden? Musste er sich hier wirklich zum Narren machen? Warum hatte der alte Herr seine Hausaufgaben nicht selbst gemacht? Er war schließlich nicht der Botenjunge. Aber das war typisch für seinen Vater. Mach dies, mach das, und immer hatte es so geklungen, als sei das ja wohl alles kein Problem. Natürlich war Klein-Sebastian immer wieder auf Probleme gestoßen, und wenn er dann wieder einmal gescheitert war, wurde missbilligend die Augenbraue gehoben. Der Sohn des großen Christian Raabe hat sich mal wieder als Versager erwiesen. Irgendwie fühle ich mich schon verarscht, dachte Sebastian, und schaltete den Computer aus. Dann dachte er an die Telefon-Nachricht seines Vaters. *Ich bin stolz auf dich.* Und wie verzweifelt er geklungen hatte.

Also gut, beschloss er, versuchen wir es mit ›Eulenspiegel‹. Er legte die Füße auf die Schreibtischplatte und widmete sich Hermann Botes Narrengeschichten.

Sebastian kam mit der Lektüre gut voran und ignorierte das Knurren seines Magens.

Auf Dauer wurde der Stil der von Bote gesammelten Historien langweilig. Zwar waren manche Geschichten ganz originell, aber der Humor des ausgehenden Mittelalters war ihm insgesamt zu vulgär.

Plötzlich stand Garland Steadman in der Tür. Überrascht blieb der Wissenschaftler stehen. »Darf ich?«, fragte er, und zögerte kurz. Die Verlegenheit des Professors irritierte Sebastian. Niemand, dachte er, wirklich niemand konnte diesen Mann leiden. Steadman war ein rotes Tuch für jeden am Institut. Er war ein autoritärer, ungeduldiger alter Trottel, dem es niemand recht machen konnte. Seine Unsicherheit wirkte aufgesetzt.

Jetzt rückte sich Steadman die Nickelbrille auf der dünnen Nase zurecht, blickte im Zimmer umher und kratzte sich hinter dem Ohr. Sein Blick blieb an dem Computerbildschirm hängen. Dann wanderten die blassblauen Augen zurück zu Sebastian und fixierten ihn.

Steadman war ungefähr so alt wie sein Vater. Auch er war von Anfang an dabei gewesen, als Wallroth und Raabe das Institut gegründet und zu dem gemacht hatten, was es heute war. Das Verhältnis zwischen Steadman und seinem Vater war jedoch ziemlich unterkühlt gewesen.

»Ich bin noch gar nicht dazu gekommen, dir zu sagen, wie Leid mir das tut.« Steadman streckte Sebastian die Hand entgegen und schlurfte mit hängenden Schultern auf ihn zu. Sebastian mochte es nicht, dass Steadman ihn duzte. Bei Lannert und Wallroth war das was anderes.

»Fürchterliche Sache, das mit deinem Vater«, sagte er, während er Sebastian die Hand schüttelte.

»Es wird behauptet, Christian hätte getrunken. Hast du das gewusst?« Er sah forschend in Sebastians Gesicht. »Das muss schon eine ganze Weile so gegangen sein«, fuhr er fort. »Immer, wenn ich aus dem Haus gegangen bin, brannte noch Licht hier im Zimmer.«

»Ich hatte keine Ahnung, dass er getrunken hat«, antwortete Sebastian. »Und ich kann es mir eigentlich auch nicht vorstellen.«

»Er kam mir in letzter Zeit sehr verschlossen vor.« Steadman bemühte sich, mitfühlend zu klingen. Es gelang ihm nicht.

»Wir haben eine Weile wenig Kontakt gehabt«, fuhr Steadman fort. »Jetzt begreife ich erst, dass er sich richtiggehend zurückgezogen hat. Ich habe mir darüber überhaupt keine Gedanken gemacht. Leider.« Er schüttelte nachdenklich den Kopf. »In den Zeitungen stand, die Polizei hätte hier eine leere Flasche Whiskey gefunden. Bushmills, hm?« Er lächelte versonnen. »Dein Vater hatte ja in allen Dingen einen guten Geschmack.«

Wann Steadman wohl merken würde, dass Sebastian keine Lust auf seine Gesellschaft verspürte? Was zum Teufel wollte er eigentlich?

Steadmans Haltung veränderte sich. Er nahm seine Brille ab, massierte sich den Nasenrücken und blickte sich kurzsichtig im Zimmer um. Dann setzte er die Brille wieder auf und betrachtete durch die dicken Gläser misstrauisch Sebastians Gesicht. »Was machst du hier eigentlich?«, fragte er. »Du hast noch den Büroschlüssel? Den wirst du natürlich bald abgeben müssen.«

Arschloch, dachte Sebastian. »Ich habe hier noch einiges zu erledigen. Und wenn ich das Büro meines Vaters ausgeräumt habe, gebe ich auch den Schlüssel ab.«

Steadman hob beschwichtigend die Hand. »Entschuldige, natürlich. Lass dir Zeit.« Er verabschiedete sich abrupt. Erleichtert beugte Sebastian sich wieder über das Eulenspiegelbuch.

Er las bis in den Nachmittag hinein. Dann stieß Sebastian auf die Historie 41. Der Inhalt der Geschichte war unspektakulär. Aber zum ersten Mal tat Eulenspiegel etwas, das Sebastian wie elektrisiert auf dem Stuhl hochgehen ließ.

Denn Eulenspiegel hatte diese Gewohnheit: Wo er eine Büberei tat und man ihn nicht kannte oder seinen Namen nicht wusste, da nahm er Kreide oder Kohle, malte über die Tür eine Eule und einen Spiegel und schrieb darüber auf Lateinisch: Hic fuit.

Hic fuit! Das musste es sein: *Er ist hier gewesen.*

Sebastian schaltete den Computer hastig wieder ein und wartete nervös, bis er endlich auf die Tasten einschlagen konnte, hin- und hergerissen zwischen der frohen Erwartung, es diesmal zu schaffen, und der Furcht vor dem, was er möglicherweise finden würde.

`Ne stultus quidem usus sit isto computatore, Mellon`

Sebastian legte die Finger auf die Tastatur, nur um sie gleich wieder wegzunehmen. Er wollte jetzt jeden Buchstaben treffen. Mit dem Zeigefinger tippte er langsam ein:

`Hicfuit`

Er drückte Return.

Als der Bildschirm in Farben explodierte, erschrak Sebastian noch heftiger als beim ersten Mal.

»Verdammt!« Er packte das Eulenspiegelbuch und schleuderte es quer durch das Zimmer. Kalte Wut stieg in ihm hoch.

»Ich geb' auf!«, flüsterte er. »Ich geb' auf und du kannst mich mit deinem beschissenen Computer am Arsch lecken, Christian Raabe.«

Dann sprang er auf. »Wieso hast du dich überhaupt umgebracht, du Idiot?«, schrie er und trat gegen das Regal. Der Schmerz in seinem Fuß brachte ihn wieder zur Besinnung.

»Scheiße!« Er ließ sich in den Stuhl fallen und umklammerte

den pochenden Fuß mit beiden Händen. Ein greller, farbiger Schmerz schoss hinauf bis in die Wade.

Sebastian verharrte einige Minuten mit zusammengebissenen Zähnen auf dem Stuhl. Er fühlte sich leer. Sein Vater hielt ihn wirklich zum Narren. Es hatte so gut zusammengepasst. Ein Narr, der auf Lateinisch sagt, er sei hier gewesen. Es war doch wie im ›Herrn der Ringe‹, oder nicht? Ein literarischer, klassischer Hintergrund, wie es sein Vater gemocht hätte. Was auch immer du dir dabei gedacht hast, du hast mich mal wieder überfordert, dachte Sebastian bitter. Selbst jetzt noch hast du es geschafft, deinen Sohn auf seine Unzulänglichkeit hinzuweisen. Bereust du es wenigstens, dass du einen Versager beauftragt hast, diese blöden Dateien zu löschen? Sebastian merkte, wie seine Gedanken langsam aus dem Ruder liefen und er seinem Vater Unrecht tat. Ablenkung, dachte er. Ich brauche jetzt dringend eine Ablenkung. Er hob den Kopf, schloss die Augen und befreite seinen Fuß aus den verkrampften Händen. Sobald das Blut wieder in seine Bahnen zurückkehren durfte, verstärkte sich der Schmerz. Aber das würde bald vergehen.

Sebastian hatte die Nase voll – von Computern, Büchern, Narren, Forschern. Er beschloss, jegliches Arbeiten oder Nachdenken für diesen Tag zu beenden. Beim ersten Schritt aber war der grelle Schmerz wieder da und fuhr ihm das Bein hinauf. Er knickte ein. Im letzten Augenblick konnte er sich an einem Regal festhalten. Wenn das jetzt auch noch umfiele, dachte er, dann wäre wohl klar, dass das hier ein Slapstick-Film ist.

Immerhin: Sein Humor schien sich schon wieder zurückzumelden. Sebastian hob den ›Eulenspiegel‹ vom Boden auf. Wahrscheinlich werde ich über dich nicht mehr lachen können, Till, dachte er. Allerdings hättest du in der letzten Viertelstunde eine Menge Spaß an mir gehabt.

Mit schmerzverzerrtem Gesicht humpelte er aus dem Büro.

20. April, Abend

Der Abend war ungewöhnlich warm. Sebastian zog die Lederjacke aus. Als er den Marienplatz erreicht hatte, war er völlig durchgeschwitzt.

Schon von weitem sah er sie.

»Ha«, begrüßte Mato ihn. Robert grinste nur.

»Kommst du noch?«

»Eigentlich nicht. Ist meine Nachricht nicht angekommen?«

»Doch, aber sie war auf Bretonisch.«

»Bretonisch!« Mato stutzte. »Darum habe ich gedacht, ich hätte beinahe was verstanden.«

»Beinahe was verstanden? Du verstehst beinahe Bretonisch?«

»Na ja, ein Wort eigentlich nur – beinahe.«

»Welches denn?«

»Schacheln.«

»Schacheln«, wiederholte Sebastian nachdenklich. »Und was heißt das auf Bretonisch?«

»Beinahe.«

Es war eine gute Idee gewesen, sich zu verabreden. Er brauchte jetzt einfach Ablenkung und war froh, Matos Vorschlag gefolgt zu sein.

Robert sah zu der Bühne vor dem neuen Rathaus hinüber, wo eine Band in diesem Augenblick ihren Soundcheck beendete. Drei Frauen traten an die Mikrofone. Als die Musiker nach einigen Takten einen gemeinsamen Rhythmus gefunden hatten, begannen die Damen das Glitzerzeug zu schwingen, das von ihren Bikinis baumelte. Mato runzelte die Stirn und ging dann zu einem der Bierstände hinüber. Nach einer Weile brachte er ein Tablett mit drei Maß Bier, das er auf den Rand des Fischbrunnens stellte.

»Dann brauchen wir nicht so oft zu gehen«, erklärte er.

Robert sah sorgenvoll auf die Biere. »Besonders wenn das Wasser aus dem Brunnen uns die Gläser gleich wieder auffüllt.«

Man sollte das Bier rasch in Sicherheit bringen.

»Sagt mal, ab wann ist man eigentlich Päderast? Ab vierzehn?«, fragte Mato.

Robert kratzte sich am Kopf. »Ja, ich glaube, das ist genau die Altersbeschränkung, ab der man Päderast ist«, erklärte er ernsthaft. »Auto fahren ab achtzehn, rauchen ab sechzehn, Päderast ab vierzehn.«

»Nein, ich meine, wie alt darf das Mädel sein, wenn ich Päderast bin«, antwortete Mato.

»Ah, wo ist es denn?« Robert schaute sich interessiert um.

»Ach, die verschwinden immer so schnell in der Menge, wenn sie noch so klein sind.« Er deutete mit der flachen Hand etwa in Kniehöhe.

»Also«, fuhr Robert in seiner Erklärung fort, »wenn man ab vierzehn Päderast ist, dann bist du noch zu jung. Und außerdem verführst du doch sowieso allerhöchstens ...« Robert fiel nichts Originelles ein. »Meerschweinchen«, verkündete er dann.

»Ist das eigentlich auch Sodomie, wenn die über vierzehn sind?«

Sebastian schüttete sich aus vor Lachen. Er ärgerte sich immer wieder darüber, dass er es nicht schaffte, so cool zu bleiben wie Mato, der bei seinen Sprüchen kaum eine Miene verzog. Für eine Weile gelang es ihm meist, völligen Blödsinn zu erzählen, als wäre es der ernsthafteste Stoff. Aber irgendwann musste er lachen, während Mato ihn anschaute, als wüsste er nicht, was in aller Welt so komisch war.

»Meerschweinchen sind jedenfalls häufig verwendete Versuchskaninchen für üble Experimente und bieten sich deshalb als Spielgefährten für dich an«, erklärte Robert.

»Ich wusste nicht, dass Meerschweinchen zu den Kaninchen gehören«, antwortete Mato mit nachdenklicher Miene.

Der Platz füllte sich. In der Nähe der provisorischen Biertheke schien es zu einer Prügelei zu kommen. Mato drückte den beiden anderen die restlichen Bierkrüge in die Hand.

»Die Musik ist nichts. Wir machen jetzt das Bier alle und dann gehen wir ins Last Experience, was trinken.«

Sie schoben sich durch die Menge, verschütteten Bier auf verärgerte Zuschauer und schafften es ohne ernstliche Auseinandersetzung bis zum Rand des Platzes. Dort deponierten sie die leeren Biergläser in einem Blumenkübel und liefen hinunter zur S-Bahn. Während sie auf ihre Linie warteten, kramte Mato sein Handy aus der Innentasche seines eleganten Jacketts heraus, um Hobbes Bescheid zu geben.

Das Last Experience versprach mehr, als es zu bieten hatte, genügte ihnen aber vollkommen. Beim Eintreten trieben ihnen aus der Raucherecke dicke Schwaden entgegen. Sebastian ging voran durch den vorderen, halb leeren Schankraum mit der Bar, die anderen folgten ihm bis ins Billardzimmer. Dort hockten sich Sebastian und Mato in eine der in die Wand eingelassenen, mit abgewetzten Polstern ausgestatteten Sitzecken und legten die Füße auf den Holztisch. Robert riss eines der Queues aus der Halterung an der Wand und begann, die weiße Kugel auf dem Billardtisch herumzustoßen. Außer ihnen hielten sich hier nur wenige Gäste auf.

»Was trinken wir?«, fragte Mato.

Sebastian überlegte kurz. »Laphroig«, schlug er vor. »Ich schmeiß 'ne Runde.«

»Gibt's einen Grund dafür?«

»Der schmeckt.«

»Zum Trinken braucht man keinen Grund«, rief Robert

vom Billardtisch herüber. »How stupid it is to think one needs a reason to drink.«

Hobbes trat an ihren Tisch, sein schiefes Grinsen im Gesicht. »Wieso seid ihr nicht mehr auf dem Fest?«

»Unser Sitzpisser hier«, Robert zeigte auf Mato, »musste nach einem halben Glas Bier halt mal eine andere Haltung einnehmen.«

»Ich muss mich mal setzen«, sagte der Chinese, stand auf, klopfte Hobbes auf die Schulter und verließ den Raum in Richtung Toilette.

Hobbes machte sich auf den Weg zur Theke. Als er zurückkam, hatte er ebenfalls ein Whiskeyglas in der Hand.

»Welche Sorte?«, fragte Sebastian interessiert.

»Knockando«, antwortete Hobbes. Er wirkte fast verlegen angesichts der Möglichkeit, den falschen Whiskey zu trinken. »Was habt ihr?«

»Nichts Besseres«, antwortete Sebastian.

»Was Besseres«, sagte Mato, gerade vom Klo zurück.

»Das Gleiche«, stellte Robert fest und bewies damit, dass er überhaupt keine Ahnung hatte. Hobbes runzelte die Stirn. Offensichtlich spielte die Whiskeysorte keine Rolle. Er setzte sich.

»Wie kommt ihr eigentlich mit euren Prüfungsvorbereitungen voran?«, fragte Sebastian.

»Nicht so toll«, meinte Mato und schlug sich mit der flachen Hand gegen die Stirn. »Ich bekomme den Stoff, den Steadman fordert, einfach nicht in dieses Organ, von dem er handelt, hinein. Ich habe bei dem Stress schon so abgenommen, mir rutscht dauernd die Hose.« Er zwängte einen Daumen zwischen Hosenbund und Bauch.

»Das ist doch noch gar nichts«, fand Robert. »Ich habe so abgenommen, mir rutscht dauernd die Brille.« Er schob das Gestell den schmalen Nasenrücken hinauf an seinen Platz.

»Und dass ich auf die letzte Prüfung schon ähnliche Sachen gelernt habe, hilft mir auch nicht weiter«, stellte Hobbes fest. »Nach jeder Prüfung fällt mir das Wissen aus dem Kopf wie ein Buch aus dem Regal.«

»Das trifft den Nagel auf den Kopf«, bestätigte Mato. »Dieser Steadman treibt mich in den Wahnsinn. Kennt ihr jemanden, der bei dem eine bessere Note als eine Drei bekommen hat?«

Seine Freunde schüttelten den Kopf.

»Dabei leistet der doch selbst nichts mehr«, fuhr Mato fort. »Ich habe meine letzte Hausarbeit über die verschiedenen Serotonin-Rezeptoren geschrieben. Da soll er eigentlich Experte sein. Aber wusstet ihr, dass er seit Jahren nichts mehr veröffentlicht hat? Man fragt sich ernsthaft, was er hier eigentlich tut.«

»Außer langweilige Vorlesungen zu halten«, ergänzte Hobbes. »Das ist doch komisch, oder? Eigentlich veröffentlichen alle unsere Profs so oft wie möglich ihre wissenschaftlichen Ergebnisse. Ist doch auch eine Frage von Ruhm und Ehre.«

»Ich würde sagen, der Typ ist gestört. Mangelnde Sozialkompetenz. Wie ist der eigentlich an den Job hier gekommen?«, fragte Robert.

»Ob du es glaubst oder nicht, er hat zusammen mit Wallroth und meinem Vater das Institut hier gegründet. Die drei haben vorher schon zusammengearbeitet. Irgendwie haben sie dann genug Gelder von Bund und Land erhalten, um ein großes deutsches Hirnforschungszentrum aufzubauen«, erklärte Sebastian. »Vielleicht war er gut, und nun wird man ihn nicht mehr los.«

»So wird es sein«, stimmte Mato zu. »Prost.«

Mitschnitt der Sitzung des Parlamentarischen Untersuchungsausschusses »Spezialkräfte« vom 9. April. Abschrift in Auszügen

Dr. Reinhard B. (SPD): Meine Damen und Herren. Ich möchte Sie zur zweiten Sitzung des parlamentarischen Untersuchungsausschusses »Spezialkräfte« begrüßen. Wie Sie wissen, ist dieser Ausschuss nach Vernehmung zweier Zeugen zu folgendem Schluss gekommen: Wir müssen davon ausgehen, dass deutsche Soldaten während der Operation »Freedom Encouragement« im Sudan an einem Massaker an einheimischen Zivilisten beteiligt waren.

Der Bundestag hat auf seiner Sitzung am 7. April deshalb beschlossen, den Auftrag des Ausschusses »Spezialkräfte« zu erweitern. Er lautet nun: Der Ausschuss soll klären, wie es während der Operation »Freedom Encouragement« im Sudan zu einem Massaker an sudanesischen Zivilisten durch deutsche Soldaten kommen konnte. Weitere Maßnahmen, etwa das Einschalten der Bundesanwaltschaft, werden vermutlich demnächst folgen.

Der Vorfall ist so gravierend, gerade wegen der besonderen Verantwortung, der sich Deutschland angesichts seiner Geschichte bewusst ist, dass der Bundestag mit der großen Mehrheit aller Fraktionen beschlossen hat, die Ergebnisse dieses Untersuchungsausschusses vorläufig, und das möchte ich betonen, vorläufig, der Öffentlichkeit nicht zugänglich zu machen.

Darüber hinaus möchte ich Sie darüber informieren, dass die Regierung mit dem Internationalen Strafgerichtshof in Den Haag Kontakt aufgenommen hat. Die Behörde hat auf den ausdrücklichen Wunsch der Bundesregierung ein Ermittlungsverfahren eingeleitet, um dem Vorwurf der Verletzung des Artikels acht des Römischen Statutes nachzugehen. Das heißt, die Anklagebehörde wird überprüfen, ob es im Sudan zu einem Kriegsverbrechen durch deutsche Soldaten im Sinne einer Verletzung der vier Genfer Rot-Kreuz-Abkommen vom 12. August 1949 im internationalen oder nationalen bewaffneten Konflikt gekommen ist. Die Behörde hat bereits ein Experten-Team in den Sudan gesandt, das in der Provinz Ash Sharqiyah nach Spuren eines Massakers suchen wird. Die bereits gehörten Zeugen (geschwärzt) und (geschwärzt) haben den Ermittlern aus Den Haag gegenüber detaillierte Angaben zum Ort des Geschehens gemacht. Angesichts der unglaublichen Schwere des Vorfalls haben sich sowohl der Befehlshaber des Einsatzführungskommandos der Bundeswehr in Potsdam, Generalleutnant Wolfgang Wagner, als auch der Befehlshaber des KSK, Brigadegeneral Friedrich Leise, bereit erklärt, Stellung zu nehmen. Ich schlage vor, wir beginnen mit der Befragung unseres ersten Zeugen. Herr Generalleutnant Wagner, stellen Sie sich bitte vor.

Zeuge: Wolfgang Wagner, Generalleutnant und Befehlshaber des Einsatzführungskommandos der Bundeswehr in Potsdam-Geltow bei Berlin.

Jochen H. (Grüne): Könnten Sie bitte erklären, was das Einsatzführungskommando tut?

Dr. Heidrun F. (CDU): Sie haben wohl Ihre Hausaufgaben nicht gemacht?

Dr. Reinhard B. (SPD): Bitte schön.

Zeuge: Das Einsatzführungskommando plant die Operationen von Heer, Luftwaffe und Marine, bereitet sie vor und führt sie an. Früher wurde dieses Kommando in Deutschland als Generalstab bezeichnet. In anderen Armeen, bei unseren NATO-Partnern zum Beispiel, ist das immer noch so. Aber wir bevorzugen die Bezeichnung »Einsatzführungskommando«, um uns vom Generalstab der Wehrmacht zu distanzieren.

Dr. Reinhard B. (SPD): Würden Sie uns bitte sagen, was Sie von den Ereignissen im Sudan im Dezember letzten Jahres wissen, um die es bei dieser Untersuchung geht? Wie konnte es zu einem Massaker deutscher Soldaten an einheimischen Zivilisten kommen?

Zeuge: Meine Damen und Herren. Ich sehe mich völlig außerstande, Ihnen auf diese Frage eine Antwort zu geben. Ich kann mir noch immer nicht vorstellen, dass Angehörige der deutschen Streitkräfte zu solchen Untaten fähig sein sollen. Die Bundeswehr beteiligt sich im Sudan an einer internationalen Mission im Kampf gegen den Terror. Wir führen zusammen mit unseren Verbündeten einen Auftrag aus, der …«

Dr. Reinhard B. (SPD): Generalleutnant Wagner. Wir kennen den Auftrag der Bundeswehr. Die Bundesregierung hat die Bundeswehr selbst dorthin …

Dr. Heidrun F. (CDU): Der Bundestag, bitte schön.

Dr. Reinhard B. (SPD): Bitte. Wir haben die Bundeswehr selbst in den Sudan gesandt, Sie müssen uns nicht über die Legitimation Ihres Auftrags unterrichten.

Zeuge: Ja. Entschuldigung. Dann möchte ich hier noch einmal wiederholen, was ich bereits gegenüber dem Verteidigungsminister gesagt habe. Bevor die Bundeswehr als Hort von Verbrechern dargestellt und dies womöglich noch in der Presse verbreitet wird, ist es unsere Pflicht, auch den Angehörigen der Streitkräfte gegenüber, abzuwarten, welche Beweise sich für die unglaublichen Anschuldigungen finden lassen.

Jochen H. (Grüne): Sie scheinen demnach auf die Aussagen der beiden bisher gehörten Zeugen nicht viel zu geben. Sie sind doch mit den Aussagen der beiden Angehörigen des Kommandos Spezialkräfte vertraut?

Zeuge: Ich bin damit vertraut, und ich gebe nichts darauf. Das sind doch keine Beweise. Ich kann Ihnen tausend Gründe nennen, weshalb einzelne Personen sich bemühen, die Bundeswehr in ein schlechtes Licht zu rücken. Einer der Zeugen ist ja auch gar kein Angehöriger der Bundeswehr mehr.

Jochen H. (Grüne): Dann nennen Sie uns doch mal die Gründe. (Pause)

Zeuge: Ja, also. Vielleicht fühlten sich die Betreffenden falsch behandelt.

Jochen H. (Grüne): Besteht die Gefahr, dass sich Angehörige der Bundeswehr so falsch behandelt fühlen könnten, dass sie derart schreckliche Lügen verbreiten?

Dr. Reinhard B. (SPD): Bitte, bleiben wir doch beim Thema. Herr Generalleutnant, Sie erklären also, Sie können uns nicht weiterhelfen?

Zeuge: Dr. B. Ich würde empfehlen, Sie fragen die Vorgesetzten der Soldaten, denen der unglaubliche Vorwurf gemacht wird. Brigadegeneral Leise steht ja zu Ihrer Verfügung. Ich kann Ihnen nur sagen, dass Angehörigen der Bundeswehr niemals der Befehl erteilt wurde, Zivilisten zu töten. Ich glaube auch nicht, dass es ein Massaker gab. So beurteilt das Einsatzführungskommando der Bundeswehr zur Zeit und bis auf weiteres die Situation.

Dr. Heidrun F. (CDU): Haben Sie selbst versucht herauszufinden, ob Angehörige der Streitkräfte an einem Massaker beteiligt waren?

Zeuge: Nein.

Dr. Heidrun F. (CDU): Sie wissen doch seit den ersten Veröffentlichungen in der Presse von den Anschuldigungen. Und Sie haben sich nicht die Mühe gemacht, dieser Ungeheuerlichkeit nachzugehen?

Zeuge: Ich habe nichts auf diese Behauptungen gegeben. Ich sah und sehe keine Veranlassung, Staub aufzuwirbeln.

21. April, Morgen

Das Herz des Instituts war das »Zentrum«. Es war die Krönung von Christian Raabes Lebenswerk. In dieser Kathedrale der Erinnerung war das Gedächtnis Verstorbener für die Ewigkeit bewahrt. Immer wieder zog es Sebastian dorthin, so auch jetzt. Er musste sich auf andere Gedanken bringen.

Das Zentrum lag im dritten Stockwerk unter der Erdoberfläche. Normalerweise fuhr jedermann mit dem Aufzug. Sebastian war vielleicht der Einzige, der die Treppe benutzte, die hinunterführte, vorbei an der Tierhaltung mit den unzähligen Ratten- und Rhesusaffen-Käfigen und den Mikrobiologie- und Biochemie-Labors. Hier wurden Nervenzellen in Kulturschalen gezüchtet, um die Neubildung von Nerven und die Übertragungseigenschaften einzelner Zellen zu untersuchen. Aus embryonalen Stammzellen gewannen die Forscher hier Nervenzellen, die bestimmte Hirnbotenstoffe produzierten. Hier, in diesen ungemütlichen Räumen, traf man nur auf Doktoranden, Diplomanden und Assistenten.

Sebastian liebte es, allein durch das Treppenhaus zu gehen. Eine Notbeleuchtung tauchte die Stufen in ein dämmriges, rötliches Licht. Zwischen den einzelnen Stockwerken änderte die Treppe an jedem Absatz ihre Richtung um 180 Grad. Es befanden sich dort tiefe Nischen, in die kaum Licht fiel, düstere Orte, an denen sich der Staub sammelte. Sie hatten Sebastian schon als Kind fasziniert, als er mit seinem Vater das erste Mal hier entlanggekommen war, weil der Fahrstuhl nicht funktioniert hatte.

Die etwa zwei Meter tiefen Nischen waren genau das, was Kinder anzieht und zugleich erschreckt. Orte zum Verstecken, an denen sich aber auch Unheimliches verbergen mochte, der Schwarze Mann oder eines der Monster, die sonst im Dunkeln unter dem Kinderbett hausen. In der grauen Betonwand am

Ende jeder Nische befand sich die Mündung eines Lüftungsschachts. Ein rundes Loch, vielleicht vierzig Zentimeter im Durchmesser, über dem im stetigen Luftzug jalousieartige Aluminiumleisten leise klapperten. Im Wind schwebten Spinnweben und Staubfäden, die von den Wänden und der Decke hingen.

Es fiel leicht, sich vorzustellen, dass hinter den Lüftungsabdeckungen etwas lebte und nur darauf wartete, dass sich jemand zu nahe an die Öffnung heranwagte. Und irgendwo in einer dunklen Kammer tief im Röhrensystem wartete dann das Ende in einem Kokon.

Sebastian hatte sich vorgenommen, irgendwann einmal in dieses dunkle Reich einzudringen, in diese Röhren hineinzukriechen wie eine Ameise in das Tunnelsystem eines fremden, verlassenen Ameisenhügels. Er wusste sogar schon, wo er einsteigen würde. Auf dem Absatz zwischen dem zweiten und dritten Untergeschoss hing der Rahmen der Abdeckung nur noch lose in seiner Halterung. Es wäre kein Problem, sie ganz zu entfernen.

Die dicken Metalltüren, die das Treppenhaus mit den einzelnen Etagen verbanden, waren extrem schwergängig. Man musste sie mit der Schulter aufstemmen. Als er die Tür zum dritten Untergeschoss aufdrückte, schloss er die Augen in Erwartung der dahinter liegenden Helligkeit. Als er sie langsam wieder öffnete, stand er vor Blumenthau. Der Alte schüttelte ihm die Hand. Dann humpelte er mit steifen Beinen traurig hinüber zu seiner Loge. Der hagere Mann betreute die Anlagen im Zentrum und verwaltete die Erinnerungsfilme. Meist saß er in seiner Kabine wie ein Pförtner, schaute sich Talkshows im Fernsehen an oder löste Kreuzworträtsel. Streng genommen war er tatsächlich ein Pförtner, denn jeder, der in das Zentrum hineinwollte, kam an der Glasfront der Kabine vorbei und musste sich bei ihm anmelden. Blumenthau öffnete von seinem

Platz aus die dicke Stahltür, die den Zugang zu den Anlagen versperrte. Der grauhaarige Alte war ein Relikt aus der Vergangenheit von Sebastians Vater. Christian Raabe hatte dafür gesorgt, dass er hier einer sinnvollen Beschäftigung nachgehen konnte. Andernorts wäre ein Mann seines Alters längst in den Ruhestand geschickt worden. Und Sebastian dachte, er hätte Blumenthau eigentlich fast ebenso Beileid wünschen können wie der ihm. Der alte Mann litt ganz offensichtlich schwer unter dieser Tragödie.

Blumenthau schloss seine Loge auf und setzte sich zurück an seinen Platz. Vermutlich hatte er im zweiten Untergeschoss ein Bedürfnis gestillt und war mit dem Fahrstuhl heruntergekommen. Hier unten gab es keine Toiletten.

Während er Sebastian zunickte, gab der Alte den Code ein, mit dem die Stahltür entriegelt wurde. Sie öffnete sich knarrend. Sebastian wusste, dass niemand außer dem Alten den wöchentlich wechselnden Code kannte, mit dem man ins Zentrum gelangte. Aber Sebastian war mit fünf oder sechs Jahren überall im Institut herumgestromert, hatte häufig auch Blumenthau besucht und auf seinem Schoß gesessen, während der damals schon nicht mehr junge Pförtner die Stahltür öffnete. Sebastian hatte sich einige der Zahlen gemerkt, spielerisch, nicht um an die Kombinationen zu kommen. Und dann hatte er irgendwann eher zufällig festgestellt, dass diese Zahlen immer mit den Lottozahlen der Vorwoche übereinstimmten. Später hatte er diese Beobachtung überprüft und abends, wenn Blumenthau schon lange gegangen war, die Tür zum Zentrum geöffnet. Blumenthaus Art, den Code zu bestimmen, hatte sich seit damals nicht geändert. Wie viele alte Leute blieb er seinen Gewohnheiten treu, so dass Sebastian jederzeit ins Zentrum gelangen konnte, auch wenn der Alte nicht an seinem Platz saß.

Ein grünes Licht blinkte an der Decke über der Tür, die sich jetzt leicht nach innen drücken ließ. Sebastian trat ein in die Kathedrale der Erinnerungen, wie er das Zentrum für sich nannte. Was hier vor ihm lag, war einzigartig in der Welt. Während die Tür hinter Sebastian wieder ins Schloss fiel, flammten brummend die Deckenlampen im Gang vor ihm auf, eine nach der anderen. Zu Sebastians Rechter mündete eine Tür, hinter der sich die Bibliothek befand. Hier ruhten die Erinnerungen all derjenigen, die sich bereit gefunden hatten, ihren Gedächtnisinhalt abspeichern zu lassen, oder von jenen, die so wichtig und interessant erschienen waren, dass die Prozedur auch ohne ihre vorherige Einwilligung – im Namen des öffentlichen Interesses – durchgeführt worden war.

Die Namen von Wissenschaftlern und Politikern, Künstlern, aber auch von Mordopfern und potenziellen Mördern fanden sich auf den Etiketten der CDs, die hier aufbewahrt wurden und deren Inhalt man sich hier im Zentrum in sein eigenes Gehirn übertragen lassen konnte. Für Sebastian standen allerdings nur Filme zur Verfügung, die älter als drei Jahre waren. Diese Aufnahmen waren unscharf und beinhalteten vor allem akustische Erinnerungen. An Gedächtnisaufnahmen jüngeren Datums, die dank verbesserter Technik erheblich klarer waren, kam man nur mithilfe eines weiteren Codes, der dem wissenschaftlichen Personal und den höheren Semestern vorbehalten war.

Die Regelung war eingeführt worden, nachdem man festgestellt hatte, dass Menschen, die nicht genügend vorbereitet waren, die eigenen und die fremden Erinnerungen später nicht mehr eindeutig auseinander halten konnten.

Bevor Sebastian die Bibliothek betrat, schaltete er sein Handy aus. Das Gerät funktionierte hier unten zwar, da das hohe Institutsgebäude selbst Knotenpunkt eines Mobilfunknetzes war. Aber der Empfang war schlecht, und bei dem, was er jetzt vorhatte, wollte er ungestört sein. In der Bibliothek fand er sich zwischen Metallregalen wieder, die bis unter die Decke mit den schmalen, hochkant aufgereihten Kunststoffhüllen von zehn Zentimetern Kantenlänge aufgefüllt waren. In dem kahlen und kühlen Raum waren die Erinnerungsfilme archiviert, chronologisch und nach dem Typus des Toten.

Sebastian ging zum Ende des ersten Regals. Dort standen die letzten noch mit der alten Technik aufgenommenen Filme. Bei einem früheren Besuch in der Bibliothek hatte er einen Namen auf der Liste der Gedächtnisspender entdeckt, der ihn interessierte.

Es handelte sich um einen zeitgenössischen Popstar, der mit seiner Musik reich geworden war. Da in den meisten frei zugänglichen Filmen die akustischen Erinnerungen dominierten, versprach Sebastian sich von einem solchen Band am ehesten ein befriedigendes Erlebnis. Wer weiß, dachte er, vielleicht steckt darin ja eine wunderbare, vom Komponisten vor seinem Tode nicht mehr zu Papier gebrachte Melodie, die sich verkaufen lässt.

Er hatte den richtigen Film schnell gefunden und verließ die Bibliothek.

Das Ende des Ganges öffnete sich zu einer kleinen Halle mit zwei Kabinen, in denen sich die Gedächtniscomputer befanden. Sebastian betrat eine der Kabinen und zog die Tür hinter sich zu. Er warf den Film auf diese Kombination aus lederner Krankenliege und Zahnarztstuhl, die den größten Teil des Raumes einnahm. Am Fußende befand sich eine Rolle mit Papier, das über die Sitzfläche gezogen wurde. Es sollte das Leder vor dem Schweiß schützen, der einem hier schnell ausbrach, da der starke Rechner eine große Hitze ausstrahlte. Das Kopfende des Sessels bestand aus einer Art Helm, der den Kopf über der Stirn und den Ohren frei ließ. In der Wand dahinter gähnte eine Öffnung von dreißig Zentimetern Durchmesser, aus deren Metallrand etliche dünne Nadelspitzen nach innen ragten. Sebastian fand, dass die Anlage aussah wie ein auf Hochglanz poliertes mittelalterliches Folterinstrument.

Er aktivierte den in die Wand integrierten Rechner. Der Bildschirm erwachte zum Leben und fragte nach der Codekarte. Sebastian steckte sie in den Schlitz. Der Computer erhielt nun die Daten von Sebastians Kopf, die Dicke seiner Kopfhaut und Schädelknochen sowie die Position der relevanten Hirnregionen, besonders des Sulcus principalis, die auf der Karte gespeichert waren. Dann führte Sebastian die CD in den senkrechten Spalt in der Wand neben der Konsole ein. Nach zwei Sekunden meldete der PC seine Bereitschaft.

Sebastian legte sich in den Sessel. Er schob den Kopf sacht in den Helm und wunderte sich einmal mehr, wie weich der Druck war, den er auf Wangenknochen und Jochbeinen spürte, als die Helmhalterung seinen Schädel fixierte. Er konnte jetzt nicht mal mehr nicken. Die Lehnen des Sessels schmiegten sich perfekt an die Unterarme an. Unter seiner linken Hand war der kleine Hebel, den er jetzt umstellte. Langsam kippte der Sessel nach hinten, und der Helm mit Sebastians fixiertem Kopf fuhr in die mit Nadeln gespickte Öffnung, so dass der obere Teil seines Schädels in der Wand verschwand. Er wusste, dass die Nadeln, über die das fremde Gedächtnis in sein Gehirn übertragen würde, sich nun auf seine Kopfhaut zubewegten. Wenn alle Daten stimmten, würden sie den Bruchteil eines Millimeters über der Haut stehen bleiben. Während er das Summen der kleinen Elektromotoren hörte, mit denen die Nadeln bewegt wurden, hoffte er, dass die Maschine perfekt funktionierte. Sollte sie außer Kontrolle geraten, wäre er der Nächste, dessen Erinnerungen abgespeichert werden könnten. Aber mit dem Hebel an der Lehne hatte er immerhin einen Notschalter in der Hand: Ein leichter Druck, und der Vorgang wäre beendet. Und auch der Ruf *Halt* würde die Maschine stoppen.

Die rechte Hand legte Sebastian um den Spielball, eine Kugel, die zur Hälfte aus der Lehne herausragte, und um die herum Schalter angeordnet waren, die sich mit den Fingern bequem bedienen ließen. Eine leichte Bewegung der Hand drehte die Kugel und bestimmte die Feinposition der Nadeln. Hatte er den Eindruck, die Position wäre vielversprechend, so konnte er die Kugel mit einem Druck des Daumens auf einen Knopf fixieren. Ein weiterer Druck, und sie wäre wieder frei. Sebastian schloss die Augen und startete die Übertragung.

Zuerst spürte er nur ein Kribbeln auf der Kopfhaut. Eigentlich gab es dieses Kribbeln nicht. Das behaupteten zumindest die Ingenieure und Techniker, Physiker und Mediziner. Und sie erklärten damit fast alle zu Idioten, die jemals in den Helmen gesteckt hatten. Denn fast jeder, der die Anlage benutzte, kannte dieses Kribbeln. Und doch war es weder mit Messgeräten zu bestimmen, noch konnte man erklären, wie dieses Kribbeln auf der Kopfhaut ausgelöst wurde.

Jetzt war alles dunkel. Und es blieb dunkel. Ganz sachte bewegte Sebastian den Spielball mit der Rechten. Niemand hätte an den Metallnadeln eine Veränderung bemerken können, und doch bewegten sie sich weit genug, dass die Reize in Sebastians Gehirn wanderten.

Schwarz. Immer noch schwarz. Und immer noch ... halt. Er arretierte den Ball mit dem Daumen. Da war etwas. Es war das Gefühl, das sich einstellt, wenn man etwas weiß, jedoch nicht darauf kommt. Es sitzt da irgendwo eingeklemmt in den grauen Windungen und sperrt sich, während man an ihm zerrt und zieht. Allerdings wusste Sebastian nicht, an was er sich da nicht erinnern konnte. Schließlich war das hier nicht seine Erinnerung.

Die Impulse jagten ein Reizmuster nach dem anderen durch sein Gehirn. Dann sah er etwas. Einige Male wiederholte sich der Eindruck, das Schwarz vor seinen Augen wäre kein Schwarz mehr, sondern Dunkelheit, Nacht. Jemand sagte etwas. Einen Namen? Er konzentrierte sich darauf. Ja, das war ein Name, der gerufen wurde. Eine Frauenstimme. Illitsch? Iljitsch? Das schien es zu sein. Iljitsch. Ein russischer Name. Das war nahe liegend, der Komponist, dessen Erinnerung er wahrnahm, stammte aus Russland. Jetzt wieder nichts. Ein inhaltsschweres Nichts, wie der Wind und der dunkle Himmel vor einer totalen Sonnenfinsternis. Wie das Gefühl, das man mit dem Bild von dunklen Wolken beschreibt, die sich am Horizont zusammenziehen.

TUSCH

Sebastian zuckte zusammen. Er hatte tatsächlich einen Tusch gehört. Und zwar von einem großen Orchester. Und noch einmal. Derselbe Tusch. Und noch mal und noch mal und noch mal …

Aufhören, dachte Sebastian. Er war kurz davor, *Halt* zu rufen. Dann war es wieder still.

Er roch Erde, den satten, gesunden Duft feuchter Erde. Und er sah Grün. Unscharf, aber eindeutig. Jetzt verwandelte sich das Grün in eine Wiese, mit breitem Pinsel von einem kurzsichtigen Maler ohne Brille gezeichnet. Aber zusammen mit dem Geruch identifizierte er es eindeutig als eine Landschaft. Ein Schatten streifte über die grüne Fläche. Trotz der verzerrten Ränder glaubte Sebastian zu erkennen, dass der Schleier, den die Silhouette hinter sich her zog, ein Rock war. Klasse, er hatte den Komponisten mit einer Frau auf einer Wiese erwischt. So weit eindeutig. Wenn er wollte, konnte er jetzt in ein Mikrofon sprechen, das sich in Mundhöhe in der Röhre befand, und das »Erinnerte« beschreiben. Es würde dann aufgenommen und gespeichert. Lohnte sich aber hier nicht. War ja alles nicht so wahnsinnig interessant. Nicht mal die musikalische Untermalung, die er sich wünschte, stellte sich ein.

Das Bild wechselte zu Blauschwarz. Und dann, ganz fein, hörte Sebastian tatsächlich das, was er sich gewünscht hatte. Wie beim Stereoeffekt durch den Kopfhörer, wo man verschiedene Instrumente getrennt hinter dem linken und rechten Ohr zu hören glaubt, vernahm er jetzt eine Flöte oder etwas Ähnliches, weit weg und weit rechts. Einzelne aneinander gereihte Töne. Aber es gelang ihm nicht, sie als Melodie zu verstehen. Sachte drückte er wieder mit dem Daumen zu und begann erneut, die Kugel kreisen zu lassen. Aber das war ein Fehler. Plötzlich war die Musik verschwunden. Eine ganze Weile konnte er jetzt nichts mehr finden. Dann, diesmal sehr deutlich, ein lautes Rauschen. Händeklatschen und … Pfiffe? Er hörte Applaus. Vermutlich war es ein erfolgreiches Konzert des Musikers gewesen, an das er sich besonders gut erinnern konnte. Leider hatte Sebastian die Erinnerung an das Konzert selbst verpasst. Dann kam lange wieder nichts. Sebastian ließ die Handfläche noch einige Minuten kreisen, dann gab er auf.

Er legte den Hebel unter der linken Hand um. Der Helm löste sich aus der Wand, und der Sessel fuhr zurück in die Ursprungsposition.

Der Übergang in die Realität war immer wie das Aufwachen aus einem Traum. Und je nachdem, wie scharf der Film war, konnte man sich an den Traum mehr oder weniger deutlich erinnern.

Was Sebastian immer wieder von neuem faszinierte, war der Gedanke, dass er im Grunde jetzt auch einen Teil der Erinnerung des Toten zu seiner eigenen gemacht hatte. Und zwar mit allen Veränderungen, die dabei in seinem Gehirn stattfanden. Es entstand die verzerrte Kopie einer verzerrten Wiedergabe. Wenn mal jemand die Erinnerung eines Instituts-Mitglieds untersuchen wollte, würde er vermutlich auf ein schönes Durcheinander von Erinnerungen der verschiedensten Leute stoßen, dachte er.

Sebastian ließ sich vom Computer die CD auswerfen, schaltete den Rechner ab und verließ die Kabine. Nachdem er den Gedächtnisträger zurück an seinen Platz gestellt hatte, unterhielt er sich noch eine Weile mit Blumenthau, der ihn schließlich mit Tränen in den Augen verabschiedete. Dann machte er sich auf den Weg zurück in die Welt der Lebendigen.

21. April, Nachmittag

»Bist du eigentlich wichtiger Mann?«, fragte Doo Dong-won, nachdem er Sebastians Bestellung aufgenommen hatte.

Überrascht schüttelte Sebastian den Kopf. »Wie kommst du auf die Idee?«

»Vielleicht solltest du lieber vorsichtiger Mann sein«, riet ihm der Koreaner mit hochgezogenen Augenbrauen. Dann mixte er Sebastian den Milchshake. Der wartete ab, ob Doo seinen geheimnisvollen Rat noch erläutern würde. Doch der schwieg. Und so begann Sebastian, Kreuzworträtsel zu lösen.

»Kennst du einen kleinen Mann, der aussieht wie niemand? Ohne Bart und mit blonden Haaren?«

Erschrocken fuhr Sebastian auf. Er hatte nicht mitbekommen, dass Doo seinen Platz hinter der Theke verlassen hatte, um ihm seinen Milchshake zu bringen.

»Wen bitte? Das trifft auf etwa ein Drittel der Männer in Deutschland zu, oder?«, fragte er zurück. Meinte Doo vielleicht Hobbes? Der war der einzige Mann, der so blond war, dass die Haarfarbe als ein deutliches Kennzeichen betrachtet werden konnte. Aber was hätte Hobbes hier zu tun gehabt?

»Vielleicht achtest du auf kleinen unscheinbaren Mann, der blonde Haare hat«, erklärte Doo. Damit war die Angelegenheit für ihn beendet. Er verschwand wieder hinter der Theke. Als der Milchshake leer war, machte Sebastian sich auf den Weg nach Hause. Er hatte Lust auf eine Pizza – italienisch, nicht koreanisch – und beschloss, den Pizza-Notruf zu bemühen.

Die Türglocke meldete einen Besucher. Über die Gegensprechanlage forderte Sebastian den Boten auf, die Pizza in den Fahrstuhl zu legen. Er hatte bei dem Service ein Konto, so dass er nicht jedesmal bezahlen musste, wenn Essen geliefert wurde, sondern bekam einmal im Monat eine Rechnung. Dann ging er in den Hausflur und wartete auf den Lift. Als die Fahrstuhltüren sich auseinander schoben, hatte er den Blick auf den Boden gerichtet, da er dort die Pizza erwartete. Stattdessen sah er auf zwei weiße Schuhe. Modische Lederschuhe mit unmodisch dicken Gummisohlen. Erschrocken fuhr er zurück und schaute auf. Der Typ stand aber nur da, lächelte und hielt ihm die Pizza hin.

»Wieso kommen Sie mit rauf?«, fragte Sebastian. »Ich hatte doch gesagt, Sie können die Pizza in den Aufzug legen!«

Der Mann lachte und sah an sich herunter. Der Anzug, den er trug, war mit Sicherheit teuer gewesen.

»Ich hätte nicht gedacht, dass ich wie ein Lieferant aussehe. Muss mal mit meinem Schneider reden. Die Pizza ist dann wohl für Sie. Ich habe sie nur vom Boden aufgehoben.« Nach einer kurzen Pause fügte er hinzu: »Barth. Ich wohne seit heute hier, offenbar auf derselben Etage wie Sie. Und welches Namensschild gehört zu Ihrer Tür?«

Sebastian war das Blut ins Gesicht geschossen.

»Raabe«, antwortete er. Nach diesem Fauxpas war es ihm irgendwie peinlich, mit dem Mann zu reden. Aber der schien seinen roten Kopf gar nicht wahrzunehmen.

»Raabe? Etwa verwandt mit dem Wissenschaftler?«

»Das ist mein Vater ... war mein Vater.«

Barth stutzte. »Das tut mir Leid. Ich habe gelesen, was passiert ist. Ist er inzwischen gestorben?«

»Nein, er ist noch nicht richtig tot«, erwiderte Sebastian verwirrt. »Das heißt, ich denke, er ist schon tot, nur ein paar Organe von ihm leben noch.«

Wenn Barth diese Bemerkung seltsam fand, so ließ er es sich nicht anmerken. Im Gegenteil. Nachdem er stirnrunzelnd nachgedacht hatte, fragte er: »Haben Sie schon daran gedacht, die Organe zur Transplantation freizugeben?«

Das war wiederum auch nicht die passendste Bemerkung gegenüber dem Angehörigen eines Hirntoten, fand Sebastian. Vielleicht hatte Barth aber auch ein gutes Gespür für andere Menschen und ahnte, dass er mit Sebastian tatsächlich so reden konnte, überlegte er.

»Organspende? Eigentlich nicht. Darüber nachgedacht, meine ich.«

Tatsächlich war ihm der Gedanke noch nicht gekommen. Ob sein Vater damit einverstanden gewesen wäre? Vermutlich.

»Kennen Sie sich da aus?«

»Nein, nicht besonders. Ich denke nur, dass es verdammt viele Menschen gibt, die dringend neue Nieren, Herzen, Lungen und ich weiß nicht was brauchen. Und viele Leute haben immer noch Angst, ihnen würden die Organe bei lebendigem Leibe herausgeschnitten und verkauft, wenn sie sich zu Lebzeiten zur Spende bereit erklären.« Barth fuhr sich mit der Hand durch die Haare. »Dabei ist es doch genau andersherum. Je mehr Menschen bereit wären, nach ihrem Tod Organe zu spenden, desto mehr Organe gäbe es, desto mehr Menschen könnte geholfen werden und desto geringer wäre die Nachfrage nach gestohlenen Organen. Wenn es so etwas überhaupt gibt. Und die Gentechnik hilft uns bisher ja auch nicht weiter. Weder bei Xenotransplantationen noch bei der Herstellung ganzer Herzen aus Herzzellen. Bis jetzt jedenfalls ist jeder Versuch, Schweineorgane so zu verändern, dass ein menschlicher Körper sie nicht mehr abstößt, gescheitert.

Meines Wissens. Und ich weiß zwar nicht, wie alt Ihr Vater war, aber angesichts der Engpässe wird manchmal auch noch das Herz eines Fünfzigjährigen verpflanzt.« Barth sah Sebastian mit forschendem Blick an, so als wollte er sich vergewissern, dass er den trauernden Sohn mit diesem Thema nicht überforderte.

»Sie haben Recht«, antwortete der. »Sie haben tatsächlich recht. Wissen Sie zufällig auch, an wen ich mich wenden muss, um die Organe freizugeben?«

Barth schien erleichtert, dass Sebastian seine Fragen nicht übel genommen hatte. Er fuhr sich erneut durch die kurzen, blonden Haare über der kantigen Stirn. Die Bewegung wirkte stereotyp, abgezirkelt. Barth ließ den Arm aus dem Schultergelenk nach vorn schnellen, so dass sich der Ärmel des Anzugs über das Handgelenk zurückschob. Obwohl sich Barth, wie Sebastian jetzt nachträglich auffiel, schon das ganze Gespräch über immer wieder durch die Haare gestrichen hatte, saß die Frisur perfekt. Er musste irgendetwas hineingeschmiert haben.

»Sie brauchen eigentlich nur der zuständigen ... den zuständigen Ärzten einen Hinweis zu geben. Die werden sich dann darum kümmern.« Er streckte seine Hand aus. »Also dann. Wir sehen uns sicher öfter. Auf Wiedersehen.«

Sie schüttelten sich die Hand, nachdem Sebastian die Pizza in die Linke gewechselt hatte. Barth verfügte über einen dieser Handschläge, die wirkten, als wollte der Betreffende die Kraft seines Gegners prüfen. Ärgerlicherweise hatte Sebastian nicht richtig zugegriffen, und nun knackten seine Finger in der Hand des Nachbarn.

Dann drehte Barth sich um und ging zu seiner Wohnung. Sebastian betrachtete seinen breiten Rücken. Der Mann war nicht größer als Sebastian, eher kleiner, vielleicht einen Meter fünfundsiebzig. Er wirkte sportlich und irgendwie militärisch.

Vielleicht lag das an der Frisur. Die Nackenhaare waren ausrasiert.

Als Sebastian auf dem Weg zu seiner eigenen Wohnung noch einmal über die Schulter schaute, lächelte Barth ihm zu, während er am Schloss seiner Wohnungstür hantierte. Die Hausverwaltung hatte offensichtlich keine Zeit verloren und die Bude des alten Förster schon wieder vermietet.

Sebastian schaltete die Musikanlage an und ließ ein paar CDs mit dem Zufallsgenerator abspielen.

War dieser Barth nicht ziemlich aufdringlich gewesen, fragte sich Sebastian. Er konnte sich schon jetzt nicht mehr an das Gesicht seines neuen Nachbarn erinnern. Musste wohl ein ziemlich nichts sagendes Gesicht sein, eines, das man nur in Verbindung mit dem teuren Anzug wiedererkennen würde. Hoffentlich trägt er den immer, wenn er mir begegnet, sonst werde ich ihn auf der Straße kaum grüßen, dachte Sebastian. Aber vermutlich trug Barth seine teuren Anzüge gerade, um sein langweiliges Äußeres auszugleichen. Bestimmt trug er gar nichts anderes als teure Anzüge.

Die Pizza war während des Gesprächs kalt geworden, schmeckte aber noch. Sebastian schaltete den CD-Player aus, den Fernseher an und machte es sich in dem großen, alten Ohrensessel gemütlich, der wie ein Thron das Wohnzimmer dominierte. Was wollte er sehen? Einen Western. Einen schönen alten Schwarzweiß-Western wollte er sehen, in dem die Guten gut und die Bösen richtig böse und zum Abschuss freigegeben waren. Dann blieb er jedoch bei den Bildern eines Jagdflugzeugs hängen, das im Tiefflug durch einen Canyon raste. Nach einer Weile hatte er heraus, dass wieder einmal ein Held den Bösewicht verfolgte, der einen Super-Ultra-Hyper-Prototyp von einem Wahnsinns-Flugzeug geklaut hatte, um die Welt zu vernichten. Nicht zu erobern – das hätte Sebastian ja noch verstanden. Nein, es ging darum, die Welt zu vernichten. Als wenn die Menschheit nicht längst dabei wäre, diesen Job mit vereinten Kräften zu erledigen. Die Story war dümmlich und die fantastischen Flugaufnahmen vermutlich von der Air Force zu Werbezwecken finanziert.

Dann folgten Nachrichten. Die Sendung begann mit einem Bericht über einen Parlamentarischen Untersuchungsausschuss, der einen Vorwurf überprüfen sollte, deutsche Soldaten hätten während der Militäroperation »Freedom Encouragement« im Sudan Zivilisten getötet. Es gab nur wenige Informationen über die Vorgänge in Afrika, doch die Vorwürfe waren schwerwiegend, weshalb der Ausschussvorsitzende in der Sendung mit ernstem Gesicht feststellte, es würde alles getan, um die Angelegenheit restlos aufzuklären.

Die internationalen Nachrichten waren das übliche Katastrophensammelsurium. Nach einem Erdbeben in Südamerika waren in den Elendsvierteln der Großstädte die Blechhütten der Ärmsten zusammengefallen. Robert, erinnerte sich Sebastian, hatte angesichts ähnlicher Bilder mal den Verdacht geäußert, diese Erdbeben würden von den Regierungen ausgelöst, um erstens eine Rechtfertigung für die Räumung der Slums mit Baggern zu haben, und zweitens konnten sie dann auch noch Kohle von den internationalen Hilfsorganisationen kassieren.

Die Lust auf einen Western oder andere Filme war Sebastian vergangen. Er schaltete den Fernseher aus und sah auf die Uhr. Es war spät genug, um ins Bett zu gehen. Er fütterte die Stereoanlage mit Mozarts Klavierkonzert Nr. 20 in d-Moll und ließ sich von der Musik sanft in den Schlaf geleiten.

22. April, Morgen

»Herr Raabe? Margarete Weiß, Klinikum Innenstadt. Sie sind doch der Sohn von Professor Christian Raabe?«

»Ja?« Sebastian rieb sich den Schlaf aus den Augen. Das Telefon hatte ihn aus dem Bett gejagt, und er war alles andere als wach. Angestrengt bemühte er sich zu verstehen, was die Frau am anderen Ende der Leitung sagte.

»Ich bin Ärztin am Klinikum und Ihr Vater liegt bei uns auf der Station. Ihr Anwalt hat sich mit uns in Verbindung gesetzt und alle Formalitäten im Zusammenhang mit Ihrem Vater erledigt.«

Mein Anwalt? Sebastian begriff nicht, wen die Frau meinte. Dann wurde ihm klar, dass sie von Lannert sprach.

»Sie wissen ja, wie es um Ihren Vater steht, nicht wahr?«, fuhr die Frau fort. »Nun. Es tut mir alles sehr Leid für Sie. Aber wir sollten bald die Maschinen abstellen und ihn zur Beerdigung freigeben.«

Sebastian riss sich zusammen. Er hatte das Telefon mit ins Badezimmer genommen und spritzte sich kaltes Wasser ins Gesicht. Die Frau sprach von seinem Vater, begriff er plötzlich. Sein Vater. So gut wie tot. Tot und bald beerdigt. Wie in Trance hörte er der Frau weiter zu.

»Wir haben mit Herrn Lannert den heutigen Tag ausgemacht. Heute Nachmittag. Er sagte, er würde Ihnen Bescheid geben. Das Beerdigungsunternehmen übernimmt Ihren Vater dann am Abend. Ich wollte Sie fragen, ob das für Sie in Ordnung geht.«

Sebastian ging, den Hörer noch immer ans Ohr gedrückt, ins Wohnzimmer. Dort sah er, dass jemand auf dem Anrufbeantworter eine Nachricht hinterlassen hatte. Das musste Lannert gewesen sein. Sebastian hatte es gestern Abend übersehen.

»Herr Lannert hat mich nicht erreicht«, erklärte er der Ärztin. »Aber ich bin einverstanden. Ich nehme an, dass Sie alle Möglichkeiten durchgespielt haben.«

»Ja«, antwortete die Frau. Zum ersten Mal klang ein wenig Mitgefühl aus ihrer Stimme. »Man kann leider nichts mehr machen.«

Dann fiel Sebastian das Gespräch ein, das er am Vorabend mit Barth geführt hatte. Als er der Ärztin mitteilte, dass er die Organe seines Vaters zur Transplantation freigeben wollte, schien sie erfreut. Allerdings war sie verwirrt, als er ihr zu verstehen gab, man hätte ihn doch schon viel eher auf diese Möglichkeit hinweisen können.

»Hat Sie denn niemand danach gefragt? Normalerweise werden die Angehörigen vor diese Entscheidung gestellt, sobald der Hirntod feststeht. Der Arzt, der Sie über den Zustand Ihres Vaters informiert hat, hätte Ihnen diese Frage stellen sollen.«

»Ich habe es von der Polizei erfahren. Nicht von einem Arzt.«

»Na, dann werden die das wohl vergessen haben. Ich werde jedenfalls sofort alles in die Wege leiten, um Ihren Vater… aber das wird Sie vielleicht nicht interessieren. Oder Sie wollen es gar nicht hören.« Der letzte Satz klang so, als hätte sie zu sich selbst gesprochen. Vermutlich hatte sie schon häufig die Erfahrung gemacht, dass Angehörige nicht ganz die Begeisterung teilten, die gespendete Organe bei Ärzten auslösten.

»Übrigens wollte ich Sie auch aus einem anderen Grund anrufen«, fuhr die Ärztin fort. »Ich habe da etwas Merkwürdiges festgestellt. Aber das kann ich Ihnen dann ja auch heute Nachmittag mitteilen. Sie kommen doch persönlich vorbei, wenn wir die Maschinen abstellen, oder? Das habe ich doch richtig verstanden?«

»Ja, natürlich«, bestätigte er und verabschiedete sich. Dann hörte er den Anrufbeantworter ab. Es waren zwei Nachrichten gespeichert. Die erste stammte tatsächlich von Lannert. Der Anwalt erklärte sich bereit, Sebastian in die Klinik zu begleiten. Aber er gab zu, es nicht gern zu tun. »Ich weiß nicht, ob ich gut damit umgehen kann und ob ich dir dabei eine große Hilfe bin.«

Sebastian beschloss, den Anwalt nicht damit zu belasten. Stattdessen rief er Wallroth an und bat ihn, ihn in die Klinik zu begleiten. Wallroth war sofort einverstanden.

Die zweite Nachricht auf dem Anrufbeantworter stammte von einer Frau.

»Hier spricht Sareah Anderwald. Ich arbeite für die ›Rundschau‹ und würde mich gern mit Ihnen unterhalten, Ihnen einige Fragen über das Wilder-Penfield-Institut stellen.« Es war eine angenehme Stimme, jung, aber ernst, sicher, aber unaufdringlich.

»Mir ist gesagt worden, Sie wären eine gute Adresse, um herauszufinden, was bei Ihnen am Institut so läuft«, fuhr die Stimme fort. »Also, wenn Sie mich anrufen würden, dann wäre ich Ihnen sehr dankbar.«

Sebastian notierte sich ihre Nummer. War ihm danach, jetzt mit einer Journalistin zu reden? Überhaupt, wie kam sie auf ihn? Weil er der Sohn des Institutsleiters war? Die Sache interessierte ihn. Er wählte ihre Nummer.

Sie meldete sich nach dem zweiten Klingeln und schien sich sehr über seine schnelle Reaktion zu freuen. Als sie ihn bat, sich gleich mit ihm zu treffen, stimmte er zu. Vielleicht konnte er mit einem Gespräch die Zeit bis zum Termin im Klinikum Innenstadt auf angenehme Weise überbrücken. Sie vereinbarten als Treffpunkt die Cafeteria im Institut, da er sowieso dorthin wollte.

22. April, Vormittag

Warum Sebastian ausgerechnet heute mit dem Bus zum Institut fuhr, wusste er selbst nicht. Vermutlich reiner Zufall. Richtung Sendlinger Tor war die Anbindung mit allen öffentlichen Verkehrsmitteln gleich gut. Heute also per Stadtbus.

Eine ganze Weile war er mit dem Versuch beschäftigt, seinen Vater und den Termin heute Nachmittag aus seinen Gedanken zu vertreiben. Natürlich dachte er dadurch erst recht daran. Dan Wegner fiel ihm ein, ein Harvard-Professor, der darüber forschte, wieso Menschen unweigerlich an weiße Bären dachten, wenn sie aufgefordert wurden, nicht an weiße Bären zu denken. Plötzlich dachte Sebastian an weiße Bären.

Dann setzte sich eine junge Frau auf den Platz vor ihm. Frau? Mädchen? War ein Mädchen mit siebzehn Jahren schon eine junge Frau? Rein biologisch betrachtet, sicher. Im Nu hatte sie die weißen Bären vertrieben.

Zuerst konnte er sie nur von hinten sehen. Dann schaute sie aus dem Fenster und bot ihm ihr Profil. Außerdem spiegelte sich ihr Gesicht in der Scheibe. Durch das Bild jagten die Häuserfronten, an denen der Bus vorbeifuhr. Trotzdem konnte Sebastian genug erkennen, um festzustellen, dass ihm gefiel, was er sah. Hätte er spontan Charaktereigenschaften zuordnen sollen, so hätte er gesagt: offen, ehrlich und sympathisch. Natürlich war das ein Blödsinn und die Physiognomik mit Johann Caspar Lavater mehr oder weniger ausgestorben. Dem einen wuchs die Nase gerade, dem anderen krumm. Und manch einer hatte das Pech, dass er schon böse ausschaute, wenn er nur traurig war. Aber die Frau vor ihm hatte nicht nur in dieser Hinsicht Glück gehabt. Ihr langes, lockiges Haar war dunkelblond mit einem Stich Kupfer. Er musste sich zusammenreißen, um nicht hineinzugreifen und es sich durch die Finger gleiten zu lassen. Sicher würde es fließen wie warmes

Wasser. Er spürte ein Kribbeln in den Fingerspitzen, löste die Augen mit einiger Mühe von ihrem Haar und belohnte sich für die Anstrengung mit einem erneuten Blick auf ihr Spiegelbild. Zunächst konzentrierte er sich auf ihren Mund. Er war nicht groß und nicht klein, die Lippen formten einen nahezu perfekten Schmollmund. Darüber eine Nase, die gerade groß und dabei schmal genug war, um ihrem Gesicht ein Profil zu geben, das nicht allein von den Lippen dominiert wurde. Das war Harmonie, kein bloßes Nebeneinander. Ihre Augen waren groß, das betonte sie noch mit einem Lidstrich. In ihrer Ahnenreihe gab es mit Sicherheit mindestens einen Asiaten, darauf deutete der Schwung ihrer Lider und der Jochbeine. Die Brauen bildeten zwei hohe Bögen über den Augen, was ihrem Blick einen leicht staunenden Ausdruck verlieh. Die Locken hingen ihr in die Stirn und verdeckten halb das Band, das sie um den Kopf gebunden hatte.

Mit einem seltsamen Gefühl im Bauch beugte Sebastian sich vor, bis er von ihrem Kopf nur noch wenige Zentimeter entfernt war. Er war versucht, sie zu berühren, stellte sich vor, ihr über die glatte Wange zu streichen, den Linien ihres Gesichtes sanft mit den Fingern zu folgen.

Sie war so verdammt nah, doch wo blieb das Zauberwort – das Wort, mit dem man eine Frau ansprechen konnte, ohne plump und aufdringlich zu wirken, aber doch interessant genug, dass sie sich auf ein Gespräch einlassen würde. Warum war dieses Wort so verdammt schwer zu finden?

Er vertiefte sich in den Anblick der feinen Härchen auf ihrer Schläfe, ein zarter Flaum, der sich unter dem Ohr den Hals hinunter fortsetzte. Im Ohrläppchen steckte ein einfacher goldener Ring, der durch seine Schlichtheit ihre Schönheit betonte. Modeschmuck oder Platin und Titan hätten dagegen gewirkt wie ein Pop-Art-Rahmen um ein Bild von Tizian. Ein kleiner goldener Ohrring, wie die Zigeuner oder Piraten … Plötzlich bemerkte er eine kleine Veränderung ihres Bildes in der Scheibe. Sie lächelte ihn an.

Er spürte, wie ihm das Blut mit Hochdruck ins Gesicht schoss und dort sämtliche Kapillaren zu sprengen versuchte, während er rasch den Blick abwandte. Er hatte sie doch nicht angestarrt? Überhaupt saß er gar nicht hier. Er war gerade im Boden versunken. Ein Gedanke schoss ihm durchs Hirn: Vielleicht gab es ja gar kein Zauberwort. Vielleicht reichte es schon, nicht so zu tun, als existiere man nicht oder als existiere der andere nicht. Vielleicht war es einfach so, dass man den Blick im richtigen Augenblick erwidern musste.

Als er endlich wieder den Mut fand, hochzuschauen, war ihr Spiegelbild verschwunden. Dafür ging sie gerade am Bus vorbei und lächelte – in seine Richtung? Sie sah jedenfalls ungefähr in seine Richtung und ... hob die Rechte, um sich lächelnd mit dem Zeigefinger an einen imaginären Hutrand zu tippen. Während der Bus anfuhr, sah Sebastian sich verwirrt um. Niemand sonst außer ihm schien die junge Frau registriert zu haben, die jetzt den Sendlinger-Tor-Platz überquerte. Hatte sie tatsächlich ihn gemeint? Ein verführerischer Gedanke kroch aus den Tiefen seines die Gefühle kontrollierenden limbischen Systems hervor – gefiel er ihr? Oder ... Sendlinger-Tor-Platz?! Verdammt, hier hätte er auch rausgemusst.

Idiot, beschimpfte er sich und kämpfte sich zum Ausstieg. In seiner Fantasie malte er sich aus, wie er charmant der jungen Frau auf dem Weg zum Institut den Hof gemacht hätte. Idiot, Idiot, Idiot.

Die nächste Haltestelle war nur zweihundert Meter entfernt. Sebastian rannte die Strecke zurück, obwohl sein verstauchter Fuß noch immer verdammt wehtat. Als Sebastian am Sendlinger Tor ankam und sich umschaute, war die Frau längst verschwunden.

Typisch, dachte er. Ich verpasse über die gesamte Länge meines Lebens meine bessere Hälfte, ohne auch nur zu wissen, wie sie heißt. Tja, wie er sich eingestehen musste, hatte er sich in eine schöne Unbekannte verliebt. Und nun war sie schon wieder verschwunden. Na, Romeo, du bist kein Narr, sondern ein Trottel des Schicksals.

Seltsam, dachte er dann. Während mein Vater so gut wie tot an den Maschinen hängt, verliebe ich mich Hals über Kopf in eine Fremde, die ich nie wieder sehen werde. Gefühle lassen sich nicht bändigen, was?

Als Sebastian das Institut durch den Haupteingang betrat, wölbten sich über ihm die steinernen Säulen des Portals zu zwei Bögen wie Augenhöhlen in einem Schädel. Links und rechts wuchsen die oberen Teile der Jochbeine aus dem Boden und senkten sich dann als Stirnbein von rechts und links aufeinander zu. In der Mitte tauchte das Stirnbein nach innen und verbreiterte sich nach oben zur Decke der Eingangshalle, während sich das Nasenbein nach unten streckte und das Portal in zwei getrennte Pforten teilte.

Flankiert wurde der Eingang von einer Säule, auf der die einstmals weiße, von Abgasen zunehmend eingeschwärzte Büste von Wilder Penfield die Besucher begrüßte. Nach links erstreckte sich die Fensterfront der Bibliothek hinter gusseisernen Kreuzen, rechts schwang sich mutig die äußere Fassade des Audimax der Straße entgegen. Durch die großen Fenster konnte man die Decke des großen Hörsaals erkennen. Die Konstruktion in sechs Metern Höhe war einen Blick wert. Die Architekten hatten sich eines bewährten Prinzips bedient: Die vielen feinen und rautenartig verästelten Betonträger wirkten sehr organisch, denn sie waren dem inneren Aufbau eines Oberschenkelknochens nachempfunden. Die tragenden Stellen wurden nicht durch Pfeiler gestützt, sondern bildeten Zentren sternförmig auslaufender Hauptträger.

Man hätte das Ganze für das Werk einer Spinne im Drogenrausch halten können.

Durch das Portal trat man in eine Halle, deren hohe, leicht gewölbte Decke den Eindruck verstärkte, in das Innere eines Schädels einzudringen. Dem Eingang schräg gegenüber lagen die Fahrstühle zu den einzelnen Etagen des Gebäudes, rechts saß der Pförtner in seinem Büro. Sebastian wandte sich nach links. Dort befand sich die Treppe zur Cafeteria, die sich im weiten Bogen hinaufschwang in den ersten Stock.

An der Theke der Cafeteria war es schon voll. Weiter hinten aber war noch Platz. Er stellte sich eine Schale Sie-können-uns-vertrauen-Müsli und eine Tasse Kaffee auf das schäbige Tablett. Dann balancierte er sein Frühstück durch die Schlange derer, die sich nicht entscheiden konnten, ob sie nun Kaffee mit oder ohne Milch und/oder mit oder ohne Zucker oder ohne Kaffee und dafür mit Kakaopulver oder lieber einen Tee oder doch lieber gar nichts nehmen sollten.

Sebastian fand einen ruhigen Platz am Fenster. Um neun würde die Journalistin kommen. Er hatte noch eine gute halbe Stunde.

Sieben Minuten zu spät – Sebastian hatte gerade auf die Uhr geschaut – kam eine junge Frau herein und sah sich auffällig um. Er erkannte sie sofort wieder. Ihm wurde heiß.

»Guten Morgen. Sebastian Raabe?«

Sebastian räusperte sich und griff sich verlegen an den Hals. »Ja, guten Morgen. Sareah Anderwald, nehme ich an?«

»Genau. Darf ich?«, fragte sie und setzte sich auf den Stuhl ihm gegenüber.

Er lächelte sie an. Reiß dich zusammen. Mach dich nicht zum Affen. »Einen Kaffee? Was zum Frühstück?«, fragte er und staunte über seine plötzliche Souveränität. Na also.

»Kaffee wäre schön. Mit Milch. Sonst nichts«, antwortete sie.

»Sie heißen wirklich Sareah? Ungewöhnlicher Name, oder?« fragte er sie, bevor er aufstand.

»Das fragt jeder. Ein Schreibfehler des Standesbeamten, der meinen Eltern so gut gefiel, dass sie ihn auf der Geburtsurkunde haben stehen lassen«, erklärte sie ihm. »Wie ich heißen sollte, muss ich wahrscheinlich nicht erklären, oder?« Sie lächelte ihm hinterher, als er den Kaffee holen ging.

Während er an der Theke stand und den Kaffee zapfte, betrachtete er die Journalistin. Sie saß mit übereinander geschlagenen Beinen am Tisch und kramte in ihrer Tasche. Das kupferstichige Haar fiel wild über den hochgeschlagenen Kragen ihrer Lederjacke. Offensichtlich hatte sie sich beim Kämmen keine besondere Mühe gegeben. Die Lederjacke gefiel ihm, die hätte er auch sofort gekauft. Ziemlich alt, braun und für die Frau etwas zu groß. Darunter trug sie eine schwarze Bluse, dazu Jeans und an den Füßen halbhohe Stiefel. Sie wirkte jetzt älter als vorhin im Bus. Sebastian schätzte sie auf fünfundzwanzig, sechsundzwanzig. Als sie zu ihm herüberschaute, fühlte er sich ertappt. Aber wieder gelang ihm ein souveränes Lächeln auf dem Weg zu ihrem Platz. Sie nahm ihm die Tasse ab und bedankte sich.

»Also, wie ich schon am Telefon gesagt habe, ich arbeite für die ›Rundschau‹ und möchte gern ein Stück über die Arbeit hier am Institut schreiben. Für die Wissenschaftsseite. Und ich habe mir gedacht, ich frage jemanden, der sich hier auskennt, aber noch nicht so lange im Geschäft ist, dass er nur noch Fachchinesisch quatscht.«

Sebastian nickte.

Sie nahm ein Diktiergerät aus der Tasche.

»Stört es Sie, wenn ich unser Gespräch aufnehme?«, fragte sie.

»Ich muss es mir ja nicht anhören, oder?«, fragte er zurück.

Sie schüttelte lächelnd den Kopf. »Erste Frage: Müssen wir uns siezen?«

»Nein, meinetwegen nicht.«

Aus der Nähe bemerkte Sebastian, dass ihre Augenbrauen, die sich über der Nase trafen, dunkler waren als ihr Haar. Ihr Gesicht bekam dadurch einen sehr energischen Ausdruck. »Wir müssen ziemlich weit vorn anfangen, fürchte ich«, fuhr sie fort. Sie strich sich das Haar aus der Stirn. Von vorn betrachtet passte ihre Nase nicht mehr so gut zum Mund und den Augenbrauen, was ihrer Attraktivität jedoch keinen Abbruch tat. Ihr Lidstrich war etwas verwischt.

»Also los«, meinte sie, und schaltete das Diktiergerät ein, das zwischen ihnen auf dem Tisch lag. »Erzähl doch mal, um was es bei der Arbeit hier am Institut überhaupt geht.«

Wo sollte er anfangen, überlegte Sebastian. Grundkurs in Neurophysiologie? Sie schaute ihn erwartungsvoll an. Ihm kam der Verdacht, dass sie vielleicht weniger auf das gespannt war, was er sagen würde, als vielmehr, wie er sich schlagen würde. Ob er überhaupt etwas Interessantes zu erzählen hatte. Aber das war vermutlich nur eine Projektion. Schließlich waren das seine Ängste. Er wollte einen Schluck Kaffee nehmen. Als er die Tasse hob, fielen Tropfen auf den Tisch, da auf seiner Untertasse Überschwemmung herrschte. Einige landeten auf dem Aufnahmegerät.

»Scheiße«, fluchte er und setzte die Tasse ab, um mit einer Serviette das Gerät zu trocknen. »Ein fantastischer Anfang für deinen Artikel: ›Scheiße‹, sagt Sebastian Raabe, Sohn des berühmten Hirnforschers Christian Raabe, während er in der Cafeteria des renommierten Instituts ...« Sie lachte.

»Tja«, versuchte er es noch einmal. Schon besser. Das konnte sie vielleicht sogar als Schlagzeile benutzen. Tja. Toll, gleich bricht dir noch der Schweiß aus, dachte Sebastian. Hyperventilierst du nicht auch schon ein wenig? Die Journalistin beobachtete ihn, zeigte jedoch keine Reaktion.

»Also, zwei Dinge stehen bei der Forschung hier am Institut

im Vordergrund«, begann Sebastian noch einmal. »Einerseits sucht man nach der Grundlage der Persönlichkeit. Nach den Strukturen und den Struktur-Unterschieden, die hinter verschiedenen Persönlichkeits- und Charaktereigenschaften stehen. Der zweite Bereich behandelt Lernen, Gedächtnis, Erinnerung. Das ist der für dieses Institut wichtigere Bereich. Du hast vermutlich davon gehört, dass hier, an diesem Institut, der Durchbruch geschafft wurde: Erinnerungen von Menschen außerhalb des Körpers aufzunehmen. Das ist doch das Thema, über das wir hier sprechen wollen, oder?«

Sie nickte.

»Die Anfänge der Forschung, die später an diesem Institut betrieben wird, liegen in den fünfziger und sechziger Jahren. Damals hat in Kanada ein Chirurg Patienten am Gehirn operiert, die unter epileptischen Anfällen litten und bei denen Halluzinationen auftraten. Der Arzt hieß Wilder Penfield. Nach ihm ist auch das Institut benannt.«

»Anfälle mit Halluzinationen?«, fragte Sareah. »Wie muss ich mir das vorstellen?«

»Oh, vielleicht als eine Art Visionen. Es gibt Vermutungen, dass zum Beispiel die Visionen der Heiligen Hildegard von Bingen auf solche Epilepsieanfälle zurückgehen, oder die alttestamentarischen Prophezeiungen und die Offenbarung des Johannes. Dann hat man herausgefunden, dass dabei auch das Gedächtnis eine Rolle spielen könnte. Das war 1888, als Epilepsie-Patienten dem Amerikaner Hughling Jackson erzählten, die Visionen während ihrer Anfälle seien nichts anderes als Bilder aus ihrer Vergangenheit.«

Sie strich sich ein paar Locken aus der Stirn. Verdammt, konzentrier dich, Junge.

»Penfield und ein Kollege, der auf den schönen Namen Phanor Perot gehört hat, haben die Großhirnrinde von Epileptikern mit leichten Stromstößen stimuliert, die während der Operation freigelegt war. Das Gehirn ist schmerzunempfindlich, so dass Eingriffe unter örtlicher Betäubung stattfinden können. Die Patienten waren also bei vollem Bewusstsein, während ihnen der Schädel geöffnet wurde ... Hey, was ist los?«

Sareah hatte gerade einen Schluck Kaffee genommen – oder es zumindest versucht. Sie hustete aus vollem Halse. Mit rotem Gesicht und tränenden Augen fragte sie dann: »Habe ich das richtig verstanden? Die Operationen am Gehirn fanden ohne Narkose statt?«

»Ja. Das ist üblich. Die Bereiche der Kopfhaut, in denen der Schädel geöffnet wird, werden mit Novocain betäubt.«

Sie schluckte. »Ich stelle mir das mal vor«, sagte sie. »Da lässt sich also jemand auf den Operationstisch legen, bekommt eine Spritze in die Kopfhaut, schaut dann zu, wie der Arzt das Skalpell zückt und schneidet. Er spürt wahrscheinlich das Ziehen, wenn die Kopfhaut weggeklappt wird, sieht, wie der Arzt die Säge nimmt, hört, wie die Säge den Schädelknochen aufsägt, und spürt vermutlich die Vibrationen. Dann, bevor sie ihm ein Stück Gehirn rausschneiden, fängt einer der Kerle auch noch an, seine Großhirnrinde unter Strom zu setzen? Freiwillig? Das ist doch der Wahnsinn.« Sie war jetzt nicht mehr rot, sondern eher etwas blass um die Nase. Und sie hatte ihn verunsichert. Er hatte Bilder von den Operationen gesehen. Aber bisher hatte er sich nie in die Patienten hineinversetzt. Auf den Bildern schienen sie immer ganz gefasst.

»Klingt ein bisschen eklig, was?«, fragte er.

»Eklig und kaum vorstellbar.«

Wollte sie damit andeuten, die Chirurgen hätten die Patienten zur Lokalanästhesie gezwungen, nachdem sie aus niederen Instinkten heraus im Namen der Forschung irgendwie die Erlaubnis erpresst hatten, sie schlachten zu dürfen?

»Es war damals – und ist auch heute noch – nicht ungefährlich, jemanden unter Vollnarkose zu setzen. Früher sind dabei viele Patienten nicht mehr aufgewacht. Und, wie gesagt, das Gehirn ist schmerzunempfindlich. Die Wurzelbehandlung beim Zahnarzt wird ja auch nicht unter Vollnarkose durchgeführt, obwohl du es da ordentlich knacken hörst. Außerdem lagen die Patienten so, dass sie den Arzt nicht sehen konnten. Ein Assistent unterhielt sich mit ihnen, und sie mussten zum Beispiel Texte vorlesen. Die Reizung der Hirnrinde findet übrigens deshalb statt, weil man genau feststellen will, wo die Sprachzentren und andere wichtige Bereiche liegen, von denen man möglichst nichts wegschneiden will. Wenn die Elektroden beispielsweise auf die Sprachzentren stoßen, dann können die Patienten mit einem Male nicht mehr reden. Das läuft heute noch genauso.«

Sie schien noch immer nicht überzeugt, dass alles mit rechten Dingen zuging. Musste er jetzt als Verteidiger der Hirnchirurgie auftreten? Er sollte ihr doch nur erklären, was hier am Institut geschah. Ihre Reaktion enttäuschte ihn. Und die Vorstellung, sie könnte ihn für einen gefühllosen Klotz halten, gefiel ihm gar nicht.

»Ich kann mir schon vorstellen, dass einen diese Vorstellung befremdet. Aber die Patienten empfinden diese Operation offenbar nicht als schlimm. Und Penfield stimulierte die Großhirnrinde mit winzigen Stromimpulsen.«

Sebastian holte ein Heft aus der Jackentasche, schlug eine Seite auf und zeigte sie ihr. »Das ist ein Artikel von Penfield und Perot in der Zeitschrift ›Brain‹ aus dem Jahr 1963«, erklärte er.

Zwei Fotos waren zu sehen. Auf dem einen war der Kopf einer jungen Frau abgebildet, kahl rasiert, auf die Kopfhaut hatte jemand Linien gezeichnet. Das zweite Bild zeigte die freigelegte Großhirnrinde. Der Frau hatte man offensichtlich die halbe Schädeldecke abgehoben.

»Bei der Stimulation bestimmter Bereiche begannen die Patienten jedenfalls plötzlich zu erzählen, dass sie Ereignisse aus ihrer Vergangenheit wiedererlebten. Es waren oft Erinnerungen, die plötzlich auftauchten und die die Patienten vergessen hatten. Über diese so genannten Traumzustände schreibt Penfield: ›Es war, als würde ein vergangener Strom von Bewusstsein während dieser elektrischen Stimulation wiedergewonnen‹. Die Patienten selbst hatten nicht das Gefühl, einen Film über die Vergangenheit zu sehen. Für sie war das die Gegenwart. Sie waren zwar im Operationssaal und wussten das, aber zugleich waren sie beispielsweise zu Hause in ihrem Garten.«

Mit einer gewissen Genugtuung stellte er fest, wie konzentriert Sareah auf die Abbildungen schaute. Es schien sie wirklich zu interessieren. Während er weitersprach, fand er den Mut, für länger als zwei Sekunden in ihre Augen zu sehen. Sie waren eher braun als grün.

»Die Erinnerungen kamen vor allem dann hoch, wenn im so genannten Assoziationscortex gereizt wurde«, fuhr er fort.

»Also mussten die Erinnerungen in der Großhirnrinde sitzen. Allzeit abrufbereit.« Sie stellte keine Frage, es war eine Feststellung.

»So ungefähr. Man muss allerdings zwischen dem Kurz- und dem Langzeitgedächtnis unterscheiden. Bis jetzt haben wir vom Langzeitgedächtnis gesprochen. Inzwischen können wir am Institut aber auch im Hippocampus stimulieren. Das ist der Hirnteil, in dem, vereinfacht gesagt, das Kurzzeitgedächtnis sitzt. Von hier aus werden dann wichtige Erinnerungen auf die Bereiche im Großhirn übertragen, wo sie langfristig gespeichert werden.«

»Und wo taucht eine Erinnerung nun eigentlich auf?«, fragte Sareah.

»Man müsste wohl eher fragen: Wo und wie setzt sie sich zusammen? Ein Bild aus der Vergangenheit ist nicht als Einheit gespeichert, sondern beruht auf einem Komplex von Informationen. Um das zu verstehen, muss man sich klar machen, wie unsere Wahrnehmung funktioniert.«

Er merkte, dass er sich am Kinn herumzupfte. Das sah vermutlich ziemlich dämlich aus, dachte er und riss die Hand herunter. Er konzentrierte sich und sprach weiter.

»Wenn wir etwas sehen, bedeutet das, die Lichtrezeptoren in der Netzhaut unseres Auges werden gereizt. Dadurch werden Nervenzellen aktiviert, die elektrische Signale in unser Gehirn weiterleiten. Unsere ganze Wahrnehmung besteht aus Millionen Stromimpulsen im Millivoltbereich: den Cajal'schen ›Flügelschlägen der rätselhaften Schmetterlinge der Seele‹.«

»Den was?«, fragte die Journalistin.

»Den ›Schmetterlingen der Seele‹. Ein Ausdruck von Santiago Ramon y Cajal, dem Begründer der modernen Neurowissenschaften. Hat Anfang des zwanzigsten Jahrhunderts den Nobelpreis bekommen. Ich mag den Ausdruck. Egal. Von unseren Augen werden die Nervenimpulse in unseren Hinterkopf weitergeleitet, zur so genannten Sehrinde des Gehirns, und von dort weiter zu Bereichen der Großhirnrinde, die auf ganz unterschiedliche Aufgaben spezialisiert sind. Es gibt zum Beispiel Gebiete, wo die Wellenlängen des Lichtes, also die Farbe von Objekten, identifiziert wird. Andere Hirnregionen verarbeiten horizontale oder vertikale Strukturen und lassen uns so die Form eines Gegenstandes erkennen. Und dann gibt es wieder Stellen auf der Großhirnrinde, die darauf spezialisiert sind, Bewegungen zu erkennen.«

Während er sprach, hatte Sebastian der Journalistin immer wieder forschend ins Gesicht geschaut. Noch lauschte sie aufmerksam.

»Welcher Bereich des Gehirns wozu dient, stellt man vor allem dann fest, wenn er beschädigt ist. Da gibt es beispielsweise eine Region im Schläfenlappen des Gehirns …«, er machte eine kurze Pause, trank einen Schluck Kaffee, »… jedenfalls gibt es dort Zellen, die nur auf ganz bestimmte Dinge reagieren, etwa auf Gesichter. Wenn das Gehirn dort beschädigt ist, dann kann es zur so genannten Prosopagnosis kommen – der Unfähigkeit, Gesichter zu erkennen.«

»Klingt seltsam. Ich sehe also jemanden und erkenne nicht, dass da ein Gesicht zwischen den Ohren sitzt?«

»Genau. Wobei diese Zellen allerdings nicht nur für das Erkennen von Gesichtern gebraucht werden. Sie dienen grundsätzlich dazu, ähnliche Objekte auseinander zu halten, die für uns eine wichtige Rolle spielen. Neben Gesichtern können das bei einem Autofan auch die verschiedenen Automobil-Marken sein oder Vogelarten bei Ornithologen. Aber bleiben wir bei Gesichtern. Ein Gesicht wird nicht einfach als Ganzes abgespeichert. Nehmen wir zum Beispiel das Gesicht deines Freundes.«

Das war nun wirklich plump und durchschaubar. In dem Augenblick, da er es sagte, war es ihm auch schon peinlich. Zum Glück wurden nur seine Ohren heiß. Sie schaute ihn an und lächelte wie Mona Lisa. Irgendwie gelang es ihm, stotterfrei weiterzusprechen. »Stell dir das so vor: Unsere Erinnerung an ein Gesicht selbst besteht nur in der Anleitung, auf welche Art das Gesicht zusammengesetzt wird. Eine Nase, zwei Augen, Mund, Ohren machen ein Gesicht. Die Informationen Nase groß, Augen klein, Ohren abstehend … diese Informationen werden separat gespeichert. Deshalb empfinde ich zwei Gesichter vielleicht als ähnlich, die dir sehr verschieden vorkommen. In deinem Speicher wird das Kennzeichen Ohrgröße stärker betont als in meinem, dafür spielt die Nase keine so große Rolle. Wir arbeiten mit dem gleichen System, aber wir füttern es mit etwas anderen Informationen, die wir aus der Umwelt erhalten und aus verschiedenen Gründen unterschiedlich gewichtet abspeichern.« Er hatte richtig flüssig gesprochen. Erleichtert holte er Luft.

»Ich fasse mal zusammen«, fuhr er fort. »Es werden also

viele verschiedene Teile eines einzelnen Bildes getrennt in verschiedenen Hirnregionen verarbeitet, und trotzdem entsteht ein einheitliches Bild. Wie geht das vor sich?« Sebastian hatte den letzten Satz als Frage formuliert und bereute sofort den oberlehrerhaften Ton.

»Zum einen«, fuhr er mutig fort, »werden ganze Gruppen von Nervenzellen in den angesprochenen Gebieten aktiv. Zum anderen stehen die Gebiete untereinander in Kontakt, und die Nervenzellgruppen, die an der Erzeugung des Bildes beteiligt sind, feuern gleichzeitig. Die ›Schmetterlinge der Seele‹ schlagen sozusagen im Gleichtakt mit den Flügeln und fliegen in Formation.«

Sie sah ihn an. Als er ihren Blick erwiderte, sah sie ein kleines bisschen erstaunt aus.

»Es entsteht also ein netzartiges Geflecht aktiver Nervenzellen, das dieses Bild in unserem Kopf spiegelt.« Er machte eine kurze Pause. »Das, was ich hier vor mir sehe«, er blickte auf ihre Bluse, die so weit aufgeknöpft war, dass man nur knapp nicht erkennen konnte, ob sie etwas darunter trug, »führt in meinem Kopf zu einem Muster elektrischer Ströme in verschiedenen Bereichen meines Gehirns. Und wenn ich mich daran erinnere, dann taucht dieses Muster – oder zumindest eines, das dem Original sehr ähnlich ist – wieder auf. Diese Informationen laufen schließlich in einer Region hier vorn zusammen.« Er klopfte sich gegen die Stirn. »Hier sitzt das so genannte Arbeitsgedächtnis. Dieses Gebiet ist mit etlichen Bereichen der Großhirnrinde verbunden, aber auch mit anderen Teilen des Hirns, die etwa mit den Gefühlen zu tun haben. Im Arbeitsgedächtnis werden die Informationen aus der Erinnerung ähnlich verarbeitet wie aktuelle Informationen. Altes und Neues wird dort auch verglichen, angeglichen und verwendet, um beispielsweise eigene Handlungen vor dem Hintergrund von Erfahrungen und Wissen zu planen. Es kommt zu einem

Aktivitätsmuster im Gehirn, das ein *Inneres Bild* von einem vergangenen Ereignis erzeugt.«

Sie schaute auf die Uhr. Langweilte er sie? Dann beugte sie sich ein Stück vor. Nach einem kurzen, spannenden Augenblick stellte Sebastian fest, dass sie einen BH trug. Bravo, dachte er, das hat Stil.

»Also gut, das habe ich so weit verstanden«, erklärte sie. Der Kaffee war inzwischen kalt. Sareah schlug leicht mit der flachen Hand auf den Tisch und schaltete das Aufnahmegerät aus. »Wie wär's mit einem frischen Kaffee?«

Als er mit den Tassen zurückkam, schrieb sie etwas in einen kleinen Schnellhefter. Sie bemerkte seinen neugierigen Blick. »Nur ein paar Notizen zur Person.«

Er brauchte einige Sekunden, um zu begreifen, was sie meinte. Brennend gern hätte er gewusst, was sie da schrieb. Vielleicht: Nervöser junger Mann ...? Oder: Leicht verständlich veranschaulicht er komplexe Zusammenhänge? Er stellte ihr den Kaffee hin, während sie den Hefter zurück in ihre Tasche schob. Sareahs Zigarettenschachtel lag noch auf dem Tisch und sandte unwiderstehliche Reize aus.

»Vielleicht doch noch eine Zigarette?« Sie hielt ihm die Packung hin und gab ihm Feuer. »Okay, wie lässt sich nun diese Erinnerung außerhalb des Körpers abspeichern, wenn das alles so kompliziert ist?« fragte sie dann und schaltete wieder ein.

»Das ist eine der Fragen, auf die man hier am Institut die Antwort gefunden hat. Sebastian merkte, dass in seiner Stimme ein gewisser Stolz mitschwang, und rief sich zur Ordnung: schließlich war das nicht sein Verdienst. »Die Informationen, die von den verschiedenen Regionen des Hirns gesendet werden, laufen durch eine Art Flaschenhals, bevor sie das Arbeitsgedächtnis erreichen: den Raab'schen Kanal«, erklärte Sebastian.

Er machte eine kurze Pause, um zu sehen, ob der Name bei ihr eine Reaktion hervorrief. Aber sie schien nur darauf zu warten, dass er weitersprach.

»Dieser Flaschenhals«, fuhr er fort, »sitzt genau in der Mitte des Stirnlappens, im so genannten Sulcus principalis, und man kann mit einigen Elektroden ein vierdimensionales Bild der elektrischen Impulse aufnehmen. Ein dreidimensionales Muster über die Zeit. Wenn das Gedächtnis aktiviert wird und ein Erinnerungsfilm abläuft, dann können wir ein SP-Muster, ein Sulcus-principalis-Muster, ableiten. Und in unserem Großrechner speichern. Wir nennen das einen Memo-Scan.«

»Und wer lässt sich Elektroden in seinen Sulcus jagen?« fragte Sareah.

»Zuerst waren die Versuchspersonen vor allem Menschen mit Schädelverletzungen, meist Motorradfahrer. Dann gibt es immer wieder Patienten mit Hirnblutungen und Tumoren, die operiert werden müssen. Bei diesen Operationen wurden die ersten Versuche nebenbei gemacht – mit dem Einverständnis der Patienten natürlich. Doch die abgeleiteten Muster waren völlig chaotisch. Heute wird nur noch an Leichen gearbeitet. Wir stimulieren bei ihnen verschiedene Regionen der Großhirnrinde, von denen wir annehmen, dass sie zum Assoziationscortex gehören, und leiten gleichzeitig mit Elektroden die Aktivitätsmuster vom Sulcus principalis ab.«

»Leichen?« Die Journalistin schien erstaunt.

»Ja. In vielen Studien werden Leichen verwendet. Es gibt eine Menge Leute, die ihren Körper der Wissenschaft vermachen. Medizinstudenten können an ihnen Operationen üben, oder sie dienen dem Institut für Forschungszwecke.«

»Und wie bekommt ihr die gespeicherten Erinnerungen wieder in ein lebendes Hirn zurück?«, fragte sie.

»Dafür gibt es besondere Elektroden, die nicht mehr ins Gehirn selbst eingeführt werden müssen. Sie geben keine Stromimpulse ab, sondern bauen um den Kopf herum Magnetfelder auf. An bestimmten Stellen, die man flexibel einstellen kann, lassen sich dadurch Hirnströme gezielt stören und auslösen. Ich gehe hier nicht ins Detail, okay? Das wird ziemlich technisch.«

Sareah nickte.

»Also, die gespeicherten SP-Aktivitätsmuster werden nun über solche Magnetfelder auf den Flaschenhals eines Gedächtnis-Empfängers übertragen. Man klinkt sich zwischen die Orte der Erinnerung des Empfängers und seinem Arbeitsgedächtnis ein. Und tatsächlich kommen im Arbeitsgedächtnis elektrische Ströme an, die ungefähr das gleiche Muster bilden wie im Arbeitsgedächtnis des Toten, wenn der sich selbst zu Lebzeiten an etwas erinnert hätte. Die Bilder sind oft verschwommen. Das Gehirn ist bei jedem Menschen etwas anders aufgebaut, deshalb funktioniert nicht jede Übertragung. Insgesamt klappt es aber oft genug, um damit zu arbeiten.«

Wieder schlug Sareah mit der flachen Hand auf den Tisch. Diese Angewohnheit irritierte Sebastian ein wenig. Vielleicht war ja auch genau das die Absicht?

»Also«, sagte sie. »Was genau treibt ihr denn nun eigentlich? Bisher hört man von euer Arbeit in der Öffentlichkeit nur wenig.«

»Das liegt aber nicht daran, dass wir uns verstecken«, erwiderte Sebastian. »Das Interesse der Öffentlichkeit ist einfach nicht besonders groß. Die Hirnforschung war immer eine Angelegenheit, die fast nur Hirnforscher beschäftigt hat und vielleicht noch eine Hand voll Psychologen und Philosophen auf der Suche nach dem Geist in der Maschine. Und das hat sich bis heute kaum geändert.«

Er sah ihr jetzt direkt in die Augen und bemühte sich um einen eindringlichen Blick. »Du hattest ja von Penfield bisher auch noch nichts gehört. Kennst du dieses Männlein mit dicken Lippen und großer Zunge, das manchmal gezeigt wird, wenn es darum geht, wie unterschiedlich sensibel unsere Körperteile sind?«

Sareah nickte.

»Es stellt dar, wie stark unsere Körperteile im Gehirn repräsentiert werden. Je empfindlicher ein Körperteil, desto größer der Hirnbereich, der dafür zur Verfügung steht. Dieser Homunkulus geht auf Penfield zurück.«

Sareah nickte nachdenklich. »Und was ist nun der Sinn dieser ganzen Gedächtnis-Speicherung? Wozu dient das, was ihr hier macht?«

»Zuallererst ist es natürlich Grundlagenforschung. Wir beschäftigen uns mit den Fragen, wie das menschliche Gehirn funktioniert und was den menschlichen Geist ausmacht.«

»Der Geist in der Maschine und so.«

Er grinste und sprach weiter: »Anhand der Wiedergabequalität lässt sich zum Beispiel feststellen, wie genau wir das Gedächtnis aktivieren können. Aber wir könnten auch etwas über Ereignisse im Leben von Menschen herausfinden, die für die Gesellschaft von Bedeutung sind. Wir hätten vielleicht nachweisen können, ob Lee Harvey Oswald der Kennedy-Mörder war oder ob die Kubaner dahinter gesteckt haben. Wenn wir Erinnerungen aus dem Hippocampus holen können, dann ist es auch möglich, aus dem Gehirn von Mordopfern Informationen über den Täter zu gewinnen. Natürlich nur, wenn das Opfer selbst etwas gesehen hat und die Informationen die Zeit hatten, im Hippocampus gespeichert zu werden. Aber es dauert lange, bis man unter all den verworrenen Erinnerungen, die man ja zufällig abspeichert, die richtige gefunden hat. Und selbst dann gibt sie oft genug nichts her. Deshalb kann die Polizei mit unserer Methode nur wenig anfangen. Dreimal hat das Institut bisher mit der Polizei zusammengearbeitet, und nur in einem Fall war es nützlich.«

»Und was ist mit Spionage, militärischen Geheimnissen und so weiter? So nach dem Motto, wenn der Spion nicht redet, dann untersuchen wir sein Gehirn?«

Er lachte. Die Sorge konnte er ihr schnell vertreiben.

»Es gibt sicher bessere Methoden, um Menschen ihre Geheimnisse zu ›entlocken‹. Nicht, dass ich mich damit auskenne. Aber es gibt ein echtes Problem. Wir können zwar bei lebenden Menschen die Erinnerungen mithilfe von Elektroden auslösen, wie Penfield es schon gemacht hat. Aber bei lebenden Menschen gelingt es nicht, die Erinnerungen auf dem Computer zu speichern. Da läuft im Gehirn ja nicht nur der Erinnerungsfilm ab, sondern gleichzeitig werden im Arbeitsgedächtnis die Erinnerungen mit aktuellen Informationen abgestimmt und so weiter. Arbeitsgedächtnis und Flaschenhals liegen zu dicht beieinander. Die Aktivitäten, die wir bei lebenden Menschen ableiten, ergeben immer ein völliges Chaos. Erinnerungsfilme zu speichern gelingt bislang nur bei Toten. Und ich vermute, dem Geheimdienst ist ein lebender Spion lieber als ein toter. Da können sie ihre bewährten Methoden anwenden.«

»Und was ist mit Gehirnwäsche, indem man Menschen mit falschen Erinnerungen ausstattet? Indem man diese vierdimensionalen Muster künstlich herstellt?«

»Interessante Idee. Aber das scheitert schlicht daran, dass diese Muster zu kompliziert sind. Wenn ich jemandem die Erinnerung an ein rotes Auto einpflanzen wollte, dann müsste ich ja das Muster für ein rotes Auto herausfinden, das in sein Gehirn passt. Auf einem Computerbildschirm dargestellt, sieht ein solches Muster ungefähr so aus, als würde man in ein Klo schauen, in dem jemand Millionen von Glühwürmchen herunterspült. Nein, ich glaube, für diese Spionagegeschichten taugt die Technik nicht. Wir sind höchstens für die Polizei interessant, wenn überhaupt. Wir sind auf der richtigen Seite.«

»Kommt darauf an, auf welcher Seite die Polizei ist«, sagte

sie und klang dabei sehr ernst. Was meinte sie denn damit, fragte sich Sebastian. Hatte sie Probleme mit der Polizei? Na ja, ging ihn ja nichts an.

Mit einem Knacken schaltete sich das Aufnahmegerät ab. Sareah nahm das Band heraus und legte ein neues ein. Sebastian nutzte die Pause, um eine weitere Zigarette bei ihr zu schnorren. Schweigend rauchten sie eine Weile. Dann schaltete die Journalistin den Rekorder wieder ein.

»Und was hältst du von Ideen wie in dem Film ›Strange Days‹, wo Träume und Erinnerungen wie Drogen gehandelt werden?«

»Die Technik, die man braucht, um an Erinnerungen heranzukommen und sie jemandem wieder zugänglich zu machen, ist so kompliziert, dass so etwas kaum vorstellbar ist. Bisher klappt das nur in Hollywood.«

»Okay, vielen Dank. Im Augenblick fällt mir nichts mehr ein, das ich dich fragen müsste«, erklärte Sareah. »Aber es kann natürlich sein, dass ich beim Bearbeiten noch Fragen habe. Kann ich dich anrufen?«

Er gab ihr seine Telefonnummern und E-Mail-Adresse. Immerhin, dachte er. Das ist doch ein Fuß in der Tür.

»Wie kommt man eigentlich dazu, hier zu studieren?«, fragte Sareah Anderwald. »Gibt es Schlüsselerlebnisse, motivierende Biologielehrer? Wie bist du auf die Idee gekommen?«

Sebastian freute sich, dass das Interview wider Erwarten doch noch nicht vorüber war. Aber er wunderte sich. Hielt sie ihn zum Narren, oder konnte sie sich wirklich nicht denken, wieso er auf diesen Weg geraten war?

»Bei mir war es beides«, erklärte er, »Schlüsselerlebnis und motivierender Biologielehrer. Sozusagen in einer Person. Das liegt doch auf der Hand, oder?«

Sie schaute ihn fragend an.

»Meinen Namen kennst du ja«, sagte Sebastian. »Hast du dich mit dem Institut beschäftigt? Weißt du, wer der Direktor ist, zum Beispiel?« Hoffentlich klang das jetzt nicht arrogant, dachte er.

Sie legte die Hand über die Augen und lachte. »Natürlich. Dein Vater.«

Er nickte. »Ich hatte diesen ›motivierenden Lehrer‹ mein Leben lang um mich.« Ohne selbst zu wissen, wieso, fügte er hinzu: »In dieser Beziehung motivierend jedenfalls.« Wieso mache ich so eine Andeutung, fragte er sich. Schließlich war sie ja keine Briefkastentante. »Ich hatte sozusagen ein chronisches Schlüsselerlebnis«, fuhr er fort.

Sareah Anderwald wurde ernst. »Dein Vater liegt im Sterben, nicht wahr? Das tut mir Leid.«

Sie klang aufrichtig. Ob es gespielt war? Dann bekam sie es jedenfalls gut hin.

»Ich kann mir denken, wie es dir geht. Mein Vater ist vor einem halben Jahr gestorben, und ich habe danach erst gemerkt, wie wichtig er für mich war. Nicht etwa, weil er so sehr für mich da gewesen war oder weil wir uns so gut verstanden hatten. Aber da war eben jemand, der... ich weiß auch nicht.«

Sebastian spürte, dass sie es ernst meinte. Wieso war er immer so misstrauisch? Insgeheim bat er sie um Entschuldigung.

»Ist schon okay. Ich komme damit klar. Wir haben uns seit Jahren nicht mehr verstanden und kaum noch miteinander geredet. Und ich glaube, ich habe es noch gar nicht wirklich begriffen.« Er strich sich nachdenklich über die unrasierte Wange. »Irre ist allerdings, wie das Ganze passiert ist. Bisher ist darüber nicht allzu viel bekannt geworden – interessiert dich das?«

Er fand es plötzlich nicht mehr abwegig, ihr davon zu erzählen. Es war irgendwie in Ordnung. Vielleicht wegen der Art, wie sie von ihrem eigenen Vater gesprochen hatte.

»Aber das ist jetzt wirklich off the records, ja?«, bat er sie. »Ich habe keine Lust, morgen davon in der Zeitung zu lesen.«

»Versprochen.«

Sie hörte gebannt zu, während es plötzlich nur so aus ihm heraussprudelte. Danach schwiegen sie eine ganze Weile.

Sareah war es schließlich, die das Wort ergriff. »Seltsam, das Ganze. Viele Selbstmörder verschaffen sich auf die skurrilste Art und Weise eine letzte große Schau, als ob sie der Welt sagen wollten: Hier bin ich, nehmt mich wenigstens jetzt wahr. Aber bei deinem Vater steckt doch irgendetwas anderes dahinter. Der brauchte doch sicherlich nicht diese Art von Aufmerksamkeit? Welchen Reim macht sich die Polizei eigentlich auf die Geschichte?«

»Sie gehen von einem Selbstmord aus. Er soll sich betrunken und umgebracht haben.«

»Weißt du, was? Irgendwas ist doch da faul an der Sache, das spüre ich. Hältst du mich auf dem Laufenden?« Sie fingerte eine Visitenkarte aus ihrer Brieftasche. Während Sebastian sie in seinem Geldbeutel verstaute, versuchte er in ihrem Gesicht zu lesen, was in ihrem Kopf vor sich ging. Dann kam also nicht nur ihm die Sache seltsam vor?

Sie schaute auf die Uhr. »Ich müsste eigentlich los.«

»Eigentlich?« Gab es eine Chance, ihre Anwesenheit zu verlängern? Sollte er sie überreden, noch einen Kaffee mit ihm zu trinken, mit ihm essen zu gehen, sich seine Leere-Marmeladenglas-Sammlung zu Hause anzusehen, den Rest des Lebens mit ihm zu teilen?

»Nein, nicht eigentlich, sondern tatsächlich«, erklärte sie. »Ich muss gleich noch jemanden am Flughafen abholen, den ich lange nicht gesehen habe.«

Keine Chance, dachte Sebastian. Schade. Vielleicht sollte ich mich einfach in einen Sack einnähen und von der Brücke in die Isar stürzen.

Sie stand auf, schaltete das Aufnahmegerät aus und steckte es in die Tasche.

»Ja, dann …«

»Ich bedanke mich für Ihr Interesse im Namen des Instituts.« Sebastian griff lächelnd nach ihrer Hand und hielt sie fest.

Sie lachte. Die Linien um ihre Mundwinkel vertieften sich dabei. Sogar ihr Lachen wirkte energisch.

»Jedenfalls danke ich für dein Interesse an der Geschichte mit meinem Vater«, sagte Sebastian mit trockenem Mund. »So oder so.«

Jetzt lächelte sie. Sie hatte ihn verstanden. »So!«

Ihre Hand war kühl, und ihr Händedruck wirkte, als sei sie mit drei großen Brüdern aufgewachsen. Sebastian hätte diese Hand gern an den Mund geführt und geküsst, mit ihren Fingern gespielt …

Sareah rauschte davon. Er sah ihr nach und hoffte vergeblich, dass sie sich noch einmal umdrehen würde.

Blödmann, schimpfte er sich selbst. Hatte er wenigstens fachlich halbwegs geglänzt? Hatte er ihr etwas von der Faszination vermitteln können, die für ihn von dem Institut ausging? Dazu musste man wohl erst einmal grundsätzlich gefesselt sein von diesem seltsamen Ding, dem Gehirn, und seinen Fähigkeiten, seinen … ja, Geheimnissen.

Tausend Dinge fielen ihm plötzlich ein, die er ihr gern erzählt hätte. Über seine Arbeit am Institut, sein Studium – und auch ganz Persönliches. Woher kam dieses große Bedürfnis, mit dieser Fremden zu reden? Er hatte doch seine Freunde? Vermisste er die Frauen so sehr? Oder eher: *eine* Frau? Herrgott, schalt Sebastian sich selbst, du bist verknallt, Sebastian. Bis über beide Ohren. Das kommt vor, wenn man die vierzehn hinter sich gelassen hat, schon vergessen? Pfeif auf den ganzen Laienpsychologiekram. Es ist ganz natürlich, dass du … den Wunsch verspürst, ihre Karte aus dem Geldbeutel zu holen und ihre

Nummer zu wählen? Sie konnte noch nicht einmal das Gebäude verlassen haben. Wenn mich jetzt jemand so grinsen sieht, dann hält er mich vermutlich für einen Irren, dachte er. Und irgendwie hätte er Recht, vor allem angesichts der Tatsache, dass ich mich ausgerechnet an dem Tag verliebe, an dem mein Vater sterben wird.

22. April, Nachmittag

Sebastian betrat das Klinikum Innenstadt mit einem flauen Gefühl im Magen. Bis jetzt war es ihm gelungen, die Sache mit seinem Vater weit gehend zu verdrängen. So hätte es ein Psychologe vermutlich formuliert. Jetzt aber würde er ihn seit dem »Selbstmordversuch« zum ersten und zum letzten Mal sehen. Jetzt war er gezwungen, sich unmittelbar mit dem Tod seines Vaters zu befassen. Direkt und brutal. Ihn schwindelte.

Er hatte die Krankenhaus-Atmosphäre schon immer gehasst. Sicher bemühten sich die Verantwortlichen im Klinikum, den Patienten und ihren Angehörigen den Aufenthalt hier so angenehm wie möglich zu machen. Doch das gelang eben nur den Umständen entsprechend.

Sein Vater lag in einem in warmen Farben gehaltenen Raum, an dessen Wänden große Landschaftsbilder hingen, die von den Kurven und Protokollblättern am Bettrahmen ablenkten. Doch dank der piependen Maschinen, der Infusionsschläuche und sonstigen medizinischen Gerätschaften war es in dem Zimmer trotzdem alles andere als gemütlich. Immer, wenn er einen Kranken besuchte, spürte Sebastian, wie das Leiden eines Menschen einen Raum mit einer Atmosphäre von feierlichem Ernst erfüllt.

Er blieb eine Weile am Fußende des Bettes stehen und betrachtete seinen Vater. Das Gefühl der Vertrautheit, das sich bei Begegnungen zwischen Vater und Sohn trotz aller Distanz früher immer sofort wieder eingestellt hatte, blieb aus. Dem Menschen, der hier lag, war etwas Schreckliches zugestoßen. Doch Sebastian spürte nur Mitleid, ohne wirklich zu verstehen, dass es sich bei dem Menschen in diesem Bett um seinen Vater handelte. Erst als er das Krankenzimmer verlassen wollte, um sich bei der Stationsärztin zu melden, begriff er, wie tief ihn das Bild, das sich ihm hier bot, erschütterte. Er brauchte einige Minuten, um sich davon loszureißen.

Das Büro der Ärztin lag auf der gleichen Etage, ein kurzes Stück den Gang hinunter. Doktor Weiß erwartete ihn bereits. Sie bot ihm einen unbequemen Stuhl an, während sie selbst hinter ihrem Schreibtisch Platz nahm.

Auf der Arbeitsplatte befand sich nichts außer einem einzelnen, schmalen Aktenordner. Eine sehr auf Ordnung bedachte Frau, ging es Sebastian durch den Kopf. Das Zimmer war penibel sauber und aufgeräumt. Die Fachbücher in den Regalen schienen nicht nur nach Themen, sondern darüber hinaus nach Größe und Farbe sortiert. Auch das Äußere der Ärztin sprach dafür. Nicht eine Strähne hing aus dem sorgfältig geflochtenen, langen Zopf, der ihr über die linke Schulter fiel. Ihr Kittel war blitzsauber und bis zum obersten Knopf geschlossen. Mehrere Kugelschreiber ragten aus der Brusttasche, alle von der gleichen Marke. Sebastian schätzte sie auf knapp fünfzig, aber die Haare zeigten noch keine Spur von Grau, und die Haut wies kaum Falten auf. Wenn dieselbe Sorgfalt, die sie ihrer Kleidung und ihrem Aussehen angedeihen ließ, auch ihren Patienten zugute kam, war man hier bestimmt gut aufgehoben. Sebastian vermutete, dass sie ihn auf die bevorstehende Situation vorbereiten wollte. Zu seiner Überraschung war das nicht der Fall.

»Herr Raabe, ich möchte Ihnen mein Beileid aussprechen für das, was geschehen ist, und das, was noch bevorsteht. Und ich möchte die Gelegenheit wahrnehmen und Sie auf einige Dinge hinweisen, die ich nicht ganz verstehe. Vielleicht können Sie sich ja einen Reim darauf machen. Nach dem heutigen Tage bin ich für Ihre Angelegenheiten – und die Ihres Vaters – formal nicht mehr verantwortlich. Aber hier drin«, sie tippte mit spitzen Fingern auf den Ordner vor ihr auf dem Tisch, »hier drin fehlt etwas, das ich Ihnen nicht vorenthalten möchte.« Sie runzelte die Stirn, schien zu überlegen, wie sie erklären sollte, was sie beschäftigte.

»Hören Sie: Einer der Sanitäter, die Ihren Vater als Erste am Unfallort versorgt haben, hat mir erzählt, dass er und seine Kollegen ihn direkt hierher ins Klinikum bringen wollten. Das war ja nahe liegend, im wahrsten Sinne des Wortes. Aber die Polizei hat offenbar verfügt, Ihren Vater in das Bundeswehrkrankenhaus in Obergiesing zu transportieren. Das war nach meiner Einschätzung völlig unnötig und fahrlässig. Ich habe mich dort nach den Gründen erkundigt, und man verwies darauf, dass Ihr Vater eine wichtige Persönlichkeit des öffentlichen Lebens sei, die die bestmögliche Behandlung bekommen sollte.«

Sie öffnete den Aktenordner, ließ die Blätter durch die Finger gleiten und verschloss ihn wieder.

»Das ist, gelinde gesagt, absurd. Unser Klinikum ist *das* Zentrum für Hirnverletzungen. Wie Sie wissen, arbeiten wir eng mit dem Institut Ihres Vaters zusammen. Viele der Testpersonen Ihres Vaters und seiner Kollegen stammen von hier. Die Verletzungen Ihres Vaters waren allerdings so erheblich, dass die Zeit, die benötigt wurde, ihn in das Bundeswehrkrankenhaus zu bringen, für seinen Zustand letztendlich nicht mehr ausschlaggebend war. Das bedeutet, es gibt im Nachhinein keinen Anlass, eine Klage anzustrengen.« Sie machte eine Pause, dann stand sie auf und begann, hinter dem Schreibtisch auf und ab zu gehen. »Aber davon konnte man ja nicht von vornherein ausgehen. Was ich sagen will, ist: Es wäre auf jeden Fall angebracht gewesen, ihn hierher zu bringen.«

Sie blieb vor dem Fenster stehen, das hinter dem Schreibtisch den Blick auf die Fassade des gegenüber liegenden Gebäudes freigab. Es war eine typische Krankenhausfassade: ein Fenster neben dem nächsten, eine Fensterreihe über der anderen.

»Alle Einzelheiten finden Sie in diesen Unterlagen, meine persönliche Einschätzung dagegen nicht. Ich möchte nur, dass Sie über alles Bescheid wissen, was nach diesem Unfall passiert ist.«

»Ich bin Ihnen dafür sehr dankbar«, sagte Sebastian. »Ich muss zwar gestehen, dass ich nicht so recht weiß, was ich davon halten soll…«

»Ja, das geht mir auch so. Aber ich hielt es für meine Pflicht, Sie als nächsten Angehörigen über alles, was Ihren Vater betrifft, in Kenntnis zu setzen.« Sie kramte in der Tasche ihres Kittels und holte eine Packung Zigaretten hervor.

»Ich hoffe, Sie entschuldigen. Auch als Mediziner hat man das eine oder andere Laster.«

Sie bot ihm eine Zigarette an. Er lehnte dankend ab. Sie nahm einen Aschenbecher aus dem Regal und stellte ihn neben den Ordner auf den Tisch. Dann fuhr sie fort:

»Was ich Ihnen erzählt habe, ist noch nicht alles. Da steht etwas in den Unterlagen, Sie können selbst einen Blick darauf werfen. Aber…«

Sie nahm einen tiefen Zug, legte den Kopf in den Nacken und blies den Rauch langsam zur Decke. Dann fuhr sie fort. »Es ist mir unbegreiflich, dass Sie nach der Feststellung des Hirntods Ihres Vaters nicht auf die Möglichkeit der Organspende hingewiesen wurden. Und bei allem Mitgefühl: Ich verstehe auch nicht, warum man Ihren Vater so lange über die Maschinen versorgt hat, nachdem der Hirntod längst feststand und keine Genehmigung für eine Entnahme von Organen vorlag. Vorgestern wurde Ihr Vater jedenfalls doch noch hierher verlegt. Warum, das konnte mir niemand sagen. Alles, was mir gesagt wurde, war, dass wir Ihren Vater übernehmen und dass die Maschinen heute nach Klärung der Angelegenheiten mit Ihnen abgestellt werden sollten.«

Sie sah Sebastian an, als erwartete sie eine Reaktion. »Und da wäre noch etwas«, fuhr sie fort. »Der Sanitäter, von dem ich Ihnen erzählt habe, arbeitet manchmal hier als Pfleger auf der Station. Nachdem er Ihren Vater versorgt hatte, kam er zu mir und sagte, dass ihm etwas Seltsames aufgefallen sei.«

Endlich setzte sich die Ärztin wieder hinter den Schreibtisch. Sebastian verstand nicht: Sein Vater hatte eine Kopfverletzung erlitten, die zum Hirntod geführt hatte. Das war schrecklich. Aber was war es, das sie darüber hinaus so beunruhigte?

»Die Aussage des Sanitäters finden Sie nicht in den Akten«, fuhr die Ärztin fort. »Der junge Mann ist kein Arzt, er hat Ihren Vater nur gesehen, nicht untersucht, wenn Sie verstehen …«

Wieder ließ sie die Seiten des Aktenordners durch ihre Finger schnurren.

»An den Schläfen Ihres Vaters sind dem Sanitäter Schrammen aufgefallen, die er am Unfallort nicht bemerkt hatte. Bei den Verletzungen, die Ihr Vater erlitten hatte, könnte er am Unfallort natürlich etwas übersehen haben, das ihm dann erst hier aufgefallen ist, nachdem man Ihrem Vater das Blut aus dem Gesicht gewaschen hatte. Aber ich halte diesen jungen Mann für sehr verlässlich. Ich will damit sagen, es hat den Anschein, dass Ihrem Vater eine Behandlung zuteil geworden ist, von der ich nichts weiß und von der auch in den Krankenakten nichts steht. Keiner der dokumentierten Eingriffe würde zu solchen Schrammen …«

In diesem Augenblick klopfte es, die Tür ging auf, und Wallroth kam herein. Sebastian schaute sich überrascht um, dann stand er auf.

»Wallroth! Schön, dass du es geschafft hast!«

Der Wissenschaftler ließ die Tür mit Schwung wieder zufallen und begrüßte Sebastian. Der stellte ihn der Ärztin vor.

»Professor Frank Wallroth. Ein Freund und Arbeitskollege meines Vaters.«

Die Ärztin reichte dem Forscher über den Schreibtisch hinweg die Hand. Sie erschien Sebastian plötzlich sehr müde. Das plötzliche Eintreten des Mannes hatte sie offenbar aus der Fassung gebracht.

»Wie geht es dir heute?«, fragte Wallroth Sebastian, ohne sich weiter um die Ärztin zu kümmern. »Na ja, das ist eine dumme Frage.« Er betrachtete Sebastian nachdenklich. Dann wandte er sich an die Ärztin.

»Also, gibt es noch etwas zu besprechen, Frau …?«

»Nein«, antwortete die Stationsärztin. Sie kam Sebastian jetzt noch nervöser vor als vorhin.

»Sie hatten mir etwas von Schrammen …«, wollte er sie erinnern.

»Ach, vergessen Sie es«, unterbrach sie ihn. »Es war nicht wichtig. Alles, was wirklich wichtig ist, steht ja hier drin. Wenn Sie also noch Fragen haben, dann nehmen Sie einfach Einblick in die Akten.«

Seltsam. Sie wirkte plötzlich sehr abweisend.

»Um was geht es denn?«, fragte Wallroth und schaute interessiert von Sebastian zu der Ärztin.

»Ein Sanitäter, der meinen Vater am Institut verarztet hat, hat wohl gemeint, etwas an den Kopfwunden hätte sich verändert.«

»Verändert? In welcher Weise?« Wallroth richtete die Frage direkt an die Frau.

»Sind Sie ein Angehöriger?«, fragte sie zurück. Bevor er antworten konnte, fuhr sie jedoch fort: »Es war sicher ein Irrtum, und es war mit Sicherheit nicht wichtig. Wir sollten uns jetzt um Herrn Raabe kümmern, würde ich vorschlagen. Ich denke, die Transplantations-Teams sind bereit. Und wir haben Termine für die Transport-Hubschrauber.«

»Transplantation? Hast du Christian zur Organspende freigegeben?«, fragte Wallroth Sebastian. »Gut. Daran habe ich nicht gedacht. Dabei wäre das sicherlich in seinem Sinne. Also, dann bringen wir diesen schweren Gang hinter uns.«

Vor der Tür, hinter der der lebende Körper des toten Christian Raabe lag, trafen sie auf einen Mann in der schwarzen Soutane und dem weißen Kragen eines Priesters.

»Herr Raabe? Mein Name ist Pater Lukas. Ich bin Seelsorger hier am Klinikum. Möchten Sie, dass ich Sie begleite, wenn das Beatmungsgerät abgestellt wird? Den Unterlagen Ihres Vaters haben wir entnommen, dass er römisch-katholisch ist. Ich war deshalb so frei, ihm die Letzte Ölung zu geben.«

Sebastian war überrascht. Sein Vater war nicht religiös gewesen. Seine Mutter, ja, die war früher regelmäßig in die Kirche gegangen. Aber hätte sein Vater einen Priester gewollt? Er wusste es nicht. Vermutlich nicht. Und wer wollte das jetzt entscheiden? Wallroth kam ihm zu Hilfe.

»Warum nicht. Was, Sebastian? Wer weiß, wo Christians Seele jetzt ist – ein Priester wird jedenfalls bestimmt nicht stören.« Er wandte sich an den Mann.

»Was wollen Sie denn da drin machen? Beten?«

Der Priester nickte, irritiert von Wallroths direkter Art.

»Also gut, Sebastian. Stört es dich, wenn jemand für deinen Vater betet?«

»Nein, natürlich nicht«, antwortete Sebastian etwas hilflos. Es zeigte sich schon jetzt, dass Wallroth ihm eine Stütze war.

Der Priester hatte ihn aus der Fassung gebracht. Das passierte momentan so verdammt leicht. Also, warum sollte der Priester nicht beten? Vielleicht wäre es ja sogar schön mitzubeten, es doch noch einmal zu versuchen. Er betete schon lange nicht mehr. Der Glaube war ihm nach dem Tod seiner Mutter keine Hilfe gewesen. Aber man sollte die Hoffnung ja nicht aufgeben. Hieß es nicht auch in der Bibel so?

»Was meinen Sie, ist die Seele beim Eintreten des Hirntods schon in den Himmel aufgestiegen, oder geschieht das erst, wenn auch der Körper stirbt?«

Der Priester war sichtlich irritiert von Wallroths Frage.

»Ich muss gestehen ...« Er zuckte hilflos die Schultern. »Ich vermute, dass Herr Raabe jetzt stirbt, und überlasse die theologischen Diskussionen größeren Geistern. Die Bibel gibt hier, fürchte ich, keine eindeutige Antwort.«

»Herr Raabe«, wandte sich die Ärztin noch einmal an Sebastian, bevor sie die Tür öffnete. »Wenn wir die Geräte abstellen, dann zeigt der Sterbende in der Regel keine Reaktionen. Aber es kann in seltenen Fällen zu Reflexen kommen.«

Sebastian nickte.

»Es ist manchmal nicht ganz leicht für die Angehörigen, das zu ertragen.«

Beinahe feierlich betraten sie das Zimmer, in dem Sebastians Vater lag.

Gleichmäßig hob und senkte sich dessen Brustkorb im Rhythmus des Sauerstoffgerätes, das EKG piepste vor sich hin. Wie um die Sinnlosigkeit aller Anstrengungen der Medizin zu unterstreichen, zeigte einer der Bildschirme das EEG. Es bestand aus einigen glatten, horizontalen Linien. Hier wohnte kein Geist mehr, den die Maschinen noch hätten messen können.

Der Körper war von einem Laken verdeckt, unter dem sich die Konturen abzeichneten. Christian Raabe war ein stattlicher Mann gewesen, jetzt aber erschien sein Körper kleiner und schmächtiger als zuvor. Kopf und Gesicht verschwanden unter einem Verband, lediglich Nase und Mund waren vage unter einer Plastikmaske zu erkennen.

Sebastian ging zum Bett seines Vaters hinüber. Der rechte Arm lag nackt auf der Decke, in der Ellenbogenbeuge verschwand eine Braunüle. Der Infusionsschlauch war schon entfernt. Sebastian griff nach der Hand seines Vaters. Sie war schwer und seltsam schlaff. Der Ring, an dem Sebastian ihn identifiziert hatte, saß noch auf dem Ringfinger. Er musste das Bestattungsunternehmen daran erinnern, ihn abzunehmen.

»Sind Sie so weit?«, fragte die Ärztin. Nein, hätte Sebastian beinahe gesagt, und das wäre die Wahrheit gewesen. Aber er nickte. Dann ließ er seinen Vater los und trat einen Schritt zurück. Er spürte eine Hand auf seiner Schulter. Wallroth stand hinter ihm.

Die Ärztin schaltete die Maschinen ab, kam zu Sebastians Vater herüber und entfernte die Maske von Christian Raabes Gesicht. Dann trat sie zurück.

Nach dir, HERR, verlanget mich. Mein Gott, ich hoffe auf dich; lass mich nicht zuschanden werden, dass meine Feinde nicht frohlocken über mich.

Sebastian betrachtete den Körper vor sich im Bett, während die ruhige Stimme des Priesters den Raum erfüllte. Das weiße Laken schien furchtbar hell, blendete ihn. Alle Details der Decke brannten sich ihm in die Netzhaut, der scharfe Kontrast zwischen den weißen Falten und den dunklen Schatten, die sie warfen, die feine Struktur des Gewebes.

Denn keiner wird zuschanden, der auf dich harret; aber zuschanden werden die leichtfertigen Verächter.
Gedenke, HERR, an deine Barmherzigkeit und an deine Güte, die von Ewigkeit her gewesen sind.

Sebastians Blick wanderte hinauf zum Kopf seines Vaters. Die unbedeckte Gesichtspartie war rasiert, deutlich konnte er die winzigen Bartstoppeln erkennen und am Kehlkopf einzelne längere Härchen, die die Pfleger übersehen hatten. Unter dem Kopfverband krochen ein paar dunkle Locken hervor.

Gedenke nicht der Sünden meiner Jugend und meiner Übertretungen,
gedenke aber meiner nach deiner Barmherzigkeit, HERR, um deiner Güte willen!
Der HERR ist gut und gerecht; darum weist er Sündern den Weg.
Er leitet die Elenden recht und lehrt die Elenden seinen Weg.
Um deines Namens willen, HERR, vergib mir meine Schuld, die so groß ist!

Dann begann der Körper zu zucken.

Die Reflexe waren stark, begannen in den Gesichtsmuskeln, dann durchliefen sie den gesamten Körper. Hilflos und entsetzt sah Sebastian zu, wie dieser seelenlose Körper sinnlos um ein Leben rang, das es nicht mehr gab. Der Mund war geöffnet in einem stummen Schrei, und unter dem Kopfverband rollte eine Träne die Schläfe herunter und verlief sich in den Laken.

Wende dich zu mir und sei mir gnädig; denn ich bin einsam und elend.
Die Angst meines Herzens ist groß; führe mich aus meinen Nöten!

Sieh an meinen Jammer und mein Elend und vergib mir alle meine Sünden.

Wallroth beugte sich vor und drückte den Leib des Sterbenden mit großer Kraft auf das Bett zurück.

Sieh, wie meiner Feinde so viel sind und zu Unrecht mich hassen.
Bewahre meine Seele und errette mich; lass mich nicht zuschanden werden, denn ich traue auf dich!
Unschuld und Redlichkeit mögen mich behüten; denn ich harre auf dich.

Der Priester beendete den Psalm und Christian Raabes Kampf war vorbei. Der tote Körper entspannte sich, und zugleich löste sich auch in Sebastian die Spannung, die sein Herz zusammengedrückt hatte. Er fühlte, wie sich seine Augen mit Tränen füllten, die ihm die Wangen hinabliefen und sich feucht in seinem Hemdkragen sammelten, während er den Worten des Priesters lauschte, der jetzt leise mit Psalm 23 fortfuhr.

Der HERR ist mein Hirte, mir wird nichts mangeln.
Er weidet mich auf einer grünen Aue und führet mich zum frischen Wasser.
Er erquicket meine Seele. Er führet mich auf rechter Straße um seines Namens willen.
Und ob ich schon wanderte im finstern Tal, fürchte ich kein Unglück;

Die warmen, ruhigen Worte umhüllten Sebastian wie ein Mantel. Ihm war warm und innerlich kalt,

denn du bist bei mir, dein Stecken und Stab trösten mich.
Du bereitest vor mir einen Tisch im Angesicht meiner Feinde.
Du salbest mein Haupt mit Öl und schenkest mir voll ein.
Gutes und Barmherzigkeit werden mir folgen mein Leben lang, und ich werde bleiben im Hause des HERRN immerdar.

Wallroth fing ihn auf, als die Beine unter Sebastian nachgaben.

Mitschnitt der Sitzung des Parlamentarischen Untersuchungsausschusses »Spezialkräfte« vom 9. April, Abschrift in Auszügen – Fortsetzung

Dr. Reinhard B. (SPD): Herr Brigadegeneral Leise. Guten Tag. Sie wissen, worum es geht. Danke, dass Sie sich zur Verfügung gestellt haben. Sagen Sie uns bitte kurz etwas zu Ihrer Person.

Zeuge: Friedrich Leise, Brigadegeneral. Ich bin Befehlshaber des Kommandos Spezialkräfte.

Dr. Reinhard B. (SPD): Herr Brigadegeneral. Können Sie uns erklären, was die Aufgabe des KSK im Sudan war?

Zeuge: Sie meinen, was unsere Aufgabe ist. Wir sind noch immer vor Ort im Einsatz. Wir bemühen uns, subversive Kräfte abzuwehren, indem wir wichtige gegnerische Objekte aufspüren und zerstören.

Jochen H. (Grüne): Mit subversiven Kräften meinen Sie Terroristen, die Sie in den Bergen am Roten Meer aufspüren und töten?

Zeuge: Richtig. Dort und an anderen Orten im Sudan.

Jochen H. (Grüne): Warum wurden vier Kommandotrupps ins Landesinnere geschickt, um das Dorf zu sichern, in dem das Massaker geschah?

Zeuge: Ich kann Ihnen nicht sagen, aus welchem Grund die Kommandos dorthin geschickt worden sein sollen. Von dem Dorf war in unserem Einsatzplan keine Rede. Mir ist nichts bekannt von einem Auftrag im Dezember, der der Sicherung eines Dorfes westlich von Port Sudan galt.

Dr. Volker N. (PDS): Sie wissen nichts davon?

Zeuge: Nein.

Dr. Reinhard B. (SPD): Kommt es vor, dass die örtlichen Offiziere Operationen durchführen, von denen Sie nichts wissen?

Zeuge: Gelegentlich ja. Weil die Kommandos vor Ort mit unseren Verbündeten zusammenarbeiten. Wenn beispielsweise der Befehlshaber der ISAS – im Dezember letzten Jahres war das der Brite General George Lloyd – eine Operation plant und durchführt, dann muss ich darüber nicht bis in jede kleinste Einzelheit informiert werden. Wenn ein Kommandotrupp in eine bestimme Schlucht geschickt wird, um dort ein Terroristennest auszuheben, dann genügt es, wenn ich grundsätzlich darüber informiert werde.

Dr. Heidrun F. (CDU): Sie wollen damit sagen, Sie hatten keine Ahnung, weshalb Ihre Leute in dieses Dorf geschickt worden sind?

Zeuge: Wenn sie dort waren, so ist mir der Grund unbekannt.

Dr. Heidrun F. (CDU): Ich habe das Ihren Kollegen, Generalleutnant Wagner, schon gefragt, und ich frage nun Sie: Haben Sie selbst versucht herauszufinden, ob Angehörige des KSK in diesem Dorf waren?

Zeuge: Nein.

Dr. Heidrun F. (CDU): Auch Sie wissen seit Anfang des Jahres von den Anschuldigungen. Auch Sie haben nicht versucht herauszufinden, ob die Vorwürfe gerechtfertigt sind?

Zeuge: Nein. Ich habe mich mit Generalleutnant Wagner und dem Verteidigungsminister besprochen, und wir haben zu diesem Zeitpunkt keinen Grund gesehen, die Vorwürfe ernst zu nehmen.

Jochen H. (Grüne): Vielleicht sollten wir den Verteidigungsminister bitten, ebenfalls Stellung zu nehmen.

Dr. Reinhard B. (SPD): Ich kann Ihnen versichern, dass der Verteidigungsminister die Vorwürfe sehr ernst nimmt.

Jochen H. (Grüne): Jetzt sicher.

Christian V. (CDU): Bitte! Generalleutnant Leise, können Sie sich vorstellen, dass Mitglieder des KSK an einem Massaker beteiligt sein könnten?

Zeuge: Nein. Das kann ich mir nicht vorstellen.

Christian V. (CDU): Warum nicht?

Zeuge: Wissen Sie, wie genau wir Bewerber unter die Lupe nehmen, die in das KSK aufgenommen werden wollen? Unsere Auswahlkriterien sind so hoch, dass wir Nachwuchssorgen haben. Deshalb ist auch die vierte Kommandokompanie noch immer nicht einsatzbereit. Nun, Angehörige des KSK befolgen Befehle, und diese Befehle beinhalten niemals den Mord an Zivilisten. Ich bin überzeugt, dass nicht Angehörige des KSK dieses Massaker angerichtet haben. Niemand vom KSK.

Dr. Reinhard B. (SPD): Nun, wir haben die Aussage zweier Angehöriger des KSK gehört. Entschuldigung, eines Angehörigen des KSK und eines ehemaligen Angehörigen. Die Bundesregierung und der Bundestag nehmen die Aussagen der nach eigenen Angaben an einem Massaker beteiligten Zeugen sehr ernst. Deshalb werden wir der Sache weiter nachgehen.

Wie mir die Ermittlungsbehörde des Internationalen Strafgerichtshofes in Den Haag mitgeteilt hat, werden die Untersuchungen im Sudan mit höchster Priorität betrieben. Sobald wir über neue Erkenntnisse verfügen, informieren wir den Bundestag und finden uns dann wieder zusammen. Vielen Dank.

23. April, Morgen

Er hatte beschlossen auszuschlafen. Der Wecker klingelte um zehn, aber Sebastian blieb noch eine ganze Weile im Bett. Nur um einen Kaffee auf- und eine Schale Müsli anzusetzen, war er aufgestanden und hatte sich dabei gleich die Fernbedienung für den Fernseher geschnappt, bevor er sich wieder ins Bett gelegt hatte.

Mittags rief Lannert an. Den Vorschlag des Anwalts, Christian Raabes Beerdigung zu organisieren, nahm Sebastian dankbar an. Sie sollte drei Tage später auf dem Westfriedhof stattfinden.

Nach dem Telefonat zog Sebastian sich an, warf sich seine Jacke über die Schulter und verließ die Wohnung, um sich in einem kleinen chinesischen Takeaway in der Nähe mit Verpflegung zu versorgen. Take away, take away – das klang ja richtig chinesisch.

Er fühlte sich nicht besonders gut – und obwohl er den Vormittag im Bett verbracht hatte, war er erschöpft. Sein Fuß tat noch immer weh. Er humpelte über das Kopfsteinpflaster hinüber zur Imbissbude an der Schwanthalerstraße und kaufte eine Schale voll undefinierbarer Substanzen, die im Geschmack entfernt an Huhn und Curry erinnerten.

Schließlich fasste Sebastian einen Entschluss. Er verließ den Imbiss und versuchte die Straße zu überqueren, ohne von einem Radfahrer überfahren zu werden, seine Jacke anzuziehen und gleichzeitig die erste Telefonnummer in sein Handy zu tippen, die auf Sareah Anderwalds Karte stand. Ein kalter Wind fuhr unter seinen Kragen und machte ihm eine Gänsehaut. Der gewünschte Teilnehmer war unter dieser Nummer zurzeit nicht erreichbar. Als er die zweite Nummer wählte, meldete sich ein Anrufbeantworter mit der leicht verzerrten Stimme einer jungen Frau. Sie erinnerte ihn an die Stimme, die ihn im Institut gefragt hatte: »Wie ich heißen sollte, muss ich wahrscheinlich nicht erklären, oder?«

»Hier ist Sebastian Raabe«, sprach er auf das Band. »Der Typ, den du interviewt hast.« Er stockte. Was wollte er ihr denn eigentlich sagen?

»Tja, vielleicht – vielleicht könnten wir uns noch mal treffen. Ich bin heute Abend ab neun im Last Experience, Amalienstraße in Schwabing. Ich würde mich freuen, wenn du kommst.« He, das war ja richtig mutig. »Wenn du nicht kommst, dann ruf ich dich einfach später noch einmal an oder so.« Oder so. Klasse, dachte er. Echt cool. »Also dann … vielleicht bis dann.«

Das, dachte er, war ja wohl die blödeste Einladung der Welt gewesen. Wenn sie je Lust gehabt hatte, ihn zu treffen, dann würde sie ihr mit diesem Anruf bestimmt vergangen sein.

Als er das Telefon ausschalten und wegstecken wollte, meldete sich wieder die Mobilbox.

»Sareah Anderwald hier. Sebastian, können wir uns bald sehen?«

Sebastian war überrascht. Da hätte er sich seinen verkrampften Anruf ja sparen können. Ewig hatte er nun kein Date mehr gehabt, und jetzt wollte sich die Frau seiner Träume unaufgefordert mit ihm treffen? Aber die ehrgeizige Journalistin trieb ihm seine Flausen gleich wieder aus dem Kopf: »Ich hätte da noch ein paar Fragen.«

Er fühlte sich geschmeichelt und verwirrt zugleich. Sollte er gleich noch einmal versuchen, Sareah anzurufen? Aber sie würde ja seine Einladung für den Abend abhören, und … vielleicht würde sie ja kommen, und sei es nur, um eine Antwort auf ihre Fragen zu bekommen.

Eine halbe Stunde später rief Sareah an und sagte ab. Immerhin: Sie schlug vor, ihn am übernächsten Vormittag zu besuchen.

Dann nahm er einen neuen Anlauf.

»Und wie sieht's morgen Abend aus – mit der privaten Sareah Anderwald, nicht der Journalistin? Ich treffe mich mit ein paar Freunden.«

Sie lachte. »Mal sehen. Ruf morgen noch mal an, okay?«

23. April, Abend

»So, du hast also jemanden in unsere Runde eingeladen?« Mato bedachte Sebastian mit einem kritischen Blick. »Eine Frau«, fügte er mit einem Grinsen hinzu, das er selbst wahrscheinlich für dreckig hielt. »Sebastian, der Auserwählte, der ihr kundtat über die kurze, aber ruhmreiche Geschichte unserer Zunft.« Er breitete die Arme aus, als wollte er zum Ausdruck bringen, dass diese Botschaft an alle Gäste des Last Experience gerichtet war.

»Ruhmreich?«, fragte Hobbes den Chinesen. »Wenn es Sebastian ist, der davon erzählt hat, wie soll da der Eindruck von ruhmreicher Geschichte entstehen? Das ist ungefähr so, als wenn Charlie Rivel Deutschland den Krieg erklärt.«

»Er wollte ja eigentlich gar nicht viel erzählen. Er hatte vorher sogar geduscht«, antwortete Mato. »Wenn er nur wüsste, wie er sie nun ohne den ganzen lästigen Kram vorher gleich nach Hause kriegen könnte. Wieso Charlie Rivel?«

»Lästiger Kram?«, fragte Sebastian. »Ach so, du meinst Konversation und so? Wer zum Teufel ist Charlie Rivel?«

»Lade sie doch ein, deine Sammlung leerer Marmeladengläser anzuschauen. Charlie Rivel war vor langer Zeit ein berühmter Clown.«

»Ihr seid ja bescheuert.« Sebastian fühlte sich geschmeichelt und kam sich so lächerlich vor. »Wenn ihr schon der Ochsenfrosch-Strategie folgt, dann solltet ihr das Quaken lassen.«

»Ochsenfrosch-Strategie?« Hobbes überlegte. »Ach so,

diese Geschichte, dass kleine Froschmännchen leise in der Nähe von großen Froschmännchen rumhängen, und nicht mit ihnen um das Revier streiten. Lockt das Gequake des dicken Männchens ein Weibchen an, dann versuchen die kleinen Frösche, auf sie draufzuspringen, bevor der große Brüller begreift, was vor sich geht. Die Kleinen vermeiden den Stress des Revierkampfes und haben trotzdem oft genug ihren Spaß.« Er grinste sein schiefes Grinsen. »Du meinst also, wir sollten lieber die Schnauze halten und darauf warten, dass Frauen herbeiströmen, angelockt von deinem Gequake. Dann fällt vielleicht eine für uns ab?« Er wandte sich an Mato. »Aber wenn er uns Fröschlein quaken hört, dann vertreibt er uns.«

Mato plusterte die Backen auf – er sah Mao plötzlich sehr ähnlich – und begann zu quaken. Als sie sich wieder beruhigt hatten, meinte Hobbes: »Übrigens, lad sie besser nicht gleich zum Essen ein.«

»Wieso nicht?« Mato fand die Idee sehr gut.

»Weil sie vielleicht gut aussieht, aber im Laufe des Abends stellst du dann fest, dass ihr kleiner Bruder ihr die Schuhe zubinden muss oder dass sie die letzte Schachweltmeisterschaft gewonnen hat. Dann hast du ein teures Essen bezahlt für nichts und wieder nichts.«

»Klingt überzeugend«, gab Mato zu. »Aber wir können sie doch auch zuerst mit Sebastian zum Essen schicken, und sie hebt ihre Unschuld für mich auf.«

»Auf die Unschuld der Frauen!« Hobbes ging, um Nachschub zu holen.

Als er wieder da war, wurde Sebastian plötzlich ganz ernst: »Ich hab mal eine Frage an euch.«

Mato und Hobbes sahen ihn erwartungsvoll an.

»Könnt ihr euch vorstellen, dass Wallroth mich belügt?«

»Wallroth?«, wiederholte Mato. »Wie kommst du denn darauf?«

Hobbes kratzte sich nachdenklich das Kinn. »Keine Ahnung, so gut kenne ich ihn ja nicht. Aber er macht immer so einen Eindruck von *Ich stehe über allem*. Und wenn es bei solchen Leuten drauf ankommt ... Aber wie kommst du darauf?«

»Hm. Ich kenne ihn ja jetzt schon ziemlich lange, und ...«

»Das ist wohl eher ein Nachteil«, unterbrach ihn Mato. »Du kennst ihn schon, seit du klein bist. Für dich war er doch Onkel Frank, oder? Onkel Frank ist kein Lügner. Also: wie kommst du darauf?«

Sebastian erzählte ihnen von dem Brief, aus dem hervorging, dass sein Vater in Südamerika gewesen sein musste und dass dort etwas Schreckliches geschehen war. Er erzählte auch von seinem Gespräch mit Wallroth und der Geschichte vom Streit seiner Eltern, mit dem Wallroth alles zu erklären versucht hatte.

»Tja, nur klingt der Brief echt real, und außerdem ist er nie abgeschickt worden. Komische Sache.«

»Kann man nicht irgendwie herausfinden, ob Wallroth, Steadman und dein Vater in Südamerika waren?«, schlug Mato vor.

»Wie denn?«

»Wir schauen uns ein bißchen auf seinem Computer um.«

»Und wie willst du das machen?«

»Wir gehen über das Intranet. Sein Rechner ist doch an das Instituts-Netz angeschlossen. Sollte eigentlich keine so große Sache sein. Ist schließlich nicht das Verteidigungsministerium. Robert kennt sich da ganz gut aus. Und der macht solche Sachen gern. Ich werde ihn drauf ansetzen.«

»Ich weiß nicht ...« Sebastian kamen Zweifel.

»Wir checken uns in sein System ein, wenn er nicht im Raum ist. Das merkt der gar nicht«, erklärte Mato. »Ich schätze, er lässt seinen Rechner an, wenn er zum Beispiel Vorlesung hält.

Machen doch alle. Außerdem glaub ich kaum, dass Wallroth eine große Leuchte ist, wenn es um Computer geht. Also? Die nächsten Tage?«

»Ach was«, entschied Sebastian. »Ich werde Wallroth einfach fragen. Das wäre wirklich zu schäbig, hinter seinem Rücken rumzuschnüffeln.«

Eine junge Frau ging an ihrem Tisch vorbei. Sebastian starrte ihr hinterher. Sie setzte sich elegant an den Nachbartisch.

»Es gibt Leute, die glauben, ihr Intellekt wächst mit der Länge ihres Bartes.«

Matos Äußerung bezog sich auf den Typen neben der Frau. Er trug kurze Haare, eine dicke Brille und einen Ziegenbart mit mindestens fünfzehn Zentimeter langen Fransen. Der Pullover sah aus wie aus dem vorletzten Jahrhundert. Sebastian konnte seine Füße nicht sehen, tippte aber auf Sandalen. Die trug der sicher auch bei Regen. Und bei Schnee. »Auf den Schnee«, sagte er und prostete den beiden zu.

Inzwischen waren sie jeder beim sechsten Glenmorangie, den sie dem Wirt zu einem fairen Preis abgehandelt hatten.

Hobbes kam von irgendwoher zurück, noch bevor überhaupt jemand bemerkt hatte, dass er weggegangen war.

»Wo warst du?«, fragte Mato, wobei sich das W in jedem Wort inzwischen ebenso verdoppelte wie die Bilder vor seinen Augen.

»Es gibt Dinge im Leben, denen sich ein Mann stellen muss. Allein.«

»Wie lief's?«, fragte Sebastian.

»Flüssig.«

Hobbes plumpste auf seinen Platz zurück.

»Scheiße«, brach es plötzlich aus Sebastian hervor. Das Wechselbad der Gefühle, der Tod seines Vaters, das Abstellen der Maschinen, Sareah Anderwald, in die er sich zu dieser unpassenden Zeit verliebt hatte, der Alkohol ... Sebastian musste einfach Dampf ablassen. Und plötzlich sprudelte alles nur so aus ihm heraus. Danach war es eine ganze Weile still.

Hobbes war der Erste, der das Wort ergriff.

»War ja echt krass drauf, dein alter Herr«, stellte er fest, während er versuchte, das Kinn aufzustützen.

Mato war tief in Gedanken versunken. Dann brach er in schallendes Gelächter aus. Zum Glück war Sebastian zu besoffen, um beleidigt zu sein.

»›Hic fuit‹! Dein Vater war ja echt ein Witzbold!« Mato schüttelte sich vor Lachen. »Wenn das alles stimmt, dann hat er es dir nicht leicht gemacht. Ha. ›Hic fuit‹, dass ich nicht lache«, kicherte er und schaute in zwei verständnislose Gesichter.

»›Hic fuit‹ heißt *Er ist hier gewesen.* Aber du bist doch nicht hier gewesen. Du bist doch da. Ich meine dort. Äh, ich meine ...« Er sammelte sich kurz und versuchte, den Alkoholpegel in seinem Blut zu ignorieren.

»Du musst schreiben: *Ich bin hier.* Also auf Latein – «

»›Hic sum‹«, brummte Hobbes. Sein Gesicht lag inzwischen auf der Tischplatte.

Hieß es nicht immer in Romanen, die Helden würden mit einem Male wieder nüchtern, wenn etwas Dramatisches passierte? Aber ich bin ja auch kein Held, dachte Sebastian. In seinem Kopf drehte sich noch immer alles, während ihm langsam bewusst wurde, dass Mato und Hobbes ihm sehr wahrscheinlich soeben den Code zum Computer seines Vaters geliefert hatten. Es war so einfach. Und er hatte sogar schon den Schlüssel im Schloss gehabt. Nur nicht begriffen, dass er ihn auch noch drehen musste. Sprich: Freund. Nur ein Narr versuche, diesen Computer zu starten. Ich bin der Narr.

»Ich bin hier!«, brüllte er und klammerte sich mit beiden Händen an der Tischkante fest. »Ich bin hier! Ich bin hier! Ich bin hier!«

zweiter teil

»Bis auf diesen Tag habe ich mich um die Ethik der Angelegenheit noch nie bekümmert. Das Studium der Natur macht den Menschen schließlich so gewissenlos, wie die Natur selbst ist.«

H. G. Wells,
›Die Insel des Dr. Moreau‹

Kopie eines Schreibens des Vorsitzenden des Parlamentarischen Untersuchungsausschusses »Spezialkräfte«, Dr. Reinhard B. (SPD), an die Mitglieder des Untersuchungsausschusses

Berlin, 18. April
Betrifft: Expertengutachten IstGH, Sudan

Sehr geehrte Damen und Herren,

wie Sie wissen, hat die Ermittlungsbehörde des Internationalen Strafgerichtshofes in Den Haag eine Expertenkommission in den Sudan gesandt, um dem Vorwurf nachzugehen, deutsche Soldaten hätten dort ein Massaker an der einheimischen Zivilbevölkerung verübt.
Das Expertengutachten finden Sie in der Anlage.
Ich fasse den Inhalt kurz zusammen: Die Ermittler des IStGH bestätigen, dass westlich von Port Sudan, in einem Dorf namens Gehadiya, ein Massaker stattgefunden hat. Insgesamt 24 Menschen wurden dabei getötet, darunter acht Kinder unter vierzehn Jahren. Sieben der Opfer waren über sechzig Jahre. Alle Leichen wiesen Schuss- und Stichwunden in großer Zahl auf.
Zeugen für das Massaker wurden nicht gefunden. Die Gutachter konnten sich deshalb nur auf die Indizien stützen, die sie vor Ort fanden.
In Gehadiya wurden Projektile beziehungsweise Patronenhülsen gefunden, die auf eine Zahl von mindestens 637 Geschossen hinweisen. Beim überwiegenden Teil handelt es sich um das

Kaliber 5,56 Millimeter x 45 beziehungsweise .223 Remington: NATO-Munitionsstandard. In Zusammenarbeit mit dem Kriminalistischen Institut des Bundeskriminalamtes in Wiesbaden konnte nachgewiesen werden, dass diese Projektile von einem hessischen Tochterunternehmen der Firma Ferrostaal hergestellt und mit großer Sicherheit aus Heckler & Koch-Sturmgewehren des Typs HK50 abgefeuert wurden. Diese Gewehre, die bei der Bundeswehr als G36 bezeichnet werden, ersetzen dort seit 1997 nach und nach das Sturmgewehr G3. Bislang werden G36 vor allem von deutschen, türkischen und spanischen Streitkräften verwendet. Das Kommando »Spezialkräfte« war unter den ersten Heeresteilen, die mit dem neuen Typ ausgerüstet wurden. Es wird dort vor allem als Sonderanfertigung G36K verwendet, einer Version mit verkürztem Rohr. Die in Gehadiya sichergestellte Munition ist zum überwiegenden Teil aus Gewehren dieses Typs abgefeuert worden. Dazu kommt Munition vom Kaliber 9 Millimeter Parabellum, die aus einer Maschinenpistole vom Typ Heckler & Koch HK MP5-SD3 abgefeuert wurde. Auch diese Waffe wird von der deutschen Bundeswehr und vom KSK verwendet.
Da sich weder türkisches noch spanisches Militär im Norden des Sudan aufgehalten hat, gehen die Gutachter davon aus, dass Angehörige der deutschen Streitkräfte für das Massaker von Gehadiya verantwortlich sind. Der Internationale Strafgerichtshof und die Bundesregierung werden die näheren Umstände des Massakers in enger Zusammenarbeit aufklären. Zur Zeit wird eine Selbstanklage der Bundesregierung vor dem IStG formuliert.
Dieser Untersuchungsausschuss soll der Ermittlungsbehörde in Den Haag zuarbeiten. Wir werden deshalb, zumindest bis Den Haag offiziell übernimmt, weiter tagen und Beteiligte vernehmen. Ich schlage vor, sich hierbei vor allem auf mögliche Ursachen für das Verhalten der deutschen Soldaten zu konzentrie-

ren. Darüber hinaus schlage ich vor, auf die Autoren des IStGH-Gutachtens als Zeugen zu verzichten. Alle relevanten Informationen gehen nach meiner Einschätzung aus dem Gutachten hervor, das Sie in der Anlage finden. Sobald der Termin für die nächste Ausschuss-Sitzung feststeht, werden Sie darüber informiert.

24. April, Morgen

Der nächste Tag begann für Sebastian spät und mit einem rhythmischen Dröhnen. Er begriff nur langsam, dass es das Blut war, das durch die Adern seines Gehirns pulste. Vorsichtig, ganz vorsichtig befreite er sich aus der Decke, die sich um seine Beine gewickelt hatte, schob sich von der Couch auf den Boden und robbte in Zeitlupe zum Schrank. Er vermied es, zum Fenster zu blicken. Es war hier eindeutig zu hell. Als er den Schrank erreicht hatte, öffnete er vorsichtig die unterste Schublade und holte die kleinen weißen Tabletten heraus, die zum Katerfrühstück gehörten wie das Fehlen von Erinnerungen an den vorherigen Abend.

Auf dem Rückweg zum Bett versuchte er, sich die Ereignisse des Vortages ins Gedächtnis zu holen. Irgend etwas Wichtiges war passiert. Nur was, zum Teufel? Er begegnete unterwegs dem Telefon und drückte auf die Taste, unter der Matos Telefonnummer gespeichert war. Als der nach einer Ewigkeit reagierte, hörte Sebastian nur ein heiseres Flüstern.

»Du Arschloch. Das würde ich dir jetzt mit aller mir normalerweise zur Verfügung stehenden Lautstärke in dein verdammtes Gehör brüllen, wenn mich das nicht selbst töten würde. Ruf mich nie wieder an, hörst du? Nie wieder.«

Es klickte.

Bei Hobbes versuchte es Sebastian gar nicht erst. Sie waren

gestern in einer Kneipe gewesen. Ja. Gesoffen hatten sie auch. Das hier war kein Migräneanfall. Aber wo waren sie gewesen? Gewesen … Da war etwas … Ich bin hier gewesen. ›Hic fuit‹.

Und dann durchfuhr ihn die Erinnerung wie ein Blitz. Das Spiel, dann die Kneipe und dann … Matos Lösung: Ich bin hier. »Hic sum«.

Wieso hatte er nur so viel trinken müssen? Zumal das Frustbesäufnis – und irgendwie war es ein solches gewesen – auch noch völlig umsonst gewesen war (wenn auch nicht ganz billig) … Ja, er hatte irgendwie wieder Hoffnung geschöpft.

Warum hatte Mato ihm das alles nicht schon eher gesagt. Dieser Idiot. Diesen Kater und die teuren Investitionen in das Vergessen hätte er sich dann definitiv sparen können. Sei verflucht, Chinese.

Sebastian erreichte mit Mühe und Not die Couch. Im Liegen versuchte er, an die Wasserflasche auf dem Marmortisch zu gelangen. Er berührte sie gerade noch mit den Fingerspitzen. Als er versuchte, sie trotzdem zu fassen, begann sie zu kippen, und in einem Akt der Verzweiflung warf Sebastian sich nach vorn und fing sie auf. Die Flasche blieb heil, dafür zersprang sein Schädel. Er stöhnte laut vor sich hin, während er die kühle Flasche an seine Stirn drückte.

Der Tag fing ja gut an. Dabei sollte es ein großer Tag werden. Heute würde er auf die Daten seines Vaters zugreifen. Oder das verdammte Ding aus dem Fenster werfen. Er ließ sich vorsichtig zurück in die Kissen sinken, presste seine Handballen an die Schläfen und wartete darauf, dass das Pochen in seinem Kopf aufhörte. Es dauerte noch eine halbe Stunde, bis die Wirkung des Aspirins zu spüren war. Dann machte er sich auf den Weg zum Institut.

Im Gang vor dem Büro seines Vaters traf Sebastian Garland Steadman.

»Hast du kurz Zeit für mich, Sebastian?«, fragte der Amerikaner.

»Ich habe ziemliche Kopfschmerzen.«

»Oh, tut mir Leid. Schon Aspirin geschluckt?«

»Ich wollte gerade noch eine Tablette nehmen. Ich komme später vorbei, okay?«

Er hatte jetzt keine Lust zu reden. Er wollte schnellstens an den Computer.

»In Ordnung«, antwortete Steadman etwas überrascht, drehte sich um und schlurfte davon.

Sebastian schloss die Tür zum Büro seines Vaters auf, setzte sich an den Schreibtisch und schaltete den Computer an. Nach der Prozedur, die er jetzt schon allzu gut kannte, kam der lateinische Satz.

Diesmal war Sebastian nicht aufgeregt. Zu oft daneben, da ist der Volltreffer nur noch ein kleiner Schritt zum Ziel nach einem langen Weg, dachte er. Ein Spruch für das Poesiealbum, nicht wahr? Und wenn es nicht klappt, ist mir das einfach egal. Er tippte die Buchstaben ein.

`Hicsum`

Er drückte vorsichtig die Eingabetaste, halb in Erwartung des Knalls, halb in der Gewissheit, dass der diesmal nicht kommen würde.

Er kam nicht.

Sebastian hatte mit einer Reaktion des Computers auf das Lösungswort gerechnet, die zum Spiel passte, das sein Vater mit ihm getrieben hatte – mit einem Willkommensgruß in Zwergenbuchstaben oder etwas Ähnlichem.

Aber das Bild, das sich jetzt auf dem Schirm des Rechners aufbaute, war die übliche dunkelblaue Benutzeroberfläche mit dem offiziellen Institutsemblem im Hintergrund. Etwas war allerdings ungewöhnlich: In der rechten oberen Ecke blinkte ein kleines Feld, über dem das Wort `Report` stand. Sebastian sah das zum ersten Mal auf einem Institutsrechner. Er klickte mit dem Mauszeiger auf das Wort, und ein Menüfenster klappte nach unten auf:

`Ereignisliste`

`Kurz`

`Lang`

Sebastian klickte auf `Kurz`. Ein Fenster mit mehreren Textzeilen öffnete sich, von denen eine ihm besonders ins Auge fiel:

`Nicht legitimierte Zugriffe`

Das klang interessant. Sebastian vermutete dahinter einen Bericht über die Versuche Unbefugter, den Computer zu starten. Auch seine eigenen Versuche dürften dort aufgelistet sein.

Er klickte die Zeile an. Der Bildschirm wurde schwarz, und eine weiße Fläche in der Größe einer DIN A5-Seite erschien. Eine einzelne Zeile stand dort:

`Nicht legitimierte Zugriffe der letzten ___ Tage`

Hinter dem Wort `letzten` blinkte ein Cursor. Sebastian tippte 14 ein und drückte auf `Return`.

Eine Reihe von Zeilen scrollte von unten nach oben und stoppte so, dass die erste Zeile gerade noch am oberen Bildschirmrand zu sehen war. Auf den ersten Blick erkannte er im unteren Bereich seine eigenen Versuche, den Rechner zu starten. »`Mellon`« stand dort und »`Hicsum`«. Vor jedem Versuch standen Datum und Uhrzeit. Dann sah er sich die oberste Zeile an.

`Jovdi,`

Was war denn das für eine abgefahrene Buchstabenkombination? Mit einem Komma? Sein Blick streifte die Tastatur, auf der locker die Finger seiner linken Hand lagen. Dann begriff er: Sein Vater hatte Zehnfingersystem geschrieben, ohne auf die Tastatur zu schauen. Diesmal hatte er nicht bemerkt, dass seine Hände um einen Buchstaben nach rechts versetzt auf den Tasten lagen.

Darunter, zwei Tage später datiert, stand: »`hicsumn`«. Diesmal war der Zeigefinger der rechten Hand auf zwei Tasten gleichzeitig geraten. Die dritte Meldung stammte von dem Tag, als sein Vater auf das Fahrstuhldach gestiegen war. Es stand dort der Name von Sebastians Mutter. Wieso ...?

Sebastian kratzte sich nachdenklich am Kinn. Seltsam. Unter dem Namen seiner Mutter folgte sein eigener Name, Sebastian. Und dann kamen Zahlenfolgen. Die erste gab den Geburtstag seiner Mutter wieder, die nächste seinen eigenen Geburtstag.

Ihm fiel die Uhrzeit der Meldungen auf. Die erste stammte von 01.18 Uhr. Es war die Nacht, in der sein Vater sich umgebracht hatte. Die zweite war um 01.19 Uhr erfolgt. Und die nächsten folgten jeweils im Abstand von Minuten.

Sebastian wurde plötzlich heiß. Und während ihm zugleich der kalte Schweiß ausbrach, begriff er: Bereits in dieser Nacht hatte jemand versucht, an die Daten heranzukommen.

Dass sich jemand mit dem Rechner beschäftigt hatte, war keine Überraschung. Schließlich hatte die Polizei den Tod von Christian Raabe untersucht. Aber in dieser Nacht, als sein Vater auf dem Fahrstuhldach lag?

Jemand musste gewusst haben, dass sein Vater sich umzubringen versucht hatte. Hatte dieser Jemand ihn schon so früh gefunden und es nicht gemeldet und war stattdessen in das Büro eingedrungen, um den PC zu starten?

Oder ... in Sebastians Kopf formte sich ein Gedanke.

Sein Vater hatte nicht getrunken. Er war nicht im Suff gestorben.

Diese Daten waren der Beweis. Jemand hatte ihn getötet und dann in seinem Büro herumgeschnüffelt.

Sebastian spürte, wie seine Hand zu schmerzen begann. Seine Finger krampften sich um die Maus. Dann ließ er sie so heftig los, dass sie über den Tisch flog und zwischen den Zeitungen stecken blieb. Gleichzeitig riss er die andere Hand von der Tastatur und sprang auf. Diese Maus hatte vielleicht der Mörder benutzt. Diese Tastatur … und auf diesem Stuhl hatte er gesessen. Sebastian merkte, wie ihm übel wurde.

Dann packte ihn die nackte Verzweiflung. War sein Vater wirklich einem Mord zum Opfer gefallen? Nie war Sebastian sich so verloren vorgekommen. Verloren und hilflos in einer Welt, in der ihm jetzt beide Eltern fehlten. Ein einfacher Tod im Bett, auf der Straße, durch Krebs, oder, in Gottes Namen, der Tod eines Betrunkenen auf dem Dach eines Fahrstuhls – das war schlimm, aber man konnte in Hilflosigkeit trauern, sich So-ist-das-Leben-Sprüche anhören und sie irgendwann vielleicht glauben oder einen Gott verfluchen. Das hatte beim Tod seiner Mutter funktioniert, als er und sein Vater sich keine große Hilfe gewesen waren. Aus Sebastians Gedächtnis stiegen Erinnerungen auf. Sie hatten sich beide in ihre Trauer zurückgezogen, nachdem sie sich zum ersten Mal, seit Sebastian fünf Jahre alt gewesen war, in den Armen gehalten hatten. Sie hatten in diesem Augenblick weinend das Herz im Brustkorb des anderen schlagen gespürt, als wollten ihre Herzen für das eine mitschlagen, das für immer verstummt war.

Aber sie hatten sich beide nicht geändert, und die, die sie sonst zusammengebracht hatte, war tot. Sie war ihr gemeinsamer Kanal gewesen, über den das Wort des einen überhaupt noch beim anderen ankam. Danach wussten sie nicht mehr, wie sie miteinander reden konnten. Und es war auch nicht mehr so wichtig. Sebastians Vater hatte sich nach dem Tod seiner Frau in seine Arbeit vergraben, mehr noch als je zuvor.

Jetzt war auch er tot. Sebastian hatte das Gefühl, erst langsam zu begreifen, dass sein Vater nicht mehr da war. Richtig zu begreifen. Bis jetzt war dessen Tod nur so ein seltsamer, unvorstellbarer Vorfall gewesen. Selbst im Krankenhaus, als die Maschinen abgestellt worden waren, war es zwar schrecklich gewesen, aber irgendwie irreal. Jetzt hatte alles plötzlich an Klarheit, an Kontur gewonnen. Jetzt zeigte sich die Wirklichkeit in kaltem Licht. Dieser Tod rief nach Zorn. Denn jetzt konnte niemand mehr sagen: Gottes Wege sind seltsam. Jetzt musste man fragen: Wer hat das getan?

Welches Schwein hatte ein Menschenleben ausgelöscht, von dem jede Minute mehr wert gewesen wäre als das gesamte Leben von so einem miesen Dreckstück? Sebastian sah hasserfüllt in einen Abgrund, aus dem Bilder aufstiegen, die ihm zeigten, was er mit dem Mörder tun würde, wenn er ihn in Händen hätte.

Nach einer Weile konnte Sebastian wieder klarer denken.

Er stellte den Stuhl auf und setzte sich. Er musste die Polizei informieren. Er musste mit Krug, nein, mit Kommissar Dietz reden. Aber, beschloss er, erst später. Erst wollte er selbst so viele Informationen sammeln, wie er konnte. Er betrachtete die Eintragungen auf der Reportseite, die unter den Zeilen mit den Namen und Geburtsdaten standen. Jemand hatte es außerdem noch mit dem Gründungsdatum des Instituts und etlichen Codes versucht, die er nicht einordnen konnte. Schließlich änderte sich der Stil. Die neuen Versuche stammten ebenfalls von dem Tag, an dem sein Vater gefunden worden war, allerdings vom Nachmittag. Die eingegebenen Zeichen schienen zu irgendeiner Programmiersprache zu gehören. Nach acht Versuchen gab die Person auf, und es folgten Sebastians Versuche.

Sebastian besah sich nochmals die seltsamen Zeichen der Programmiersprache. Nullen, Einsen, grinsende Smilies, Balken, Kreuze. Offensichtlich hatte hier jemand sein Glück versucht, der etwas davon verstand. Und trotzdem schnell aufgegeben. Der Versuch hatte stattgefunden, während die Polizei hier alles abgesperrt und versiegelt hatte. Ein Spezialist von der Polizei? Wieso hatten die es denn so eilig? Und warum hatten sie am Morgen nicht gleich ihn nach dem Code gefragt? Hatten sie lieber ohne sein Wissen arbeiten wollen? Heimlich? Und: Wonach hatten sie eigentlich gesucht? Ging es um die Daten, die zu löschen ihn sein Vater aufgefordert hatte?

Sebastian wischte sich die brennenden Augen und sammelte sich. Er beendete das Programm und befand sich wieder auf der Benutzeroberfläche. Von hier aus rief er das Dateien-Verzeichnis auf und suchte den Ordner »Memout«. Als er ihn gefunden hatte, schwebte sein Finger über der Delete-Taste.

Das war der Wunsch seines Vaters gewesen. Der letzte Wunsch seines Vaters. Aber Sebastian konnte nicht. Was immer dieser Ordner enthielt, es war wichtig. Wichtig für seinen Vater. Wie konnte der erwarten, dass sein Sohn etwas zerstörte, ohne wenigstens einen Blick darauf geworfen zu haben? Sebastian öffnete den Ordner und fand sieben Files, mit römischen Zahlen durchnummeriert. Ein File enthielt ein Programm oder technische Daten. Die anderen Formate waren nicht zu erkennen.

Einer plötzlichen Eingebung folgend, beschloss er, die Dateien nicht zu zerstören. Sie waren schließlich eine Art Vermächtnis. Er würde sie kopieren und behalten, als Erinnerung an seinen Vater. Und schließlich hatten sie möglicherweise mit seinem Tod zu tun. Sebastian sprang auf und kramte einige Compact-Discs vom Schreibtisch. Sie waren unbeschriftet, also leer, hoffte er.

Er markierte den kompletten Ordner »Memout« und wollte ihn auf das CD-Laufwerk übertragen. Der Rechner meldete für sechs der Files jedoch ein falsches CD-Format. Es handelte sich um – Gedächtnis-Dateien! Erinnerungsfilme auf dem neuesten technischen Stand.

Ungewöhnlich. Wieso hatte sein Vater solche Filme hier auf dem Computer abgespeichert? Man verwahrte solche Discs im Zentrum, nirgendwo sonst.

Sebastian kopierte das technische File. Dann stöberte er hastig in den Regalen, bis er einen Stapel ungenutzter Film-CDs fand, die als Buchstützen dienten. Er legte eine ein und wiederholte den Übertragungs-Befehl. Die Geräusche aus dem Gerät waren vielversprechend. Die sechs Film-Files passten auf drei weitere CDs. Dann löschte er die Originale auf der Festplatte des Rechners und ließ die Files mit Nullen überschreiben. Niemand würde diese Daten mehr lesen können. Sebastian hatte große Lust, die Festplatte komplett zu formatieren. Sollten sie doch versuchen, hier noch etwas zu finden – wer immer sie waren. Doch das hätte er gegenüber den Institutsmitarbeitern nicht gut erklären können. Er steckte die CDs in die Jackentasche, schaltete den Computer aus und verließ das Büro.

24. April, Mittag

Als Sebastian sich bewusst wurde, wohin er ging, hatte er den Weg ins Zentrum schon fast hinter sich. Dort angekommen, begrüßte er kurz Blumenthau, wechselte einige Sätze mit ihm, ohne wirklich wahrzunehmen, was der Alte sagte. Im Archiv nahm er dann willkürlich einen Film aus dem Regal, nur für den Fall, dass jemand hereinkäme und fragte, was er sich da ansah.

In der Kabine spürte er, dass seine Finger beim Einlegen der ersten CD zitterten. Er programmierte den Computer so, dass er nach zehn Minuten automatisch in die Wirklichkeit zurückgeholt wurde. Diese Möglichkeit war eine Sicherheitsvorrichtung, die verhindern sollte, dass Anfänger oder psychisch labile Kandidaten nicht rechtzeitig wieder aus den Erinnerungen ausstiegen und eine so genannte Überidentifikation erlitten. Sebastian hatte davor zwar keine Angst, aber er hatte ja keine Ahnung, was diese Filme enthielten. Etwas Besonderes musste es sein, wenn sein Vater sie unbedingt vernichten wollte. Und deshalb wusste er auch nicht, wie er auf sie reagieren würde. Auf jeden Fall waren die Filme neu und die Bilder möglicherweise schärfer als üblich.

Als sein Kopf mit dem Helm in die Wand geschoben wurde, fühlte er, wie das Blut hinter seinen Schläfen pulsierte.

Er merkte gleich, dass dieser Film sich von denen, die er bisher gesehen hatte, unterschied. Irgendwie schien bei der Übertragung eine Art Vibration übermittelt zu werden. Es fühlte sich an, als würden seine Augäpfel zittern. Aber es war nicht unangenehm.

Zuerst sah Sebastian nichts. Ein gelbes Nichts. Von links schob sich etwas heran, nur die Ahnung eines Schattens. Dann tauchten zwei Augen auf, die ihn ansahen. Das Bild war schnell vorüber. Aus dem gelben Dunst schälte sich eine Wohnung heraus. Es war, als hätte jemand eine Kamera in ein Zimmer gehalten und sie permanent bewegt, so dass kein klares Bild entstand, nur verzerrte, bunte Ahnungen. Jemand ging durch diese Wohnung. Es kam ihm alles seltsam vertraut vor. Auch die Bewegungen dieser Person kannte er. Aber er kam nicht darauf, an wen sie ihn erinnerten.

Die Wohnung verschwand und wurde durch ein Bild ersetzt, das so klar war, als hätte er das Buch, das er sah, selbst auf dem Schreibtisch liegen gesehen. Oder hatte er das sogar? Vorsicht. Er konnte es jetzt nicht gebrauchen, dass sich seine eigenen Erinnerungen mit denen eines fremden Menschen vermischten. Das konnte Sitzungen beim Therapeuten bedeuten.

Dann verschwamm alles wieder. Verschiedene Gelbtöne, mit grünlichen Flecken durchsetzt, die als Punkte erschienen und sich wie Tintentropfen in Wasser ausbreiteten und zerliefen.

Ein Auto tauchte auf, vor einem Haus inmitten eines Alpenpanoramas. Er konnte das Fachwerkmuster des Gebäudes erkennen. Ein Hotel. Jemand trat aus der Eingangstür. Eine lachende Frau ohne Gesicht. Wie konnte eine Frau ohne Gesicht lachen? Sebastian erinnerte sich an die Katze in ›Alice im Wunderland‹, die verschwand, bis nur noch ihr Grinsen zu erkennen war.

Dann wurde der Hintergrund weiß. Der Horizont änderte sich sehr schnell. Etwas raste vorbei. Bäume? Dann begriff Sebastian, dass die Person, deren Erinnerung er sich ansah, auf Skiern fuhr. Ein Schlag und alles wurde zu einem rasenden Wirbel aus Grün und Weiß. Vielleicht ein Unfall?

Jetzt sah er eine Gruppe von Menschen. Männer und Frauen, die vor einem großen Gebäude herumstanden und sich unterhielten. Das Haus war grau, der Hintergrund grün, die Ahnung eines Waldes. Ein Institut mit Wissenschaftlern auf einem Kongress? Die Leute kamen näher, oder vielmehr, er näherte sich den Leuten und stellte sich zusammen mit ihnen auf. Jemand stand frontal vor ihnen, einen schwarzen Gegenstand in den Händen. Sebastian begriff: Ein Gruppenfoto. Dann stand mit einem Mal ein Auto mitten auf dem Weg, auf dem sich der Fotograf gerade noch befunden hatte. Hm, keine sehr eindrucksvollen Erinnerungen.

Wieder wurde alles gelb. Dann schaltete der Computer sich ab. Die zehn Minuten waren vorüber. Bisher hatte es nichts Besonderes zu sehen gegeben, dachte Sebastian. Wieso hatte sein Vater so ein Aufhebens um diese Aufzeichnungen gemacht?

Sebastian verließ das Zentrum, enttäuscht von dem, was er gesehen hatte. Ihm fiel ein, dass Steadman ihn hatte sprechen wollen.

Das Büro lag auf dem gleichen Flur wie das Zimmer seines Vaters. Er klopfte an Steadmans Tür und trat ein, als er dessen Stimme hörte.

Der Raum, in dem der Wissenschaftler an seinem Schreibtisch saß, hatte die gleiche Größe wie das Büro seines Vaters und war ähnlich ausgestattet. Doch hier herrschte eine andere Atmosphäre. Das Regal war voll von gebundenen Zeitschriften und Büchern, doch stand hier akkurat Band neben Band. Die Ordnung bildete einen krassen Gegensatz zu dem Chaos in Christian Raabes Büro. Als Sebastian eintrat, stand Steadman auf. Er hatte an einem dicken Manuskript gearbeitet. Vielleicht eine Doktorarbeit, die er betreute.

»Schön, dass du da bist«, begrüßte er Sebastian. »Ich habe noch eine wichtige Frage an dich.« Steadman blieb neben dem Schreibtisch stehen und klopfte beim Reden mit den Fingern auf den Bildschirm. Er wirkte ausgesprochen nervös.

»Aber sag erst mal, wie geht es dir? Du siehst schlecht aus, ehrlich gesagt.«

Sebastian nickte. »Ich fühle mich auch nicht besonders.«

Er wandte sich dem Fenster zu. Graue Wolken hingen über der Stadt, die Sonne war ein verwaschener dreckig-gelber Fleck. Er spürte, dass Steadman hinter ihn trat und ebenfalls aus dem Fenster sah.

»Trübe Aussichten, was?«

»Hm.«

In einem Raum unter ihnen begannen die Magnetspulen eines Kernspintomographen zu arbeiten. Hier oben war nur ein leises, dumpfes Hämmern zu hören.

»Ich liebe dieses Gerät. Wir schauen dem Gehirn beim Denken zu. Ist das nicht fantastisch? Ich werde es nicht leid, es zu hören.« Dann schwieg er eine Weile. Schließlich fasste er Sebastian bei den Schultern, ließ aber sofort wieder los. Sebastian drehte sich um.

»Ich möchte dich etwas fragen.« Steadman klang plötzlich sehr ernst. »Hast du eine Ahnung, woran dein Vater in letzter Zeit gearbeitet hat?«

Sebastian war überrascht. Er glaubte, einen drängenden Ton in Steadmans Stimme zu hören. Wenn sein Vater hier an etwas geforscht hatte – und er hatte bestimmt nicht an einem Liebesroman geschrieben –, dann müsste Steadman das ja wohl mindestens so gut wissen wie er. Sebastian schüttelte den Kopf.

»Ich habe nicht die geringste Ahnung.«

»Sebastian. Ich glaube nicht, was die Polizei erzählt. Dein Vater hat nicht getrunken. Dennoch: Er war in letzter Zeit tatsächlich sehr verschlossen. Von seiner Arbeit hat er kaum noch jemandem erzählt. Vielleicht ist es aber für das Institut wichtig. Dein Vater hat zu jeder Zeit alle seine Kräfte in den Dienst des Instituts gesteckt. Er wollte stets nichts anderes als unser Wissen mehren. Er muss an etwas wirklich Wichtigem gearbeitet haben. Bitte denk nach, ob er dir irgendetwas erzählt hat.«

Sebastian schaute ihn an. Steadman wirkte erschöpft. Etwas schien ihn zu belasten. Mit ernster Stimme fuhr er fort: »Er hat offensichtlich in letzter Zeit an etwas gearbeitet, über das er mit niemandem gesprochen hat. Vermutlich wollte er nur gesicherte Ergebnisse vorweisen, verständlich. Aber dann hat dieser schreckliche Unfall seine Arbeit unterbrochen. Äh … abge …, tja.«

Steadman wirkte plötzlich sehr unsicher.

Kein Unfall, dachte Sebastian, kein Unfall. Mord. Seine Augenhöhlen brannten, und er biss sich auf die Lippen. Steadman interpretierte seinen Gesichtsausdruck falsch und hob beschwörend und beschwichtigend die Hände.

»Entschuldige bitte, es tut mir Leid. Ich sollte dich nicht damit behelligen. Wenn es nur nicht so wichtig für das Institut wäre.« Er bemühte sich um einen betroffenen Gesichtsausdruck, wirkte dabei aber eher wie ein Vollidiot.

»Also, es wäre sicher im Sinne deines Vaters, wenn das Wissen, sein neues Wissen, der Allgemeinheit zugänglich würde«, meinte er.

Diese Allgemeinheit, dachte Sebastian, bist vermutlich du selbst.

»Sebastian, ich bitte dich deshalb: denk nach. Vielleicht fällt dir ja noch etwas ein? Hat er dir gegenüber irgendwelche Andeutungen gemacht? Hast du eine Ahnung, wo er die entsprechenden Unterlagen haben könnte? Wir wären für jeden Hinweis dankbar.«

Wenn sein Vater niemandem von seiner Arbeit erzählt hatte, hatte er sicherlich seine Gründe. Wieso verbrachte er lange Abende im Institut, ohne dass jemand wusste, was er tat? Wenn er selbst es niemandem erzählt hatte, dann würde er, Sebastian, jetzt auch niemandem erzählen, was er wusste. Und was wusste er schon. Er spielte mit den CDs in seiner Jackentasche. Besonders das File mit dem technischen Programm kam ihm in den Sinn. Er hatte es zerstören sollen. Dann war es sicher nicht im Sinne seines Vaters, wenn er es jetzt Steadman geben würde. Während der ihn erwartungsvoll ansah, überlegte Sebastian, was er sagen sollte. Eigentlich war es einfach. Was er wusste, war: nichts.

»Ich muss Sie enttäuschen. Ich habe wirklich keine Ahnung. Wissen Sie, wir haben nicht sehr oft miteinander geredet.«

Steadman war ganz offensichtlich unzufrieden mit der Antwort, versuchte das aber zu überspielen. »Hm. Schade. Es hätte wirklich wichtig sein können.« Er ließ die Schultern fallen. Nachdenklich senkte er den Blick auf die Spitzen seiner Schuhe. Sebastian wandte sich zur Tür.

»Also dann …«

»Augenblick noch.« Steadman sah ihn erneut eindringlich an. »Meinst du, er hat vielleicht etwas auf dem Computer hinterlassen?«

Hätte Sebastian sich nicht so ausgebrannt gefühlt, er hätte

vielleicht eine auffällige Reaktion gezeigt. Zum Glück dachte er jetzt nur noch an das, was sein Vater ihm aufgetragen hatte. Ohne Steadman anzusehen, sagte er: »Ach ja. Der Computer. Sehen Sie einfach nach. Das Paßwort ist ›Hic sum‹.«

»Ach! Wirklich?« Steadman hob überrascht den Kopf. »Sehr gut, sehr gut. Ausgezeichnet. ›Hic sum‹, sagst du? Okay, das kann ich mir merken.«

Sebastian öffnete die Tür und verabschiedete sich von Steadman. Draußen lehnte er sich kurz mit dem Rücken an die Tür, die Klinke im Kreuz, und atmete tief durch. Dann stieß er sich ab, um noch mal in das Büro seines Vaters zu gehen. Er hatte dort etwas vergessen: Er wollte die Pistole besser verstecken, bevor er Gelegenheit hatte, sie mitzunehmen.

Kaum hatte Sebastian die Waffe seines Vaters zusammen mit der Munition in dem abschließbaren Schreibtischfach verstaut und den Schlüssel eingesteckt, da stürzte Steadman herein. Erschrocken hielten beide den Atem an. Steadman schien peinlich berührt, aber er fasste sich schnell wieder. »Ich … ich dachte, ich schaue gleich mal nach, was für Daten auf dem Rechner sind.« Er lächelte. »Ist ja wirklich wichtig.«

»Ja, klar«, antwortete Sebastian. Er ging ganz ruhig hinaus.

Während er durch die Gänge des Instituts schritt, spürte Sebastian die CDs mit den Aufzeichnungen seines Vaters bei jedem Schritt. Sie stießen ihm durch das Futter der Jacke in den Bauch. Was würde er schließlich darauf finden? Er hatte Fragen, er hatte Zeit, und er hatte Möglichkeiten. Er würde sich die Erinnerungen auf den CDs nachher noch einmal in Ruhe anschauen. Zuerst holte er sich jedoch in der Cafeteria eine Packung Zigaretten und ging dann auf den Platz vor dem Institut, um eine zu rauchen. Er setzte sich auf die breiten Stufen vor dem Portal und zündete sich eine Kippe an. Ständig kamen Leute aus dem Gebäude heraus, andere gingen hinein, niemand achtete auf ihn. Aus den Blumenbeeten, die den Vorplatz vom Bürgersteig trennten, reckten grüne Knospen ihre Köpfchen in die Höhe. Und auch aus dem Asphalt des Fußgängerweges brachen hier und da ein paar Pflanzen durch. Ich drücke euch die Daumen, dachte Sebastian. Auch wenn ihr keine Chance habt. Und jetzt schauen wir uns noch einen Film an.

24. April, Nachmittag

Wieder Gelb. Wieso immer Gelb?

Diesmal hatte er die CD Nr. II eingelegt, ohne einen automatischen Abbruch zu programmieren. Aus dem eintönigen Bild wurde eine ... Bratpfanne? Was für eine blöde Erinnerung. Eine Bratpfanne mit einem Spiegelei. Na toll. Die Pfanne kippte von dem undeutlichen Herd, und Sebastian spürte ein Zucken dort, wo Tropfen des heißen Öls seinen Fuß verbrühten. Der Schmerz war in der Erinnerung nur noch ein dumpfes, unangenehmes Gefühl. In der Wirklichkeit musste er ziemlich schlimm gewesen sein. Sebastian konnte sich nämlich daran erinnern, dass er barfuß gekocht hatte. Augenblick. Natürlich konnte nicht er sich erinnern, sondern der Mensch, dessen Film er sich hier ansah. Na gut, dieses Erlebnis war es wohl doch wert gewesen, sich daran zu erinnern. Zum Glück spürte man einen Schmerz nicht noch einmal, wenn man sich an ihn erinnerte. Man wusste zwar, etwas hatte sehr wehgetan, aber richtig vorstellen konnte man sich das nicht mehr. Sonst würde sicher niemand ein zweites Mal zum Zahnarzt gehen.

Ein dunkler Gang. Er ging einen dunklen Gang entlang, in einem Rohbau, und er mündete ins Nichts. Eisenträger ragten kahl aus den unverputzten Wänden. Dort, wo der Gang endete, hörte auch das Gebäude auf. Vermutlich sollte hier vom Boden bis zur Decke ein Fenster installiert werden. Er beugte sich vorsichtig vornüber. Sein Blick wanderte gute dreißig Meter senkrecht an der Außenwand des Gebäudes hinunter, als er sich aus der Öffnung hinausbeugte. Sebastian spürte, wie sich aus der Erinnerung ein Schwindelgefühl in ihm ausbreitete. Dazu kam, dass ihn durch das Bild auch selbst ein leichter Schwindel erfasst hatte. Ihm wurde also sozusagen doppelt schwindelig. Aber dann wurde dieses Gefühl von dem seltsamen Verlangen verdrängt, sich vornüberkippen zu lassen. Es war dieses Drängen, das einen manchmal überkommt, wenn man irgendwo in sehr großer Höhe steht, auf einem Turm oder Balkon, und hinunterschaut. Ob dieses Gefühl nun von ihm selbst stammte oder ob er es aus den fremden Erinnerungen übernahm, war ihm momentan nicht klar. Er war jedenfalls froh, dass er nicht wirklich in Gefahr war, sich fallen zu lassen. Scheiße, vielleicht waren dies ja die Erinnerungen eines Selbstmörders, der sich jetzt gleich von diesem Gebäude stürzen würde. Fallen, fallen, immer tiefer, während der Wind in seinen Ohren pfiff. Die Erde würde rasend schnell und immer schneller auf ihn zustürzen, immer mehr von seinem Blickfeld einnehmen, der Horizont würde immer weniger Himmel zeigen. Die Details der Gegenstände dort unten, Autos, Menschen, würden sich immer klarer aus dem Dunst schälen, Hüte, entsetzt zu ihm aufschauende Gesichter.

Dann ein dumpfer Schlag, wenn sich sein Körper brutal mit dem Erdboden vereinigt und sein Geist frei wird.

Die beängstigende und zugleich faszinierende Erwartung erfüllte sich nicht. Der Blick wanderte wieder hinauf, schwang sich über die Stadt. Die Aussicht kam Sebastian bekannt vor. Natürlich, schließlich lebte er in München, seit er denken konnte. Aber dies war nicht seine Erinnerung. Also hatte der Mensch, von dem sie stammte, sich zumindest vorübergehend in München aufgehalten. Oder brachte er da gerade etwas durcheinander?

Mit einem Mal breitete sich eine wohlige Wärme in ihm aus, gepaart mit einem Gefühl der Erregung. Eine Art Spannung erfüllte ihn, und er spürte einen warmen Atemhauch auf seinem Gesicht. Über ihm tauchte etwas auf, jemand. Er sah von unten auf den Hals und das Kinn eines Menschen. Eine Frau. Sie musste über ihn gebeugt sein, den Kopf in den Nacken gelegt. Nein, sie lag auf ihm. Er meinte, ihr Gewicht auf seinem Unterleib zu spüren. Die Erregung bekam einen eindeutigen Charakter. Es sah aus, als würde der Kopf der Frau von einer unsichtbaren Kraft nach hinten gezogen. Ihr Rücken bog sich so weit durch, dass er, obwohl sie ihr Becken noch immer flach auf das seine drückte, jetzt kaum noch etwas von ihrem Gesicht sehen konnte. Die Kuppeln ihrer herausgedrückten Brüste nahmen fast sein gesamtes Gesichtsfeld ein, ihre Brustwarzen ragten wie die Spitzen kleiner Finger in die Luft. Nach einigen ewigen Sekunden beugte sie sich wieder nach vorn, und er sah ihr glückliches Gesicht. Es traf ihn wie ein Stromschlag. Mit einem Ruck stoppte er das Band.

Er hatte mit seiner eigenen Mutter geschlafen.

»Du hast was?«

»Ich habe Erinnerungen meines Vaters gesehen, die er aufgezeichnet haben muss, als er noch gelebt hat«, wiederholte Sebastian. Seine Freunde schauten ihn fassungslos an.

»Und du bist ganz sicher, dass es Aufnahmen von deinem Vater waren?«, fragte Mato. Hobbes schwieg. Er musste das, was sie gerade gehört hatten, noch verarbeiten.

»Dann hat er es tatsächlich geschafft, Erinnerungen eines lebenden Menschen zu speichern«, brach es schließlich aus Sebastian hervor. »Und er hat niemandem etwas gesagt. Die Schallmauer durchbrochen. Ohne einen Ton.«

»Wieso hat er denn niemandem etwas gesagt? Ein Riesendurchbruch. Und er will nichts weiter, als dass sein Sohn, ohne dass der weiß, worum es eigentlich geht, alles wieder zerstört?« Mato schüttelte fassungslos den Kopf.

Hobbes wirkte ärgerlich, als er ihm antwortete. »Mann, denk doch mal nach, was das für Konsequenzen haben könnte. Bisher war alles, was mit Erinnerungsfilmen zu tun hatte, doch immer noch Grundlagenforschung.«

»Bis auf diese Mordfälle«, warf Mato ein.

»Ja, aber dabei kam nichts heraus, und die Filme hätten sowieso nur als Indiz gegolten. Und jetzt, Mann! Eingriffe bei Lebenden! Das bedeutet, es ist möglich, Leute zur Preisgabe ihres Gedächtnisses zu zwingen. So lange, bis man die Information hat, die man sucht. Schnapp dir jemanden, nimm ihm seine Erinnerung, bring ihn um oder lass ihn wieder laufen. Vielleicht geht das auch noch, ohne dass man merkt, was da mit einem angestellt wird? Das ist doch etwas anderes, als jemanden erst töten zu müssen, bevor man suchen kann.«

Mato schüttelte den Kopf. »Du übertreibst. Das klingt ja echt nach Groschenroman.«

Aber Hobbes blieb dabei. »So ähnlich wird Sebastians Vater wohl auch gedacht haben, oder? Weshalb sonst der Wunsch, alles zu vernichten?«

Sie schauten Sebastian an. Der starrte schweigend auf die Tischplatte. In der Cafeteria war es um diese Zeit eher ruhig. Nach dem Schock im Zentrum war Sebastian durchs Institut gewankt wie ein Geist. Als Mato ihn angetippt und mit in die Cafeteria genommen hatte, schien er ziemlich verwirrt. Nach einer Tasse Kaffee hatte Sebastian sich halbwegs gefangen und alles erzählt. Mato und Hobbes waren danach für eine ganze Weile verstummt.

Sebastian durchbrach schließlich als Erster das Schweigen: »Irgendjemand wusste, dass er an etwas Wichtigem gearbeitet hat. Und dann hat er ihn getötet, um an die Ergebnisse zu kommen.«

»Aber wer könnte so etwas tun? Und warum hat dein Vater das Ergebnis seiner Arbeit zerstören wollen, wenn sie so wichtig war?«, fragte Mato.

»Na, das ist doch klar«, erklärte Hobbes. »Er konnte gar nicht anders. Er wollte einfach wissen, ob es möglich ist. Und als er es wusste, war es ihm genug. Schluss.«

»Vielleicht hat er ja auch gehofft, dabei noch andere Dinge zu finden. Ungefährliche Dinge, nützliche Dinge, was weiß ich«, meinte Mato.

Sebastian dachte nach. Sein Vater war ein Besessener gewesen. Er wollte immer schon wissen, wie die Rückseite des Spiegels aussah. Um jeden Preis. Doch irgendetwas musste ihn in jener Nacht gestört haben. Irgendetwas hatte ihn dazu gebracht, dass er plötzlich seine Ergebnisse zerstören wollte. War er zur Besinnung gekommen? Doch bevor er seine Daten löschen konnte, war er umgebracht worden.

War es so gewesen?

Sebastian würde das wahrscheinlich nie erfahren. Aber er musste wissen, wer für den Tod seines Vaters verantwortlich war.

Christian Raabe hatte in seiner Nachricht von *zwei* großen Fehlern gesprochen. Der eine war vermutlich seine letzte Forschungsarbeit. Was aber war der andere Fehler?

»Was willst du jetzt tun?«, fragte Mato.

Sebastian war sich nicht sicher. Er zuckte die Schultern.

»Na, rauskriegen, wer seinen Vater auf dem Gewissen hat.« Hobbes versuchte einen lockeren Ton.

»Sag mal, ist euch eigentlich klar, worum es hier geht?«, fragte Sebastian ungehalten. »Wir machen doch hier keine Butterfahrt!«

»Ach, du meinst: keine Heizdecken am Ende?« Hobbes grinste.

Sebastian war nicht nach Blödeln zumute. Das hier war kein

Vorabend-Krimi. »Vielleicht sollten wir die Sache besser der Polizei übergeben.« Sebastian blickte fragend in die Runde.

»Und du glaubst, dass die paar Hinweise, die wir liefern könnten, die Polizei motiviert, der Sache nachzugehen?« Hobbes schüttelte den Kopf. »Für die ist das ein glatter Selbstmord. Nein, da müssen wir erst mal selber ran. Und dann können wir immer noch zur Polizei gehen.«

Mato nickte.

»Mir fällt da gerade etwas ein«, meinte Hobbes. »Erinnert ihr euch an diese Sache mit der Ärztin im Klinikum? Was hatte der Sanitäter da noch mal festgestellt: Etwas hätte sich verändert bei deinem Vater?«

»Ja, und?«

»Vielleicht sollten wir den mal ausfindig machen. Und vielleicht wäre es auch interessant, mal einen Blick in die Krankenblätter deines Vaters zu werfen. Ich habe da so eine vage Idee.«

Sie verließen die Cafeteria und verabredeten sich abends wieder im Last Experience. Sebastian rief bei Sareah an und hoffte fast, sie nicht zu erwischen. Er wollte gern mit ihr sprechen. Andererseits war er in diesem Augenblick nicht in der richtigen Verfassung für einen Flirt mit der Frau seiner Träume. Er hatte Glück. Ihre Mailbox forderte ihn auf, eine Nachricht zu hinterlassen. Erleichtert sagte er, wo er am Abend zu finden sein würde.

24. April, Abend

Als Sebastian im Last Experience eintraf, war Hobbes schon da und spielte eine Runde Billard gegen sich selbst.

»Wer gewinnt?«

»Ist noch nicht sicher. Aber ich glaube, diesmal krieg ich den Mistkerl.«

Sebastian sah zu, wie Hobbes die Kugeln gekonnt eine nach der anderen versenkte. Dann kam die schwarze Acht über die Bande ins letzte Loch.

»Gewonnen.«

»Gratuliere.«

Sie setzten sich an einen leeren Tisch und legten die Füße hoch.

»Ich habe etwas sehr, sehr Seltsames herausgefunden«, sagte Hobbes. »Dein Vater ist nie im Bundeswehrkrankenhaus gewesen.«

Sebastian richtete sich auf.

»War nicht mal schwer, das rauszukriegen«, fuhr Hobbes fort. »Hab mich als Arzt aus dem Klinikum ausgegeben, der noch eine Frage zu den Krankenakten hat. Zuerst wussten sie gar nicht, wovon ich rede. Nachdem ich dann etwas ins Detail gegangen bin, hat sich die gute Frau in der Zentrale erinnert. An dem Tag sei zwar ein Krankenwagen angekommen, und es wurde auch jemand eingeliefert, aber schon bald darauf weitergeleitet. Wegen schwerer Kopfverletzungen, die dort nicht behandelt werden konnten.«

Hobbes verzog das Gesicht. »Dein Vater ist gleich weitertransportiert worden. Die Sanis, die ihn vom Unfallort weggebracht hatten, mussten annehmen, dass er im Bundeswehrkrankenhaus war. Und was du von der Ärztin im Klinikum erzählt hast: in ihren Akten stand nichts davon, dass er nicht im Bundeswehrkrankenhaus behandelt wurde. Eigentlich seltsam, dass ich das so leicht herausgefunden habe, was? Diejenigen, die ihn von dort weggebracht haben, haben sich keine besondere Mühe gegeben, ihre Spuren zu verwischen.« Er schüttelte ungläubig den Kopf.

»Aber wo ist er denn dann die ganze Zeit gewesen?« Sebastian war fassungslos. »Wer hat ihn denn weggebracht – und wohin? Und vor allem: warum?«

»Tja, so weit bin ich noch nicht gekommen. Die nette Dame in der Zentrale hat in ihren Akten gewühlt und nur das gefunden, was ich schon gesagt habe: weitergeleitet, ohne weitere Informationen. Sie hat sich selbst gewundert. Meinte, das müsste ein Fehler sein. Sie wolle sich aber gern erkundigen. Ich habe das Gespräch dann abgebrochen und ihr gesagt, ich würde mich später wieder melden.« Hobbes machte eine kurze Pause und nahm einen Schluck Weißbier.

»Aber dass er nicht dort war, davon bin ich überzeugt. Wenn sie dich glauben machen wollten, dass dein Vater in diesem Krankenhaus behandelt wurde – und das wollten sie doch offensichtlich, sonst stünde es wohl nicht so in den Akten –, dann haben sie schlicht vergessen, ihre eigenen Leute in der Zentrale auf Nachfragen vorzubereiten. Wir könnten in den Krankenakten deines Vaters nachsehen, wer ihn – angeblich – im Bundeswehrkrankenhaus behandelt hat. Da hast du ja Einblick. Aber ich schätze, wenn wir diese Personen befragen, dann kriegen wir vorbereitete Antworten. Die sind sicher besser instruiert als diese Telefondame.«

Hobbes ließ sich durch Matos Ankunft kaum unterbrechen.

»... und ich habe noch etwas herausgefunden«, fuhr er fort. »Von wegen: ›wohin‹. Ich habe über die Stationsärztin, die deinen Vater im Klinikum betreut hat, diesen Sanitäter gefunden. Den Mann, der deinen Vater in der Ambulanz behandelt hat und der dann gesagt hat, er hätte etwas am Kopf deines Vaters bemerkt. Wir haben ziemliches Glück gehabt: ein Zivi auf gepackten Koffern. Er geht nach Hamburg. Ist ganz kurzfristig abkommandiert worden. Dass er noch da war, war reiner Zufall. Eigentlich hätte er schon gestern fliegen sollen, aber sie hatten ihn nicht erreicht, da er gerade ein paar Tage Urlaub hatte und erst seit gestern Abend zurück ist. Also, ich habe ihn jedenfalls gesprochen. Und er hat mir erzählt, was ihm aufgefallen ist.« Hobbes lehnte sich auf seinem Stuhl zurück und fuhr sich mit den Händen durch die Haare. Dann wandte er sich an Sebastian. »Halt dich fest. Das, was er mir beschrieben hat, deutet ziemlich sicher darauf hin, dass dein Vater wie eine Leiche an einen Memo-Scanner angeschlossen worden ist!«

»Was? Jemand hat versucht, seine Erinnerungen zu speichern? Aber... aber... er war doch noch nicht... tot. Ich meine...« Sebastian verstand gar nichts mehr.

»Das ist doch klar«, warf Mato ein. »Die, die ihn sozusagen entführt haben, wollten an die Erinnerungen oder an die Daten, die du inzwischen hast. Und da sie nicht an den Rechner in seinem Büro gekommen sind, haben sie versucht, über sein Gedächtnis da ranzukommen. Oder vielleicht haben sie gehofft, aus dem Kurzzeitgedächtnis das Passwort zu kriegen. Etwas in diese Richtung.«

Er konnte das alles nicht glauben. »Das würde ja bedeuten...« Er stockte.

Hobbes führte seinen Satz zu Ende: »Dass jemand am Institut mitgemacht hat.«

Sebastian starrte in sein Glas. Sie schwiegen bedrückt. Die Erkenntnis, dass es am Institut selbst jemanden geben musste, der mit der Sache zu tun hatte, überraschte sie. An einen Memo-Scanner kam nicht jeder einfach so heran, und die Bedienung des Gerätes war kompliziert.

Schließlich brach Hobbes das Schweigen. »Wo könnte er denn gewesen sein, wenn das echt so gelaufen ist?«

»In einem der Hochsicherheitsbereiche. Wo kaum jemand hinkommt«, vermutete Mato.

»Nur ein halbes Dutzend Leute kann mit einem Memo-Scanner überhaupt umgehen«, wandte Sebastian ein.

Hobbes sah ihn nachdenklich an. »Ja, und weißt du, wer? Wallroth und Steadman. Waren die nicht auch mit deinem Vater in Peru? Aber das führt jetzt wahrscheinlich zu weit. Ich glaube nicht, dass wir so weiterkommen. Wenn wir anfangen, am Institut rumzuschnüffeln, dann erregen wir nur Aufmerksamkeit. Und das möchte ich vermeiden. Mir wird das langsam alles unheimlich. Wenn dein Vater, na ja, der Körper deines Vaters, nach dem Mordversuch entführt wurde ... dann müssen da Kreise beteiligt sein, die ich lieber nicht auf mich aufmerksam machen möchte. Polizei, wichtige Leute am Institut, was weiß ich.« Hobbes nahm einen tiefen Schluck aus seinem Glas. »Ich würde sagen, belassen wir es erst mal dabei und versuchen, anderen Fragen nachzugehen, die wir einfacher lösen können. Ich wüßte zum Beispiel gern, was es mit dieser Katastrophe in Peru auf sich hat, von der Wallroth nichts weiß.«

»Ja«, stimmte Mato zu. »Robert soll sich doch mal über Wallroths Rechner hermachen.«

Sebastian spürte, dass etwas hinter ihm Hobbes' Aufmerksamkeit erregte, und drehte sich um. Sareah stand am Tisch.

»Suchst du jemanden?«, fragte Hobbes.

Sebastian sprang auf. »He ... hallo«, begrüßte er sie überrascht.

»Eine Bekannte?«, fragte Mato grinsend. Als Sebastian nur unsicher zurückgrinste, ergriff Hobbes die Initiative:

»Für den Fall, dass es dem Kerl jetzt die Sprache verschlagen hat: Vielleicht hat er ja schon mal von jemandem gesprochen, den er Hobbes nannte. Das wäre ich. Und dieser komische Kauz hier«, er zeigte auf Mato, »ist Mato.«

Jetzt schaffte es Sebastian endlich, die Zähne auseinander zu kriegen.

»Sareah Anderwald von der ›Rundschau‹.«

»Die Presse ist da«, begrüßte Mato sie, stand auf und versuchte sich an einem eleganten Bückling. »Die vierte Macht im Staate«, ergänzte er.

Sareah gab ihm lachend die Hand. »Alles, was hier gesagt

wird, wird selbstverständlich vertraulich behandelt. Und die Wahrheit ist: Ich bin ganz privat hier.« Sie zwängte sich zwischen Hobbes und Sebastian auf die Bank.

»Die Wahrheit ist…«, wiederholte Mato nachdenklich. »Das geht dir für eine Journalistin verdammt leicht über die Lippen.«

Sareah lachte und ließ sich sofort in ein Gespräch verwickeln. Sie war wunderbar: ihr Humor, ihre Schlagfertigkeit und ihr Charme waren unwiderstehlich.

Irgendwann spürte Sebastian, wie ihr Knie unter dem Tisch seinen Oberschenkel berührte. Er bewegte sich nicht, und auch Sareah machte keinen Rückzieher. Zufall? Absicht? Egal. Das, was hier vorging, gefiel Sebastian.

Lange nach Mitternacht verabschiedeten sich Mato und Hobbes. »Wir reden morgen weiter über… du weißt schon«, sagte Hobbes und verschwand mit Mato in Richtung Ausgang.

»Bringst du mich nach Hause?« Sareah griff nach Sebastians Arm, sein Herz schlug einen Salto und er nickte nur.

Sie nahmen die U-Bahn und nach und nach erfuhr Sebastian mehr über sie: Sareah war siebenundzwanzig und arbeitete seit zwei Jahren für die ›Rundschau‹. Ihre Mutter war Japanerin – daher also diese schönen Katzenaugen, dachte Sebastian.

Als sie ihr Ziel erreicht hatten, standen sie noch eine Weile vor dem Tor zu einem großen Mehrfamilienhaus im Osten von Bogenhausen.

»Du hast mir sofort gefallen«, sagte Sareah plötzlich und sah ihm direkt in die Augen. »Auch wenn du bei dem Interview von dir selbst offensichtlich nicht besonders überzeugt warst.«

Sebastian spürte, wie sein Gesicht heiß wurde. Was passierte hier eigentlich?

»Ich weiß zwar nicht, ob ich dich gerade verschrecke, aber ich finde, das Leben ist kurz, und was ich nicht versuche, das kann noch nicht einmal schief gehen. Verstehst du?«

Und ob Sebastian verstand. Warum zum Teufel brachte er dann kein Wort heraus?

»Du glaubst ja gar nicht…« Er wusste nicht, wie er es sagen sollte.

Sareah legte ihm den Zeigefinger auf den Mund.

»Pass auf. Ich finde es romantisch genug, was mit uns beiden passiert, auch wenn wir jetzt nicht lange um den heißen Brei reden. Wollen wir es nicht einfach zusammen versuchen?«

So einfach war das also, dachte Sebastian. Er musste nur Ja sagen, denn er wusste längst, dass er es wollte. Und wenn es schief ging… Verdammt, einen Versuch war es doch wohl wert, und es gab Augenblicke, da spielte die Zukunft keine Rolle.

»Ich will«, sagte er, legte die rechte Hand auf sein Herz und sie lachte. Dann nahm sie ihn in den Arm. Er spürte ihre Brust an seiner und sein Herz klopfte ihm bis zum Hals. Ihr Gesicht drückte sich weich an seine unrasierte Wange. Sie küssten sich, und als sie ihren Körper an seinen presste, wurde ihm peinlich bewusst, dass sie seine Erregung spürten musste. Sie löste ihre Lippen von seinen und lächelte ihn verheißungsvoll an. Dann gab sie ihm einen letzten Kuss und ging auf das Haus zu. Bevor sie den Eingang erreicht hatte, drehte sie sich noch einmal um.

»Wenn du es dir doch noch anders überlegst, dann tu das bald.«

»Ich… Gute Nacht…«, flüsterte er, und die Haustür fiel hinter ihr ins Schloss. Sebastian machte sich auf den Heimweg.

Eine ganze Weile wirkte ihre Berührung noch nach, und er brachte den halben Weg nach Hause hinter sich, ohne an etwas anderes zu denken als an sie.

Doch mit jedem Schritt verloren diese Gedanken und der Kuss ihre berauschende Wirkung. Und obwohl er sich heftig widersetzte, krochen wieder die Bilder vom Mord an seinem

Vater hervor, wie Regenwürmer aus der gewitternassen Erde. Er schaffte es nicht, sie zurückzudrängen. Als er endlich zu Hause war, legte er sich mit seinen Klamotten auf die Couch und bemühte sich noch einmal, an Sareah zu denken. Doch sie war weit weg, nicht realer als ein Traumbild.

Mitschnitt der Sitzung des Parlamentarischen Untersuchungsausschusses »Spezialkräfte« vom 25. April, Abschrift in Auszügen

Dr. Reinhard B. (SPD): Meine Damen und Herren. Ich möchte Sie zu dieser Sitzung des Parlamentarischen Untersuchungsausschusses »Spezialkräfte« begrüßen. Sie haben sich einverstanden erklärt, den Auftrag des Ausschusses ab sofort wie folgt zu interpretieren: Wir wollen klären, wie es dazu kommen konnte, dass Angehörige der deutschen Bundeswehr während der Operation »Freedom Encouragement« im Sudan sudanesische Zivilisten umgebracht haben. Was konnte deutsche Soldaten dazu bringen, so etwas zu tun? Wir haben heute Professor Rudolf Leicht von der Bundeswehrhochschule in München zu uns gebeten. Herr Professor Leicht, würden Sie uns bitte etwas zu Ihrer Person sagen? Und dann fahren Sie einfach fort.

Sachverständiger: Ja, danke für die Einladung. Ich fühle mich geehrt. Zu meiner Person. Ich bin Militärhistoriker. Einfach ausgedrückt, beschäftige ich mich mit der Geschichte der gewaltsamen Auseinandersetzungen zwischen Menschen, speziell mit dem Verhalten von Soldaten.

Nun, Sie möchten etwas verstehen, das sich nur schwer verstehen oder erklären lässt. Vielleicht wird Sie das, was ich Ihnen sage, schockieren. Wobei ich Ihnen nicht einmal Neues erzählen werde.

Ich habe hier eine Mappe mit Artikeln, die in den letzten Jahren in deutschen Zeitungen erschienen sind. Ich ziehe willkürlich einen Ausschnitt heraus. ›Süddeutsche Zeitung‹ vom 20. September 2000. Der Titel lautet EINSATZMOTTO: »SCHIESS' IHNEN INS GESICHT«. Untertitel: Bericht der US-Armee wirft einer im Kosovo eingesetzten Elitekampftruppe Misshandlungen von albanischen Zivilisten vor. – Es

geht um einen Untersuchungsbericht, demzufolge sich Angehörige der 82. Luftlandedivision im Kosovo aggressive Übergriffe gegen Zivilisten haben zuschulden kommen lassen. Erklärung: Die Soldaten waren nicht richtig auf ihren Einsatz vorbereitet worden. Sie hatten fälschlicherweise erwartet, in Kampfhandlungen verwickelt zu werden.
Ich ziehe einen weiteren Text aus der Mappe. ›Der Spiegel‹ vom 26. August 2002. NEUE VORWÜRFE GEGEN DIE US-ARMEE. Wegen neuer Veröffentlichungen über ein Massaker im Norden Afghanistans an Taliban-Gefangenen im vergangenen November, so steht hier, gerät das Pentagon unter Druck. Gut 100 Kilometer westlich der afghanischen Provinzhauptstadt Masar-i-Scharif sollen möglicherweise 1000 ermordete Taliban in Massengräbern in der Wüste liegen. Das Pentagon räumte ein, dass sich zur Zeit des Massakers auch eine Einheit von US-Soldaten in der Region befunden habe. Mit dem Massaker hätten die Angehörigen des Special-Forces-Teams aber nichts zu tun. Es gibt allerdings einige Leute, die dies sehr wohl glauben.
Ziehen wir noch einen Artikel heraus. Wieder die ›Süddeutsche Zeitung‹, diesmal vom 12. März 2002: RUSSISCHE SOLDATEN TERRORISIEREN ZIVILISTEN IN TSCHETSCHENIEN. SYSTEMATISCHE FOLTER UND HINRICHTUNGEN DEUTEN AUF TODESSCHWADRONE HIN.
Ich denke, das reicht. Sie sehen, für jeden Krieg der letzten Zeit finden wir auch Hinweise, wenn nicht sogar Beweise, für Massaker und Misshandlungen, seien die Opfer nun Zivilisten oder Gefangene. Ich kann Ihnen für jeden Krieg in der Vergangenheit Namen von Orten nennen, die heute für Verbrechen an Zivilisten stehen. Vietnam? Das Dorf My Lai, dessen Bewohner von Angehörigen der US-Armee 1969 massakriert wurden. Gerade aus dem Vietnamkrieg gibt es etliche Augenzeugenberichte über Gräueltaten an

Zivilisten. Korea? Die Brücke bei No Gun Ri, wo 1950 ebenfalls US-Streitkräfte mehrere hundert Flüchtlinge niedermachten. Über die Massaker, die Deutsche in Russland, Italien, Griechenland während des Zweiten Weltkriegs anrichteten, brauche ich Ihnen ja nichts zu sagen. Auch 1914, während des Ersten Weltkrieges, kam es in Belgien zu den Massakern von Dinant und Aarschot, wo etwa fünftausend Zivilisten, darunter Frauen und Kinder, als angebliche Partisanen ermordet wurden. Und so geht es weiter. Ich habe mich hier auf die westlichen Industrienationen beschränkt. Es gibt natürlich auch unzählige Beispiele aus dem Japanisch-Chinesischen Krieg, aus dem Bürgerkrieg im ehemaligen Jugoslawien und so weiter.

Massaker an der Zivilbevölkerung, verehrte Damen und Herren, sind immer wieder Bestandteile des Krieges, genauso wie Vergewaltigung. Wer sich dessen nicht bewusst ist, hat keine Ahnung vom Krieg. Ich bin immer wieder erstaunt, was für ein naives Bild viele Politiker von den Kriegen haben, in die sie ihre Soldaten schicken.

Dr. Volker N. (PDS): Herr Professor Leicht, als Mitglied der Partei, die als Einzige im Bundestag geschlossen gegen die Entsendung deutscher Soldaten in den Sudan gestimmt hat, begrüße ich Ihre Ausführungen außerordentlich. Wenn ich Sie richtig verstehe, dann wollen Sie sagen, dass mit einem Massaker an der Zivilbevölkerung zu rechnen war, weil jeder Krieg generell ein Umfeld herstellt, in dem mit einer grundsätzlich höheren Gewaltbereitschaft der Beteiligten zu rechnen ist?

Sachverständiger: Im Prinzip ja. Die meisten Menschen, die an einem Krieg teilnehmen, kommen nicht zwangsläufig in eine Situation, die in einem Massaker endet. Aber es gibt diese Situationen. In jedem Krieg.

Dr. Heidrun F. (CDU): Angenommen, Sie hätten Recht. Hier

geht es aber doch um Mitglieder einer Spezialeinheit, die darauf trainiert wurde, auch unter extremer Belastung die Ruhe zu bewahren. Der Auftrag dieser jungen Männer scheint nicht einmal besonders schwierig gewesen zu sein. Und doch haben sie, will man den Anschuldigungen glauben, Zivilisten getötet, die eigentlich keine Bedrohung für sie dargestellt haben.

Sachverständiger: Das sieht von außen vielleicht nur so aus. Doch wenn das Gegenüber plötzlich als reale tödliche Gefahr wahrgenommen wird, dann hilft es vielen Menschen nicht, dass sie auf Beherrschung gedrillt wurden. Einer verliert schließlich die Kontrolle und reißt andere mit. Außerdem müssen wir eine ganze Reihe von psychodynamischen Prozessen berücksichtigen, über die wir bislang noch zu wenig wissen, wenn es um die Ereignisse im Sudan geht. Waren die Soldaten zuvor unter Beschuss? Haben sie Kameraden verloren? Haben sie gesehen, wie Menschen starben, zu denen sie ein enges Verhältnis hatten? Haben sie Schwarze und dazu noch Moslems unbewusst als Bedrohung wahrgenommen? Das ist viel wahrscheinlicher, als Sie sich vermutlich vorstellen. Ich spreche hier nur von einem Gefühl der Bedrohung, das schon ausgelöst werden kann allein durch Fremdheit. Außerdem arbeiten diese Soldaten als Teams, und jeder hat die Verantwortung für das Leben seiner Kameraden. Es bildet sich ein Gruppenzugehörigkeitsgefühl, das seine Stärke auch aus der Abgrenzung gegenüber den »Anderen« gewinnt. Dazu gehören zuerst die erklärten Feinde. Letztendlich sind aber die »Anderen« auch alle Zivilisten, andere Teile der Streitkräfte, Mitglieder von anderen Kommandos, von anderen Zügen, von anderen Trupps.

Dr. Reinhard B. (SPD): Es gibt ja nun einige Dinge, die wir über den Einsatz der beteiligten KSK-Angehörigen wissen. Der Zug war erst wenige Tage vor dem Einsatz in Gehadiya im Sudan angekommen. Nach unseren Informationen gab es vor der Operation keinen Feindkontakt. Port Sudan und das Basislager waren nie Ziel von Angriffen oder Anschlägen. Wir nehmen an, dass die an dem Massaker beteiligten Soldaten zumindest in einigen Punkten nicht im Rahmen einer von ihnen skizzierten Ausgangssituation agiert haben.

Sachverständiger: Entschuldigen Sie. Ich hatte leider nur begrenzt Informationen zur Verfügung. Was ich Ihnen auf dieser Grundlage sagen kann, habe ich Ihnen gesagt.

Dr. Reinhard B. (SPD): Vielen Dank.

25. April, Morgen

Als Sebastian am nächsten Morgen aufwachte, war er froh, dass er keinen Kater hatte. Er setzte einen Kaffee auf, und während er auf seinen Besuch wartete, dachte er an Sareah. War das gestern wirklich passiert? Wie lange schon hatte er keine Frau mehr kennen gelernt? Wann war er zum letzten Mal wirklich glücklich gewesen? Er hätte es nicht sagen können. Er wusste nur, dass er jetzt von etwas erfüllt war, das sich wie ein wärmender Mantel um seine Angst und Traurigkeit legte.

Die Türklingel unterbrach seine Gedanken. Er öffnete und drückte auf den Summer für die Haustür. Dann wartete er darauf, dass der Fahrstuhl sich in Bewegung setzen würde. Stattdessen hörte er sie die Treppe heraufkommen. Sebastian erwartete sie mit heftigem Kribbeln im Bauch an der Tür. Wenn das gestern alles nur ein Spaß gewesen war, dann …

Sareah nahm sein Gesicht in ihre Hände und küsste ihn auf den Mund. Sebastian legte ihr erleichtert den Arm um die Hüfte und zog sie rasch in die Wohnung.

Sie sah sich neugierig um. Dann setzte sie sich in einen der Ledersessel, die um den Wohnzimmertisch herumstanden, und schaute aus dem Fenster.

»Ich habe Kaffee aufgesetzt«, erklärte Sebastian. »Ist gleich fertig.«

Sareah sah sich um und entdeckte die Bar, die sich in einem geöffneten großen Fach im Schrank links vor der Fensterfront befand.

»Darf ich?«, fragte sie und stand wieder auf. Sie ging hinüber, füllte ein Glas mit Tullamore Dew und setzte sich wieder. »Willst du da stehen bleiben?«, fragte sie ihn lächelnd. Er ließ sich in den Sessel fallen.

Sie schwiegen eine Weile.

Als Sebastian mit zwei großen Kaffeetassen aus der Küche

ins Wohnzimmer zurückkehrte, stand Sareah seitlich vor dem Fenster und blickte konzentriert hinaus, als versuchte sie, in den Scheiben der Nachbarhäuser etwas zu erkennen. Dann ging sie im Zimmer auf und ab, griff nach der Lampe, die von der Decke hing, und ließ ihre Hand oben über die Fassung gleiten. Schließlich setzte sie sich wieder und trank von ihrem Kaffee.

»Also. Du hast mir ja erzählt, dass es bei euch am Institut vor allem um die Speicherung von Erinnerungen geht.«

Sebastian setzte sich neben sie und seufzte. Sie mussten sich jetzt wohl erst mal auf die Arbeit konzentrieren.

»Aber wird bei euch auch daran geforscht, welche Aufgaben verschiedene Bereiche im Gehirn haben und welche Botenstoffe dabei eine Rolle spielen? Dopamin, Serotonin, Substanz P, Glutamat und so weiter?« Sie lächelte, als sie seine Überraschung bemerkte. »Ich habe mich ein wenig schlau gemacht.«

»Soso. Also, einige Arbeitsgruppen sind tatsächlich damit befasst, möglichst genau festzustellen, auf welche Art die einzelnen Hirnbereiche miteinander vernetzt sind. Viele Nervenzellen bilden Gruppen, die alle mit dem gleichen Botenstoff arbeiten. Und sie aktivieren mithilfe dieses Transmitters häufig andere Nervenzellen, die in einem ganz anderen Hirnteil sitzen. Man ist dabei, einen Atlas zu erstellen, aus dem hervorgeht …«

»Weißt du eigentlich, wer genau woran arbeitet?«

Die Unterbrechung irritierte Sebastian. Er konnte sich nicht vorstellen, was diese Frage sollte. Trotzdem überlegte er einen Augenblick.

»Grundsätzlich ja. Wie weit die Arbeitsgruppen im Detail sind, weiß ich natürlich nicht. Das verfolge ich nicht ständig. Das meiste erfährt man aus den Vorlesungen und den …«

»Gibt es bei euch auch Bereiche, zu denen der Zutritt eingeschränkt ist?«

Wieder brachte sie ihn aus dem Konzept. Worauf wollte sie hinaus? Sebastian nahm einen Schluck Kaffee. »Natürlich«, fuhr er dann fort. »Es gibt Bereiche wie die Tierhaltung, wo nicht jeder rein darf, damit die Tiere nicht gestört werden. Und in die Labors darf auch nicht jeder einfach reinspazieren, das ist doch klar.«

»Okay. Ich werde jetzt mal ganz direkt«, kündigte sie an, wobei sie sich sichtlich bemühte, die Situation mit ihrem Lächeln zu entkrampfen. »Gibt es Bereiche, in denen das, was erforscht wird, geheim bleibt? Wovon man nichts erfährt, außer den Gerüchten, die an jedem Forschungsinstitut kursieren?«

Das war direkt genug, dachte Sebastian. War Sareah doch nur auf eine Sensation aus?

»Nein«, sagte er schroff. »Wie kommst du auf die Idee?«

»Schon gut«, wiegelte sie ab. »Berufskrankheit. Vergiss es.« Sie schlug die Beine übereinander. »Hattest du in letzter Zeit Besuch von der Polizei?«

»Hier? Nein. Ich war bei der Polizei, aber von denen war niemand hier.«

»Oder hattest du vielleicht die Handwerker im Haus?«

»Nicht in letzter Zeit. Wieso fragst du mich das?«

»Warte. Noch eine letzte Frage, dann erkläre ich dir alles. Hattest du in letzter Zeit ein seltsames Gefühl, wenn du nach Hause kamst, so als wenn jemand hier in der Wohnung gewesen wäre?«

Er schüttelte den Kopf. Dieser Beginn ihrer Beziehung wurde Sebastian langsam unheimlich. Was sollten diese seltsamen Fragen? Sareah legte ihm ihre Hand auf das Knie.

»Ich frage einfach deshalb, weil ich sichergehen möchte, dass du nicht abgehört wirst.«

Überrascht richtete Sebastian sich auf und verschüttete dabei seinen Kaffee. »Wieso sollte ich denn abgehört werden?«

»Na ja. Du hast in letzter Zeit seltsame Bekanntschaften gemacht.« Sie sah, dass Sebastian keine Ahnung hatte, wovon sie redete. »Du hast doch kürzlich das Innenministerium besucht…«

»Woher weißt du das denn?«, fragte Sebastian.

»Wir sind uns dort begegnet. Aber wie es aussieht, hast du mich nicht wiedererkannt, als ich dich interviewt habe.«

Jetzt fiel es Sebastian wieder ein. Die junge Frau, mit der er in den Gängen der Behörde zusammengestoßen war…

Er schaute Sareah an. »Jetzt verstehe ich gar nichts mehr«, sagte er. »War das Zufall oder was?«

Sareah schüttelte den Kopf. »Zufall war es, dass ich gleichzeitig mit dir im Innenministerium war. Aber das Interview mit dir war kein Zufall, sondern der Versuch, Kontakt mit dir aufzunehmen.«

Sebastian spürte einen Anflug von Zorn. Er fühlte sich hereingelegt, ausgenutzt. Bevor er etwas sagen konnte, stand Sareah auf und setzte sich auf die Lehne seines Sessels. Sie küsste ihn. »Jetzt denk nicht gleich was Falsches«, sie sah Sebastian eindringlich an. »Das Gespräch mit dir war hoch interessant, und ich bin schließlich keine Geheimagentin. Das Interview war ein Fake, aber das hier ist alles echt.« Wieder gab sie ihm einen Kuss, und sein Misstrauen schwand.

Dann stand Sareah auf und schaltete die Stereoanlage ein. Sanfte Streicher füllten den Raum. Sie hob die Brauen. »Adagio von Albinoni«, sagte sie, und drehte die Musik lauter. Sie kam wieder zu Sebastian herüber und hockte sich neben ihn auf die Fersen. »Du hast dort mit einem Mann gesprochen. Einem Dicken«, erklärte sie leise.

»Richtig. Ich bin über den Tod meines Vaters befragt worden. Unter anderem von diesem Kommissar Dietz.«

»Dietz!« Sareahs Hände klammerten sich an der Sessellehne fest. »Mark Dietz. Dieser fette Sack!«

Sebastian nickte.

Sareah sah im künstlichen Licht sehr blass aus.

»Du hast keine Ahnung, wer das ist, oder?«, fragte sie ihn leise. »Dietz. Ich hatte gedacht, ich hätte mich geirrt, aber dann habe ich richtig gesehen. Kommissar Dietz.« Ihre Stimme klang bitter. Sebastian war von der Reaktion völlig überrascht. Sie ging wieder zu ihrem Sessel hinüber und setzte sich. Dabei drückte sie sich tief in die Polster, so als wollte sie sich in sich verkriechen.

»Dietz ist kein Kommissar«, fuhr sie leise fort. »Dietz ist Chef einer Abteilung des Militärischen Nachrichtendienstes, die es nur gerüchteweise gibt. Er leitet die Abteilung IS/STA. Das heißt Innere Sicherheit/Staatliche Terrorabwehr. Was, in Gottes Namen, hast du mit diesem Mann zu schaffen?«

Sebastian war jetzt völlig verwirrt. Terrorabwehr? Was hatte er mit der Terrorabwehr zu tun? Oder, fragte er sich, was hatte die mit mir zu tun? Das Kürzel kam ihm bekannt vor, aber ihm fiel nicht ein, wo er es schon mal gehört hatte. Sareah warf ihm einen nervösen Blick zu. Und wieso, fragte sich Sebastian, reagiert Sareah so extrem auf diesen Namen? Was weiß sie?

»Du hast bestimmt keinen Besuch gehabt?«, fragte sie noch einmal.

Offensichtlich befürchtete Sareah wirklich, dass die Wohnung abgehört wurde. Anders ließ sich ihr seltsames Verhalten nicht erklären. Als er aufstand und zu ihr hinüberging, hatte er das Gefühl, als schwanke der Boden unter seinen Füßen. Er quetschte sich zu Sareah in den Sessel. Sie ließ ihn nachdenken, strich ihm nur sacht über die Wange. Sein Vater war ermordet worden. Jemand hatte versucht, an die Daten auf dessen Computer zu kommen, während die Polizei das Büro abgesperrt hatte. Jemand hatte seinen Vater heimlich an einen Memo-Scanner angeschlossen. Und Dietz, dachte Sebastian, wieso eigentlich hatte sich Dietz so für ihn und seinen Vater interessiert? Ein Agent der Regierung, damals in Peru, heute Kommissar und Chef einer Anti-Terror-Behörde. Wie passte das alles zusammen?

Sareah stand auf. »Ich würde gerne auf Nummer sicher gehen.« Sie zog ihn aus dem Sessel und nahm ihn in den Arm. »Komm. Lass uns hier verschwinden und woanders weiterreden.«

Sie zog ihn zur Tür. Er griff sich seine Jacke und folgte ihr nach draußen.

25. April, Vormittag

Sebastian und Sareah traten aus der Haustür hinaus in einen Regenschauer. Der Himmel heulte Rotz und Wasser. Das ging jetzt schon den ganzen April so. Es wurde Zeit für den Sommer, dachte Sebastian. Er schlug den Kragen seiner Jacke hoch, und sie sprinteten zu der kleinen Stehbäckerei in der Seitenstraße.

Über ihre Kaffeetasse hinweg betrachtete Sareah ihn und nagte nachdenklich an einem Croissant.

»Jetzt erzähl mir doch mal, was an dir so interessant ist, dass die hinter dir her sind.«

Wen meinte sie eigentlich mit *die*?, fragte sich Sebastian. Und wieso hinter mir her? Plötzlich dämmerte ihm etwas, und er begann laut zu denken. »Ich bin mir nicht sicher. Mein Vater hat an einer Sache gearbeitet, für die sich jemand so stark interessiert hat, dass er direkt nach dem Tod meines Vaters an dessen Computerdaten wollte. Jemand hat versucht, das Passwort zu knacken, mit dem der Rechner gesichert war.« Er musste eine Pause einlegen, um Luft zu holen. Jetzt sprudelte es förmlich aus ihm hervor.

»Da lag mein Vater noch auf dem Fahrstuhldach. Das heißt, jemand wusste da schon, dass er so gut wie tot ist, oder hat es zumindest angenommen. Und dann ist mein Vater zuerst ins Bundeswehrkrankenhaus gekommen, wurde anschließend im Institut untersucht und ist dann erst ins Klinikum Innenstadt gebracht worden. Das ist alles ziemlich seltsam. Es scheint, als hätte jemand großes Interesse an ihm und seinen Daten gehabt.« Er stockte.

»Und? Weißt du, worum es bei den Daten deines Vaters ging?«

»Ich, eh … ja. Ich habe das Passwort inzwischen herausgefunden.«

»Ja, und?«, drängte Sareah ihn. Er war sich nicht sicher, wie viel er ihr erzählen sollte. Was wusste er denn schon von ihr. Wem konnte er denn noch vertrauen? Nein, er würde vorsichtig sein. Noch.

»Mein Vater hatte eine Nachricht für mich hinterlassen. Ich sollte bestimmte Daten löschen, von denen er offensichtlich nicht wollte, dass jemand anderer sie in die Finger bekommt. Ich schätze, wenn ich überwacht worden bin, so wie du glaubst … oder noch immer überwacht werde …«

Er stockte und spürte, wie ihm ein Schauer über den Rücken lief. Nach und nach, noch während er darüber sprach, wurde ihm klar, wie tief er da in einer Sache zu stecken schien, die er nicht verstand.

»Die wollen was von mir, von dem sie noch nicht wissen, ob ich es überhaupt habe. Sie haben offenbar meinen Vater umgebracht, um es zu kriegen … O Gott. Und jetzt habe ich es.« Er bemerkte, dass seine Stimme zitterte. Ihn schauderte.

Bisher war alles so abstrakt gewesen, unwirklich. Abgesehen natürlich davon, dass sein Vater tot war – ermordet, davon war er inzwischen überzeugt. Und nun … Waren da vielleicht irgendwo Leute, die nur auf den richtigen Zeitpunkt warteten, wieder zuzuschlagen? Kannte er die, die seinen Vater getötet hatten, bereits? Welche Rolle spielte Dietz? Ein Kribbeln fuhr ihm die Wirbelsäule hinunter und bohrte sich in sein Steißbein.

»Würdest du mir erzählen, worum es eigentlich bei der Sache wirklich geht? Woran hat dein Vater gearbeitet?«, fragte Sareah.

Wieder kam Sebastian der Gedanke, dass er von der Frau, mit der er sprach und die seit gestern Abend seine Freundin war, eigentlich nicht viel wusste, außer, dass er sich in sie verliebt hatte. Und jetzt sollte er ihr vertrauen. Aber was sollte er sonst tun?

»Ich leide vielleicht unter Verfolgungswahn. Aber aus welchem Grund interessierst du dich eigentlich dafür?«

Sie lächelte. »Also, erst mal bin ich Journalistin, nicht? Und wenn die IS/STA jemanden wie dich beobachtet, dann steckt da eine Story dahinter. Aber da ist noch etwas. Ich arbeite schon seit Jahren daran …« Sie klang verbittert. »Glaubst du, dass du zu den Guten oder den Bösen gehörst?«, fragte sie dann, wartete aber die Antwort nicht ab. »Wenn ich dir helfe, dann muss ich ja wohl auch zu den Guten gehören, oder?«

Das, dachte Sebastian, hätte mir Dietz genauso versprechen können. Er blickte auf seine Hände.

»Ich erzähle dir jetzt etwas über die IS/STA«, fuhr Sareah fort. »Diese Abteilung ist vor etwa zwanzig Jahren gebildet worden, und ihre Mitarbeiter wurden vorwiegend aus den Reihen des Bundesnachrichtendienstes und des Militärischen Abschirmdienstes rekrutiert. Ihren gegenwärtigen Namen hat sie noch nicht so lange, sondern erst, seit es opportun ist, jede Aggression mit dem Kampf gegen den Internationalen Terrorismus zu legitimieren. Alles in allem bewegt sich die Arbeit der IS/STA nicht nur am Rande, sondern ein gutes Stück jenseits der Legalität. Lässt sich aber nur schwer nachweisen. Und das ist noch lange nicht alles.« Sie machte eine Pause. Sebastian hörte ein Kratzen. Als er aufschaute, sah er, dass Sareah versuchte, sich mit einem Streichholz eine Zigarette anzuzünden. Ihre Hände zitterten.

»Es gibt schon seit langer Zeit das Gerücht, die Gruppe würde auch psychologische Kriegsführung auf ganz eigene Weise betreiben«, erklärte sie, als die Zigarette brannte. »Sie beschafft Beweise für Gräueltaten irgendeines ungeliebten politischen Machthabers – eines im Westen ungeliebten Machthabers natürlich –, die ihn als ›unmenschlichen Verbrecher‹ entlarven. Damit werden dann Interventionen der Vereinten Nationen gerechtfertigt. Angeblich bringen sie aber diese Beweise nicht nur, sondern sie produzieren sie selbst. Verstehst du?«

Natürlich verstand Sebastian. Aber er konnte es nicht glauben. Sareah nahm einen tiefen Zug und betrachtete dann die Glut an der Spitze ihrer Zigarette. »Diese Leute sind gefährlich«, fuhr sie fort. »Wirklich gefährlich. Und jetzt erzähl mir bitte, worum es bei dieser Sache mit deinem Vater geht.«

Sebastian überlegte. Dann hatte er seine Entscheidung getroffen. Kurzentschlossen erzählte er ihr, was er über die Arbeit seines Vaters herausgefunden hatte. Als er fertig war, pfiff sie durch die Zähne.

»Dachte ich's mir doch. Kein Wunder, dass die IS/STA-Leute diese Geschichte interessiert. Ich kann mir sehr gut vorstellen, wie Dietz der Geifer aus dem Mundwinkel läuft, wenn er die Arbeiten bei euch am Institut verfolgt. Stell dir doch mal vor, was denen möglicherweise vorschwebt: Menschen konstruierte Erinnerungen einzupflanzen, oder …«

»Das ist doch völlig unrealistisch«, unterbrach Sebastian sie. »Das habe ich dir doch schon erklärt.«

»Ja. Aber ich kann mir auch vorstellen, dass Dietz und seine Leute diesbezüglich mehr Fantasie haben als du.« Sebastian sah zu, wie Sareah an ihrer Zigarette zog und mit ihren braungrünen Augen nachdenklich in die Qualmwolken starrte.

»Vielleicht solltest du besser tun, was dein Vater dir aufgetragen hat«, sagte sie schließlich. Sie machte erneut eine Pause. »Andererseits wären diese CDs natürlich ein vorzeigbares Motiv für den Mord an deinem Vater. Um das zu nutzen, müsste man aber die Forschungsergebnisse publik machen. Nicht auszudenken, welche Lawine du damit auslösen würdest! Die Erinnerung lebender Menschen speichern zu können!«

Sebastian nickte. Als sie weitersprach, klang ihre Stimme kontrolliert: »Bist du dir eigentlich im Klaren darüber, in welcher Gefahr du schwebst?« Sareah nahm seine Hand und streichelte sie sanft. Sebastian schwieg. »Also gut. Die Frage ist jetzt, wie kriegen wir dich aus der Sache heraus. Solange diese Leute glauben, sie bräuchten dich vielleicht noch, um an Informationen heranzukommen, bist du vorläufig in Sicherheit. Wir aber brauchen eine Möglichkeit, um Dietz und Konsorten aus dem Verkehr zu ziehen. Irgendeine Leiche im Keller. Bisher ist das noch niemandem gelungen.«

Sebastian hatte in seinen Kaffee gestarrt. Sareah legte ihre Fingerspitzen unter sein Kinn und hob seinen Kopf, bis er ihren Blick erwiderte.

»Hat irgendjemand im Umfeld eures Instituts mit der IS/STA zu tun?«

Warum fiel Sebastian in diesem Moment Steadman ein? War das Interesse des Amerikaners an der Arbeit seines Vaters nicht etwas zu groß gewesen? Hatte Steadman etwas mit der ganzen Sache zu tun? Sebastian konnte sich das nicht vorstellen – er wollte es nicht glauben. Doch es gab so vieles, was er nicht glauben wollte, aber inzwischen glauben musste.

»Okay, ich denke drüber nach«, versprach er Sareah.

»Gut. Dann sehen wir weiter.«

Sebastian fühlte, wie ihm der Schweiß durch die Brauen rann. Er rieb sich die brennenden Augen. Nur langsam begann er seine Situation wirklich zu begreifen.

›Der erste Fehler.‹ Der Satz seines Vaters tauchte wieder in seiner Erinnerung auf. Was war der erste Fehler gewesen? Hatte es eine Bedeutung?

Das alles ging viel zu schnell. Und es war zu viel auf einmal. Was sollte er tun? Er kam sich plötzlich völlig hilflos vor, haltlos, als gäbe es nichts mehr, auf das er sich verlassen konnte. Ihn schwindelte.

Dann fielen ihm seine Freunde wieder ein. Egal, ob sie die Geschichte nun ernst nahmen oder nicht, sie waren jedenfalls da. Auf sie konnte er sich verlassen.

Als sie die Bäckerei verließen, hatte der Regen nachgelassen. Sareah umarmte ihn und verabschiedete sich mit einem langen, vielversprechenden Kuss. Sie würden am Abend telefonieren.

Sebastian stapfte durch die Pfützen auf dem Asphalt, während er versuchte, seine Gedanken zu ordnen. Die wissen noch nicht, dass ich die Daten tatsächlich habe. Und sie wissen nicht, wie sie selbst drankommen sollen. Und solange sie nicht wissen, dass ich sie habe, bin ich sicher. Allerdings werden sie wohl bald vermuten, dass ich sie habe, denn immerhin kann jetzt jeder an den Rechner meines Vaters. Nur sind darauf keine interessanten Daten mehr. Und wer hat als Erster Zugriff gehabt? Ich! Aber wo habe ich sie? Das wissen sie nicht. O Gott, wenn sie wüssten, dass ich sie bei mir habe ... Ich wäre vielleicht schon tot. Tot tot tot ... Ob sie mich abhören? Habe ich tatsächlich Wanzen in der Wohnung, wie Sareah vermutete?

Ihm fiel mit Schrecken ein, dass natürlich auch Wanzen im Büro seines Vaters installiert sein konnten. Dann wussten sie vielleicht, dass er hatte, was sie wollten. Andererseits ... er hatte ja keine Selbstgespräche geführt, als er die Dateien vom Rechner seines Vaters kopiert hatte. Alles war möglich, oder? Was sollte er jetzt tun? An etwas anderes denken.

Beinahe wäre er in einen großen Haufen Hundescheiße getreten, der mitten auf dem Bürgersteig lag. Er vermutete, dass er von dem Blindenhund stammte, der sein Herrchen hier manchmal entlangführte. Sebastian stellte sich vor, wie der Blinde immer wieder in den Kot des vor ihm herlaufenden Hundes tappte. Aber es war überhaupt nicht komisch. Und schließlich, tappte er nicht genauso blind durch die Sch...? Noch dazu ohne Hund?

Während er die kurze Strecke zu seiner Wohnung zurücklegte, sah er, wie ein Sonnenstrahl durch die Wolkendecke brach, als hätte er auf seinen Einsatz gewartet. Sebastian stellte sich vor, wie jetzt irgendjemand irgendwo vor ihm in der Stadt gerade in diesem Strahl stand, wie in einem Spotlight, ganz unvermittelt erleuchtet und inmitten der feuchten und dunklen Tristesse in helles Licht getaucht.

Seine Gedanken wanderten zu Sareah. So wie dieser Lichtstrahl vielleicht in das Leben eines anderen fiel, hellte das plötzlich auftauchende Bild ihres Lächelns seine miese Stimmung auf. Er konnte es noch immer kaum glauben. Dieses fremde, unglaubliche Mädchen aus dem Bus war inzwischen seine Freundin. Gutes Drehbuch, dachte er. Ein wirklich gutes Drehbuch. Zumindest in dieser Hinsicht.

25. April, Mittag

Als Sebastian das Haus verließ, hatte es aufgehört zu regnen. Nur der Asphalt glänzte feucht, wo ihn die Autoreifen noch nicht trockengerieben hatten. In seiner Jackentasche steckten die CDs und der Brief seines Vaters an seine Mutter. Ob es eine gute Idee war, diese Schätze bei sich zu tragen, wusste er nicht. Aber sie in der Wohnung zu lassen, erschien ihm auch nicht mehr sicher.

Zwanzig Minuten später war er am Institut. Bevor er das Treppenhaus betrat, um ins Zentrum zu steigen, sah er sich um. Niemand folgte ihm. Er kam sich sehr seltsam vor. Dann fiel ihm wieder die Pistole ein, die er bei seinem Vater gefunden hatte. Auch der musste Angst gehabt haben. Wozu sonst die Pistole? Genützt hatte sie ihm nicht.

Sebastian öffnete die Tür zum Treppenhaus und beeilte sich, sie hinter sich wieder zu schließen. Wer ihn jetzt nicht gesehen hatte, konnte auch nicht ahnen, wohin er ging. Niemand benutzte die Treppen zum Zentrum. Und wer sollte schon wissen, dass er es tat – außer Blumenthau.

Im Zentrum lieh er sich, der Form halber, wieder Filme aus, die er zufällig aus dem Regal zog. In einer der Kabinen holte er dann die CDs seines Vaters aus der Tasche. Jetzt, da er wusste, was auf den CDs war, fühlte er sich gehemmt. Eigentlich kein Wunder, dachte er, immerhin war er gerade dabei, die Erinnerung eines Toten anzusehen, den er gut gekannt hatte. Vielleicht würde er sogar etwas über sich selbst erfahren – sich selbst sehen, als Bild, zusammengesetzt aus den Impulsmustern der Großhirnrinde seines Vaters?

Was auch immer auf den CDs zu sehen sein würde, er wollte jetzt alles sehen.

Er legte eine CD ein. Prompt kam eine Meldung des Computers, dass es sich bei den Daten nicht um einen Film handelte. Er hatte aus Versehen die CD eingelegt, auf der die technischen Dateien abgespeichert waren. Diese Daten ... Es musste Aufzeichnungen, technische Unterlagen über die Versuche geben, die sein Vater durchgeführt hatte. Das, was diese Leute auf dem Rechner seines Vaters gesucht hatten – und was er hatte zerstören sollen –, war vermutlich nicht in erster Linie die Erinnerung seines Vaters selbst, überlegte Sebastian. Es ging vermutlich eher um die Veränderungen und Neuerungen an den Aufnahmegeräten, mit denen es seinem Vater gelungen war, die Erinnerungen eines lebenden Menschen aufzunehmen. Diese Daten vermutete er auf dieser CD, und die würden sie haben wollen.

Sebastian musste die CD an einen sicheren Ort bringen, wo niemand sie finden würde. Oder sollte er sie wirklich besser auf dem schnellsten Wege zerstören? Aber darüber wollte er sich später den Kopf zerbrechen.

Sebastian entfernte die Technik-CD wieder aus dem Laufwerk und legte eine andere ein. Als er den Helm aufgesetzt hatte und sein Kopf in der Wand versenkt und fixiert war, dachte er, wie es wohl sein würde, wenn die Elektroden tatsächlich bis ins Gehirn dringen würden. Ob sein Vater das getan hatte? Die Kopfhaut betäubt und ...? Oder ging es inzwischen sogar schon von außen?

Er startete den Film und die Welt wurde wieder gelb.

Es dauerte nicht lange, und er konnte etwas erkennen. Nach etlichen Bildern, die er nicht zuordnen konnte, tauchten ein paar Erinnerungen auf an Dinge, die er tatsächlich kannte. Offensichtlich schienen dieselben Sachen dem Gehirn des Vaters wie des Sohnes erinnerungswürdig. Eine Szene aber musste aus der frühen Phase der Beziehung seiner Eltern stammen, denn seine Mutter kam darin vor, die Kulisse bildete jedoch eine Wüste. An diese Reise konnte sich Sebastian nicht erinnern. Eine andere, besonders scharfe Szene zeigte die Gründungsfeierlichkeiten am Institut. Er erschrak beinahe, als er das Gesicht Wallroths entdeckte, der sich köstlich zu amüsieren schien. Dann sah er ein Kleinkind, das tapsig auf ihn zulief, mit stolzem und zugleich ängstlichem Gesicht. Die ersten Schritte, wie auf Video aufgenommen. Den Burschen kannte er von Fotos. Klein-Sebastian!

Die Bilder waren extrem klar. Würde er jetzt eine Überidentifikation erleiden, dann wäre das seinem Vater bestimmt nur recht gewesen. Je mehr er sich mit ihm identifizierte, desto mehr würde er ihm ähneln. Und das war bestimmt immer ein Wunsch seines Vaters gewesen.

Es folgten eine Reihe von weniger interessanten Sequenzen.

Das Ganze war ein wenig wie das Stöbern in alten Familienalben. Sebastian fand es ganz witzig – aber sensationell war es nicht.

Er wechselte die CD.

Ein Geruch nach frisch umgegrabener Muttererde stieg in seine Nase. Erdbeeren? Aus dem gelben Dunst schälte sich die Rückseite eines Sofas heraus, das mitten in einem Raum stand und über dessen Lehne ein Wandbehang ausgebreitet war. Das Bild von dem südamerikanischen Timu, welches auch jetzt noch in der Wohnung seines Vaters hing. Jemand saß auf dem Sofa und nähte. Seine Mutter. Es roch nach Feuer. Aus den Augenwinkeln sah er einen Kamin.

Plötzlich war er in einen roten Nebel gehüllt, durchzogen von weißen Schlieren. Es war, als würde er unter Wasser schwimmen, in der Blutspur eines harpunierten Wals. Zuerst war es still. Dann hörte er etwas. Ein Murmeln, leise, dann lauter. Dann, ganz unvermittelt, schrie jemand. Eine Frau. Und ein Kind. Nein, mehrere Menschen schrien. Der rote Nebel war plötzlich von ihren Schreien erfüllt.

Dann hörte er ein Krachen, wie von splitterndem Holz. Ein Feuer prasselte und übertönte das Schreien. Wieder ein Krachen. Eine Explosion. Was war das, an das sich sein Vater da erinnerte? Ein Unfall? Eine Katastrophe?

Wumm. Ein Zischen, dann wieder eine Explosion.

Direkt neben seinem Ohr weinte ein Kind.

Er hörte jemanden rufen, ohne zu verstehen. Es folgte ein hysterisches Lachen. Immer mehr weiße Schlieren zogen durch den Nebel, der sich langsam in ein dunkles Rosa verwandelte.

Wieder rief jemand etwas, das durch den Lärm übertönt wurde. Plötzlich knallte es, und das Weinen verstummte. Wieder hörte er ein Prasseln, der Nebel wurde zerfetzt von flackerndem Rot, Schwarz und Gelb.

Ein Blitz fuhr durch den Nebel und teilte ihn für den Bruchteil einer Sekunde. Er glaubte, einen Baum gesehen zu haben. Eine Palme, durch deren rissige Blätter schwarze Rauchschwaden zogen. *No no no* schrie eine Stimme und übertönte alle anderen Geräusche. Sie überschlug sich, wurde zu einem infernalischen Kreischen – und verstummte.

Es rauschte, als ob er sich die Hände mit aller Kraft auf die Ohrmuscheln drücken würde. Die schwarzen Wolken, die um ihn herumfegten, verfärbten sich langsam, der Hintergrund wurde grün, immer noch durchsetzt von hektisch flackernden gelben und roten Flecken. *Halt drauf, halt drauf*, hörte er jemanden schreien. Die Stimme war tief und irgendwie heiter, fröhlich. Es passte nicht zu der Szene. Eine Struktur zeichnete sich ab. Senkrechte Linien, die oben in ein zackiges Muster ausliefen. Pfähle, schmale Holzpfähle. Es schien eine Art Pferch zu sein. Im Hintergrund immer noch Grün, Rot, Gelb, ein wahnsinniges, rotierendes Leuchten, das nach oben in Schwarz zerfloss.

Etwas jaulte wie ein läufiger Kater. Wieder ein Wummern, einmal, zweimal, dreimal, jedesmal gefolgt von einem Zischen und einer Explosion. Er hörte ein trockenes, rhythmisches Tackern, in kurzen Intervallen. Durch die prasselnden Farben sah er jetzt den Zaun, der den Pferch umschloss, deutlicher. Um die Pfähle wuchs kniehohes Gras. Das Gelb und Rot im Hintergrund – das war das Feuer. Ein niedriges, brennendes Haus, in der Mitte ein rotes Loch. Und da stand wieder die Palme. Ihre Blätter verglühten vor einem rauchenden Himmel.

Glücksgefühle jagten durch seinen Körper.

Im roten Loch des Hauses erschien undeutlich die Silhouette eines Menschen. Während durch das Prasseln wieder das Tacktacktack zu hören war, fiel sie zurück in das Loch und verschwand. Wieder war eine Explosion zu hören. Sein

Blick rotierte jetzt nur noch an den Rändern. Jetzt konnte er Farben und Gegenstände besser zuordnen. Hinter dem Zaun tauchten weitere Umrisse von Menschen auf. Mindestens drei ... so klein, auf den Boden geduckt, schwarz im Grün des Grases. Kinder. Dann wieder der gelbe Blitz, diesmal direkt vor ihm. Immer wieder schien eine gelbe Flammenzunge aus seinem Bauch herauszuschlagen. Sie zeigte direkt auf die Silhouetten im Gras. Vor ihr sprühten die Zaunpfähle braune Späne in die Luft. Etwas schlug gegen seine Arme und seinen Magen, exakt im Rhythmus der Flamme. Der Rückstoß seiner Waffe. Die kleinen Menschen zuckten und zappelten. Wieder schrie jemand, verzweifelt. Der Boden bebte ... nach jedem Wummern, nach jeder Explosion glaubte er jetzt die Vibrationen durch die Fußsohlen zu spüren. Das Schwarz im Gras tanzte auf der Stelle. Eine Hütte, ein Türrahmen, ein Mensch. Fremd. Indianisch. Mit einem Poncho bekleidet. Feuerstöße zucken, taumeln, rote Fetzen spritzen auseinander. Dann kein Blitz mehr, kein Schlagen mehr, kein Tanzen mehr. Nur noch das prasselnde Gelb und Rot. Und wieder das fröhliche Lachen. Von den Rändern her jetzt wieder das rote Wasser. Immer mehr Wasser flutet auf ihn zu, schlägt über ihm zusammen, wirbelt um ihn herum, überdeckt das Grün, Gelb, Schwarz, überdeckt das Glücksgefühl. Dann Leere ... rote Leere. Und unvermittelt schlägt es über ihm zusammen, erfüllt ihn, umhüllt ihn, so dass er sich zusammenkrümmt:

Scham! Scham! Scham! Scham!

Sebastian stoppte das Band. Von seiner Stirn rann der Schweiß, kalter Schweiß. Sein ganzer Körper hatte sich verspannt. Vor seinen Augen verschwammen die Konturen der Kabine weiter in Rot, kleine Funken schienen um sein Gesichtsfeld zu kreisen. Schocksyndrom, dachte er, während er in den Unterarmen ein taubes Kribbeln spürte. Immerhin konnte er noch denken. Was war das gerade bloß gewesen?

Er war Zeuge der schrecklichsten Szene gewesen, die er je erlebt hatte – direkt aus dem Gedächtnis seines Vaters. War das vielleicht die verzerrte Erinnerung an einen Kriegsfilm? Hatte sein Vater ein Unglück miterlebt?

Nein! Das war kein Unfall gewesen, keine Katastrophe, kein Flugzeugabsturz. Die gelben Flammen waren das Mündungsfeuer eines Maschinengewehrs gewesen. Und die schwarzen Silhouetten Menschen, die sich hinter einen Zaun duckten. Er war gerade Zeuge geworden, wie zahlreiche Menschen umgebracht worden waren.

Der Mensch, aus dessen Erinnerung diese Bilder stammten, hatte mit einer Maschinenpistole auf Kinder geschossen. Wie kam das in die Erinnerung seines Vaters? Sollte sein Vater… Nein. Nein, nein, nein!

War es die Erinnerung eines anderen, die sein Vater sich angesehen hatte und an die er sich erinnerte? Nein, nicht in so klaren Bildern. Niemals.

Es gab keinen Zweifel. Sein Vater hatte Kinder ermordet. Ein Kindermörder. Gott im Himmel, wenn es dich gibt, mach, dass das alles nicht wahr ist. Lass mich endlich aufwachen! Auszeit!, schrie es in seinem Kopf, Auszeit!

Ruhig, Junge, ruhig, ermahnte er sich. Ganz ruhig.

Langsam löste er die verkrampften, schmerzenden Finger vom schweißnassen Joystick. Er zitterte am ganzen Leib. Tief durchatmen, sagte er sich. Versuch einen klaren Kopf zu kriegen.

Der erste Fehler! Vielleicht hatte er eben gesehen, was sein Vater ›den ersten Fehler‹ genannt hatte, der andere Menschen das Leben gekostet haben sollte. Jedenfalls hatte er gesehen, dass Menschen umgebracht worden waren. Es schien zu passen. Aber was war wirklich passiert? Wie war es dazu gekommen? Wieso hatte sein Vater…?

Während Sebastian sich aufsetzte, wurde ihm wieder schwindelig. Er blieb eine ganze Weile sitzen und versuchte, seine Gefühle unter Kontrolle zu bekommen. Dann beschloss er, seine Gedanken zu ordnen und sich so zurück in die Bahn zu zwingen.

Was konnte ihm helfen zu verstehen, was passiert war? Etwas Furchtbares … Ihm fiel der Brief seines Vaters an seine Mutter ein. War dies die Katastrophe gewesen? Einer der Menschen in der Erinnerung seines Vaters, eines der Opfer, hatte einen Poncho getragen. Sein Vater hatte diese Bilder aus Südamerika mit nach Haus gebracht!

Er zog den Brief aus seiner Jackentasche und faltete ihn mit flatternden Händen auseinander. Es war um eine Arbeit im Auftrag einer Regierung gegangen, zusammen mit irgendwelchem Militär. Das Ganze hatte in den Anden stattgefunden.

Sammel die Informationen, befahl sich Sebastian. Mach dir eine Liste.

In dem Brief stand der Name eines Generals und das Wort San Mateo. Und es gab Steadmans Formulierung: »Koinzidenz-Katastrophe«. Terroristen, denen man den Vorfall in die Schuhe schieben wollte. Dietz und die IS/STA – richtig! Hier hatte er zum ersten Mal davon gehört! Dietz' zweimaliges Auftreten, erst im Innenministerium, dann im Brief seines Vaters, war sicher kein Zufall. Vielleicht waren es die losen Enden desselben Fadens? Vielleicht war das Stück, das damals begonnen worden war, noch nicht zu Ende? Aber was war das für ein Stück? Er musste mehr über das erfahren, was damals passiert war.

Sebastian kam eine Idee. Er musste die Presse sichten. Den Zeitpunkt des Vorfalls kannte er ja aus dem Tagebuch.

Also ins Internet. Oder, besser noch, Sareah verschaffte ihm Zugang zu einem Pressearchiv. Auf jeden Fall würde Sareah besser wissen, wie er an Informationen herankommen konnte, um aufzuklären, was damals in den Anden geschehen war.

25. April, früher Nachmittag

Sebastian hatte die Instituts-Bibliothek ganz für sich. Er setzte sich an einen der Rechner mit Internetzugang und loggte sich ein.

Das Erste, was er sich auf den Bildschirm holte, war ein Lexikon, danach einen Weltatlas, um herauszufinden, in welchem südamerikanischen Land sein Vater sich aufgehalten hatte. Als er Informationen über San Mateo abfragte, lieferte das Lexikon lediglich einen Hinweis auf eine Stadt an der Bay von San Francisco, in Kalifornien, mit 120000 Einwohnern. Auf der Landkarte Südamerikas fand er dann gleich zwei Städte dieses Namens, eine in Venezuela, östlich von Caracas, die zweite in Peru, östlich von Iquitos, am Amazonas. Beide lagen nicht in unmittelbarer Nähe der Berge. Die konnte er getrost vergessen. Laut Computer gab es in den Anden demnach kein San Mateo. Das bedeutete, entweder war das San Mateo, auf welches sich sein Vater bezog, keine Stadt, sondern nur ein kleines Dorf, oder es war nicht mehr dort. Oder beides. Oder das war alles Unsinn, und Wallroth hatte die Wahrheit gesagt, als er behauptet hatte, sie seien damals nicht in Südamerika, sondern in Spanien gewesen.

Sebastian rief eine der Internet-Suchmaschinen auf und gab nacheinander die Begriffe `San Mateo`, `General Bartolo` und die Namen der deutschen Wissenschaftler sowie `Steadman` ein. Aber er erhielt nur einen Wust von Seitenverweisen auf irgendwelche Homepages von Bartolos in Spanien, USA und Lateinamerika, das Gleiche passierte bei den deutschen Namen. Und der Begriff `Mateo` rief Tausende von Weinhandlungen auf den Plan. Nachdem er sich mit drei verschiedenen Suchmaschinen im Online-Labyrinth verrannt hatte, gab er auf. Das brachte nichts. Es war wohl doch besser, er bat Sareah um Zugang zu einem Pressearchiv.

Er verließ das Institut und stellte sich in eine der Telefonzellen auf dem Platz. Sareahs Stimme meldete sich, und er wurde zum Sprechen nach dem Pfeifton aufgefordert. Er wollte gerade eine Nachricht hinterlassen, als Sareah sich meldete.

»Ich bin zu Hause, du kannst normal reden.«

Wieso tat sie so, als sei sie der Anrufbeantworter? Deshalb hatte der Signalton so seltsam geklungen. Sie hatte einfach gepfiffen.

»Von wo rufst du an?«

»Telefonzelle«, antwortete er.

»Würde mich übrigens nicht wundern, wenn dir jemand im Nacken sitzt.«

Erschrocken sah Sebastian sich um. Auf die Idee war er noch gar nicht gekommen. Das war ja auch ziemlich paranoid, oder nicht? Aber wenn sie meinte.

Der Platz vor der Telefonzelle war leer. Wer wäre auch so blöd, sich unter freiem Himmel dem Regen preiszugeben. Auf der anderen Straßenseite hasteten Leute von einem Vordach zum nächsten. Niemand sah zu ihm herüber. Aus den Augenwinkeln bemerkte er eine Bewegung hinter den Glastüren des türkischen Gemüseladens schräg gegenüber. Aber als er hinschaute, konnte er nichts erkennen.

»Ich glaube nicht.«

»Achte aber mal darauf.«

»Sareah, ich brauche deine Hilfe«, erklärte er. »Ich habe eine Spur aufgenommen, sozusagen. Es ist da vor einigen Jahren etwas passiert, bei dem die Hauptakteure von heute schon eine Rolle gespielt haben. Es geht um eine Sache, bei der eine Menge Menschen getötet wurden, und ich vermute, mein Vater, ein anderer Wissenschaftler hier aus dem Institut und ein Dietz – vielleicht unser Dietz – waren daran beteiligt. Ich müsste dringend an ein Pressearchiv mit südamerikanischen Zeitungen. Kannst du mir da weiterhelfen?«

»Kein Problem, ich bin zwar morgen nicht in der Redaktion, aber frag doch bei der ›Rundschau‹ nach meinem Kollegen Streithammer. Der Name passt zu ihm, er ist aber okay. Geh zum ›Rundschau‹-Gebäude, meld dich an der Pforte und lass dir Streithammer geben, Auslands-Ressort. Wenn du ihm sagst, dass ich dich schicke, lässt er dich rein. Über ihn kriegst du Zugang zu einem der größten Zeitungsarchive der Welt. Wenn du irgendwo fündig werden willst, dann dort.«

Als Sebastian die Telefonzelle verließ, rannte er direkt in einen Mann hinein. Da sie es eilig hatten, tauschten sie nur eine Entschuldigung aus und hasteten weiter. Irgendwie kam Sebastian der Typ bekannt vor. Er drehte sich noch einmal um. Aber der Kerl war schon verschwunden.

Das Verlagsgebäude der Zeitung lag in der Stadtmitte, in einer der Seitenstraßen der Fußgängerzone. Etliche Teile des Komplexes, den Sebastian nicht vollständig überblicken konnte, erstreckten sich offensichtlich tief in ein ganzes Häuserviertel hinein. Wahrscheinlich hatte der Verlag nicht nur ein eigenes Gebäude neu errichten lassen, sondern nach und nach auch angrenzende ältere Häuser in Beschlag genommen und die Wohnungen in Büros verwandelt. Das Hauptgebäude war ein verschachtelter stumpfer Turm mit viel Aluminium und großen, von chromblanken Trägern durchbrochenen, getönten Glasfronten. Durch die Eingangstür kam Sebastian in eine kleine Halle, deren hintere Wand ebenfalls aus Glas bestand und den Blick in einen Innenhof freigab. Einige Lastwagen wurden dort gerade mit dem Inhalt riesiger Altpapier-Container gefüllt.

Zur Linken sah er Aufzüge, zur Rechten eine Loge, in der eine ältere Frau in Uniform stand und ihn scharf beobachtete. Der Raum selbst war durch eine Absperrung mit einem Drehkreuz geteilt. Sebastian wandte sich zu der Loge. Die

Frau stand dort neben einem offensichtlich kaum benutzten Sessel. Ob sie sich nicht mehr setzen konnte? Man sah förmlich den Kalk von ihren Knochen rieseln. Gerade als Sebastian sie ansprechen wollte, begann sie, Papiere an eine riesige schwarze Filzwand zu pinnen. Als er sie grüßte, sah sie sich nicht um.

»Entschuldigen Sie. Ich hätte gern Herrn Streithammer gesprochen. Würden Sie ihn …«

»Worum geht es denn?«, fragte die Frau barsch, noch immer ohne ihn anzusehen. Ihre Stimme passte nicht zu ihrem Aussehen. Sie wirkte jung, frisch, kräftig.

»Das würde ich ihm gern am Telefon selbst sagen«, antwortete Sebastian. Jetzt fixierte sie ihn mit giftgrünen Augen, die so jung waren wie ihre Stimme.

»Ein bisschen Geheimniskrämerei? Geht bestimmt um eine furchtbar wichtige Sache, was? Verstehe.«

Sebastian war sich da nicht so sicher. Immerhin erbarmte sie sich und wählte eine Nummer.

»Hopp. Besuch für Sie«, sagte sie dann und reichte, ohne auf eine Antwort zu warten, Sebastian den Hörer. Als er ihn in der Hand hielt, drehte sie sich wieder weg und beschäftigte sich weiter mit den Zetteln auf der Pinnwand.

Der Typ, den er sprechen wollte, hieß doch nicht Hopp? Als er den Hörer ans Ohr drückte, sprach wer immer es auch war noch immer mit der Pförtnerin, beziehungsweise wünschte ihr die Pest an den Hals. Sebastian versuchte ihn höflich zu unterbrechen.

»Entschuldigung. Ich wollte eigentlich mit Herrn Streithammer sprechen.«

»Am Apparat. Was gibt es denn?«

»Mein Name ist Sebastian Raabe. Sareah Anderwald hat mich hergeschickt. Sie meinte, Sie könnten mir helfen. Ich müsste dringend an das Pressearchiv.«

»Ach, Sareah? Gut. Ich hole Sie in fünf Minuten am Eingang ab, muss nur noch schnell etwas fertig schreiben.«

Bingo!, dachte Sebastian, aber er hatte sich zu früh gefreut. Bis Streithammer schließlich kam, verging eine gute Viertelstunde. Wenn jemand an einem Rechner sitzt, dann dauert es nie *nur noch fünf Minuten,* dachte Sebastian. Vorher stürzt der Computer meist noch ab, man muss wichtige Daten retten, den technischen Service kommen lassen, weil man das Handbuch nicht versteht. Oder es ist keine CD mehr vorhanden, auf die Sicherungskopien gespeichert werden könnten. Also muss man los und erst im Lager neue CDs besorgen. Egal.

Schließlich ging die Fahrstuhltür auf, und ein leicht übergewichtiger Mann trat in die Eingangshalle. Er hatte sein graues Hemd nur locker in die Hose gesteckt und kaschierte so verschämt und unzureichend den Schwimmreifen um die Hüfte. Seine Frisur begann erst sehr weit hinten über der hohen Stirn, und die blonden Haare fielen in wenigen, aber gepflegten Strähnen bis auf den Hemdkragen. Sebastian schätzte ihn auf Mitte dreißig. Als Streithammer ihm gegenüber auf der anderen Seite der Absperrung stand, taxierte ihn der Redakteur mit rot geränderten Augen unter buschigen Brauen. Nach einer Sekunde reichte er Sebastian die Hand und stellte sich vor. Die Pförtnerin drückte auf einen Knopf, nickte Sebastian zu und gab ihm einen Besucherausweis.

»Woran arbeitet sie denn?«, fragte Streithammer und lotste Sebastian in Richtung Aufzug.

Ob er dachte, Sebastian würde für sie recherchieren? Na, egal. Sollte er ruhig in dem Glauben bleiben. Er antwortete ausweichend.

»Hirnforschung.«

»Hirnforschung? Ach du Scheiße.« Streithammer zog irritiert die Mundwinkel herunter und die Augenbrauen hoch. Durch die tiefen Falten, die sich dabei links und rechts von seinen dicken Lippen bildeten, wirkte sein Gesicht wie die Fünf auf einem Würfel, die Nase als Punkt in der Mitte.

»Geht mich ja auch nichts an. Gehen wir.«

Er verabschiedete sich mit einem Winken von der uniformierten Dame. Als der Fahrstuhl kam, ließ Streithammer Sebastian mit einer großzügigen Geste den Vortritt. »Absturztest«, sagte er grinsend, als er ihm nach zwei Sekunden folgte. »Ich traue den Dingern einfach nicht.«

Sebastian konnte in diesem Moment nicht allzu sehr darüber lachen.

»Hat unser Wachhund Sie belästigt?«, fragte Streithammer. Zuerst verstand Sebastian nicht. Dann begriff er, dass der Redakteur die Pförtnerin meinte.

»Nein, nein. Ich habe mich aber gewundert, dass so eine alte Dame hier beschäftigt ist.«

»Tja, die alte Dame ist etwa 24. Sie leidet an Vergreisung. Eine seltene Krankheit. Manche sterben, bevor sie 20 sind.« Als Sebastian den Redakteur von der Seite betrachtete, sah er, dass der weder grinste noch sonst eine Gefühlsregung zeigte. Es war eine sachliche Feststellung gewesen, kein Witz.

Im dritten Stock stiegen sie aus und marschierten durch einen schmalen Gang, dessen Wände ab Brusthöhe aus Milchglasscheiben bestanden. Links und rechts wechselten sich Türen ab, durch die Sebastian einen Blick auf größere Räume erhaschte, in denen Leute an Computern arbeiteten oder sich über große Tische beugten und Papiere und Bilder umherschoben. Schließlich öffnete sich der Gang in einen Raum mit Teppichboden. Schreibtische standen hier seitlich an den Wänden, auf jedem mindestens ein Telefon und ein Computerbildschirm, ansonsten Stapel von Zeitungen und Journalen, Zettel, Stifte. An den Wänden hingen Bilder, Fotos, Kalender. Große Papierkörbe, jeder mindestens halb gefüllt, standen herum. Es herrschte ein unglaublicher Lärm. Stimmengewirr, Telefonklingeln, zwei Faxgeräte ratterten vor sich hin. Ein Mann in blauem Kittel rempelte Sebastian an und eilte, ohne sich zu entschuldigen, weiter, dicke Mappen unter beide Arme geklemmt. Weiter hinten im Raum sah Sebastian, wie ein junger Mann wutentbrannt die Tastatur seines PCs malträtierte.

Streithammer ging zu einem der Schreibtische und zog ein Notizbuch aus einem Papierstapel. Er notierte sich etwas auf einem Zettel, den er in seine Hemdtasche steckte. Dann wechselte er noch zwei Worte mit seinem Schreibtisch-Nachbarn.

»Wie kann man bei diesem Krach eigentlich arbeiten?«, fragte Sebastian ihn, als Streithammer schließlich nach seinem Arm griff und ihn zu einem PC hinten im Raum führte.

»Krach?« Streithammer legte eine Hand hinter sein Ohr. »Junge, das sind die Geräusche, die entstehen, wenn man Regierungen stürzen lässt, Politiker zu Menschen oder Monstern macht. Lausch der mächtigen Musik ...«

Der Redakteur wies auf den verwaisten Rechner. »Den kannst du benutzen.« Er tippte einige Befehle in die dazugehörige Tastatur. Dann deutete er auf den Bildschirm vor seiner Nase. »Das ist unser Archiv. Versuch mal, ob du hier weiterkommst.« Streithammer blieb jetzt offenbar beim Du. Er machte den Stuhl für Sebastian frei. »Wir haben hier alles ab den 60er Jahren des letzten Jahrhunderts im Speicher; was älter ist, steckt in Aktenordnern. Das Scannen dauert eben auch seine Zeit, und die aktuellen Sachen haben Vorrang.«

»Kein Problem«, antwortete Sebastian. »Ich muss nicht so weit zurück.« Er setzte sich.

»Ich nehme an, hier sind auch spanisch- und portugiesischsprachige Zeitungen gespeichert?«

»Klar, Junge, alles, was du willst, ist hier gespeichert. Allerdings sind die Bilder aus dem ›Playboy‹ ziemlich grob gerastert.«

Sebastian beschloss, die Bemerkung zu ignorieren. Der Bildschirm zeigte die klassische Maske einer Suchmaschine. Der Redakteur begann, ihm das Programm zu erklären.

»Du gibst hier die Stichworte ein, die du hast. Je mehr, desto besser. Wenn du zum Beispiel Amerika eingibst, listet der Computer erst gar keine Artikel auf, sondern Uncle Sam erscheint und zeigt dir einen Vogel, weil vermutlich so um die drei Trilliarden Artikel mit dem Stichwort Amerika allein im Titel existieren. Hier kannst du den Zeitrahmen eingeben, in dem ein gesuchter Artikel erschienen ist.« Streithammer tippte mit dem Zeigefinger auf die jeweiligen Stellen auf dem Bildschirm, sein Fingernagel klackte gegen die Scheibe. »Am besten fährst du mit ganz genauen Angaben. Etwa: STELLUNGNAHME DER ROYAL SOCIETY OF ECONOMY, LONDON, ZUM IMPORTRÜCKGANG DELIRIÖSER BURMESISCHER EICHKUCHKÄTZCHEN AB DEM 11.11.1888 IM BRITISH EMPIRE. Da kommen dann vermutlich nicht mehr als fünf oder so. Artikel meine ich, nicht Eichkuchkätzchen. Klar?« Streithammer sah Sebastian an und wartete auf einen Kommentar oder eine Frage. Sebastian hatte weder noch.

»Also gut, ich muss arbeiten.« Der Redakteur ging zu seinem Platz zurück und begann, in den Papieren auf seinem Schreibtisch zu wühlen.

»Danke, ich komme schon klar«, rief Sebastian ihm hinterher und wandte sich wieder dem Bildschirm zu. Er holte seine Notizen aus der Jacke, kramte seine paar Spanisch-Brocken zusammen und tippte dann seine Suchbegriffe in das dafür vorgesehene Feld:

`San Mateo, General Bartolo, Terroristen, IS/STA, Dietz, Steadman, Wallroth, Koch, Berthold, Raabe, Katastrophe.`

Dann stellte er die Suchmaschine so ein, dass sie möglichst viele Begriffe zusammen finden sollte, egal in welchem Zusammenhang, aber mindestens zwei gleichzeitig.

Beginnen sollte der Rechner seine Suche ab dem Tag, an dem sein Vater im Tagebuch die Katastrophe eingetragen hatte, als Zeitrahmen gab er die zwei darauffolgenden Wochen an. Dann startete er die Recherche. Die einzelnen Begriffe blitzten immer wieder auf, vermutlich jedes Mal, wenn ein Treffer gelandet worden war. Die rückwärts laufende Zahl am unteren Rand des Bildschirms schien die Anzahl der infrage kommenden Artikel zu sein. Nach etwa einer Minute stand dann dort eine `0`. Enttäuscht wollte Sebastian von vorn anfangen, als er in der rechten Ecke den Hinweis ›`1 von 2`‹ sah.

Mit der Scroll-Taste blätterte er weiter und fand mehrere Wiederholungen seiner Begriffsreihe. In der ersten Reihe waren die Wörter `San Mateo`, `General Bartolo` und `Terroristen` gelb unterlegt, in der zweiten Reihe dagegen die Worte `Koch` und `Berthold`. Dann folgten mehrere, in denen `Dietz` und `IS/STA` markiert waren. Das hieß, es gab mindestens zwei interessante Artikel. Einmal einen, in dem `San Mateo`, der `General` und die `Terroristen` vorkamen, und einen zweiten über die Wissenschaftler `Koch` und `Berthold`, die Kollegen seines Vaters. Aber es gab keinen einzigen, in dem alle Stichwörter zusammen auftauchten. Hinter den Wort-Reihen stand die Quelle, für die beiden Artikel war sie identisch: ›La República‹. Peru also. Der erste Artikel war zwei Tage nach der Tagebucheintragung erschienen, der zweite weitere drei Tage später. Die Zeitung erschien, wie er erwartet hatte, in spanischer Sprache. Für die Artikel, in denen Dietz vorkam, gab das Suchprogramm deutsche Zeitungen als Quelle an. Das interessierte Sebastian erst mal nicht. Er rief den ersten Artikel auf. Es folgte die Abbildung der Originalseite der Zeitung. Der Artikel war nicht lang, nur eine Meldung. Er füllte den Bildschirm kaum zur Hälfte aus. Sebastian gab dem Programm, mit dem die Suchmaschine arbeitete, einen Druckbefehl. Das Gleiche machte er mit dem zweiten Text. Dann ging er zu Streithammer hinüber.

»Entschuldigung. Zu welchem Drucker schickt der Rechner denn die Ausdrucke hier?«, fragte er den Redakteur, der ihn ungeduldig anstarrte und dann in ein kleines Zimmerchen schickte, in dem ein Gerät permanent einen Strom von Papier ausspuckte. Sebastian fand seine Ausdrucke und ging noch mal zu Streithammer, der ihn bereits mit hochgezogenen Augenbrauen erwartete.

»Tut mir wirklich Leid. Aber ich habe noch eine Frage. Gibt es hier jemanden, der Spanisch kann?«

Streithammer stieß die Luft zwischen den Zähnen hervor, nahm Sebastian die Ausdrucke aus der Hand und legte sie neben die Tastatur. Er zündete sich eine Zigarette an, steckte sie in den Mundwinkel und tippte dann, ohne auf den Bildschirm zu schauen, drauflos, ein Auge auf die Zettel gerichtet, ein Auge geschlossen wegen des Rauches, der von der Zigarette aufstieg. Nach wenigen Minuten war der Redakteur mit seiner Arbeit fertig und gab den Druckbefehl.

»War's das jetzt?«, fragte er.

»Ich würde nur gern noch kurz eine weitere Information abfragen«, antwortete Sebastian und ging, um sich die Ausdrucke mit den übersetzten ›República‹-Texten zu holen.

Zurück an dem freien Rechner las er gespannt Streithammers Übersetzung.

Leuchtender Pfad löscht Dorf aus

Huancayo (li). Vor zwei Tagen löschten Terroristen vom Leuchtenden Pfad zum wiederholten Male eine Gemeinde in der Provinz Huancavelica aus. Wie aus Regierungskreisen verlautete, war der Anschlag auf das Dorf San Mateo in der Nähe von Castrovirreyna vermutlich eine Reaktion auf die Entsendung eines Provinzlehrers in die betroffene Gemeinde. Auch eine in der Nähe befindliche Einheit der Armee konnte nicht verhindern, dass alle Einwohner des Dorfes getötet wurden. Es ist dies nun schon der dritte Angriff auf eine friedliche Gemeinde in der Provinz in diesem Jahr. Wie General Bartolo, für die Region zuständiger Militärverwalter, mitteilte, werden seine Truppen nun verstärkt im Quellgebiet des Río Mantaro patrouillieren, wo das gegenwärtige Hauptquartier der Guerilleros vermutet wird. Einen Lehrer einzusetzen, um die Lage der Indios zu verbessern, so stellte Bartolo fest, ist für diese blutigen Steinzeitkommunisten natürlich eine Provokation. Der General versprach für die nächsten Tage eine »gnadenlose Kommunistenhatz«, da seine Truppen durch die bei San Mateo erlittenen Verluste einen »gesunden Hass« entwickelt hätten.

Das war ja eine ganze Menge an Informationen. Der Tag der Katastrophe, von der sein Vater geschrieben hatte, war der Tag, an dem ein Dorf namens San Mateo ausgelöscht worden war. Beide Vorgänge waren also mit Sicherheit identisch, auch der Name des Dorfes stimmte. Der für die Region zuständige General war dem Namen nach derjenige, der den Wissenschaftlern Soldaten für ihren Versuch zur Verfügung gestellt hatte, und in dem Artikel war die Rede von einer in der Nähe des Dorfes befindlichen Einheit von Regierungssoldaten. Sebastian fiel es nicht schwer, den Zusammenhang zwischen Tagebuch und Zeitungsartikel herzustellen. Er hatte in der Erinnerung seines Vaters genau das Gemetzel miterlebt, von dem die ›República‹ berichtete. Aber nicht Terroristen hatten eine friedliche Gemeinde ausgelöscht, sondern Regierungstruppen unter dem Einfluss einer Chemikalie, die eigentlich als Mittel zur Unterdrückung von Stress gedacht war. Die vielleicht etwas mit Neurotransmittern und Coca zu tun hatte. Es passte alles zusammen. Der Leuchtende Pfad… das waren doch

Guerilleros in Peru? Lange Zeit schien die Organisation zerschlagen, aber seit einigen Jahren war sie wieder aktiv. Also hatte sein Vater in Peru gearbeitet, zusammen mit Wallroth und den beiden anderen Forschern. Im Auftrag der deutschen und der peruanischen Regierung. Sebastian wandte sich dem zweiten Text zu.

DEUTSCHE WISSENSCHAFTLER TÖDLICH VERUNGLÜCKT

Huancayo (li). Bei einem Unglück auf der Carretera 24 von Castrovirreyna nach Pisco fanden gestern zwei ausländische Wissenschaftler den Tod. Der Wagen der beiden Forscher kam aus noch ungeklärter Ursache von der Straße ab und stürzte in den Rio Pisco. Der Unfall ereignete sich elf Kilometer vor Tipracot. Die beiden deutschen Wissenschaftler Jo Berthold und Matthias Koch konnten nur noch tot geborgen werden. Nach Informationen aus dem Wissenschaftsministerium arbeiteten beide an einem Gemeinschaftsprojekt der peruanischen und deutschen Regierung zur Entwicklung neuer Medikamente auf Basis der Cocapflanze. Das Vorhaben, in das man große Hoffnung gesetzt hatte, sollte den ökonomischen Fluss einer der größten Ressourcen des Landes, des Coca-Anbaus, von der Drogenproduktion weg in legale und humanitäre Kanäle umleiten. Ohne die Mitarbeit dieser beiden angesehenen Wissenschaftler ist nun das gesamte Projekt infrage gestellt. Die Polizei schließt deshalb nicht aus, dass hinter dem Vorfall ein Anschlag der Drogenkartelle steckt. Sollte sich dieser Verdacht bestätigen, so hätten die Attentäter mit diesem perfiden Angriff ihr Ziel erreicht. Zurzeit ruhen sämtliche Arbeiten am Projekt, und es ist fraglich, ob sie wieder aufgenommen werden können.

Deshalb also das Kreuz hinter den Namen Koch und Berthold im Tagebuch, dachte Sebastian. Was hatte sein Vater noch geschrieben? »Jo hat versucht, sich umzubringen, Matthias ist nicht mehr ansprechbar«. Zwei Wissenschaftler, die bei einem Massaker dabei waren. Und vielleicht nicht hätten schweigen wollen oder können? Vielleicht waren sie einfach aus dem Weg geschafft worden, da sie die Wahrheit ans Licht hätten bringen können? Sie waren ein Risikofaktor gewesen, genauso wie sein Vater. Und ... was war mit ihm selbst? Und seinen Freunden? Konnte er Dietz und seinen Leuten gefährlich werden, und wenn ja, hatten die bereits eine Ahnung? Aber diese Leute wussten ja nichts vom Tagebuch und von dem Brief, und auch von den Erinnerungen seines Vaters wussten sie nichts. Wusste Dietz von Sareah? Was zum Teufel wusste Dietz überhaupt? Wer war dieser Mann? In den Artikeln tauchte sein Name nicht auf. Im Brief seines Vaters wurde er als »Agent der Regierung« bezeichnet. Der Bundesregierung? Sareah zufolge war Dietz jetzt Chef dieser IS/STA. Vielleicht war er damals Agent ebendieser Abteilung gewesen, die zu diesem Zeitpunkt noch anders hieß?

Sebastian klickte auf den ersten Artikel, in dem Dietz' Name aufgetaucht war. Es war lediglich eine kleine Meldung, in der davon berichtet wurde, dass in Frankfurt eine kleine Terrorzelle ausgehoben worden war. Ein Mark Dietz wurde als Leiter der Aktion des Bundeskriminalamtes erwähnt. Die Aktion hatte zehn Tage nach dem Massaker in den Anden stattgefunden.

Okay, das war noch immer keine hundertprozentige Garantie dafür, dass der genannte Dietz identisch war mit diesem fetten Kommissar. Aber die Wahrscheinlichkeit erschien Sebastian hoch genug. Er stand auf und verabschiedete sich von Streithammer, der, einen Bleistift zwischen den Zähnen, einen Text las und dabei vor sich hinmurmelte.

»Grüß Sareah von mir und sag ihr, ich hätte 'ne Maß bei ihr gut«, rief er Sebastian hinterher. Dann beugte er sich wieder über die Papiere und ließ seinen Besucher allein den Weg hinaus finden.

25. April, Nachmittag

Sebastian saß im Büro seines Vaters, ohne zu wissen, was ihn eigentlich hierher geführt hatte. Er wollte sich gerade eine Zigarette anstecken, als es an der Tür klopfte. Niemand wusste, dass er hier war, und so reagierte er nicht. Ihm war nicht danach, mit jemandem zu sprechen. Als zum zweiten Mal geklopft wurde, raffte er sich auf und antwortete. Hobbes kam herein.

»Hier vergräbst du dich also«, begrüßte ihn der Freund. »Wir haben dich heute Morgen in der Cafeteria vermisst.«

»Hatte ziemlich viel zu tun«, antwortete Sebastian.

Hobbes setzte sich. Sebastian überlegte, was er ihm erzählen sollte. Hobbes und Mato hatten ihre Hilfe angeboten, sich geradezu aufgedrängt. Also konnte er Hobbes auch auf den neuesten Stand bringen. Aber nicht hier.

»Lass uns verschwinden«, sagte er.

Während sie durch die Gänge des Instituts wanderten, zeigte Sebastian Hobbes den Brief und die beiden Zeitungsartikel. Schließlich rang er sich dazu durch, Hobbes von den Erinnerungen seines Vaters zu erzählen.

»Das ist ja irre.« Hobbes war stehen geblieben, sichtlich bestürzt. »Du meinst also, unsere Regierung startet zusammen mit der peruanischen ein Projekt, an dem dein Vater und die Übrigen in den Anden mitarbeiten. Und nachdem ein Test mit Soldaten schief gegangen ist, wird alles vertuscht. Zwei der Wissenschaftler verschwinden daraufhin in einem Fluss, weil sie zu einem Risiko geworden sind.« Hobbes gab Sebastian die Papiere zurück, bevor er weitersprach.

»Wir reden hier von einem Massaker und mehrfachem Mord, oder?«, fragte er. »Und wenn das so ist, was wussten dann dein Vater, Wallroth und Steadman von der ganzen Sache? Was haben sie damit zu tun?«

»Keine Ahnung. Ich kann mir wirklich nicht vorstellen, dass mein Vater irgendwas mit Mord ... Und dieses Massaker ... Er nennt es in dem Brief eine ›Katastrophe‹. Wenn das, was ich gesehen habe, und das, was damals in Peru passiert ist, dasselbe ist. Er war zwar dabei, aber für ihn war es ein Unfall. Ein traumatisches Ereignis.«

»Wie können wir herausfinden, was damals wirklich passiert ist?«

»Ich denke, ich muss Wallroth direkt fragen. Jetzt muss er mir wirklich einiges erklären.«

»Hm.« Hobbes wirkte nachdenklich und schwieg.

Sebastian wollte noch einmal zum Büro zurück, und Hobbes begleitete ihn.

Wieder im Büro seines Vaters, zeigte Sebastian Hobbes die Pistole, die noch immer im Schreibtisch versteckt war. Warum er das tat, wusste er nicht. Wallroth, oder wer immer inzwischen im Zimmer gewesen war, hatte sie offensichtlich nicht gefunden oder ignoriert. Hobbes nahm die Waffe und betrachtete sie.

»Eine Pistole P8«, erklärte Hobbes. »Kaliber neun Millimeter. Eine Halbautomatik mit Abzugspanner. Damit ist die Bundeswehr standardmäßig ausgerüstet.« Sebastian sah ihm erstaunt ins Gesicht. Hobbes schien tatsächlich etwas davon zu verstehen.

Er untersuchte die Waffe, fühlte nach dem Signalstift. »Nicht geladen«, stellte er fest. Er spannte den Hahn und zog den Abzug durch. Dann hielt er sie Sebastian stirnrunzelnd unter die Nase.

»Die hat jemand ...«

Sebastian unterbrach ihn. »Augenblick. Lass uns vor die Tür gehen.« Als sie wieder im Flur standen und die Tür verschlossen war, machte Sebastian Hobbes ein Zeichen weiterzusprechen.

»Die hat jemand unbrauchbar gemacht«, flüsterte Hobbes ihm zu. »Du kannst sie laden und abdrücken. Aber die Kugel wird nicht abgefeuert. Der Hahn ist manipuliert worden.«

Hobbes sah sich um, dann holte er die Pistole hervor und zeigte Sebastian, wovon er sprach.

»Daran ist herumgefeilt worden. Vielleicht will jemand, dass du das Ding nimmst und dich darauf verlässt, dass es funktioniert. Und dann macht es nur klick. Die Waffe hat – sozusagen – keine Zähne mehr.«

Sebastian fluchte. Er hatte sich tatsächlich von der Waffe ein bisschen Sicherheit versprochen. Eher hatte er mit ihrem Verschwinden gerechnet. Dass aber an ihr herummanipuliert worden war, war viel schlimmer.

»Wenn du sie mir gibst, dann versuche ich, sie wieder scharf zu machen.«

Der Vorschlag irritierte Sebastian. Hobbes konnte eine Pistole reparieren? Der Freund bemerkte seine Überraschung.

»Also, ich könnte dir jetzt erzählen, dass ich mich damit auskenne, weil ich beim Bund war. Was tatsächlich der Fall ist. Ist aber nicht die ganze Geschichte. Also, in Kurzform: Ihr wisst nichts von mir. Ich bin einer der Stipendiaten. Ich komme aus einer Ecke der Gesellschaft, mit der du normalerweise wenig zu tun hast. Der Umgang mit Waffen ist in manchen Kreisen nicht so ungewöhnlich, wie ihr euch das vorstellt.«

Die Stipendiaten, soviel wusste Sebastian, wurden über einen Fonds finanziert, den das Institut vor einigen Jahren eingerichtet hatte, um ausgewählten Menschen ein Studium zu ermöglichen, die sonst ohne Chancen gewesen wären. Es war eine Idee von Sebastians Vaters gewesen. Er hatte oft davon gesprochen, geistiges Potenzial umzuleiten und es sinnvoll zu nutzen.

»Ich habe die Intelligenztests bestanden, und meine soziokognitiven Funktionen sind völlig intakt«, erklärte Hobbes. »Ein prima Präfrontalcortex. Bei mir hat einfach nur der Hintergrund nicht gestimmt, okay?« Er klang nicht bitter. Seine Worte kamen sachlich, beinahe emotionslos. Es war halt so, und fertig. Niemand sprach über die Stipendiaten, das war schlechter Stil. Sie schafften es oder nicht. Sebastian wurde klar, wie wenig er wirklich über den Freund wusste. Hobbes hatte nie darüber gesprochen, und die anderen hatten nicht danach gefragt. Sebastian musste zugeben, dass er, wie die meisten Menschen, mehr redete als zuhörte. Vom Fragen ganz zu schweigen. Er gab dem Freund die Pistole, der sie in seiner Jacke verstaute.

»Tust du mir einen Gefallen, Sebastian? Ich habe mit euch nie darüber gesprochen, wo ich herkomme. Und ich wollte, dabei würde es bleiben«, erklärte Hobbes. Sie saßen in der Cafeteria, vor sich eine Auswahl von Kuchenstücken.

»Ich weiß, dass euch das egal ist, dass ihr nichts darauf gebt und so weiter. Und ich schäme mich auch nicht für meinen Stammbaum. Man kann sich ja nicht aussuchen, aus welchem Loch man kriecht. Aber ich hab einfach oft genug mit Vorurteilen zu tun gehabt – die sich ja der rationalen Ebene entziehen. Gefühle, die du nicht änderst, indem du einfach darüber nachdenkst.«

Hobbes strich sich die Haare hoch, so dass sie über der Stirn senkrecht nach oben standen. In derselben Sekunde hingen sie ihm schon wieder vor den Augen.

»Das ist wohl wie mit der Liebe. Wir wissen, dass es bloß um diese Anziehungskraft geht, die zwei Menschen aneinander binden soll, damit Nachwuchs gezeugt wird. Trotzdem bleibt es ein schönes Gefühl, zu lieben und geliebt zu werden. Und wenn ich Dichter wäre, dann würde ich trotz dieses Wissens um Triebe und Evolution Aug' und Brust meiner Angebeteten preisen. Auch wenn mein eigentlicher Wunsch der ist, sie zu du-weißt-schon-was.« Hobbes grinste Sebastian an. »Oder pflegst du gegenüber Frauen trotz deines Verstandes etwa nicht das Vorurteil, sie wären geheimnisvolle, sanftmütige Wesen?«

Sebastian schüttelte lachend den Kopf. »Erzähl mir von dir, so wenig du willst. Ich hoffe trotz allem, dass ich dich nach dem beurteile, was ich von dir weiß. Aber... sind Frauen etwa keine geheimnisvollen, sanftmütigen Wesen?«

»Okay, hören wir auf mit dem *Reden-wir-drüber«*, schlug Hobbes vor. »Hobbes, der echte Hobbes, sagt dazu übrigens: *Dieser Druck wirkt vermittels der Nerven und Fasern sofort innerlich auf das Gehirn und von da auf das Herz. Von hier aus entsteht ein Widerstand und ein Gegendruck oder ein Streben des Herzens, sich durch eine entgegengesetzte Bewegung von diesem Drucke zu befreien, und diese wird sichtbar. Diese Erscheinung heißt Empfindung*. Alles klar?«

25. April, früher Abend

Durch die Bürotür konnte Sebastian hören, dass Wallroth an seinem Computer arbeitete. Als er klopfte, hörte das Klappern der Tastatur auf.

»Herein!« Das klang etwas ungehalten.

Wallroth sah nicht gut aus. Er hatte tiefe Ringe unter den Augen, auf den Wangen lag ein Schatten. Diesmal fiel seine Begrüßung weniger herzlich aus. Es war offensichtlich, dass er zu wenig geschlafen hatte und unter extremem Stress stand. Aber er lächelte Sebastian an.

»Hallo, mein Sohn. Wie geht es dir heute?«, fragte er müde.

»Es geht so«, antwortete Sebastian. »Ich muss dich etwas fragen.« Er kam zum Schreibtisch herüber und stützte sich auf die Platte. Wallroth lehnte sich in seinem Sessel zurück und begann, leicht zu wippen. Die Federn des Möbels quietschten unter dem Gewicht des kräftigen Mannes.

»Was gibt es denn?«

»Wieso hast du mich angelogen?«, fragte ihn Sebastian.

Das Wippen hörte abrupt auf. Wallroth lehnte sich nach vorn.

»Womit habe ich dich belogen?«, fragte er zurück, bei weitem nicht so irritiert, wie Sebastian es erwartet hatte.

»Ich weiß jetzt, was in Peru geschehen ist.« Sebastian machte eine Pause. Wallroth schien etwas sagen zu wollen, aber dann blieb er still, bereit, weiter zuzuhören.

»Ich habe ein wenig recherchiert, und es passt alles zusammen. Und ... mein Vater war ... er war an diesem ... Massaker beteiligt. Das ist es doch, was er in seinem Brief schreibt. Oder?«

Wallroth hatte einen Bleistift vom Schreibtisch genommen und spielte nachdenklich damit herum. Dann schaute er Sebastian ins Gesicht.

»Kannst du dir nicht denken, warum ich gelogen habe?«, fragte er. Sebastian war überrascht. Er hatte nicht damit gerechnet, dass Wallroth dermaßen gelassen bleiben würde.

»Ich hätte mir denken müssen, dass dich meine Geschichte nicht überzeugt hat. Deine Eltern, Streit und Trennung, das kann man sich kaum vorstellen, was? Aber mir ist so schnell nichts Besseres eingefallen.«

»Aber warum hast du mich belogen?«

»Herrgott! Weil ich nicht wollte, dass du erfährst, was deinem Vater ... und mir ... passiert ist. Was wir damals angerichtet haben. Wozu ist es denn gut, dass du es weißt? Zu nichts. Dein Vater konnte für das, was geschehen ist, nichts. Warum solltest du dir also deshalb Gedanken machen.«

»Aber jetzt weiß ich schon zu viel – und dann kann ich auch alles wissen.«

»Okay«, sagte Wallroth ernst. »Was willst du wissen?«

»Was habt ihr damals gemacht? Woran habt ihr gearbeitet, und was ist schief gegangen?«

Wallroth blickte nachdenklich auf den Stift in seiner Hand. Dann legte er ihn auf den Schreibtisch und lehnte sich in seinem Stuhl zurück. Als er anfing zu erzählen, waren seine Augen halb geschlossen.

»Wir haben damals an einem Mittel gearbeitet, das Menschen in Belastungssituationen helfen sollte, ruhig zu bleiben. Es sollte zum Beispiel bei der Feuerwehr zum Einsatz kommen oder bei der Polizei. Eben bei Menschen, die in gefährliche Situationen kommen und dann überlegt handeln müssen.

Wir waren davon ausgegangen, dass Stress von Reizen ausgelöst wird. Solche Stressoren wirken aber nur dann, wenn sie aus dem Meer der unzähligen übrigen Reize, die ständig auf uns einwirken, herausragen. Du kennst ja sicher die These, dass Schizophrene an Fehlfunktionen im Dopamin-System leiden?«

Sebastian hatte eine ungefähre Vorstellung. Soweit er wusste, litten Patienten mit dieser Krankheit unter einer verzerrten Wahrnehmung ihrer Umwelt. Unter all den Reizen, die aus der Umgebung auf einen Menschen einstürzen, konnten sie die wichtigen nicht mehr von den unwichtigen unterscheiden: Der zufällige Blick eines Passanten, das Ticken eines Weckers, ein Zug, der vorbeifährt – alles bekam für den Patienten eine Bedeutung, alles wurde auf die eigene Person bezogen. Häufig führte das zu Paranoia – Verfolgungswahn. Zu der verzerrten Wahrnehmung der Außenwelt kamen dann manchmal auch noch verdrehte Wahrnehmungen der Innenwelt: Stimmen im Kopf, die den Patienten ansprachen. Ursache dafür sollten unter anderem Störungen in Hirn-Schaltkreisen sein, die mit dem Botenstoff Dopamin arbeiteten. Diese Substanz sorgte im Gehirn für Informationsfluss, indem sie von einer Nervenzelle abgegeben wurde, an benachbarten Nervenzellen andockte und diese aktivierte.

Und das Dopamin-System, das wusste man inzwischen recht gut, hing wiederum stark mit der Auswahl und Bewertung von Reizen zusammen. So schütteten bestimmte Nervenzellen etwa bei angenehmen Ereignissen wie Sex oder einem guten Essen, aber auch bei Erschrecken Dopamin in großen Mengen aus und lenkten damit sozusagen die Aufmerksamkeit des Gehirns auf dieses Geschehen.

»Das Dopamin-System«, fuhr Wallroth fort, »war die Zielscheibe für unseren Versuch. Wir dachten, wenn es uns gelingt, hier gezielt einzugreifen, dann könnten wir die Reizwahrnehmung beeinflussen. Wir wollten erreichen, dass bestimmte Reize nicht mehr als besonders stark wahrgenommen werden. Alle Reize sollten gleich stark wirken. Und dazu wollten wir ein Derivat aus der Coca-Pflanze benutzen. Kokain, das weißt du wahrscheinlich auch, blockiert die Wiederaufnahme des Dopamins in die Nervenzellen, die sie abgegeben haben. Das bedeutet, der Botenstoff bleibt länger in dem Spalt zwischen zwei Nervenzellen aktiv, und die Reize zwischen den Zellen werden stärker und leichter weitergegeben.

Es war uns gelungen, eine Droge zu entwickeln, die eine leichte Euphorie hervorrief. Das bewusste Denken wurde nicht beeinträchtigt, und eine Suchtgefahr schien es auch nicht zu geben. In Stress-Situationen sind wir ruhig geblieben, und …«

»Wir?«, fragte Sebastian. »Ihr habt es an euch selbst ausprobiert?« Ihm fiel ein, dass sein Vater etwas in dieser Richtung tatsächlich auch in seinem Brief erwähnt hatte.

»Ja, wir haben es an uns selbst ausprobiert. Nachdem die Tierversuchs-Phase erfolgreich abgeschlossen war. Es funktionierte. Es schien, als hätten wir ein echtes ›Heroin‹ entwickelt.«

Sebastian wusste, worauf Wallroth anspielte. Heroin hatte seinen Namen während des Ersten Weltkriegs erhalten, als es versuchsweise eingesetzt wurde, um aus Menschen Heroen, Helden, zu machen.

»Und dann habt ihr es an peruanischen Soldaten ausprobiert, und etwas ist schief gegangen?« fragte er. »Mein Vater hat geschrieben, Steadman hätte es bezeichnet als ...«

»Koinzidenz-Katastrophe«, beendete Wallroth seinen Satz. »Ja. Heute würden wir vielleicht ›Nonylphenol-Äquivalent‹ oder so etwas sagen.« Der Forscher bemerkte Sebastians verständnislosen Blick. »Wegen eines Vorfalls, der Anfang der neunziger Jahre in den USA, an der Bostoner Tufts University, passiert ist«, erklärte er. »Damals wurde dort das Wachstum von menschlichen Brustkrebs-Zellen untersucht. Die Kollegen, Ana Soto und ihr Team, kultivierten die Zellen in Reagenzgläsern aus Kunststoff und kontrollierten ihr Wachstum, indem sie Östrogene, weibliche Sexualhormone, zugaben. Zu ihrer großen Überraschung wuchsen allerdings auch Krebszellen in jenen Plastikgläsern, die überhaupt keine Östrogene enthielten. Es waren die Reagenzgläser selbst, die den Prozess ausgelöst hatten. Sie gaben Nonylphenol ab, ein industrielles Zusatzmittel, das das Plastik der Reagenzgläser stärken und schützen sollte. Eine hormonähnliche Substanz. Davon und von ähnlichen Substanzen sind übrigens Tausende von Tonnen aus der Industrieproduktion in die Umwelt und ins Wasser gelangt und verursachen vermutlich bei vielen Fischen und anderen Wasserlebewesen die Verweiblichung, die man bei den männlichen Tieren manchmal beobachtet. Es wird sogar diskutiert, dass der starke Spermienrückgang bei Männern in den westlichen Industriestaaten mit den Stoffen zusammenhängt, die den weiblichen Sexualhormonen so stark ähneln.«

»Steadman meint damit also, dass es bei bestimmten Stoffen manchmal zu einer völlig unerwarteten Reaktion mit anderen Substanzen kommt?«, fragte Sebastian.

»Genau. Das passiert, wie wir inzwischen wissen, viel, viel häufiger, als man denkt. Stell dir einfach mal vor, wie viele Stoffe die chemische Industrie täglich zu den schon vorhandenen Substanzen hinzufügt. Und dann sag mir mal im Voraus, wie sie unter bestimmten Umständen miteinander oder mit deinem Stoffwechsel und Hormonhaushalt reagieren!«

»Vielleicht kommt also meine morgendliche schlechte Stimmung davon, dass sich meine Kaffeemarke nicht mit dem Spülmittelrest in der Tasse verträgt?«

Wallroth schaute Sebastian überrascht und mit zusammengekniffenen Augen an. Er schien das alles nicht sehr witzig zu finden. Allerdings hatte Sebastian es auch nicht als Witz gemeint. Erst jetzt fiel ihm auf, dass Wallroth seinen zynischen Spruch auch falsch deuten konnte.

»Oder es hängt damit zusammen, dass du nicht ausgeschlafen hast«, antwortete Wallroth nicht sehr originell und mit einem scharfen Unterton. Er strich sich mit der Hand über das Gesicht, als wollte er Gedanken verscheuchen. Dann fuhr er ruhig fort: »Tatsächlich besteht die Gefahr, dass du dir mit der Kondensmilch aus der Dose Bisphenol A in den Kaffee kippst. Diese Dosen werden innen mit einem Plastiklack bestrichen, und aus dem kann das Zeug austreten. Und mit großer Sicherheit wirkt es ebenfalls wie ein Hormon.« Der Forscher strich mit dem Finger über den Rand seiner eigenen Kaffeetasse, die auf dem Schreibtisch stand. »Im Prinzip stellen alle neu entwickelte Stoffe ein Risiko dar. Man kann sie ja nicht in allen Kombinationen testen, die notwendig wären, um zu beweisen, dass sie ungefährlich sind. Nimm zum Beispiel die Fluor-Chlor-Kohlenwasserstoffe, die FCKWs. Als der Wissenschaftler, der diese Moleküle entwickelt hatte, seine Erfindung vorstellte, atmete er sie als Gas ein, um zu beweisen, dass sie nicht giftig sind. Und Jahre später stellte man fest, dass sein harmloses Produkt aus den Kühlsystemen unserer Kühlschränke und aus unseren Spraydosen in die Atmosphäre gelangt und die Ozonschicht des Planeten frisst.« Wallroth seufzte und stützte den Kopf in die Hände. Ohne aufzusehen, sprach er weiter. »Wir haben unsere Substanz den Soldaten gegeben, die in der Nähe des Forschungsinstituts ihr Lager hatten. Dein Vater, Berthold und Koch waren dabei. Mir war damals häufig übel, und ich hatte Kopfschmerzen. Höhenkrankheit. Ich bin deshalb nicht mitgegangen. Steadman war ebenfalls im Labor geblieben. Ich weiß bis heute nicht, was genau passiert ist. Aber die Soldaten haben unser Mittel genommen, und dann sind sie ausgeflippt. Vielleicht hatten sie danach oder davor etwas gegessen, etwas, in dem eine Substanz enthalten war, die mit unserem Mittel zusammengewirkt hat. Oder es war etwas in ihren Bierdosen oder im Bier selbst ... Ich habe keine Ahnung. Jedenfalls wirkte unser Medikament alles andere als beruhigend. Es hat eher eine Art Wahn ausgelöst. Sie alle sind vorübergehend durchgedreht.«

»Habt ihr denn nicht versucht, herauszufinden, woran es lag?«, fragte Sebastian.

»Nein. Wir haben danach alles stehen- und liegen gelassen und sind abgehauen. Die peruanische Regierung hatte natürlich nicht das geringste Interesse daran, dass etwas über den Vorfall bekannt wurde. Unsere natürlich auch nicht. Und so ist die ganze Sache vertuscht worden. Wir alle haben sehr darunter gelitten. Das kannst du mir glauben. Das Projekt ist sofort aufgegeben worden. Wir haben danach die Finger von solchen Medikamenten gelassen und uns nur noch auf Grundlagenforschung beschränkt. Koch und Berthold sind ja noch in Peru gestorben, bei einem Unfall. Das Institut hier ist kurz nach dem Unglück gegründet worden, und dein Vater, Steadman und ich haben uns auf die Forschung am Gedächtnis konzentriert. Und versucht, die Sache zu vergessen.« Er lachte hart. »Ein Paradox, über der Arbeit an der Erinnerung etwas vergessen zu wollen, was?«

Beide waren eine Weile still und hingen ihren Gedanken nach. Dann unterbrach Sebastian das Schweigen. »Ich bin froh, dass du mir die Sache erklärt hast. Das ändert nichts am Verhältnis zu meinem Vater.«

»Und zu mir auch nicht, hoffe ich«, sagte Wallroth. »Ich bin so schuldig oder unschuldig wie dein Vater.«

Sebastian nickte. Er hatte genug gehört. Und er glaubte Wallroth.

Aber ihm lag noch etwas auf dem Herzen. »Ich habe übrigens eine Frau kennen gelernt«, sagte er.

Wallroth schaute ihn überrascht an. Dann lächelte er. »Das ist schön.«

»Ist das nicht irgendwie unpassend, gerade jetzt, wo mein Vater gestorben ist, eine Beziehung anzufangen? Was meinst du?«, fragte Sebastian.

Wallroth schüttelte den Kopf. »Das Leben geht weiter, Sebastian, und wenn das Mädchen dir hilft, über Christians Tod hinwegzukommen, dann ist das doch fantastisch.«

Erleichtert verabschiedete sich Sebastian. Während er die Tür hinter sich schloss, sah er durch den Spalt, wie Wallroth den Kopf in die linke Hand stützte und vor sich auf die Tischplatte starrte, auf der die Finger seiner Rechten den Stift kreiseln ließen.

26. April, Vormittag

Feine Regenfäden spannten sich schräg vom grauen Himmel herab, der Wind wehte sie unter die Schirme der Trauergemeinde, die sich auf dem Westfriedhof versammelt hatte. Es waren fast nur Leute erschienen, die Christian Raabe von seiner Arbeit als Wissenschaftler und Institutsleiter her gekannt hatten. Außer Sebastian gab es keine Angehörigen mehr, der Tote hatte keine Geschwister gehabt und offensichtlich auch kaum jemanden, den man als Freund hätte bezeichnen können. Einige seiner Kollegen waren da, von der Ludwig-Maximilians-Universität, von den Max-Planck-Instituten, und Lannert und Wallroth natürlich, auch ein paar Presseleute. Die Vertreter der Medien notierten nur kurz, wer anwesend war, schossen ein paar Bilder und suchten sich dann ein trockenes Plätzchen. Mato und Hobbes waren selbstverständlich auch gekommen.

Die kurze Messe fand in der Friedhofskapelle statt, vor dem verschlossenen Sarg. Dann rollte man die sterblichen Überreste auf einem Wagen hinaus zum offenen Grab. Der nasse Lehm am Grund der Grube glänzte fettig. Dann wurde der Sarg in der Erde versenkt. Christian Raabe hatte seine letzte Ruhestätte neben dem Grab seiner Frau gefunden.

Der dünne Regen kroch unter den Kragen von Sebastians Anzugjacke. Er fühlte nicht viel. In seinem Kopf herrschte eine große Leere, als er nach der Schaufel griff, die neben den Blumengebinden und Beileidskränzen im Boden steckte. Die Erde, die er ins Grab warf, knallte dumpf auf den Sarg. Das Geräusch ging im Prasseln des Regens fast unter. Warum, fragte sich Sebastian, weine ich nicht?

Während die Trauergäste für ihre Beileidsbekundungen an ihm vorübergingen, beobachtete Sebastian, wie die Leute ihre Schirme von der rechten in die linke Hand wechselten, um ihm ihr Mitgefühl durch Handschlag zu bekunden. Er nahm nicht wahr, wessen Hände er schüttelte, und hörte kaum, was sie sagten. Lediglich als Wallroth ihm lange die Hand drückte, ohne etwas zu sagen, schaute er auf. Der alte Freund sah traurig aus. Regentropfen rannen ihm über das Gesicht. Oder waren es Tränen? Im Hintergrund fiel ihm Steadman auf, der seinen schlecht sitzenden schwarzen Anzug mit einem rosaroten Schirm vor dem Regen zu schützen versuchte und sich die Augen rieb. Irgendwann bemerkte Sebastian Hobbes und Mato neben sich. Sie stehen mir sprichwörtlich zur Seite, dachte er. So gut sie können.

Während die Trauergäste schließlich so schnell, wie es der Anstand gerade noch zuließ, den Friedhof verließen, bemerkte Sebastian eine junge Frau in schwarzem Blazer und knielangem Rock. Sie stand ohne Schirm im Regen, das Haar hing ihr in nassen Strähnen ins Gesicht. Sie lächelte ihn ein wenig unsicher an – und plötzlich war die Welt nicht mehr ganz so trübe.

Er ging zu ihr.

»Ich bin froh, dass du gekommen bist«, sagte er.

»Ja.« Sareahs Lächeln wurde sicherer. Dann nahm sie ihn in den Arm. Sie hielten sich eine Weile fest.

»Woher wusstest du von der Beerdigung?«, fragte er.

»Das war nicht schwer herauszubekommen. Dein Vater war ja nicht ganz unbekannt. Ich wusste nicht, ob du mich dabei haben wolltest, weil du nichts gesagt hast.«

»Beerdigungen sind nicht gerade ein schöner Anlass für ein Rendezvous. Ich wollte dir das nicht zumuten.«

Er küsste sie auf die Wange. Seine Freunde waren inzwischen zu ihnen getreten.

»Gibt es etwas, das wir wissen sollten?«, fragte Mato vorsichtig grinsend. Sebastian lächelte und wusste nicht, was er sagen sollte. Also ergriff Hobbes die Initiative.

»Für den Fall, dass es dem Kerl schon wieder die Sprache verschlagen hat: Ich interpretiere die Situation als Zeichen einer tief greifenden Veränderung im Leben unseres Freundes. Meinen Glückwunsch.«

»Dito«, erklärte Mato und machte einen förmlichen Diener.

»Sollten wir nicht irgendwohin gehen, wo es trockener ist?« schlug Hobbes vor. Sie waren alle völlig durchnässt, und wollten sich zuerst umziehen, um sich dann zum Leichenschmaus im T-Rex in Haidhausen zu treffen.

»Soll ich dir was von mir leihen?«, fragte Sebastian Sareah.

Als Sebastian und Sareah das Treppenhaus auf seiner Etage verließen, trafen sie auf Barth, der auf dem Weg zum Aufzug war. Sie begrüßten sich, diesmal ohne Handschlag. Für einen kurzen Moment überkam Sebastian das Gefühl, Barth erst kürzlich auf der Straße gesehen zu haben. Aber er konnte sich nicht erinnern, wo und wann.

»Ich habe übrigens Ihren Rat befolgt. Vermutlich sind Herz und Niere meines Vaters schon verpflanzt. Danke übrigens für den Hinweis.«

»Nichts zu danken. Die Organ-Empfänger sollten Ihnen danken.«

In der Wohnung suchten sie unter Sebastians Kleidern eine Jeans und ein Sweatshirt, und Sareah ging ins Bad, um sich umzuziehen. Sie machte die Tür nicht ganz zu, und Sebastian konnte nicht anders … Sie hatte sich, von der Tür verdeckt, auf den Rand der Badewanne gesetzt. Er konnte ihre Arme sehen, als sie sich ihren Pullover und die Hose auszog, mehr nicht. Den Rest musste seine Fantasie leisten. Als sie aus dem Bad kam, wusste er, dass sie unter der Jeans nichts trug – sie war bis auf die Haut nass gewesen, aber mit passender Unterwäsche hatte er wirklich nicht dienen können. Er musste sich jetzt zusammenreißen. Sie hatten schließlich gerade seinen Vater unter die Erde gebracht. Aber die Jeans stand Sareah wirklich gut …

Als Sebastian etwas nervös durch die Zimmer ging, überkam ihn ein eigenartiges Gefühl. Er hatte es bereits gespürt, als sie die Wohnung betreten hatten, aber Sareah hatte ihn doch ziemlich abgelenkt. Jetzt spürte er etwas Seltsames, ihm war, als herrschte eine andere Atmosphäre in der Wohnung als sonst. Es war wie eine Ahnung, ein fremder Hauch. Er ging in die Küche, um Gläser zu holen. Etwas war verändert. Er nahm die Gläser aus dem Küchenschrank, von denen er sicher war, dass er sie nicht erst spülen musste, und ging zurück.

Dann fühlte er einen kalten Stich in den Eingeweiden. Das

war's. Das Tagebuch seines Vaters lag nicht mehr auf dem Küchentisch. Er dachte nach, ob er es vielleicht in Gedanken weggeräumt haben könnte. Aber es war nirgends zu sehen.

Jemand musste in der Wohnung gewesen sein. Das war es also. Der Duft von fremdem Rasierwasser und kaltem Rauch. Er wankte auf weichen Beinen ins Wohnzimmer, wo Sareah mit angezogenen Beinen auf dem Sofa saß.

»Was ist los? Du bist ja ganz blass!« Sie sprang auf und nahm seinen Arm, als glaubte sie, er würde jeden Moment in Ohnmacht fallen. So weit bin ich davon auch gar nicht entfernt, dachte er.

Er folgte Sareah zum Sofa hinüber und ließ sich in die Kissen fallen. Sie setzte sich neben seinen Beinen auf den Boden, stützte ihr Kinn auf sein Knie und schaute zu ihm hoch. Er las die Fragen in ihren Augen. Was sollte er ihr sagen? Er konnte es ja selbst nicht fassen: Die Wohnung war durchsucht worden. Vielleicht schwebte er wirklich in Gefahr. Er schaute sie an. Ihre Augen verrieten Unsicherheit und Sorge. Sonst strahlte sie eine Sicherheit aus, die er sich selbst wünschte. Was sollte er tun?

Es gab nur zwei Möglichkeiten. Entweder, er machte mit ihr Schluss, noch bevor sie richtig angefangen hatten. Oder er hielt sie auf dem Laufenden, weihte sie vollständig ein, und zog sie damit vielleicht in den Abgrund, der sich vor ihm auftat.

Ihre Augen sagten ihm, was sie wollte. Sie wollte Bescheid wissen. Es war ihre Entscheidung. Sie hatte sich mit ihm eingelassen, obwohl sie wusste, dass möglicherweise die IS/STA hinter ihm her war. Er musste es ihr erzählen. Dann konnte sie selbst entscheiden, welches Risiko sie eingehen wollte. Sie machte auf ihn den Eindruck, als wüsste sie sehr gut, was sie wollte.

»Du kennst bereits den Anfang der Geschichte und einen großen Teil des Hintergrunds. Mehr als ich, wenn es um die

IS/STA geht. Aber was hier passiert ... Ich weiß einfach nicht, ob ich dich da reinziehen darf.« Er stockte. »Indem ich mit dir zusammen bin.«

»Ich bin schon mitten drin, glaub mir«, antwortete sie. »Und ich wäre froh, wenn du mir weiterhin alles erzählen würdest, ohne dass ich dich dazu auffordern muss. Ich will mich nicht in dein Leben drängen, sondern ...«, sie suchte nach passenden Worten, »sondern durch eine offene Tür eintreten.«

Sebastian war erleichtert. »Wenn sie nicht offen wäre, dann würde ich hoffen, dass du sie eintrittst. Ich warte schon ziemlich lange auf Besuch. Und vielleicht habe ich gar nicht bemerkt, dass abgeschlossen war. Hm, ich glaube, ein Poet bin ich nicht. Komm, lass uns gehen, hier können wir nicht reden.«

Er schlug vor, einen Spaziergang zu machen, bevor sie sich mit den anderen treffen würden. Durch die nasse Fensterscheibe sah man die Strahlen der frühen Nachmittagssonne durch die Wolken stoßen. Der Regen hatte aufgehört, und ein Regenbogen spannte sich über die Häuserdächer. Ein gutes Zeichen, dachte er.

Sie gingen zum Westpark, Hand in Hand unter den tropfenden Bäumen, während er Sareah von dem verschwundenen Tagebuch erzählte – dem Beweis, dass jemand in seiner Wohnung gewesen war. Und er erzählte ihr von dem Massaker in den peruanischen Anden. Als er seine Geschichte beendet hatte, schwiegen sie eine Weile. Dann blieb Sareah stehen, umarmte ihn und drückte sein Gesicht an ihre Schulter. Endlich konnte er weinen.

Mato war schon beim zweiten Bier, als Sebastian und Sareah das Café betraten. Kurze Zeit später traf auch Hobbes ein. Er entschuldigte seine Verspätung damit, dass er noch etwas habe erledigen müssen, und zwinkerte Sebastian zu. Hatte vielleicht mit der Pistole zu tun, dachte der.

»Hast du inzwischen mit Wallroth gesprochen?«, fragte Hobbes. Sebastian nickte.

»Ja. Und seine Erklärung leuchtet mir ein.« Er erzählte ihnen von seinem Gespräch mit Wallroth.

»Ein Unglück also?«, fragte Mato.

»Ja. Vielleicht haben die Soldaten eine Biersorte getrunken, und die Flaschen waren mit einem Spülmittel behandelt worden … Und dann gab es diese Reaktion – wie bei der plötzlichen Teilung von Brustkrebszellen im Reagenzglas ohne Hormonzufuhr – ihr wisst schon«, fasste Sebastian zusammen.

»Glaubst du das im Ernst? Nur wegen eines blöden Zufalls mutieren entspannte Soldaten plötzlich zu wahnsinnigen Kampfmaschinen?«

»Ich fand das, so wie Wallroth es erklärt hat, überzeugend«, antwortete Sebastian.

Mato warf Hobbes einen Blick zu. Der schüttelte nachdenklich den Kopf.

»Wenn unsere Regierung den Peruanern so selbstlos helfen wollte, wieso war dann dort ein deutscher Agent beteiligt, der heute Chef der IS/STA ist?« Drei Augenpaare richteten sich auf Sareah. Als sie weitersprach, senkte sie ihre Stimme. »Ich weiß nicht. Jedenfalls wäre es auch für unser Militär doch von größtem Interesse, zu wissen, wie man aus einem einfachen Soldaten – oder aus irgendjemandem – einen Killer macht. Und Dietz gehört zur IS/STA. Das ist keine soziale Hilfsorganisation! Die gehören zum Geheimdienst.«

»Du glaubst wirklich, das Massaker könnte geplant gewesen sein? Und die deutschen Wissenschaftler? Die waren wissentlich beteiligt? Dafür waren sie doch viel zu entsetzt über das, was passiert ist. Und dann sind zwei bei einem Unfall gestorben.« Sebastian war jetzt völlig durcheinander. Aber was Sareah sagte, leuchtete ein.

»War das wirklich ein Unfall?« fragte sie.

Sebastian gelang es nicht, seine Gedanken in eine sinnvolle Reihenfolge zu bringen. »Was willst du damit sagen?«

»Ich will gar nichts sagen. Aber mir kommt da so ein Gedanke: Was, wenn einer der Wissenschaftler, nur einer, etwas getan hat, von dem die anderen nichts wussten. Was, wenn einer von ihnen zu dem eigentlichen Mittel etwas dazugetan hat, das die Wirkung veränderte?«

»Klingt ziemlich paranoid, findest du nicht?«, warf Mato ein. »Andererseits vermuten wir ja, dass Sebastians Vater ermordet worden ist und die IS/STA etwas damit zu tun hat. Dann kommt noch Dietz dazu, und ... ich finde, Sareahs These ist gar nicht so abwegig.«

»Also gut, spinnen wir in diese Richtung mal weiter«, meinte Hobbes. »Wenn also mindestens einer der Wissenschaftler da ein krummes Ding gedreht hat, welcher von ihnen war es? Zwei – nein, drei, entschuldige, Sebastian – sind gestorben. Vielleicht war es einer von denen. Wenn nicht, dann ...«

Er warf Sebastian einen Seitenblick zu. »Ich denke, Sebastians Vater können wir ausschließen, oder? Du glaubst sicher nicht, dass er etwas damit zu tun hatte. So, wie er in diesem Brief davon schreibt.«

Sebastian nickte.

»Okay. Dann bleiben noch Steadman und Wallroth. Beide waren bei dem Massaker selbst nicht dabei. Außerdem ist Steadman *cool* geblieben, schreibt dein Vater. Und er hat mit ›Koinzidenz-Katastrophe‹ gleich einen Begriff parat, der sogar einen Hinweis gibt. Vielleicht wollte er damit deinen Vater und die anderen an der Nase herumführen. Damals war es ein Ablenkungsmanöver, und für uns ist es ein guter Hinweis.«

»Bleibt die Frage, ob Koch und Berthold tatsächlich einen Unfall hatten. Ist doch komisch: Die beiden sind verzweifelt, schreibt dein Vater. Dann sind sie tot. Jahre später stirbt dein Vater, und Dietz taucht wieder auf«, warf Mato ein.

»Also gut, wenn wir davon ausgehen, dass da eine krumme Sache gelaufen ist, dann sind Steadman und Wallroth verdächtig.«

Sie schwiegen eine Weile und nippten an ihren Getränken. Sebastian fand die Idee nicht überzeugend. Wallroth schloss er sofort als möglichen Täter aus. Und Steadman? Der sollte die Versuche damals manipuliert haben? Er konnte es sich einfach nicht vorstellen.

»Das ist doch der Wahnsinn«, sagte er ohne große Überzeugung. »Aber … mein Vater …«

»Wurde ermordet«, beendete Sareah seinen Satz.

Plötzlich kam Sebastian ein Gedanke: Garland Steadman hatte auffällig großes Interesse an Christian Raabes Forschungsarbeit gezeigt. Und an dem Computer des Institutsleiters. Steadman war …

»Hast du eigentlich daran gedacht …« Sareah riss ihn aus seinen Gedanken. Er drehte sich zu ihr. »Was meinst du?«

Sareah wirkte unsicher, sie fühlte sich offensichtlich nicht wohl bei dem, was sie sagen wollte. Aber dann fuhr sie fort. »Hast du schon einmal darüber nachgedacht, ob dein Vater – und die beiden anderen – dafür bezahlt wurden, dass sie über das Massaker und den Mord an den beiden Kollegen geschwiegen haben? Nicht mit Geld, sondern vielleicht mit der Möglichkeit, so arbeiten zu können, wie sie wollen. So kann man ehrgeizige Männer zum Schweigen und zum Arbeiten bringen, schätze ich. Männer wie deinen Vater. Steadman. Wallroth.«

Zuerst wollte Sebastian widersprechen. Sein Vater? In dieser Rolle? Aber so schrecklich ihm der Gedanke war, es war nicht ausgeschlossen.

»Vielleicht … vielleicht sollte einer seiner Kollegen deinen Vater überwachen«, überlegte Sareah. »Beobachten, was dein Vater herausgefunden hat, und das dann an die IS/STA weitergeben?«

Steadman. War der Amerikaner der Wachhund seines Vaters gewesen?, fragte sich Sebastian. War Steadman Dietz' Bulldogge?

Er erinnerte sich an das, was Mato erzählt hatte: Der Wissenschaftler veröffentlichte seit Jahren keine eigenen Studien mehr. Vielleicht hatte er sich darauf beschränkt, Christian Raabe zu überwachen?

»Wir wollten uns eigentlich morgen in Wallroths Computer hacken, um herauszufinden, ob er mit deinem Vater in Südamerika war«, sagte Mato. »Das brauchen wir ja jetzt nicht mehr. Hacken wir uns doch statt dessen in Steadmans Rechner. Okay?«

Sebastian nickte.

»Gut«, sagte Mato. »Morgen früh um sieben mit Robert am Haupteingang. Um die Uhrzeit ist im Instituts-Netz noch nicht viel los.«

Als Sebastian hinter Sareah ins Taxi stieg, hoffte er auf ein Zeichen von ihr, wie der Abend zu Ende gehen sollte. Allein der Gedanke an die Möglichkeit einer Nacht mit ihr ließ ihn erschauern. Trotz allem, dachte er, trotz all der bedrückenden Gedanken, die das Gespräch über seinen Vater, über Steadman, über Mord und Totschlag hervorgerufen hatten, verspürte er eine unbändige Lust. »Eros und Thanatos«. Sebastian musste lachen.

Als das Taxi sein Ziel erreicht hatte, machte Sareah keine Anstalten, sich von Sebastian zu verabschieden. Ganz selbstverständlich stieg sie aus. Unsicher öffnete er die Tür und stellte ein Bein auf den Boden.

»Worauf wartest du?«, fragte Sareah und ging zum Eingang hinüber.

Er hatte sie eingeholt, als sie gerade den Schlüssel ins Schloss steckte. Die Tür schwang auf, aber Sareah drehte sich um und hob ihm ihr Gesicht entgegen. Sie küssten sich, und diesmal war es ihm egal, dass sie seine Erregung spürte. Dann zog sie ihn in den dunklen Hausflur, kickte die Tür zu und drückte ihn gegen die Wand. Während sie ihn küsste, schob sie ihre Hand in seinen Hosenbund. Ihr Kuss wurde heftiger, er spürte ihre Zunge, tastete sich zu dem Spalt zwischen Jeans und Sweatshirt und arbeitete sich von dort langsam und vorsichtig nach oben. Als er am Ziel war, waren ihre Brustwarzen schon hart. Sie schob ihn kurz von sich, lachte, und lief die Stufen zur Wohnung hinauf. Als die Tür hinter ihnen ins Schloss gefallen war, brachten sie schnell zu Ende, was sie angefangen hatten, um dann, ganz langsam, noch einmal von vorn zu beginnen.

DRITTER TEIL

»Was, wenn ein Medikament existierte, das das Gedächtnis eines Soldaten in Kriegszeiten verstärken oder löschen könnte? Was, zum Beispiel, wenn ein Mittel es dem Soldaten ermöglichte, komplizierte Befehle oder Koordinaten in einer Extremsituation zu erinnern, bei der es um Leben und Tod geht? [...] Was, wenn ein Mittel existierte, das die Erinnerung des Soldaten an das Töten auslöschen könnte, und damit an den Schrecken, der damit einhergeht?«

›Erinnern und Vergessen‹.
Arbeitspapier des President's Council
of Bioethics, USA, Oktober 2002,
zur gegenwärtigen Entwicklung von
Medikamenten, die verhindern sollen,
dass traumatische Ereignisse im
Langzeitgedächtnis gespeichert werden.

»Das ist die Teufels-Pille.
Das ist die Monster-Pille,
die Anti-Moral-Pille.«

Barry Romo,
Vietnam Veterans Against the War,
›The Village Voice‹, Januar 2003,
zu diesen Medikamenten.

Mitschnitt der Sitzung des Parlamentarischen Untersuchungsausschusses »Spezialkräfte« vom 25. April. Abschrift in Auszügen – Fortsetzung

Dr. Reinhard B. (SPD): Liebe Kolleginnen und Kollegen. Das Verteidigungsministerium hat mich soeben davon unterrichtet, dass für die nächsten Tage eine öffentliche Erklärung geplant ist. Ich möchte Sie also bitten ...

Jochen H. (Grüne): Das wird aber auch höchste Zeit.

Dr. Reinhard B. (SPD): ... ich möchte Sie bitten, so lange zu warten, bevor Sie etwas an die Öffentlichkeit geben. Haben Sie Geduld. Die Regierung hofft, dass dieser Ausschuss dazu beiträgt, Erklärungen für diesen grauenhaften Vorfall zu finden. Herr H., es wird Sie hoffentlich befriedigen, zu hören, dass wir Ihrem Vorschlag nachgekommen sind, Herrn Professor Altmann einzuladen.

Professor Christof Altmann ist Emeritus der Harvard University in Cambridge und der Münchner Ludwig-Maximilians-Universität und darüber hinaus ein ehemaliger Kollege von uns. Er hatte vor einigen Jahren das Amt eines Staatssekretärs im Bundesministerium für Gesundheit inne. Vielleicht hat er eine Antwort auf die Frage, wie es dazu kommen konnte, dass Angehörige der Bundeswehr ein Massaker angerichtet haben. Herr Professor Altmann?

Sachverständiger: Sehr geehrter Herr Vorsitzender, verehrte Ausschussmitglieder. Ich möchte mich herzlich für die Einladung bedanken. Wenn Sie allerdings von mir eine eindeutige Antwort erwarten, dann muss ich Sie enttäuschen. Ich kann nur versuchen zu helfen, den Ursachen dieser schrecklichen Tat auf die Spur zu kommen. Ich habe mich mein Leben lang mit der Frage beschäftigt, warum Menschen tun, was sie tun. Dabei habe ich mich stets auf bestimmte Gruppen von Menschen und auf eine bestimmte Auswahl von Einflussfaktoren konzentriert. Zu diesen Gruppen gehören Soldaten. Es gibt nun etliche Faktoren, die auf die Angehörigen der Streitkräfte Einfluss haben, und mein verehrter Kollege Leicht hat bereits einige angesprochen. Ich beschränke mich hier auf den Einfluss von psychoaktiven Substanzen.

Ein Beispiel einer psychoaktiven Substanz kennen Sie aus eigener Erfahrung: Alkohol. Diese Droge führt vermutlich zu Engpässen bei der Produktion des Hirnbotenstoffes Serotonin. Dieser steht offensichtlich im Zusammenhang mit den kognitiven Prozessen, die in unserem Stirnhirn stattfinden und unter anderem unsere Impulskontrolle organisieren. Bei vielen Menschen versagt diese kognitive Bremse deshalb unter Alkoholeinfluss, und es kommt gelegentlich zu gesteigerter Aggressionsbereitschaft. Auf andere Menschen wirkt Alkohol beruhigend und lässt sie ihre Sorgen vergessen. Aber letztlich wurde diese Droge bislang in jedem Krieg als Mittel eingesetzt, um die Moral der Truppe zu heben. Es gibt etliche historische Quellen, die das belegen. Vor der Schlacht bei Hastings 1066 betranken sich die Soldaten des englischen Königs Harold, bevor sie gegen die Normannen unter Wilhem dem Eroberer antraten. Zumindest einige französische Ritter hatten vor der Schlacht bei Agincourt 1415 ebenfalls stark getrunken. Die Briten bei Waterloo 1815, an der Somme und im Zweiten Weltkrieg, ebenso die US-Amerikaner und die Deutschen tranken vor den Schlachten. Es gibt Berichte über starken Alkoholkonsum in Vietnam, während des Falklandkrieges und so weiter. Alkohol und Krieg, meine Damen und Herren, gehören mehr oder weniger zusammen. So viel zur grundsätzlichen Tatsache, dass psychoaktive Substanzen in bewaffneten Konflikten eine Rolle spielen.

Aber Sie wissen natürlich auch, dass es eine Reihe nicht legaler Drogen gibt, die unsere Wahrnehmung und unser Verhalten temporär oder nachhaltig verändern. Auch diese wurden in Kriegen konsumiert, allen voran Cannabis, LSD oder Heroin. Besonders interessant finde ich allerdings die historischen Berichte über die so genannten Berserker: Wikinger-Krieger, die sich mithilfe von Fliegenpilzen in einen Zustand der Raserei versetzten und den Feind ohne Rücksicht auf die eigene Person angriffen. Auch Aufputschdrogen wie Speed werden immer wieder eingesetzt, um Soldaten wach zu halten. Mindestens zehn Prozent der US-Truppen nahmen während des Zweiten Weltkrieges irgendwann einmal Amphetamine. In Vietnam schluckten sowohl US-Soldaten als auch französische Soldaten Speed. Und es ist bekannt, dass die US-Air-Force am Golf und während des Afghanistankrieges so genannte Go-Pills, Amphetamin-Tabletten, an ihre Piloten ausgab, damit diese während der langen Flugeinsätze wach blieben. Amphetamine sorgen dafür, dass im Gehirn Adrenalin und Noradrenalin freigesetzt werden, und versetzen den Konsumenten so in eine Art permanenter Alarmbereitschaft. Der so genannte fight/flight/fright-Urinstinkt wird aktiviert, das heißt, die Körperfunktionen, die zum Kämpfen oder Weglaufen gebraucht werden, also Atmung, Blutdruck und Puls, werden verstärkt. Darüber hinaus senken die Mittel in Stress-Situationen die Schmerzempfindung sowie Hunger und Durst.

In hohen Dosen oder bei häufigem Einsatz können Amphetamine aber auch Aggressionen, paranoide Wahnvorstellungen und akustische Halluzinationen auslösen. Tatsächlich wurde beispielsweise diskutiert, ob der Pilot einer F-16, der

2002 in Afghanistan eine lasergesteuerte Bombe auf kanadische Soldaten abgeworfen hat, unter dem Einfluss von Drogen stand. Der Pilot, der sich auf einem Langstrecken-Einsatz befand, tötete vier Kanadier. Auch drei Mitglieder der US Special Forces, die nach ihren Einsätzen in Afghanistan zu Hause ihre Ehefrauen umgebracht haben, standen möglicherweise unter dem Einfluss von Drogen oder litten unter Entzugserscheinungen.

Sie sehen, Krieg, Gewalt und Drogen stehen in einem engen wechselseitigen Zusammenhang. Ich würde Ihnen deshalb vorschlagen: Versuchen Sie herauszufinden, ob die an dem Massaker beteiligten Soldaten unter Drogeneinfluss standen. Es ist eine Möglichkeit, die Sie nicht außer Acht lassen sollten.

Dr. Reinhard B. (SPD): Herr Professor Altmann, haben Sie vielen Dank. Sie haben an unseren Reaktionen sicher schon merken können, dass Ihre Ausführungen uns überrascht haben.

Jochen H. (Grüne): Herr Professor Altmann, Sie haben vorhin bereits die Stellungnahme von Professor Leicht verfolgt. Was halten Sie von seiner Erklärung?

Sachverständiger: Professor Leicht hat in allem, was er gesagt hat, sicherlich Recht. Aber es gibt eine Reihe von Punkten, die seine Erklärung in dem konkreten Fall nicht sehr nahe liegend erscheinen lassen. Herr B. hat das bereits angesprochen. Gerade die besonderen Umstände führen mich zu der Vermutung, dass hier kein dynamischer Prozess abgelaufen ist, der schließlich in diesen Amoklauf mündete. Es scheint mir eher, als sei die Psyche der Betroffenen innerhalb kurzer Zeit verändert worden.

Dr. Heidrun F. (CDU): Herr Vorsitzender, ich schlage vor, die an dem Massaker beteiligten Zeugen nochmals zu befragen. Sollte sich der Verdacht bestätigen, dass deutsche Soldaten während ihrer Einsätze Drogen genommen haben, wäre das ein ungeheuerliches Vergehen – gemessen an den Folgen.

27. April, Morgen

Als Sebastian aufwachte, wusste er für einen Augenblick nicht, wo er war. Dann spürte er den warmen Körper an seiner Seite und erinnerte sich. Er ließ sich in die Kissen zurücksinken und betrachtete Sareah. Das Laken bedeckte nur knapp noch ihre Hüfte, von dort an aufwärts war sie nackt. Sie lag auf dem Bauch. Licht fiel durch die Rollospalten und malte hell schimmernde Streifen auf ihren Rücken. Sebastian fuhr mit dem Finger sanft die Wirbelsäule entlang. Sie seufzte und drehte sich um. Wieder stockte Sebastian beim Anblick ihrer Brüste der Atem. Er beugte sich vor und küsste ihre dunklen Brustwarzen. Sarrah öffnete die Augen und schaute verwirrt zu ihm hoch. Dann lächelte sie, und er legte seinen Kopf auf ihren Bauch.

»Ich muss gehen«, flüsterte er.

Sie nickte.

»Ist es nicht verdammt schäbig, im Leben anderer Menschen herumzuschnüffeln?«, fragte er. Sie spielte mit seinen Haaren.

»Hast Du denn eine andere Wahl? Du drehst den Spieß doch nur um. Es ist richtig.«

Sebastian trat hinaus in die Morgendämmerung. Es war frisch. Er spürte, wie sich die Gänsehaut über seine Unterarme zog, und rieb sie warm. Nach wenigen Schritten fiel ihm ein, dass er sein Handy vergessen hatte. Als er in den Hausflur zurückgekehrt war, hörte er Schritte auf der Treppe. Doch bevor er sehen konnte, wer ihm da entgegenkam, kehrte derjenige wieder um und lief fast lautlos hinauf, an Sareahs Wohnung vorbei. Sebastian schaute nach oben ins Treppenhaus, konnte aber nichts erkennen. Als er an Sareahs Tür klopfte, hatte er den Vorfall schon wieder vergessen.

Er erreichte die Bushaltestelle und seine Linie war weg.

Etwa zwanzig Minuten zu spät stieg er schließlich vor dem Institut aus dem Bus. Die Haltestelle lag vor dem Hauptportal an der Lindwurmstraße. Wenn man Pech hatte, hielt der Bus so, dass man beim Aussteigen direkt in den Sprühregen geriet, den der Springbrunnen nach der Winterruhe seit einigen Tagen wieder auf dem Vorplatz verbreitete. Im Sommer, wenn man meinte, die Tropfen auf den grauen und blauen Steinplatten verdampfen zu hören, war das ja sehr angenehm. Um diese Jahreszeit aber war es verdammt ungemütlich.

Mato, Robert und Hobbes warteten am Haupteingang des Instituts und tranken Kaffee aus einem der Automaten in der Halle. »Wir dachten schon, du kneifst«, begrüßte ihn Robert. Ohne zu antworten, holte sich Sebastian einen Kaffee.

»Also, wir nehmen mal an, dass Steadman etwa in einer Viertelstunde in sein Büro kommen wird«, erklärte Mato. »Irgendwann zwischen halb acht und acht. Wahrscheinlich sieht er dann als Erstes seine Post durch. In dieser Zeit müssen wir aktiv werden. Robert und ich gehen jetzt in die Bibliothek und installieren dort ein Sniff-Programm. Damit können wir die Vorgänge im Netzwerk beobachten. Wenn Steadman sich dann einloggt und seine E-Mails vom Server lädt, können wir das Passwort feststellen.«

»Aber es gibt da ein Problem«, Robert legte die Stirn in Falten. »Und das ist unser Administrator. Wenn der an seinem Rechner sitzt, könnte er Wind bekommen. Der hat nämlich seinen eigenen Netzwerkmonitor. Deshalb müssen wir fertig sein mit der Installation, bevor er kommt. Auch wenn er seinen Sniffer nicht dauernd in Betrieb hat – sicher ist sicher.«

»Ja«, sagte Mato, »und einer von euch beiden«, er sah Hobbes und Sebastian an, »muss uns Bescheid geben, wenn Steadman in seinem Büro auftaucht. Dann starten wir unser Programm. Der andere muss im Rechenzentrum sein und uns warnen, wenn der Admin in sein Büro geht, dann brechen wir die Aktion sofort ab.«

»Hobbes, übernimmst du Steadmans Zimmer? Sebastian würde er bestimmt ansprechen. Und du, Sebastian, könntest ins Rechenzentrum gehen.« Robert war jetzt ganz in seinem Element.

Das Rechenzentrum lag im ersten Stock, drei oder vier Büros, ein Raum, voll gepackt mit Hard- und Software und ein kleiner Saal für Schulungen. Um diese Uhrzeit waren die Räume noch verschlossen. Mato, der Sebastian begleitet hatte, blieb vor einer der Türen stehen.

»Hier ist das Büro. Wenn jemand kommt, dann tust du einfach so, als würdest du hier an der Pinnwand was lesen. Und dann ruf sofort an. Alles klar?«

»Wie sieht der Typ denn aus? Dieser Administrator?«

»Das ist dieser Dicke mit Vollbart und Schlafzimmerblick. Den erkennst du sofort. Also, bis nachher. Meine Handynummer hast du?« Sebastian nickte.

Auf dem Flur stand ein Sofa, daneben ein niedriger Tisch, auf dem sich alte Computerzeitschriften stapelten. Ist ja wie beim Arzt hier, dachte Sebastian. Beim Computer-Doktor durfte allerdings geraucht werden. Neben dem Tisch stand ein Aschenbecher auf einem kniehohen Ständer. Sebastian setzte sich und steckte sich eine Kippe an. Auf seiner Uhr war es zwanzig nach sieben. Wenn Robert Recht hatte, dann konnte es jetzt noch eine Dreiviertelstunde dauern, bis der Typ auftauchen würde. Mist. Er hätte sich was zum Lesen mitnehmen sollen. Gelangweilt blätterte er in den Zeitschriften. Er zuckte zusammen, als sein Telefon klingelte. Mato. »Wir haben das Programm installiert. Wenn der Typ kommt, ruf mich gleich an. Lass es eine Weile klingeln. Ich habe mein Handy auf Vibration gestellt. Wenn ich's merke, nehme ich kurz das Gespräch an, sage aber nichts. Okay? Also dann, bis nachher.«

Nach einer Weile stand Sebastian auf und begann, die verschiedenen Zettel am Schwarzen Brett zu lesen. Nichts von dem, was da stand, interessierte ihn. Was werden wir auf deinem Rechner finden, Steadman, dachte er und spürte, wie sich seine Hand um das Handy krampfte. Er zwang sich, die Finger zu lösen, um nicht aus Versehen Mato zu alarmieren.

Jemand kam den Gang entlang. Noch konnte er nicht sehen, wer es war, er hörte nur die Schritte. Sebastian holte das Mobiltelefon aus der Tasche.

Eine Frau kam um die Ecke. Sie grüßte, als sie an Sebastian vorbeiging, und öffnete die nächste Tür. Er nahm den Finger von der Wähltaste und entspannte sich. Es war inzwischen kurz vor acht. Ob Steadman schon da war? Sebastian überlegte, ob er Hobbes anrufen sollte, ließ es aber sein. Stattdessen begann er wieder, in den Zeitschriften zu blättern. Als er das nächste Mal auf die Uhr sah, hatte der Zeiger die Acht hinter sich gelassen. Wieder hörte er Schritte und legte den Finger auf die Wähltaste. Ein Mann mit Vollbart, Brille und Cowboyhemd. Seinen Bauch trug er wie eine Trophäe vor sich her. Das musste er sein. Aber von einer Brille war nicht die Rede gewesen. Wenn er jetzt die Aktion abbrach, und der Typ war es nicht? Sebastian hatte keine Ahnung, wie viel Zeit Mato und Robert brauchten. Hatte es gereicht, das Programm zum Laufen zu bringen? Er entschloss sich, noch nicht zu wählen.

Der Mann kam herüber. »Warten Sie auf mich?«, fragte er Sebastian. Überrascht schaute Sebastian auf. »Wer sind Sie denn?« fragte er zurück. Der Mann deutete mit dem Daumen auf die Tür zum Büro des Administrators. Sebastian schüttelte den Kopf und drückte gleichzeitig die Wähltaste. Der Mann schloss auf und verschwand in seinem Büro. Sebastian holte das Handy heraus. Auf dem Display erschien Matos Nummer. Es klingelte. Mato ging nicht ran. Was war da los? Hatte er eine falsche Nummer gespeichert? Sebastian brach der Schweiß aus. Er kramte seinen Taschenkalender heraus und schlug Matos Nummer nach. Dann brach er den Anruf ab und tippte sie von Hand noch einmal ein. Wieder klingelte das Telefon eine Weile, ohne dass Mato den Anruf bestätigte. Scheiße. Spürte er sein Handy nicht? Dann musste Sebastian ihnen so Bescheid geben. Er rannte los.

Als er völlig außer Atem in der Bibliothek ankam, sah er Robert, Mato und Hobbes an einem der Computer-Terminals sitzen und konzentriert auf den Bildschirm starren.

»Raus, raus«, rief er. Erschrocken sahen die drei sich um. »Der Typ ist schon lange da! Macht, dass ihr aussteigt!«

Mato lächelte verlegen. »Oh, sorry. Ich habe ganz vergessen, deinen Anruf zu bestätigen. Wir haben uns sofort ausgeloggt, als du angerufen hast, beruhige dich.«

Erleichtert fiel Sebastian auf den Stuhl.

»Und? Hat's geklappt?«

»Wir checken das gerade. War nicht sehr viel los. Aber Steadman war nicht der Einzige, der im Netz unterwegs war. Wir schauen uns gerade den Verkehr an.«

Auf dem Bildschirm sah Sebastian eine Liste von Vorgängen: Rechnerbezeichnungen, Uhrzeiten und völlig sinnlose Buchstaben- und Zahlenketten.

»Was ist denn das?«, fragte er und deutete auf eine der Zeilen.

»Ein Datenpaket. Mit solchen Paketen unterhält sich der Server, also der Hauptrechner, mit den einzelnen PCs in den Büros.« Robert zeigte auf einen Punkt auf dem Bildschirm. »Mit diesem hier zum Beispiel ruft der Client ins Netz *Hallo, hier bin ich*, und das hier ist der Server mit *Und was willst Du?* So labern die dann rum, um sich bei dem zuständigen Server anzumelden. Wie es aussieht, haben innerhalb der Zeit, in der wir geschnüffelt haben, fünf Leute ihre E-Mails von dort abgeholt. Und dafür mussten sie ihre Passwörter benutzen. Die stecken jetzt auch in diesen Datenpaketen.«

»Und woher weiß man, welches Datenpaket von Steadmans Rechner stammt und welches sein Passwort ist?«

»Erst mal müssen wir den Namen seines Rechners herausfinden. Sechs Rechner haben sich beim Server gemeldet: BC3, P2, P3, NC2 und 5 und V3«, antwortete Mato.

»Elementar, Watson. Was könnten BC, P, NC und V heißen?« Robert zog fragend die Augenbraue hoch.

»Ich schätze, dass die Rechner nicht mit viel Fantasie eingerichtet wurden, wahrscheinlich eher mit dem Ziel, eine gewisse Übersicht zu behalten. Die Buchstaben haben vermutlich einen Bezug zu den einzelnen Abteilungen«, fuhr Mato fort.

»Na, dann ist es doch klar«, warf Hobbes ein. »BC für Biochemie, NC für Neurochemie und V für Verwaltung. Bleibt noch P.«

»P steht für Primus«, erklärte Mato.

»P1 war dein Vater, P2 ist die Nummer zwei, Wallroth, P3 müsste dann Steadman sein«, stimmte Robert zu. »Schritt zwei: Passwortsuche. Ich möchte wetten, einer von den Herrschaften benutzt ein richtiges Wort oder ein Datum. Ich tippe auf Tag, Monat, Jahr, also zwei Zahlen, Punkt, zwei Zahlen, Punkt, zwei Zahlen. Richtig?«

Mato nickte und tippte auf die Tastatur. Ein Suchfenster ging auf. Er gab ein:

??.??.??

Jedes Fragezeichen stellte einen Platzhalter für beliebige Buchstaben oder Zahlen dar, so dass das Programm nun eine Zeichenfolge suchte, die dreimal zwei beliebige Zeichen mit einem Punkt getrennt enthielt. Der Rechner fand nichts.

»Pech gehabt. Wie wär's mit ??.??.????.«

Er wiederholte den Vorgang – nichts.

»Also müssen wir es von Hand machen«, entschied Robert.

Sie ließen die Daten über den Bildschirm laufen.

»Hier startet das Datenpaket von BC3.« Robert zeigte auf

eine Symbolkette auf dem Bildschirm. »Ab hier antwortet der Server. Danach folgt Kommunikation. Das Passwort muss im ersten Teil stecken, mit dem der Rechner sich zu erkennen gibt.«

Sie konnten nichts erkennen.

»Also, schauen wir uns NC2 an. Hier geht es los.«

Auch hier war nichts zu finden, was wie ein Passwort aussah. Sie betrachteten das erste Datenpaket von P2. Plötzlich fing Mato an zu lachen, Hobbes und Robert fielen ein. Sebastian verstand gar nicht, was da so lustig war. Auf dem Bildschirm stand:

Ð™^uÅ‚ýl□□¥af□§□–o«%_0ŸÌë-ì"<ai¦?È¶ÀÑ□ÑØXàfÏ□O9–
³□□fŸMŸf□ÍlÉ□ÿ|Í•ÍèñêÜ□ªq„Å:‰=losgetsËxŸ□1þø…
ðO□'wîéÿ□¿r"%£□lÔ^š□‰iÇÊÅN□‰i□Çª"÷h,ì°§¡¿-
□ð□o□□EpZ³□;Ó□<'1
F˜éGOt÷hS□Ç°"mÔøv□Ð™^

»Was ist denn?«, fragte er.

»Kannst du es echt nicht sehen?« Robert deutete auf einige Buchstaben in der zweiten Zeile. »Los geht's.«

»Was geht los?«

»Das steht da. Siehst du es nicht?«

Sebastian schaute noch einmal. Dann musste auch er lachen. »`losgets`? Was für ein Schlaukopf. He, ihr habt gesagt, das ist P2? Mann, dann ist das ja Wallroth.«

»Ja. Ich denke, mit seiner freundlichen Hilfe kriegen wir die übrigen Passwörter auch raus. Ich schätze, ein Passwort wird immer von den gleichen Zeichen eingerahmt.«

Mato kopierte den größten Teil der Zeile mit dem Passwort und klickte wieder das Suchfenster auf. Dort fügte er die Zeile ein und ersetzte die Kombination `losgets` mit einem Sternchen.

lÉ□ÿ|Í•ÍèñêÜ□ªq„Å:‰=*ËxŸ□1þø…
ðO□'wîéÿ□¿r"%£□lÔ^š□‰iÇÊÅN□‰i□Ç

Die Suchmaschine fand nichts. Nach und nach grenzte Mato

die Zahl der Zeichen vor und hinter dem Sternchen ein. Plötzlich meldete die Suchmaschine einen Treffer.

ªq„Å:‰=tlf9ehËxŸ

»Bingo«, rief Robert. »Jetzt haben wir dich.«

»`tlf9eh` ist das Passwort von NC2. Der hält sich an die Ratschläge des Administrators, Buchstaben und Zahlen zu mischen. Na, dann schauen wir mal, wie viel Fantasie Steadman hat.« Mato setzte den Cursor in das Datenpaket, mit dem P3 sich beim Server angemeldet hatte, und startete die Suchmaschine erneut. Sie stoppte bei:

ªq„Å:‰=j1j2j3ËxŸ

»Gotcha.« Robert grinste breit.

»Eine faule Sau, unser Freund Steadman«, meinte Mato. »Bei der Kombination `j1j2j3` braucht er kaum die Finger zu heben. Kaum besser als dein Freund Wallroth.«

»Ja, und jetzt? Was machen wir damit?«, fragte Sebastian.

»Mit seinem Passwort?« Robert drehte sich zu ihm um. »Alles. Damit können wir alles machen. Wir können uns an diesem Computer als Steadman ausgeben und haben von hier aus uneingeschränkten Zugriff auf seine Festplatte.«

»Das Institut macht es uns dabei leicht«, fiel Mato ein. »Steadman muss außer dem Passwort natürlich noch seinen User-Account angeben, seinen Benutzer-Namen. Aber dabei geht man hier im Hause nach einem Schema vor, das der Admin bestimmt hat. Anfangsbuchstabe des Vornamens plus Nachname. Bei dir ist das SRaabe, oder? Wie heißt Steadman mit Vornamen?«

»Garland«, sagte Sebastian.

»Aha, dann ist sein Account GSteadman.«

»Worauf warten wir noch?«, fragte Hobbes.

»Nicht so schnell mit den jungen Pferden«, antwortete Robert. »Wir warten natürlich, bis er nicht mehr am Rechner sitzt. Sonst könnte er merken, dass jemand auf seiner Festplatte unterwegs ist. Ich glaube das bei Steadman zwar nicht, aber vielleicht überprüft er ja doch manchmal, was gerade an seinem Rechner vor sich geht. Stell dir mal vor, wir laden uns Dateien runter, und er arbeitet gerade nicht. Hört nur seinen Rechner rödeln wie verrückt. Könnte auffallen.«

»Richtig«, stimmte Mato ihm zu. »Wir warten, bis er zum Essen geht, und hoffen, dass er seinen Rechner nicht ausschaltet.« Er schaute auf seine Uhr. Keine Stunde hatten sie gebraucht, um das Passwort zu finden.

»Ich schmeiße jetzt unsere Software wieder von dem Rechner hier runter, und dann merkt keine Sau etwas davon«, erklärte Robert. Als er fertig war, fragte Mato: »Also dann: Frühstück?«

Beim Bäcker um die Ecke machten sie Pläne.

Es war elf, als sie wieder im Institut waren. Diesmal passte Mato auf, wann Steadman sein Zimmer verließ. Sebastian und die beiden anderen machten sich vor einem der Rechner in der Bibliothek breit.

Der kleine Saal war leer. Auf dem Bildschirm war die normale Oberfläche des Institutsnetzwerks zu sehen.

Nach kurzer Zeit klingelte Roberts Handy. Er reichte es an Sebastian weiter: »Steadman und Wallroth haben ihre Büros verlassen und gehen gemeinsam weg.«

Robert meldete sich mit dem Account des Wissenschaftlers im Netzwerk an. Dann klickte er sich durch die verschiedenen Zugangsebenen, bis er eine Verzeichnisstruktur der Programme auf dem Ziel-PC erreicht hatte. Er markierte die Festplattenlaufwerke und startete den Kopiervorgang.

»Sag mal, kann das stimmen?«, fragte Hobbes plötzlich. »Das sieht für mich eher aus wie Wallroths Rechner.«

Robert blinzelte, dann fluchte er. »Natürlich. Sorry. Ich hatte noch im Hinterkopf, dass ihr den checken wolltet, und sein Passwort hatten wir ja auch.«

Er loggte sich diesmal mit Steadmans Daten ein.

»Also, vielleicht hat Steadman irgendwelche Papiere aus der Zeit der Arbeit in Südamerika eingescannt«, erklärte Hobbes. »Ist zwar unwahrscheinlich, aber wer weiß. Wann war das noch genau?« Sebastian nannte ihm das Datum. Robert startete ein Suchprogramm nach Dateien, die um diesen Zeitraum herum erstellt worden oder später eingescannt worden waren. Nichts.

»Das bringt nichts. Ich kopiere jetzt erst mal alle Dokumente runter auf unsere Festplatte. Das kann eine halbe Stunde dauern. Steadmans Kiste ist völlig überladen.« Er markierte das Laufwerk und startete den Kopierprozess.

»Der Administrator im Rechenzentrum merkt vielleicht, was hier vorgeht. Aber es dürfte ihn nicht interessieren, schließlich hat sich ja niemand unbefugt Zutritt verschafft.« Robert lachte.

Wieder klingelte das Telefon. Hastig meldete Sebastian sich. Mato wollte mit Robert sprechen.

»Versteckte Dateien? Ja, du hast Recht. Ich schaue mal nach«, sagte der, nachdem er in das Gerät gelauscht hatte. Er wechselte das Handy in die linke Hand und klickte mit der Maus herum. »Wir sind ja mit Passwort drin, also dürfen wir hier... alles. Ups!«

Auf dem Bildschirm hatte sich der Verzeichnisbaum mit den Programmen und Daten auf einen Schlag erheblich erweitert. Eine ganze Reihe neuer Symbole tauchte auf.

»Was sind denn das für Ordner mit Ausrufezeichen?«, fragte Sebastian.

»Das Ausrufezeichen kennzeichnet die versteckten Dateien. Das sind Files, die der Übersichtlichkeit halber nicht angezeigt werden«, erklärte Robert. »Steadman hat aber eine ganze Menge Dateien versteckt. Was haben wir denn da? Privat, XXX. Na, was wollen wir sehen?«

»Was soll denn XXX heißen?«, fragte Hobbes.

»Nur eine Sekunde«, sagte Robert und klickte auf das entsprechende Symbol. Eine weitere Reihe neuer Ordner mit nichts sagenden Namen kam zum Vorschein.

»Und jetzt?«, fragte Hobbes. Robert zuckte mit den Achseln und klickte wahllos auf einen der Ordner. Darin befanden sich Videofiles, deren Bezeichnungen eindeutig waren. Hobbes grinste. »Jetzt seht euch das an! Hätte ich nicht gedacht von dem alten Steadman.« Wieder zuckte Robert mit den Achseln. »Ist doch solo. XXX. Witzbold.«

»Gibt es denn nichts Interessanteres?«, fragte Hobbes.

»Ist doch interessant.« Robert klickte sich wieder auf die höheren Verzeichnis-Ebenen zurück. Bevor er weiter nach verdächtigem Material suchen konnte, klingelte das Telefon.

»Mato sagt, Steadman und Wallroth kommen gerade um die Ecke. Wir müssen aufhören.«

»Ich speichere noch die Daten zu Ende«, erklärte Robert. »Die können wir uns dann später in Ruhe anschauen.«

»Zu spät. Mach Schluss!«

Robert ignorierte ihn und begann, wild mit der Maus herumzuklicken. »Sofort. Ich breche den Speichervorgang von der Festplatte ab und speichere nur Mails und Text-Files. Das kriegen wir hin. Ich hab's gleich, ich hab's gleich. Na los, komm schon.«

Sebastian sah, wie auf dem Bildschirm eine Säule erschien, die sich mit blauen Feldern füllte.

»Na komm. Zieh es dir rein«, feuerte Robert den Rechner an.

»Er ist jetzt an der Bürotür«, meldete Hobbes mit ruhiger Stimme. »Er geht rein!«

Die Säule verschwand vom Bildschirm, und Robert begann erneut, die Computertastatur wild zu bearbeiten. Dann seufzte er und lehnte sich zurück. »Phhhh. Grad noch innerhalb der McGyver-Einheit«, meinte Sebastian.

»McGyver-Einheit?«, wunderte sich Hobbes.

»Na, die kleinste zur Rettung notwendige Zeiteinheit«, klärte ihn Sebastian auf, »benannt nach dem Serienhelden McGyver, der in den 80er Jahren mit einem Schweizer Taschenmesser, Kaugummi und Bindfaden regelmäßig die Welt gerettet hat.«

Plötzlich zuckte Robert zusammen. »Da läuft ja noch ein Kopiervorgang.« Er kratzte sich am Kopf. »Ach, jetzt haben wir Wallroths Festplatten auch kopiert. Hatte ich ganz vergessen zu beenden.« Er schnappte sich die Maus und stoppte den Prozess.

»Ich schlage vor, ihr spart es euch, hier auf dem Bibliotheks-Rechner in den gespeicherten Dateien herumzusuchen«, meinte er. »Ich ziehe jetzt alles auf CDs und lösche es vom Rechner, okay?«

Sebastian nickte, und Robert begann mit der Datenvernichtung.

Kurz darauf ging die Tür auf und Mato kam herein. »Und? Was haben wir?«

»Keine Ahnung«, antwortete Robert und warf ihm die CDs zu. »Vielleicht Glück?«

27. April, früher Nachmittag

Sebastian stand auf und war schon auf dem Weg zu den Telefonzellen auf dem Institutsplatz, um Sareah anzurufen. Doch dann fiel ihm ein, dass er die schon einmal benutzt hatte. Vielleicht würden *sie* ihn auch dort abhören. Er rief lieber von der Fußgängerzone aus an. Der Frühling zauberte den Kontrast schwarzer Sonnenbrillen auf die winterblassen Gesichter der Passanten. Doch wie es sich für Aprilwetter gehörte, begann es nach einer kurzen, sonnigen Unterbrechung wieder zu regnen.

Als er auf dem Marienplatz ankam, geriet er in das übliche dichte Gedränge von Einkäufern und Touristen. In den Pfützen spiegelten sich die Lichter der Neonreklamen, eine rote, fluoreszierende Schrift lief an einem der Geschäftseingänge in die Höhe, das Spiegelbild verschwand gleichzeitig in dem Abgrund der Wasserlache darunter. Er hatte Glück, dass eine der Telefonzellen gerade frei wurde und Sareah selbst den Hörer abnahm.

»Ich wollte nur wissen, ob es dir gut geht.«

»Sehr gut. Besonders jetzt, wo du anrufst«, sagte sie.

Ihre Stimme tat verdammt gut. »Wann sehen wir uns?«, fragte er.

»Hoffentlich bald«, antwortete sie leise. »Es war gestern Nacht sehr schön mit dir. Ich freue mich schon auf das nächste Mal.«

»Ich mich auch«, antwortete Sebastian, der spürte, wie ihm schon bei dem Gedanken die Knie weich wurden. »Bei der nächsten Gelegenheit, sonst dreh ich durch.«

Sie lachte. »Das ist mein Ziel. Ich will einen Typen, der mit weicher Birne sabbernd auf die Knie sinkt.«

»Den kriegst du«, versprach er lachend. »Nein: Den hast du schon.«

Dann wurde er ernst und erzählte Sareah von ihrem Datentransfer von Steadmans Rechner.

»Ihr seid also noch nicht viel schlauer?«, fragte Sareah.

»Wer weiß. Vielleicht findet Mato in den gespeicherten Daten etwas.«

»Hm. Übrigens, während ihr Computerspionage betrieben habt, habe ich nachgedacht«, sagte Sareah. »Damit du sobald wie möglich aus dieser Geschichte herauskommst, sollten wir versuchen, die Aktion der IS/STA in Peru aufzudecken und einen Zusammenhang mit dem Mord an deinem Vater herzustellen. Dann müssen wir seine Forschungsergebnisse vielleicht gar nicht preisgeben.«

»Aufdecken? Du meinst, in der Zeitung?«

Sareah schwieg eine Weile. »Die IS/STA ist eine Abteilung des Nachrichtendienstes, und das bedeutet möglicherweise, dass die Sache bis in die höchsten Regierungskreise geht. Ich möchte wetten, dass ein paar Leute im Verteidigungsministerium oder im Innenministerium Bescheid wissen, was die treiben. Pass auf, ich kenne einige einflussreiche Leute, die auf unserer Seite stehen.«

Auf unserer Seite, dachte Sebastian. Das klingt so absurd nach diesen verrückten Verschwörungstheorien, die seit dem 11. September 2001 kursierten. Andererseits – war die Geschichte, in der er steckte, nicht auch völlig absurd? Er musste sich zusammennehmen, einen kühlen Kopf bewahren.

Sareah riss ihn aus seinen Gedanken und schlug vor, sich in einem chinesischen Restaurant in Haidhausen zu treffen. Dort würde sie in einer Stunde mit einem Bekannten auf ihn warten.

Auf seine Frage, wer der Typ sei, antwortete sie nicht. Stattdessen sagte sie: »Pass auf, dass dir niemand folgt!« Sebastian stutzte kurz – ja klar, gut möglich.

Wieder fragte er sich, wieso sie sich so gut auskannte, und warum ihr persönlicher Hass auf Dietz und seine Abteilung so groß war. Aber eigentlich wusste er es ja schon. Sie hatte bereits seit langem einen Blick hinter die Kulissen geworfen. Ihm dagegen dämmerte erst langsam, was vor sich ging. Dies hier war die Realität. Eine Scheiß-Realität.

27. April, Nachmittag

Als er die Telefonzelle verließ, hörte er einen Hubschrauber ganz in der Nähe. Der Helikopter stand hoch über der Liebfrauenkirche in der Luft. Als Sebastian nach oben schaute, stolperte er beinahe über einen alten Mann, der quer auf dem

Boden vor der Zelle lag und schnarchte. Als Sebastian sich umdrehte, sah er eine große Gruppe Penner und Punks. Das war keine Demonstration. Die Leute hatten sich wahrscheinlich hier eingefunden, weil man sie woanders verjagt hatte. Lange würden sie auch nicht auf dem Marienplatz bleiben, dachte Sebastian. Er konnte in einiger Entfernung die weißen Helme der Bereitschaftspolizisten leuchten sehen. Er bückte sich und zog den Alten auf die Füße.

»Hören Sie, es wäre besser, wenn Sie hier verschwinden. Da vorn kommen die Freunde und Helfer.«

Er zeigte in Richtung Kaufingerstraße. In der Fußgängerzone wichen die Passanten der Phalanx der Polizisten hastig aus. Der Alte kniff die Augen zusammen und starrte hinüber. Dann sah er verwundert in Sebastians Gesicht und verschwand.

Sebastian wollte gerade in Richtung U-Bahn verschwinden, als auch unter dem Torbogen des Alten Rathauses weiße Helme auftauchten. Die Punks wichen zurück. Alle Straßen, die auf den Marienplatz mündeten, waren plötzlich durch Einsatzkräfte blockiert. Ein bedrohliches Trommeln erfüllte die Luft – die Polizisten schlugen mit ihren Schlagstöcken rhythmisch auf ihre Schilder.

Die Passanten drängten sich in Hauseingänge und Geschäfte. Sebastian fand sich mit einigen anderen gegen die Panzerglasscheibe eines Schmuckgeschäftes gedrückt. Einer der Punks wurde von zwei Polizisten gepackt und fortgezogen. Sebastian kämpfte sich durch die Menschenmasse. Er wollte sehen, was auf dem Marienplatz geschah. Es war das erste Mal in eine solche Polizeiaktion geraten. In der Zeitung war immer von »innerstädtischen Säuberungen« die Rede, wenn die Einsatzkräfte Punks und Penner aus den Fußgängerzonen vertrieben. Dass das so gewaltsam vonstatten ging, damit hatte er nicht gerechnet. Die Punks lagen neben- und übereinander auf dem Pflaster und versuchten, den Schlagstöcken zu entgehen. Vielen von ihnen lief Blut von den Augenbrauen, aus Nasenlöchern und Mündern. Sebastian sah, wie ein Polizist den Schlagstock in seinen Stiefel steckte und vor dem Fischbrunnen auf ein junges Mädchen einzutreten begann.

Er spürte, wie ihn heißer Zorn überkam. Scheißbullen. Diese Gewalt war doch völlig sinnlos. Dieses Bullenpack war nicht besser als die Schweine, die es auch auf ihn abgesehen hatten. Plötzlich sah er Rot und stürzte sich auf den Polizisten, riss ihm den Knüppel aus dem Stiefel und stieß zu. Doch der Getroffene reagierte kaum. Seine Schutzweste hatte den Angriff abgewehrt. Sebastian sah aus dem Augenwinkel einen Schlagstock auf sich zukommen und wich aus. Der Knüppel sauste knapp über ihn hinweg und knallte dem stämmigen Kerl, der das Mädchen zusammengetreten hatte, gegen den Helm. Der Kopfschutz flog zur Seite und der Getroffene taumelte gegen den Brunnenrand. Sebastian war überrascht, als er das Gesicht des Polizisten sah. Mit dem getönten Helmvisier wirkten die Bullen wie Roboter. Jetzt sah er einen jungen Kerl, vielleicht achtzehn, und sein Kopf wirkte viel zu klein, viel zu zart für diese martialische Kampfausrüstung. Er trug einen dünnen blonden Schnurrbart – der verzweifelte Versuch eines Jugendlichen, seinem weichen Gesicht ein wenig Männlichkeit zu verpassen. Kinder, die Krieg spielen, dachte er. Endlich begriff er, dass es allerhöchste Zeit war zu verschwinden. Er rappelte sich auf und rannte los. Er hätte sich nicht einmischen sollen. Verdammt, er hatte weiß Gott genug Probleme. Ohne sich umzusehen, überquerte er den Platz und rannte in Richtung Viktualienmarkt. Hinter sich glaubte er die Absätze schwerer Stiefel auf das Pflaster schlagen zu hören. In der Hoffnung, seine Verfolger zwischen den Verkaufsständen abzuhängen, lief er quer über den Markt, bog dann ins Rosental ab und rannte durch den Färbergraben, bis er wieder in die Fußgängerzone gelangte.

Völlig außer Atem drängte er sich im Zickzack durch die mit Tüten und Taschen bepackten Passanten auf der Neuhauser Straße Richtung Karlsplatz. Vielleicht hatten ihn die allgegenwärtigen Überwachungskameras aufgenommen? Scheiß drauf! Er hatte etwas getan. Etwas Sinnloses und Dummes – aber wenigstens etwas, das ihm kurzfristig ein Ventil verschafft hatte. Er hatte Lust, aus vollem Halse seine Befriedigung herauszuschreien.

Als er den Karlsplatz erreicht hatte, griff er im Laufen nach einem Laternenmast und schwang sich an ihm herum. Es war niemand hinter ihm her.

Mit einem irren Grinsen auf dem Gesicht betrat er das McDonald's am Karlsplatz, und erschreckte ein halbes Dutzend Sechsjährige, die dort Geburtstag feierten.

Nach einigen Minuten verließ Sebastian den Imbiss und verschwand in den Katakomben der S- und U-Bahnen. Er lief eine lange, steile Rolltreppe hinunter, stieg in irgendeine Linie ein, um dann im letzten Augenblick durch die Tür wieder hinauszuspringen. Dann nahm er eine U-Bahn in die andere Richtung, als sich die Türen schon zu schließen begannen. Er verließ sie eine Station später, rannte zur Treppe, kehrte gleich wieder um und sprang in dieselbe U-Bahn wieder hinein. Nachdem er dieses Spiel eine Weile betrieben hatte, fand er, es sei genug. Er nahm die nächste Verbindung Richtung Rosenheimer Platz.

Er war eine Viertelstunde zu früh. Von seinem Platz in der Ecke des Restaurants aus beobachtete er den Eingang. Nur zwei Personen betraten den Raum nach ihm: Ein eleganter älterer Herr im Anzug, der ihm wohl kaum nachgerannt sein konnte, und ein junger Mann, der den Kellner zu kennen schien.

Fünf Minuten nach dem vereinbarten Zeitpunkt trat Sareah ein. Sie nahm Sebastian in den Arm und begrüßte ihn mit einem langen Kuss.

»Sind wir allein?«, fragte sie. Er nickte. Plötzlich stand der ältere Mann im Anzug an ihrem Tisch, und Sareah begrüßte ihn. Sebastian erhob sich. Das also war Sareahs geheimnisvoller Bekannter.

»Christof Altmann«, stellte Sareah vor. Sebastian schüttelte ihm die Hand.

»Christof Altmann? *Der* Christof Altmann?«, fragte er überrascht.

Der Mann lächelte, wobei sich sein Gesicht in Tausende von Falten und Fältchen aufzulösen schien. »Kommt darauf an, welchen Altmann Sie meinen, nicht wahr?«

»Ich hatte an den Psychologen gedacht«, sagte Sebastian lachend.

»Dann steht wahrscheinlich der Richtige vor Ihnen. Allerdings habe ich mich immer eher als Neurologen gesehen.« Altmann lupfte seine Hose über den Knien und setzte sich. Dann fuhr er sich mit den Händen über sein graues Haar und versuchte vergeblich, es zu einer Frisur zu ordnen.

Sebastian hatte schon einiges über diesen Wissenschaftler gehört: eine internationale Koryphäe auf dem Gebiet der Persönlichkeitsforschung. Hatte einige Zeit einen Lehrstuhl an der Harvard University in Cambridge, USA, inne gehabt und war dort Nachbar von Daniel Wegner gewesen. Sebastian glaubte sich an einen Artikel zu erinnern, den der Forscher zusammen mit Wegner und Daniel Dennett von der Tufts University in ›Science‹ veröffentlicht hatte. Allerdings hatte Altmann irgendwann begonnen, sich für Politik zu interessieren, und die Zahl seiner wissenschaftlichen Veröffentlichungen nahm stetig ab. Die Fotos, die seine Veröffentlichungen begleiteten, zeigten stets einen erheblich jüngeren Mann.

»Schön, wenn du Professor Altmann kennst. Du weißt wahrscheinlich, dass er einige Zeit für das Gesundheitsministerium gearbeitet hat. Zwischenzeitlich war er auch Staatssekretär im Bundesministerium für Bildung und Forschung.« Sareahs Wangen glühten.

»Inzwischen habe ich mich allerdings mehr oder weniger zur Ruhe gesetzt, bemühe mich, ein Steven Jay Gould für die Hirnforschung zu werden, und lasse mich rufen, wenn ich gebraucht werde.« Altmann zog das Jackett aus und lockerte die Hosenträger, die darunter zum Vorschein kamen. Das Hemd, das er trug, war zwar nicht neu, aber von zeitloser Eleganz. Altmann nahm die Brille ab und rieb sich die Augen. »Ich bin einmal Ihrem Vater begegnet. Das ist schon eine ganze Weile her. Ein hervorragender Wissenschaftler.« Er blickte Sebastian nachdenklich an. »Es tut mir sehr Leid, was ihm zugestoßen ist.«

»Sebastian, du kannst Professor Altmann vollkommen vertrauen. Erzähl ihm alles. Und dann erzählt dir Herr Altmann ebenfalls eine Geschichte.« Sie blickte zu Altmann hinüber. »Aber erst mal bestell ich uns was, ja?«

An der Theke diskutierte Sareah eine Weile mit dem Koch, offenbar stritten sie sich leise. Als sie sich wieder zu ihnen setzte, erklärte sie: »Der Koch hier würzt die Peking-Ente falsch. Er ist in Deutschland geboren und weiß von chinesischer Küche so viel wie ich vom Aufbau des menschlichen Gehirns.« Sie lächelte. Von der Theke hatte sie drei Gläser chinesischen Pflaumenwein mitgebracht und nippte an ihrem Getränk. Sebastian starrte gebannt in das Aquarium neben sich und spürte, wie Altmann ihn musterte. Der große Glaskasten, in dem bunte Kampffische schwammen, teilte den Raum in zwei Hälften. Die Beleuchtung des Aquariums und die roten Lampions an der Decke tauchten den Raum in gedämpftes Licht.

»Sebastian, wo bist du denn?« Sareah holte ihn mit einem Kuss aus seinen Gedanken. Er nahm einen Schluck von seinem Pflaumenwein. Dann begann er zu erzählen.

Altmann unterbrach ihn kein einziges Mal. Die Peking-Ente

wurde gebracht, und sie aßen schweigend. Danach fuhr Sebastian fort. Als er von Peru berichtete, huschte ein Schatten über Altmanns Gesicht. »Wann war das?«, fragte er.

»Laut Tagebuch 1981.«

Christof Altmann nickte. »Da waren sie noch ganz schön dreist.«

Sebastian sah ihn fragend an, doch Altmann wollte erst Sebastians Geschichte zu Ende hören. Danach saßen sie eine ganze Weile schweigend am Tisch.

Sareah winkte den Kellner herbei und bestellte Tee. Sie sah Altmann sorgenvoll an. »Was meinen Sie?«

Altmann schüttelte den Kopf. Dann richtete er sich auf.

»Es ist so lange her. Aber aufgehört hat es nie.«

»Nein«, antwortete Sareah. »Und deshalb muss man sie stoppen.«

Altmann nickte. »Also, Sebastian. Ich darf Sie Sebastian nennen? Es gibt da etwas, das Sie wissen müssen.« Er seufzte und blickte sich um. Der Kellner kam und brachte grünen Tee. Sebastian warf ein Stück Kandiszucker hinein und hörte, wie er in der heißen Flüssigkeit knackte.

»Haben Sie jemals von einem Projekt namens MKULTRA gehört?«, fragte Altmann.

»Klingt wie Area 51 oder Majestic 12«, fand Sebastian. »Irgendwas aus den X-Akten.«

Christof Altmann lachte leise. »Anders als diese mysteriösen X-Akten des FBI gibt es diese Unterlagen der Regierungsbehörde CIA, die mit dem sehr realen Projekt MKULTRA zu tun haben, wirklich. Seit den siebziger Jahren veröffentlicht, der US-Senat hat sich damit beschäftigt. Wir reden hier also von der Realität.« Er rührte in seiner Teetasse. Dann sah er Sebastian in die Augen. »Sie können alles, was ich Ihnen erzähle, nachlesen. In der ›New York Times‹ zum Beispiel oder in einem Buch von John Marks.«

Sebastian nickte. Er spürte, dass er dem Alten vertrauen konnte. Altmann war kein Spinner.

»Die Geschichte von MKULTRA beginnt 1950. Damals kämpften UN-Truppen unter dem Kommando der USA in Korea, und man hörte bei der CIA davon, dass die Chinesen, die die Nordkoreaner unterstützten, ihre Gefangenen einer Gehirnwäsche unterzogen. Das hat die CIA natürlich interessiert. Die Behörde startete damals ein Programm namens BLUEBIRD, das sich ebenfalls mit Gehirnwäsche beschäftigte. Dann fingen sie an, neben Elektroschocks auch Drogen wie LSD zu testen. Das war Project ARTECHOKE. Und 1953 wurde dann Project MKULTRA ins Leben gerufen. Und das fasste nun eine ganze Reihe von Versuchen zusammen, unter anderem solche, mit denen die Behörde herausfinden wollte, wie man das Verhalten von Menschen gezielt manipulieren kann: Man begann Menschen so zu verwirren, dass sie sich durch auffälliges Verhalten in der Öffentlichkeit diskreditierten. Man versuchte herauszufinden, ob es mithilfe von Schallwellen möglich wäre, Gehirnerschütterungen zu erzeugen, die zu Gedächtnisverlusten führten, ohne dass nachweisbare Spuren zurückblieben.« Altmann hatte sehr leise gesprochen, so dass Sebastian sich über den Tisch gebeugt hatte, um ihn gut zu hören. Sareah drehte sich eine Zigarette. Sie schien das alles schon einmal gehört zu haben.

»Es sieht so aus, als hätten sich der Leiter von MKULTRA, Sidney Gottlieb, und der damalige CIA-Direktor Richard Helms selbst solchen Tests unterzogen«, fuhr Altmann fort und lachte bitter. »Zumindest konnten sie sich bei einer Befragung durch den US-Senat 1974 kaum noch an das Projekt erinnern. Ein Jahr zuvor hatten sie die Unterlagen zu dem Programm fast vollständig vernichtet, so dass man dem Geheimdienst nichts mehr nachweisen konnte. Und dann kamen die Medien ins Spiel, und ein Journalisten-Traum wurde Wirklichkeit.« Er schaute zu Sareah hinüber, die sich ihre Selbstgedrehte in den Mundwinkel gesteckt hatte und ein paar Tabakkrümel vom Tisch fegte.

Sareah verstand Altmanns Blick als Aufforderung und nahm die Zigarette wieder aus dem Mund: »1977 forderte ein Journalist, John Marks, im Rahmen des so genannten Freedom of Information Act, die Herausgabe aller CIA-Dokumente, die mit den Versuchen, das Verhalten von Menschen zu manipulieren, zu tun hatten. Und es geschah ein Wunder. Einige Kisten mit Unterlagen zur Finanzierung von MKULTRA-Teilprojekten wurden in einer CIA-Abteilung entdeckt, wo sie fälschlicherweise archiviert worden waren. Deshalb hatte man sie 1973 übersehen. Die CIA gab die Dokumente tatsächlich frei – wenn auch stark zensiert. Und jetzt halt dich fest: Es stellte sich heraus, dass etwa 180 Wissenschaftler von mindestens 44 Universitäten und Schulen in den USA an den CIA-Experimenten beteiligt waren. Dazu kommen noch eine Reihe anderer Institutionen, zum Beispiel Pharmaunternehmen. Außerdem wurde in etlichen Kliniken und mindestens drei Gefängnissen für die Behörde geforscht. In mindestens einer Klinik wurde sogar ein ganzer Krankenhausflügel mit CIA-Geldern hochgezogen. Viele der beteiligten Fachleute wussten allerdings gar nicht, dass sie für die CIA arbeiteten und dass ihre Arbeit vom Geheimdienst finanziert wurde.«

Sareah blickte Sebastian in die Augen und zog die Brauen hoch. »Verstehst du? Viele von denen wurden selbst manipuliert. Sie bekamen Geld und durften dafür auf einem Gebiet forschen, das sie grundsätzlich interessierte. Aber die Stoßrichtung hat der Geheimdienst mitbestimmt, der hat die Studien schließlich finanziert.«

»Aber das alles ist doch 40 Jahre her. Was hat das mit mir zu tun?«, fragte Sebastian.

Christof Altmann nickte. »Ja. Es sieht aus, als wäre das alles schon lange vorbei. Der Generalinspektor der CIA hatte die heimlichen Tests an Menschen sogar bereits 1963 als unethisch kritisiert, und die Versuche wurden 1964 eingestellt. Angeblich. Denn in der Behörde ging man damals nachweislich auch davon aus, dass solche Versuche wichtig wären, in der Öffentlichkeit aber nicht bekannt werden dürften. Die Untersuchung des Generalinspektors wurde dann auch erst 1974 bekannt. Wer weiß, wie man wirklich damit umgegangen ist. Und die Unterlagen, die 1977 gefunden wurden, decken lediglich die Jahre 1953 bis 1964 ab. Ich – und viele andere – vermuten, dass die Behörde nicht im Traum daran gedacht hat, von ihren Zielen abzulassen: Menschen mithilfe von Drogen zu manipulieren.«

»Schon gar nicht, wenn sie davon ausgegangen sind, dass die Russen wahrscheinlich keine ethischen Bedenken hatten, solche Forschung zu betreiben«, warf Sareah ein.

»So langsam beginne ich zu begreifen.« Sebastian war sehr nachdenklich. »Sie meinen, dass auch mein Vater an einer solchen Forschungsreihe gearbeitet hat? Er und Dietz und die anderen, als sie 1981 in Südamerika waren? Aber wie passen denn deutsche Forscher in diese Geschichte?«

»Die Projekte der CIA haben nicht nur in den USA stattgefunden«, erklärte Christof Altmann. »Es gibt viele Hinweise darauf, dass Versuche im Rahmen von ARTECHOKE und MKULTRA auch im Ausland stattfanden. Zum Beispiel unter Ärzten aus Konzentrationslagern, die im Dritten Reich bereits einschlägige Erfahrungen gemacht hatten, aber auch anderen, renommierten, Wissenschaftlern aus dem In- und Ausland.«

Sebastian fiel Sareahs Gedanke wieder ein, dass sein Vater möglicherweise mit der Einrichtung des Wilder-Penfield-Instituts bestochen worden war. Ja, das machte Sinn. Alles schien plötzlich möglich. Dietz, Steadman, Raabe und Wallroth, die Versuche in Südamerika, die Einmischung der IS/STA ... Aber steckte hinter all dem tatsächlich eine Organisation wie die CIA? Es klang so unglaublich, so fantastisch. So irre. Aber da saß ganz real dieser renommierte Wissenschaftler, ehemaliger Mitarbeiter im Gesundheitsministerium, und erzählte ihm diese Horrorgeschichten. Und war er nicht inzwischen selbst Teil einer Horrorgeschichte? War irgendetwas von dem, was Altmann erzählt hatte, fantastischer als das, was er inzwischen selbst herausgefunden hatte?

»Und, wenn das alles so ist, wie Sie ... wie wir vermuten, was ... was soll ich dann ... machen?«

Sareah und Christian Altmann sahen sich an. Es war der Wissenschaftler, der zuerst wieder das Wort ergriff. »Vielleicht gibt es zwischen dem, was an Ihrem Institut passiert, und einer anderen Sache, die zurzeit untersucht wird, Zusammenhänge.«

Eine Gruppe von jungen Leuten betrat das Lokal und installierte sich lärmend an einem Tisch in der Nähe der Eingangstür. Altmann und Sareah bestellten noch Tee. Sebastian war mehr nach einem zweiten Pflaumenwein. Nachdem sie einige Minuten geschwiegen hatten, fuhr Altmann fort.

»Sie haben sicher in den Nachrichten gehört, dass es den Verdacht gibt, Angehörige der deutschen Streitkräfte hätten vor einiger Zeit im Sudan Zivilisten misshandelt und getötet? Und dass ein Untersuchungsausschuss des deutschen Bundestages sich damit beschäftigt?«

Sebastian nickte. Natürlich hatte er davon gehört, das ging ja seit Wochen durch die Medien.

»Ich bin einer der Gutachter in diesem Ausschuss. Alles, was ich Ihnen darüber erzähle, ist natürlich streng vertraulich.« Er blickte zu Sareah hinüber. »Sie sind die Erste, die etwas erfährt, wenn es so weit ist.« An Sebstian gewandt fuhr er fort: »Was man aber mit ziemlicher Sicherheit schon jetzt sagen kann, ist, dass die Geschichte, die Sie mir über Südamerika erzählt haben, deutliche Parallelen zu dem aufweist, was im

Sudan passiert ist. Und zu vielen anderen Vorfällen der letzten 50 Jahre in allen Teilen der Welt.«

Altmann dachte eine Weile nach. Sebastian bat Sareah um den Tabak. Mit zitternden Fingern drehte er sich einen krummen Glimmstengel und ließ sich von ihr Feuer geben.

»So, wie ich es sehe«, fuhr Altmann fort, »besteht hier wahrscheinlich ein Zusammenhang, den wir beweisen müssen. Und dazu brauchen wir Unterstützung durch Stellen mit weit reichenden Kompetenzen.« Wieder sah Altmann Sebastian direkt an. »Und die können wir möglicherweise tatsächlich bekommen, wenn man die Sache am KSK-Massaker im Sudan aufhängt.« Er seufzte. »Allerdings werden wir auch eine Menge Glück brauchen. Ich werde morgen im Laufe des Tages klären, ob wir das Institut Ihres Vaters durchleuchten dürfen.« Der Wissenschaftler schaute Sebastian ernst an. »Es klingt vielleicht paranoid, aber es ist möglich, dass diese IS/STA-Leute nicht nur mit dem Bundesnachrichtendienst in Verbindung stehen, sondern auch mit dem MAD, mit dem BKA, vielleicht auch mit diversen Landeskriminalämtern und örtlichen Polizeibehörden. Wir müssen deshalb wirklich vorsichtig sein.«

Altmann versprach, sich am nächsten Tag bei Sareah zu melden. Dann verabschiedete er sich. Sareah und Sebastian blieben noch eine Weile sitzen.

»Sebastian. Du kannst Altmann wirklich vertrauen. Ich kenne ihn jetzt schon ein paar Jahre, so lange, wie ich an dieser Geschichte dran bin. Er will dir helfen.«

Sebastian sah sie an. Wenn das alles stimmte, hatte er vielleicht wirklich Verbündete. Hoffnung stieg in ihm auf. Verdammt, war er nicht der Held in dieser Geschichte? Ja, dachte er bitter, ein toller Held. Ein Held, der wirklich überhaupt keine Ahnung hat. Er schlug die Augen nieder. Sareah streichelte seine Wange.

»Glaub mir, ich bin auch ziemlich nervös. Aber auf Altmann ist wirklich Verlass.«

»Woher kennt ihr euch eigentlich?«, fragte Sebastian plötzlich.

»Aus meiner Zeit in der Wissenschaftsredaktion der ›Rundschau‹. Ich habe ihn schon öfter interviewt – allerdings nicht zum Thema IS/STA, darüber spricht er nicht in der Öffentlichkeit. Aber irgendwann hat er mal was rausgelassen, und seitdem bin ich dran an dieser spannenden Sache.«

»›Spannende Sache‹ nennst du das? Meine Güte, ich stecke da in einer Riesenscheiße!«

»Entschuldige, Sebastian. Das weiß ich ja. Und ich habe genausoviel Angst wie du.«

Sebastian schlang seine Arme um sie. »Entschuldige. Und versprich mir, dass wir uns morgen sehen.« Sareah nickte und gab ihm zum Abschied einen Kuss auf die Nasenspitze.

Sebastian nahm die Straßenbahn nach Hause.

In seinem Kopf herrschte perfektes Durcheinander. Es dauerte eine Weile, bis er wieder einen klaren Gedanken fassen konnte. Schließlich überlegte er sich, wie er herausfinden könnte, was seine Gegenspieler wohl als Nächstes planten. Sicher vermuteten sie inzwischen, dass er die Daten seines Vaters gefunden hatte, mit deren Hilfe sich die Erinnerungen lebender Menschen aufzeichnen ließen. Sie hatten sich das Tagebuch geholt, aber darin war ja nichts zu finden, was ihnen weiterhelfen konnte. Wieso hatten sie es eigentlich erst so spät geholt? Vermutlich hatten sie nicht damit gerechnet, dass es so schwierig sein würde, an die Daten zu kommen. Sie waren sich ihrer Sache zu sicher gewesen. Sie konnten sonst alles erreichen und im Zweifel alles ausbügeln und vertuschen, was schief ging, nicht wahr? Vielleicht waren sie einfach zu arrogant, um sich vorstellen zu können, wie viel er inzwischen über sie wusste. Aber andererseits ... Wieder kroch die Angst in ihm hoch, dass jetzt gerade irgendwo jemand die Entscheidung traf, seinem Leben besser ein Ende zu setzen.

Sebastian war sich plötzlich ganz sicher: Er würde die technischen Daten zerstören. Zumindest würde es der IS/STA oder der CIA – oder wer immer hinter Christian Raabe hergewesen war – nicht mehr gelingen, an dessen Wissen zu gelangen. Und dann wäre der Tod seines Vaters vielleicht nicht ganz vergeblich gewesen.

Morgen, dachte er, morgen werde ich das tun. Und vielleicht … vielleicht würde Professor Altmann morgen schon gute Nachrichten für ihn haben. Zumindest hatte der Alte ihm ein klein wenig Hoffnung gegeben.

28. April, Morgen

Sebastian stieg die Treppe hinauf zur Chefetage. Er fühlte sich wie vor einer Klausur. Zwar hatte man gelernt und geübt wie ein Verrückter, aber möglicherweise kam diese eine Frage, auf die man nicht gefasst war. Doch wenn es endlich soweit war, dann war da immer diese Erleichterung – selbst wenn sich die schlimmsten Befürchtungen bewahrheiteten: Man hatte endlich Gewissheit.

Sebastian musste die Aufzeichnungen seines Vaters zerstören – er wollte es jetzt hinter sich bringen, ein für allemal. Er wusste, dass damit nicht alle Probleme aus der Welt wären. Aber er klammerte sich an den Gedanken, dass dieser Akt der Vernichtung etwas beendete, das sein Vater begonnen hatte. Ganz so, wie der es sich gewünscht hatte.

Zuvor aber musste er noch einmal mit Frank Wallroth sprechen. Er hatte lange nachgedacht und war zu dem Schluss gekommen, dass Wallroth und sein Vater gleichermaßen betrogen worden sein mussten. Und er fühlte sich verpflichtet, dem

Freund seines verstorbenen Vaters von dem Verdacht zu erzählen.

Er klopfte an dessen Tür und trat ein. Wallroth stand vor dem Regal und blätterte hektisch in einem Buch. Er sah Sebastian an, lächelte und forderte ihn auf, sich zu setzen.

»Und wie geht es dir heute?«, fragte er.

Sebastian schüttelte den Kopf. »Verwirrt.« Er setzte sich in einen der Ledersessel, die Wallroths Büro erheblich gemütlicher machten als alle anderen Büros im Institut.

»Ich ... ich muss dich etwas fragen.« Er schaute zu Wallroth auf.

Wallroth zog die Augenbrauen hoch. »Ja? Raus damit.«

»Kannst du dir vorstellen ... Ich meine, ist es möglich ...« Er stockte.

Wallroth ließ ihm Zeit.

»Kann es sein, dass die Versuche, die ihr in Peru gemacht habt, diese Versuche, die so fürchterlich schief gegangen sind ..., dass die manipuliert worden sind?«

Wallroth runzelte die Stirn, öffnete den Mund und schloss ihn wieder. Er setzte sich.

»Könnte einer eurer Kollegen ..., Steadman zum Beispiel, könnte der heimlich die Versuche manipuliert haben, um Substanzen zu testen, die das Verhalten von Menschen gezielt verändern?«, fuhr Sebastian fort.

Wallroth hatte den Kopf geneigt und schien aufmerksam zuzuhören. Als Sebastian nicht weitersprach, räusperte er sich.

»Was ist denn das für eine Geschichte?«, fragte er. »›Substanzen, die das Verhalten von Menschen verändern‹. Jedes Aspirin verändert das Verhalten von Menschen, weil man ohne Kopfschmerzen in einer anderen Stimmung ist als mit und ganz andere Dinge tun kann. Oder Antidepressiva. So gesehen wollten wir natürlich Einfluss auf das Verhalten von Menschen nehmen. Wir wollten ein Mittel finden, das den Menschen

Stress besser ertragen lässt. Aber wer sollte diese Versuche manipuliert haben? Steadman? Ausgerechnet? Wie in aller Welt kommst du darauf?«

»Ich meine, du hast doch selbst gesagt, es könnte sein, dass euer Mittel mit einer anderen Substanz reagiert hat. Vielleicht hat jemand … hat Steadman … tatsächlich eine andere Substanz …«

»Was hast du in Gottes Namen bloß mit Steadman? Das Ganze war ein furchtbarer Unfall. Eine Katastrophe. Und Steadman … den kenne ich inzwischen seit über zwanzig Jahren und lege meine Hand für ihn ins Feuer. Steadman ist ein erstklassiger, integrer Wissenschaftler, an dessen Versuchen noch keine Ethikkommission jemals etwas zu kritteln hatte.«

Wallroth, dachte Sebastian, war völlig überzeugt von dem, was er sagte. War ihr Verdacht gegen Steadman so abwegig?

»Hast du schon mal von den Versuchen gehört, die die CIA in den USA unter dem Namen MKULTRA unternommen haben?« Sebastian hatte beschlossen, Wallroth ganz direkt zu fragen.

Wallroth verzog das Gesicht. »Ja, natürlich habe ich davon gehört.« Er kratzte sich am Kinn. »Das wurde in den 70er Jahren bekannt, nicht? Was ist damit?« Dann wurde ihm klar, worauf Sebastian hinauswollte. »Du meinst, *wir* waren damals in einen solchen Versuch verstrickt?«

»Es sind offenbar einige Wissenschaftler unwissend beteiligt worden«, antwortete Sebastian. Aber je länger er mit Wallroth darüber sprach, umso abwegiger kam ihm der Gedanke vor. »Manipuliert«, sagte er ohne große Überzeugung. »Zumindest alle bis auf einen von euch. Und dieser Dietz.«

»Dietz?« Über Wallroths Gesicht schien sich ein Schatten zu legen. Dann hellte sich seine Miene wieder auf. »Du meinst diesen Kerl, der damals der Verbindungsmann zwischen uns und der peruanischen Regierung war? Himmel, Sebastian. Steadman und Dietz als wissenschaftliches Verschwörerteam?« Er lachte. Dann entschuldigte er sich. »Sebastian, ich weiß, dass das alles eigentlich nicht zum Lachen ist ...« Er rieb sich die Augen. Wallroths Reaktion war für Sebastian Antwort genug. Der Freund seines Vaters hatte keine Ahnung, was damals wirklich vor sich gegangen war. Doch es gab da noch etwas, über das er mit Wallroth sprechen musste.

»Weißt du, ich glaube nicht, dass mein Vater Selbstmord begangen hat. Er wurde ermordet. Vielleicht, weil er seine Forschungsergebnisse nicht preisgeben wollte. Oder er hat damit gedroht, über das, was damals passiert ist, auszupacken. Du hattest mich doch auch gefragt, woran er zuletzt gearbeitet hat. Inzwischen weiß ich es: Er hat versucht, die Erinnerungen von lebenden Menschen zu speichern.«

Wallroth erstarrte und blickte Sebastian entsetzt an. Seine Hände begannen zu zittern. »Und? Hat er es geschafft?«, fragte er.

»Ja«, antwortete Sebastian. »Leider. Und irgendjemand wollte um jeden Preis wissen, wie. Zum Glück habe ich alle Daten gelöscht. Das war sein letzter Wunsch ...«

»WAS?«, schrie Wallroth. »Du hast sie gelöscht?« Dem Wissenschaftler war alle Farbe aus dem Gesicht gewichen, er hielt sich an der Kante des Schreibtisches fest. »Um Gottes willen, Sebastian! Die Arbeit deines Vaters ...«

»Er wollte es so«, erklärte Sebastian. »Ich habe aber eine Kopie gemacht.«

Wallroth kam einen Schritt auf ihn zu. »Ach ...?«

»Auch die werde ich löschen. Er wollte es so, und er wusste sicher, warum ...«

»Nein.« Wallroth unterbrach ihn. »Das kannst du nicht machen, Sebastian.« Wallroth rang sichtlich um Fassung. »Wenn es ihm wirklich gelungen ist ... Sebastian, damit wäre ein enormer Durchbruch – ich meine, dafür hätte dein Vater zu Lebzeiten den Nobelpreis bekommen können.«

»Aber er wollte es so. Ich hätte die Dateien erst gar nicht kopieren sollen.«

Die Heftigkeit von Wallroths Reaktion hatte Sebastian erschreckt. Andererseits war er Forscher mit Leib und Seele, was hatte Sebastian erwartet? Wallroth machte einen weiteren Schritt auf Sebastian zu, hielt kurz inne und kehrte zurück zum Schreibtisch. Dort bleib er eine Weile stehen. Dann drehte er sich um und schaute Sebastian ernst an.

»Vielleicht hast du Recht«, sagte er. »Wenn Christian es so wollte. Es war seine Arbeit. Niemand sonst hat ein Recht darauf. Auch wenn … Ach was.« Er holte ein Taschentuch aus seiner Jacke und wischte sich das Gesicht ab. »Wo hast du sie denn?«, fragte er.

»Ich gehe jetzt ins Zentrum und werde sie dort löschen«, erklärte Sebastian, erleichtert, dass Wallroth ihn verstand.

Wallroth zwang sich zu einem Lächeln. »Dann geh und tu das, bevor ich es mir überlege und diesen Durchbruch doch noch zu retten versuche.«

Sebastian verabschiedete sich und machte sich auf den Weg ins Zentrum. Aus dem Augenwinkel sah er noch, wie Wallroth zum Telefonhörer griff.

Mit weichen Knien ging Sebastian an den Porträts der großen Neurologen vorbei durch den langen Flur zum Treppenhaus. Er stemmte die schwere Eisentür auf und tastete nach dem Lichtschalter. Hier brannte selten Licht, da kaum jemand die Treppe benutzte. Einige Neonröhren flackerten.

Das Echo seiner Absätze auf den Betonstufen klang hohl. Aus reiner Gewohnheit warf er auf jedem Treppenabsatz einen Blick in die dunkle Ecke. Aber heute stellten sich bei ihm keine Erinnerungen an die Ängste seiner Kindheit ein.

Die Treppen bis zum ersten Absatz brachte er langsam hinter sich, wie in Trance. Dann, als sei er plötzlich aufgewacht, sprang er den Rest des Weges immer drei Stufen auf einmal hinunter. Als er die unterste Ebene erreicht hatte, sah er auf die Uhr. Es war schon spät. Blumenthau hatte sich vermutlich gerade auf den Weg nach Hause gemacht. Aber Sebastian wusste ja, wie er an den Code kam, um direkt ins Herz des Instituts zu gelangen.

Er hatte die Klinke schon in der Hand, als sein Handy in der Hosentasche vibrierte. Es war Mato.

»Sebastian, ich muss – – –« Der Rest des Satzes war nicht zu verstehen. Der Empfang hier unten war sehr schlecht.

»Mato? Was ist los?«, rief Sebastian in den Hörer.

Der nächste Satz des Chinesen war deutlicher zu verstehen.

»Hör zu. Du erinnerst dich doch, als Robert mit uns Steadmans Computer gehackt hat, da hatte er doch – – –« Wieder löste sich seine Stimme im Rauschen auf. Sebastian versuchte, den Bruchstücken von Matos Sätzen einen Sinn zu entnehmen.

» – – – haben uns die CDs mit den Daten noch einmal vorgenommen und überprüft – – –« Matos Stimme verzerrte sich zu einem metallischen Knarren.

»Was?«, rief Sebastian in den Hörer. »Ich verstehe dich kaum. Was ist mit Steadmans Computer?«

» – – – auf etwas gestoßen. Es gab da einen Ordner, der Projekt CocaFake heißt.«

Sebastian begriff erst nicht. Dann wurde ihm heiß. »Was?«

Mato dachte, Sebastian hätte den Satz nicht verstanden und wiederholte. Der nächste Satz kam klar rüber. »In diesem Ordner haben wir einen Text-File gefunden, der SafeMail heißt. War der einzige Name, unter dem man sich was vorstellen konnte. Wir haben uns – – –« Wieder verzerrte sich Matos Stimme.

» – – – Briefwechsel dabei zwischen ihm und Dietz!« Sebastian hatte die Augen geschlossen und hörte konzentriert zu, als Mato weitersprach.

»– – – neuere E-Mails von Dietz. Sie vermuten, dass du die Daten von deinem Vater hast, sind sich aber nicht sicher.«

Sebastian, der die Türklinke während des Gesprächs nicht losgelassen hatte, drückte sie nun gedankenverloren hinunter. Die Daten seines Vaters. Er musste sie sofort zerstören.

»Sie wollen – – –«

»Was wollen sie?«, rief Sebastian.

»– – – – sie dich erpressen können, falls du die Daten hast.«

Während er die schwere Tür zum Zentrum öffnete, fiel sein Blick in Blumenthaus Büro. Irgendetwas war seltsam, anders als sonst. Er blieb in der Tür stehen. Was hatte Mato da eben gesagt?

»Hast du mich verstanden?«, fragte Mato. »Sie wollen dich erpressen.«

»Mich erpressen?«, entfuhr es Sebastian.

Blumenthaus Büro lag so, dass er, wenn er hinter seinem Schreibtisch saß, durch eine Glasscheibe auf die Fahrstuhltür sah. Die Tür zum Treppenhaus öffnete sich seitlich zum Büro. Von hier aus konnte man in den kleinen, abgetrennten Raum hineinsehen.

»Ja«, fuhr Mato fort. »Er muss ihnen empfohlen haben …«

An der Glasscheibe reflektierten rote Punkte das Deckenlicht, die aussahen wie …

»… Sareah zu entführen.«

… Blutspritzer.

»WAS?«, schrie Sebastian. »Sareah?«

»Dietz hat ihm geschrieben, dass sie Sareah vor irgendeiner Schule abfangen wollen.«

Sebastian erstarrte. Ohne einen klaren Gedanken fassen zu können, starrte er auf einen Schuh, der unter dem Schreibtischstuhl in Blumenthaus Büro lag. Was sollte er jetzt tun? Er musste zu Sareah!

Plötzlich erfasste Sebastian das ganze Bild: Im Schatten unter der Arbeitsplatte lag ein Körper. Blumenthau war in die Ecke unter der Arbeitsplatte gezwängt, halb von dem Stuhl verdeckt, auf dem er sonst saß. Die Augen in dem hageren Gesicht waren weit geöffnet, Lichtpunkte glitzerten darin. Die lange Nase wirkte noch dünner als sonst.

In seiner Brust klaffte ein riesiges Loch.

In diesem Augenblick begriff Sebastian. Jemand hatte ihn verfolgt, und dieser Jemand musste gehört haben, wie er zu Wallroth gesagt hatte, er würde jetzt die Daten zerstören. Und dieser Jemand war vor ihm hier angekommen. Hätte Sebastian den Fahrstuhl genommen, um herunterzukommen, so wäre Blumenthau für ihn nicht zu sehen gewesen. Er wäre hereingekommen und ... Er musste hier weg!

Aus den Augenwinkeln nahm Sebastian eine Bewegung wahr. Ein Schatten zuckte über die Fahrstuhltüren. Sebastian warf sich zurück und war zum ersten Mal in seinem Leben dankbar, dass die Eisentüren im Treppenhaus so schwer zu öffnen waren. Mit Schwung und einem satten Seufzen der Gummidichtung fiel die Tür in ihren Rahmen. Sebastian rannte die Treppe hinauf. Während er lief, stiegen ihm Tränen in die Augen. Trauer, Wut und Entsetzen – Blumenthau ist tot, Blumenthau ist tot, Blumenthau ist tot, kreiste es in seinem Kopf. Wäre der alte Mann zehn Minuten eher nach Hause gegangen, dann würde er noch leben, fuhr es ihm durch den Kopf. Denn der Mord war bestimmt gerade erst geschehen sein, als er auf dem Weg von Wallroths Büro hierher war. Er selbst, Sebastian, war schuld an Blumenthaus Tod. Er, er, er ...

Als er den nächsthöheren Treppenabsatz erreicht hatte, hörte er, wie die Tür zum Zentrum sich ein zweites Mal schloss. Er nahm zwei Stufen auf einmal, dann drei, sprang mehr, als er lief, bis er ausrutschte und auf die Knie knallte. Verzweifelt rappelte er sich wieder hoch und rannte weiter. Mit der rechten Hand zog er sich am Geländer hoch. Greifen, springen, springen, greifen, springen, springen, auf dem nächsten Treppenabsatz um hundertachtzig Grad herum, wieder greifen, springen, springen.

Das war doch alles ein Irrtum, musste ein Irrtum sein. Jemand hatte sich vertan. Eine innere Stimme versuchte ihn davon zu überzeugen, dass es vielleicht das Beste wäre, stehen zu bleiben und dem Typen hinter ihm zu sagen, er habe sich geirrt. Ein Missverständnis. Dann fiel ihm Blumenthau wieder ein. Er sah wieder die aufgerissenen Augen und die zerfetzte Brust vor sich. Blumenthau hatte sicher auch nicht gedacht, dass heute seine letzte Stunde schlagen würde.

Sebastian hatte den fünften Treppenabsatz erreicht. Die Türen der zwei nächsthöheren Etagen waren an ihm vorbeigeflogen, aber er hatte sich nicht getraut, sie zu öffnen. Sie gingen alle so verdammt schwer auf, und während er sie aufstemmte ...

Sebastian lief auch an der nächsten Tür vorbei, auf der die Ziffer 0 in großer Blockschrift verkündete, dass hinter ihr das Erdgeschoss lag. Der siebte Absatz, weiter, weiter, weiter ... die vierte Tür, weiter, weiter, weiter ... der achte Absatz.

Er spürte, dass er langsamer wurde. Sein Atem ging schwer, in seinen Ohren dröhnte der Pulsschlag. Lange würde er nicht mehr so laufen können. Der zehnte Absatz, der elfte, der zwölfte, der dreizehnte Absatz. Es waren noch zwei Etagen über ihm. Dann war Schluss mit dem Treppensteigen. Die Tür zum Dach war verschlossen, das wusste er. Und da oben hätte er sowieso in der Falle gesessen. Aber so oder so – er konnte nicht mehr. Eine Erleuchtung, um Himmels willen, eine Erleuchtung, betete er. Und hätte er an einen Gott geglaubt, dann hätte er ihm jetzt alles versprochen – wenn nur dieser Albtraum vorbei wäre.

Auf dem nächsten Absatz hechtete er in die dunkle Nische. Dort drückte er sich an die Wand und versuchte, seinen Atem unter Kontrolle zu bekommen. Jetzt, da er nicht mehr rannte, drangen auch wieder andere Geräusche an sein Ohr. Hastige Schritte und heftiges Schnaufen. Das war kein Irrtum! Sein Verfolger war nur knapp hinter ihm und lief offensichtlich noch immer sehr schnell. Der Kerl musste gut im Training sein. Sebastian hielt die Luft an, als der Typ den Absatz erreichte. O Gott, dachte Sebastian inbrünstig, o Gott. *Und ob ich schon wanderte im finsteren Tal*... Wie hatte der Priester doch gleich gebetet im Krankenhaus?

Der Verfolger hatte offenbar damit gerechnet, sein Opfer an der Tür zu erwischen, und stürmte, den Blick starr in die Höhe gerichtet, an der Nische vorbei und die nächste Treppe hinauf. Nach dem nächsten Absatz konnte Sebastian keine Schritte mehr hören. Der Mann war stehen geblieben. Vielleicht, um zu lauschen, dachte Sebastian. Sein Verfolger musste ja damit rechnen, dass er vielleicht doch einen der Ausgänge früh genug erreichen würde, um zu verschwinden. Sebastian hörte, wie eine Tür geöffnet wurde. Ja, dachte er, hau ab, geh raus und verschwinde aus meinem Leben. Dann fiel die Tür wieder ins Schloss. War er wirklich gegangen? Nachdem es eine Weile totenstill gewesen war, atmete Sebastian einmal tief durch, und sofort fiel ihm Sareah ein. Was hatte sie ihm gestern noch von dieser Schule erzählt? Ein Interview, sie wollte heute ein Interview mit der Direktorin einer Mädchenschule in Bogenhausen machen. Diese Schule musste Mato gemeint haben. Sebastian sah auf die Uhr. Das Interview sollte in etwa einer halben Stunde beendet sein. Eine halbe Stunde!

In Sebastians Kopf drehte sich alles. Er musste handeln. Und zwar schnell.

Plötzlich dachte er an Hobbes. Er hätte nicht sagen können,

wieso es gerade Hobbes war, der ihm einfiel. Er musste ihn anrufen.

Sebastian sah, dass er sein Handy noch immer in der Hand hielt. Er wählte Hobbes' Nummer. Geh dran, dachte er verzweifelt. Geh dran. Du musst einfach drangehen. Es knackte in der Leitung.

Erleichtert stöhnte Sebastian auf. »Hobbes! Du bist da. Gott sei Dank!«

»Sebastian? Was ist los?«

Im Moment war von seinem Verfolger nichts zu hören. Offenbar hatte er das Treppenhaus tatsächlich verlassen. Sebastian stieg, das Handy am Ohr, die Treppe leise wieder hinunter. »Hobbes, wenn ich jemals deine Hilfe gebraucht habe, dann jetzt.«

»Sebastian? Du steckst wirklich in der Scheiße, was?« Hobbes' Stimme klang verzerrt, war jedoch gut zu verstehen.

»Das kann man wohl sagen. Wie lange brauchst du nach Bogenhausen?«

»Eine halbe Stunde, vierzig Minuten, je nachdem, wohin genau. Steckst du da?«

»Nein, ich bin im Institut.«

»Brauchst du das Ding, das du mir gegeben hast?«

Sebastian musste einen Augenblick überlegen, was Hobbes meinte.

»Zu spät, Hobbes. Aber vielleicht kannst du es gebrauchen. Pass auf ...«

Er hörte, wie sich oben im Treppenhaus eine Tür öffnete. Seine Auszeit war vorbei.

»Du machst dich jetzt so schnell es geht auf den Weg zur Eichendorfschule«, fuhr Sebastian fort. Er lief jetzt schneller, wechselte das Handy in die rechte Hand, um sich mit der linken am Geländer festzuhalten. »Wenn du da bist, versuch, Sareah zu finden. Es gibt Leute, die wollen sie entführen und mich erpressen. Sie wissen vermutlich, dass ich die Dateien habe. Bitte, Hobbes, beeil dich…«

»Ja, aber…«

»Die Typen sind von der IS/STA«, erklärte Sebastian. »Sareah wird in etwa einer halben Stunde die Schule verlassen. Du musst…« Er stolperte Etage für Etage tiefer durchs Treppenhaus.

»Hobbes… Die Typen meinen es ernst!«

»Bin schon unterwegs, wo erreiche ich dich…«

»Ich weiß es nicht, Hobbes. Beeil dich.« Das Herz schlug Sebastian bis zum Hals.

Hobbes legte den Hörer auf. Er schloss die Augen, holte tief Luft und konzentrierte sich. Er fühlte, wie sich sein Herzschlag verlangsamte. Er nahm Sebastians Pistole und ein Magazin aus der Schublade der Kommode. Geschickt führte er das Magazin in die Waffe und legte sie neben das Telefon, nahm seine Jacke vom Haken an der Tür und zog sie an. Hinter den Büchern im Regal lag das zweite Magazin. Er steckte es zusammen mit der Pistole in die Außentasche seiner Jacke. Er nahm das Telefonbuch, suchte die Adresse heraus und stieg in seine Inlineskates.

Sobald er auf der Straße war, begann er zu laufen. Er musste mit seinen Energiereserven gut haushalten.

Die Unsöldstraße war zum Glück nur wenig belebt. Die Turnschuhe in seinem Rucksack schlugen ihm schwer gegen den Rücken. Auf den Bürgersteigen der Prinzregentenstraße drängten sich Fußgänger und Radfahrer – er war mitten in die Rushhour geraten. Während er auszuweichen versuchte, ohne an Tempo zu verlieren, dachte er nach. Wie konnte er Sareah abfangen? Hoffentlich erregte er durch sein Tempo nicht die Aufmerksamkeit der Polizei.

Es gab natürlich eine Menge Wege, den Bullen und den

Überwachungskameras zu entgehen: Abkürzungen über Hinterhöfe, die Schatten von Müllcontainern oder Teile der Kanalisation. In dem Viertel, in dem er aufgewachsen war, hatte er alle diese Wege gekannt. Aber dies hier war nicht sein Revier.

An der Staatskanzlei hatte er Glück, alle Ampeln standen auf Grün. Vor der Luitpoldbrücke, im Schatten des Friedensengels, wollte er nach links abbiegen. Aber dort standen die Autos Stoßstange an Stoßstange. Er nutzte die Gelegenheit und wechselte die Straßenseite. Mit Schwung sprang er einem kleinen Zweisitzer auf die Kühlerhaube und von dort weiter auf den nächsten Wagen. So kam er gut voran. Er folgte der Isar, überquerte den Fluss auf der Max-Joseph-Brücke und drang schließlich in das Straßengewirr Bogenhausens ein. Schließlich erreichte er die Straße, an der die Schule liegen musste. Aber in welcher Richtung? Rechts würde er irgendwann wieder auf den Prinzregentenplatz stoßen mit seinem städtischen Trubel und Verkehrschaos. Die andere Richtung, stadtauswärts, erschien ihm wahrscheinlicher. Dort sah er in einiger Entfernung Betonsockel mit Blumenkästen auf der Straße. Dahinter musste sich eine verkehrsberuhigte Zone befinden. Das sah gut aus. Hinter den Hemmblöcken wandelte sich das Erscheinungsbild der Straße stark. Sie wurde jetzt von grauen Platanen gesäumt. Die Anwohner hier schützten ihre Hauseingänge mit gusseisernen Gittern, deren Spitzen wie Lanzen drohten. An der Menge der Glassplitter auf den Mauern konnte man das Einkommen der Hausbewohner abschätzen. Je mehr es zu stehlen gab, desto schärfer die Abwehrmaßnahmen. Wenn Hobbes sich die Hilfe der Polizei gewünscht hätte, so wäre nichts weiter nötig gewesen, als an einem der Gitter hochzuklettern, bis er von einer der Lichtschranken erfasst würde, die mit Sicherheit hier überall installiert waren. Der Alarm hätte die Bullen schnell auf den Plan gerufen. Aber wäre die Polizei jetzt hilfreich? Wohl eher nicht, vermutete er.

Es war hier fast unheimlich still. Im Vergleich zur Stadtmitte herrschte geradezu Friedhofsruhe. Er sah nicht einen Menschen auf der Straße.

Es dauerte nicht mehr lange, und er hatte die Schule erreicht. Schwer atmend stützte er die Hände auf die Knie und betrachtete das große vierstöckige Haus aus dem vorletzten Jahrhundert. Es stand etwas isoliert von den umgebenden Häusern auf dem hinteren Teil eines weiten Platzes, aus dessen Kiesboden etliche riesige Platanen wuchsen. Die Hälfte der Bäume war tot oder teilweise abgestorben. Die andere Hälfte aber hatte der Umweltverschmutzung bisher getrotzt. Riesige Bogenfenster garantierten helle Klassenräume. In einem kleinen Turm auf der linken Seite erklang eine Glocke. Eine echte Glocke. Hobbes konnte durch die Ritzen der Holzverkleidung bronzefarbene Bewegung erkennen. Zum Eingangsportal führte eine breite Treppe aus konzentrisch geschwungenen Stufen. Links und rechts war die Treppe von kleinen Pfeilern eingerahmt, auf denen die verwitterten Figuren zweier Kinder thronten. Das eine kniete mit andächtig gefalteten Händen, den Kopf zum Himmel erhoben. *Ora* stand in den Pfeiler gemeißelt. Die zweite Figur hielt ein Buch und einen Zirkel. Zu ihren Füßen konnte Hobbes das Wort *Labora* erkennen.

Bete und arbeite, dachte er, als er die beiden Steinfiguren betrachtete. *Bet' und arbeit', sagt die Welt, bete kurz, denn Zeit ist Geld. Vor der Türe steht die Not, bete kurz, denn Zeit ist Brot.* Er konnte sich nicht erinnern, woher die Zeilen stammten. Ein altes Arbeiterlied, das sein Vater manchmal krakeelt hatte?

Auch die Worte über dem Portal waren kaum noch lesbar: *Pro patria.* Für das Vaterland. Na klar, *bete und arbeite für das Vaterland.* Diese Schule musste wirklich ziemlich alt sein.

Hobbes setzte sich auf die niedrige Mauer, von der der Schulhof eingefasst wurde. In diesem Viertel hatte man sogar darauf verzichtet, den Hof mit einem übermannshohen Zaum zu sichern, wie es sonst üblich war, um die Schüler drinnen und Störenfriede draußen zu halten.

Die späte Nachmittagssonne bemühte sich redlich, die zum Überleben der Platanen notwendige Energie durch die Wolkenbarriere zu schicken. Hobbes zog die Rollerblades aus, holte die Turnschuhe aus dem Rucksack und zog sie an. Aus einem der Fenster wehte der Klang einer Frauenstimme herüber.

Inzwischen hatte sich Hobbes' Atem wieder beruhigt, und er schaute sich um.

Niemand war zu sehen. Etwa hundert Meter weiter mündete die Straße in eine Kreuzung, auf der etwas mehr Verkehr herrschte. Ein Bus hatte dort angehalten, aus dem jedoch niemand ausstieg. Hobbes überlegte, was er tun sollte. Ob Sareah schon weg war? War er zu spät? Das glaubte er nicht. Konzentriert versuchte er, irgendwelche Hinweise auf diese Typen zu finden. Wenn die Staatsschutz- und Irgendwas-Agenten vorhin losgefahren waren, dann steckten sie vermutlich trotz Blaulicht irgendwo im Stau. Hobbes wusste zwar nicht, wo die Zentrale der IS/STA lag, aber wohl kaum hier um die Ecke. Vielleicht hatte er noch ein wenig Zeit.

Er musste versuchen, eine Fluchtmöglichkeit vorzubereiten. Zusammen mit dem Überraschungseffekt konnte ein Auto in diesem Viertel Vorteile haben, zumindest bis zur nächsten Hauptverkehrsader, wo es dann zu Fuß schneller ging. Hobbes sah sich um und war zufrieden: Vor einer der Garagen stand ein Sportwagen, dessen Besitzer offensichtlich bereits bei 20 Grad Celsius ohne Dach über dem Kopf fuhr.

Hobbes näherte sich vorsichtig dem Cabrio. Der kleine Sprinter war außerhalb der Reichweite der installierten Überwachungskamera geparkt. Gut für ihn. Er schlenderte an dem Wagen vorbei und nahm ihn unauffällig unter die Lupe. Ein Modell aus den späten 80er Jahren, noch ohne Wegfahrsperre. Die Stoßstange sah solide aus. Könnte vermutlich eine Mülltonne aus dem Weg räumen, ohne dass die Fahrtüchtigkeit des Wagens zu sehr beeinträchtigt würde. Hobbes zog sich zurück an die Mauer eines Nachbargrundstücks und wartete.

Nach einigen Minuten erschien ein großer schwarzer Wagen aus einer Seitenstraße. Es war kein Polizeiwagen. Hobbes konnte sich auch nicht vorstellen, dass es ein Fahrzeug der IS/STA war. Eher eine Limousine reicher Eltern, die ihre Kinder abholen ließen. Der Wagen kam langsam die Straße herunter und hielt dann vor dem Schulhof. Hobbes konnte eine Person hinter dem Steuer ausmachen, dem Stiernacken und der Frisur nach ein Mann. Er war versucht, näher heranzugehen und hineinzuschauen, entschied sich jedoch, im Hintergrund zu bleiben.

Ein zweiter dunkler Wagen fuhr an der Schule vorbei, drehte auf dem Parkplatz eines benachbarten Hauses und stellte sich dann hinter die erste Limousine.

So wurden also junge Damen in ihre behüteten Heime transportiert. Dann würde die Schule wohl jetzt jeden Augenblick aus sein. Aber noch immer kein Zeichen von der IS/STA. Hobbes wunderte sich. Inzwischen hätten sie doch genug Gelegenheit gehabt zu kommen. Er hatte gehofft, sie zu erkennen, bevor er selbst etwas unternahm. Deshalb hatte er sich auch nicht direkt vor den Eingangstüren der Schule postiert, um Sareah abzufangen. Er wollte eingreifen, wenn er wusste, was die Polizisten vorhatten. Erst die Lage genau peilen …, sonst konnte eine solche Aktion katastrophal enden. Diese Lektion hatte er schon früh gelernt.

Wieso kamen die nicht? Er sah sich nervös um. Nichts zu sehen.

Mit einem Mal gingen die Flügel der Eingangstür auf, und eine Gruppe junger Frauen kam heraus. Hobbes kniff die Augen zusammen und versuchte, Sareah auszumachen. Die Mädchen liefen gemächlich die breiten Treppenstufen herab und verteilten sich dann auf der Straße. Zwei stiegen in eine der Limousinen ein und fuhren ab. Noch immer sah Hobbes nichts Auffälliges. Er löste sich aus dem Schatten der Mauer und schaute sich um. Vielleicht waren die Typen doch zu spät losgefahren, dachte er. Zu schön.

Sareah trat aus dem Schulportal und ging in aller Seelenruhe über den Hof. Nichts geschah. Hobbes konnte es nicht glauben: Hatten diese Typen tatsächlich verpennt? Oder würden sie versuchen, Sareah zu Hause abzupassen? Sie stieg über die kleine Mauer und kam jetzt auf den Bürgersteig. Hobbes vermutete, dass sie zu der Bushaltestelle am Ende der Straße wollte.

Die Limousine setzte sich langsam in Bewegung.

Hobbes begriff, dass er sich geirrt hatte. Die IS/STA war längst da.

Er rannte hinüber zu dem Sportwagen.

Sebastian sprang, so schnell er konnte, nahm vier Stufen auf einmal, brauchte nur drei Schritte für jeden Absatz. Dann rutschte er mit der Hand vom glatten Metall des Geländes und krachte gegen die Betonwand. Er spürte nicht, dass ihm Blut von der Augenbraue lief. Er rannte, rannte, rannte weiter, immer tiefer und tiefer. Aber irgendwo da unten würde die Treppe zu Ende sein, und er würde wieder vor einer Tür stehen, die schwer aufging, und dann würde er im Zentrum stehen, und von dort gab es nur noch einen Weg hinaus: den Fahrstuhl. Und der würde ganz bestimmt dort nicht auf ihn warten. Wieder eine Tür. Im Vorbeirennen sah er die Etagenkennzeichnung: 2 U. Zweites Untergeschoss. Viel tiefer ging es jetzt nicht mehr. Aber die Zahl erinnerte ihn an etwas: seinen Ausflug in die Unterwelt, seine Suche nach dem Alien. Er hatte nichts mehr zu verlieren. Entweder endete sein Leben am Fuß dieser Treppe oder... Hätte er doch nur die Pistole gehabt. Hoffentlich konnte Hobbes wenigstens etwas damit anfangen. Sareah! Und seine Gedanken flogen weiter, zu ihr. Er sah sie vor sich... erinnerte sich an ihr Lachen, wie sie den Kopf zurückwarf, wenn sie kam. Er merkte, dass er eigene Erinnerungen mit denen seines Vaters vermischte, Wünsche, Träume... Seltsam, was einem in so einem Augenblick durch den Kopf ging.

Jetzt kam der Absatz zwischen dem ersten und dem zweiten Untergeschoss. Er stürzte in die Nische hinein, ins Dunkel, sah das schwache Glitzern von stumpfem Metall. Dann riss er am Rahmen der Abdeckung, stemmte seine Füße gegen den Boden. Mörtel flog ihm ins Gesicht, in seinem Kopf dröhnte das Echo näher kommender Schritte. Es krachte, und er hielt die Metallabdeckung in den Händen. Vor ihm gähnte das Loch in der Wand. Er ließ das Gitter polternd zu Boden fallen. Dann sprang er hoch, wuchtete sich in die Öffnung hinein. Seine Knie rutschten ab, während sein Oberkörper schon in der Wand verschwand. Verzweifelt strampelte er, Staub und Dreck flogen hinter ihm aus dem Loch. Dann war er drin. Die Röhre war nicht hoch genug, um zu knien. Er stützte sich auf die Ellenbogen und Knie. Vorwärts, vorwärts, links und rechts flogen seine geballten Fäuste vor seinem Gesicht in das dämmerige Licht, das seinen Weg an seinem Körper vorbei in die Röhre fand, während er sich von einem Arm auf den andern nach vorn warf. Tiefer und tiefer hinein ging es, erst in der Waagerechten, dann folgte eine sachte Steigung. Irgendwo hinter ihm würde jetzt eine Waffe in das Rohr hineingehalten werden, und ein Geschoss aus Metall würde auf ihn abgefeuert, mit rasender Geschwindigkeit würde es auf ihn zufliegen, sich um sich selbst drehend, würde ihn erreichen und … Seine Gedanken kamen nicht weiter als bis zu diesem Punkt. Er hatte nur dieses Bild vor Augen: ein Stahlmantelgeschoss, in rotierendem Flug, eine Staubfahne hinter sich herziehend. Seine Gesäßmuskeln verkrampften sich dort, wo er den Einschlag erwartete, sein Unterleib ein einziges Kribbeln.

Wann kam der Schuss? Er wühlte sich weiter durch den Staub voran. Noch immer nichts. War es vielleicht so, dass man den Schuss, der einen traf, nicht mehr hörte? Die Steigung des Rohrs nahm zu. Jetzt ging es steil nach oben.

Plötzlich spürte Sebastian feine Nadelstiche, wo Betonstückchen auf seinen Beinen landeten, dann hörte er den Knall der Waffe. Aber es tat nicht weh. Wann kam der Schmerz? Er spürte nichts.

Sebastian robbte weiter. Die Kugel musste hinter ihm in die Röhrenwand geschlagen sein und ein Loch hineingerissen haben. Die Krümmung der Röhre hatte ihm das Leben gerettet. Er spürte ein Prickeln am ganzen Körper. Ihm war schlecht, schwindlig. Die Wände der Röhre schienen auf ihn einzustürzen, und er begann, gegen den Beton zu trommeln und mit den Füßen zu strampeln. Aufhören, schrie er lautlos. Das ist doch lebensgefährlich. Ich könnte verletzt werden. Ich könnte sterben. Tränen strömten aus seinen Augen und vermischten sich mit dem Staub in der Röhre. Verzweifelt schob Sebastian sich weiter.

Die Röhre verlief jetzt wieder in der Waagerechten. Das Material hatte sich verändert. Es war etwas weicher. Statt auf Beton kroch er hier auf Kunststoff. Es war eine der typischen Leitungen, die in manchen Gängen des Instituts funktionell, aber undekorativ die Decken verzierten. Er hielt einen Augenblick an, legte sich hin, das Gesicht im Dreck. Etwas Kleines, Zerbrechliches knirschte unter seiner Wange. Er nahm es zwischen die Finger. Mäuseknochen.

Von hinten kam ein Geräusch. Ein schabendes, raues Kratzen.

Der Killer war ihm in die Röhre gefolgt.

Wie hatte er nur so dumm sein können. Natürlich gehörte der große, schwarze Wagen der IS/STA.

Hobbes erreichte das Cabrio und hechtete hinein, presste seinen Oberkörper gegen das Lenkrad, während er die Enden der Drähte zusammenbrachte, die zum Zündschloss führten. Der Wagen sprang mit einem satten Brüllen an. Er trat die Kupplung durch und konnte gerade noch verhindern, dass er den Motor abwürgte. Dann gab er Gas und der Wagen schoss auf die Straße hinaus, dreißig Meter von der Limousine entfernt. Die Aktion hatte ihn zwar nur fünfzehn Sekunden gekostet, doch Sareah war nur noch wenige Schritte von der Beifahrertür des großen Wagens entfernt, als Hobbes mit dem Sportwagen auf die Straße schleuderte.

Hobbes schrie, so laut er konnte, Sareahs Namen und presste den Handballen auf die Mitte der Lenksäule, in der Hoffnung, dass dort die Hupe saß. Er hatte Glück. Durch den Lärm drang seine Stimme kaum bis auf die Straße. Dennoch blickte Sareah plötzlich zu ihm herüber. Sie sah den Wagen über die Straße auf sich zukommen und kniff die Augen zusammen. Sie trat einige Schritte vom Straßenrand zurück. Hobbes kurbelte verzweifelt am Lenkrad, um sein Gefährt direkt auf das Heck der Limousine auszurichten. Die Beifahrertür des großen Wagens öffnete sich. Hobbes trat das Gaspedal bis zum Boden durch. Der Sportwagen hob den Bug und schoss auf sein Ziel zu wie ein Schnellboot. Sareah reagierte so, wie Hobbes es gehofft hatte. Er sah, wie sie sich zur Seite warf und hinter der niedrigen Schulhofmauer verschwand. Wer immer in der Limousine saß – er hatte noch nicht begriffen, was passierte. Hobbes sah, wie ein Mann auf dem Beifahrersitz sich aus dem Wagen herausbeugte und sich irritiert nach ihm umblickte.

Leck mich, dachte Hobbes. Leck mich am ... Die Spitze des Sportwagens bohrte sich in den Kofferraum der Limousine und drückte ihn zusammen. Hobbes spürte, wie er aus dem Sitz gehoben wurde. Er betete, dass der Sitz sich nicht losreißen und ihn nach vorn schleudern würde. Aber der Anlauf, den der Wagen gehabt hatte, war dafür nicht groß genug gewesen. Hobbes' Gesicht schlug in den Airbag, der vor ihm explodierte. Die Limousine wurde nach vorn geworfen und knallte dumpf gegen einen Laternenpfahl. Hobbes konzentrierte sich auf seinen Körper. Er fühlte seine Beine nicht und erschrak. Doch dann kam das Gefühl zurück, zusammen mit einem stechenden Schmerz im rechten Fuß. Er bekam ihn nicht frei. Der Fuß steckte unter dem Bremspedal, und sein Schuh hatte sich dort verkeilt. Er beugte sich vor, drängte sich am Airbag vorbei, bis er mit beiden Händen das Pedal erreichte. Er riss daran und bekam den Fuß schließlich los. Dann nahm er seine Jacke vom Beifahrersitz und sprang so schnell wie möglich aus dem Wagen. Draußen ließ er sich sofort fallen und landete in einer Mischung aus Öl, Benzin, Glas- und Plastikscherben. Vorsichtig sah er sich um. In der Limousine rührte sich nichts. Er zog die Pistole aus der Jackentasche und sprintete hinüber zum Schulhof. Dort hechtete er über die kleine Mauer und landete nicht weit von Sareah, die ungläubig auf das Chaos starrte. Dann sah sie zu ihm herüber, als wäre er der erste Mensch, den sie in ihrem Leben sah: natürlich, die Pistole!

»Hobbes?«, fragte sie fast lautlos.

Er nickte und versuchte ihr mit einer Geste klar zu machen, dass sie sich sofort von den Autos entfernen mussten. In der Limousine hatte sich noch immer nichts gerührt. Er stand auf und zog Sareah beiseite, während sie ihn ungäubig ansah.

»Was ist hier los?«, fragte sie. Sie schien einen Teil ihrer Fassung wiedergewonnen zu haben.

Mit der Pistole in der Hand lief er vorsichtig zu den beiden Autos. Es roch nach Benzin und glühendem Metall. Das Kühlwasser der Limousine lief aus und zischte bei der Berührung mit dem heißen Motor. Der Mann vom Beifahrersitz lag neben dem Auto auf dem Boden. Von der Stirn lief ein dünnes, rotes Rinnsal, das sich in einer Lache unter dem Kragen seines weißen Hemdes sammelte. Der Fahrer hing unter dem Armaturenbrett. Er war nicht angeschnallt gewesen und offensichtlich nicht bei Bewusstsein. Ein Blick in den hinteren Teil des Autos zeigte Hobbes, dass sich dort etwas tat. Ein dicker Mann bemühte sich, auf dem Boden des Wagens etwas zu finden. Hobbes konnte zuerst nur seinen Stiernacken sehen. Als der Dicke sich kurz aufrichtete und nach Luft schnappte, war ein leeres Pistolenhalfter unter seiner Achsel zu erkennen. Hobbes lief zurück zu Sareah.

Aus den benachbarten Häusern waren inzwischen eine Menge Leute gekommen, andere hingen in den Fenstern und starrten herüber. Hobbes wandte sich wieder den Autos zu. Der Dicke rumorte noch immer im Fond herum. Dann öffnete sich eine der hinteren Türen, und der Mann quälte sich mit Mühe aus dem Auto. Hobbes konnte sehen, dass der Dicke eine Pistole in der Rechten hielt. Als er endlich draußen war, hob er die Waffe und richtete sie auf Hobbes. Der warf sich hinter die Mauer. Ein Schuss knallte und man hörte aufgeregte Schreie und eilige Schritte. Hobbes griff nach seiner Pistole und rollte sich einige Meter an der Mauer entlang zur Seite. Dann richtete er sich vorsichtig auf und sah hinüber. Der Dicke bewegte sich auf die Stelle zu, wo Hobbes gerade noch gelegen hatte. Der Mann hielt die Pistole mit ausgestrecktem Arm; daran, dass er die Absicht hatte, sie zu benutzen, bestand kein Zweifel. Hobbes richtete seine Waffe auf den Dicken. Der erschrak, und trotz der Trägheit seiner Masse warf er sich herum und rannte blitzschnell zum Wagen zurück, um dahinter Deckung zu nehmen. Idiot, dachte Hobbes, versteckst dich hinter einem Pulverfass. Er zog den Kopf zurück und hörte eine Kugel über seinen Scheitel hinwegfliegen. Auch Sareah hatte inzwischen Deckung hinter der Mauer gesucht. Verwirrt sah sie ihn an. Er bedeutete ihr, unten zu bleiben. Dann überlegte er. Er kam hier kaum weg, wenn er nichts gegen den Dicken unternahm. Dieses Arschloch musste den Verstand verloren haben. Jetzt kann ich mich nur noch wehren. Wunderbar, dachte Hobbes. Du blöder Mistkerl, ich will diese Scheiße hier nicht. Warum muss mir das passieren? Scheiße!

Aber er hatte keine Wahl. Es wäre ja völlig sinnlos, jetzt aufzugeben. Dann musste er damit rechnen, von den Typen *auf der Flucht erschossen* zu werden. Er machte sich da keine Illusionen. Und die Alternative wäre Knast.

Vielleicht ist das mein Schicksal, ging es ihm durch den Kopf. Einmal in der Scheiße, immer in der Scheiße. Ich bin eben keine Figur von Charles Dickens. Kein verloren gegangener und wiedergefundener Sohn aus reichem Hause. Auch wenn es mal so ausgesehen hat, als ob ich eine Chance gehabt hätte. Eigentlich schade.

Also gut, dachte er. Du oder ich.

Wieder hörte er einen Schuss. Er rollte einige Meter zur Seite. Dann konzentrierte er sich, überlegte, wie das Szenario bei den Wagen von hier aus aussehen musste. Er drückte den Rücken an die Mauer und zog die Beine so weit es ging unter den Bauch. Er hatte schon lange keine Waffe mehr benutzt. Aber früher war er kein schlechter Schütze gewesen. Er atmete aus, drückte sich auf die Knie hoch, drehte sich dabei, hob die Pistole mit der rechten Hand, umfasste das Handgelenk mit der Linken und zielte. In diesem Augenblick sah er den Kopf des Dicken hinter dem zerdrückten Kofferraum der Limousine. Der Arm mit der Pistole war in Richtung Schule ausgestreckt und strich horizontal den Bereich über der niedrigen Mauerkrone ab, wo er Hobbes vermutete. Jetzt bewegte sich die Waffe von Hobbes' Standort weg. Als der Dicke ihn sah, riss er die Waffe herum und versuchte zu schießen. Aber Hobbes hatte seine Zeit genutzt und sauber gezielt. Er spürte den Rückstoß der Waffe in Ellenbogen und Schultergelenk, als er feuerte. Dann warf er sich zu Boden. Im Fallen erfasste ihn der Druck der Detonation, als der Tank der Limousine explodierte. Ein Gefühl wahnwitziger Hoffnung erfasste ihn, während er herumgewirbelt wurde und unsanft auf dem Schotter des Schulhofes landete.

Er hatte den Fahrzeugtank genau getroffen. Seine alten Freunde wären stolz auf ihn gewesen, dachte er bitter. Ein Regen aus kleinen und größeren Metallteilen, Plastik und Glas stürzte auf ihn herab. Hobbes drückte sein Gesicht auf den Boden.

Dann war es still. Von jenseits der Mauer vernahm man ein leises Knacken und Prasseln. Er richtete sich auf und starrte auf das Desaster vor sich. Die Limousine und der Sportwagen brannten lichterloh. Dunkler Qualm stieg in schwarzen Wolken auf. Rund um die Autowracks brannte das Benzin. Eine Treibstoffspur lief in den Rinnstein und von dort als kleiner feuriger Bach die Straße hinunter. Die Fensterscheiben des nächstgelegenen Hauses waren gesprungen, an den unteren Ästen der Platanen, die die Straße vom Schulhof her beschatteten, züngelten kleine Flammen und erloschen auf Blättern, die sich zu schwarzen Fingern verkrümmten.

Von dem Dicken war nichts zu sehen. Er musste hinter dem Wagen sein. Aber er konnte sehen, was die Explosion mit den anderen Männern angestellt hatte. Der Körper des einen lag wie eine angeschwärzte Puppe auf der Schulhofmauer. Der Fahrer hing noch immer halb auf seinem Sitz und stand lichterloh in Flammen. Der Geruch von verbranntem Haar und Fleisch lag in der Luft. Hobbes erbrach sich. Aus einiger Entfernung hörte er eine Polizeisirene. Die Gaffer krochen langsam wieder aus ihren Löchern hervor. Wir müssen schleunigst hier weg, dachte Hobbes. Sonst hätte ich mich auch gleich von dem Dicken erschießen lassen können. Wo war eigentlich Sareah? Er sah, wie sie sich aufrichtete und auf ihn zu kam. Als Hobbes ihren Arm nahm, schlug sie ihn fort und schrie:

»Bist du vollkommen irre? Bist du durchgeknallt oder was?« Hobbes hob beschwichtigend die Hände und merkte, dass er noch immer die Pistole in der Rechten hielt. Eilig steckte er sie in die Jackentasche und zog die Jacke an. Hoffentlich wurde Sebastians Freundin jetzt nicht hysterisch, dachte er.

»Pass auf, Sareah, ich erkläre dir später alles. Aber jetzt müssen wir weg von hier!«

Sie antwortete nicht und starrte wieder zu den Autos hinüber. Dann sah sie ihn wütend an: »Nein, nicht später. Ich will jetzt wissen, was hier gespielt wird.«

»Diese Typen von der IS/STA wollten dich abfangen, um Sebastian zu erpressen. Wenn du eingestiegen wärst, dann wärst du jetzt auf dem Weg nach … weiß Gott wohin.«

Sie sah ihn ungläubig an. Er sah sich gezwungen, eine Entscheidung zu treffen.

»Pass auf. Sebastian hat mich gebeten, dich zu warnen, okay? Das habe ich getan. Und jetzt stecken wir in der größten Scheiße, die man sich nur vorstellen kann. Wenn du Zicken machst, sieh zu, wie du klarkommst. Ich haue jetzt ab, und du kannst dann der Polizei gern erzählen, was du willst. Oder du nimmst die Beine in die Hand und rennst mit mir um unser Leben. Verstanden?«

Sareah schluckte.

»Herrgott, wir müssen hier weg!«, brüllte er sie an. Er

drehte sie zur Seite und deutete auf einen Polizeiwagen, der in hundert Metern Entfernung in die Straße einbog und jetzt mit Blaulicht auf sie zufuhr. »Komm mit zum Institut, dann soll Sebastian dir erklären, was los ist. Wenn er noch lebt.«

»Was soll das heißen?«, fragte sie kreidebleich und ließ sich von ihm fortziehen. Im Laufen sprach Hobbes weiter.

»Die Typen wissen, dass er die Aufzeichnungen von seinem Vater hat, und vielleicht wissen sie sogar, wo er ist und was er mit den Daten vorhat. Was du so treibst, wussten sie offensichtlich ja auch sehr genau. Komm jetzt, wir müssen versuchen, ihn zu erwischen.«

Sie rannten am Schulgebäude vorbei in den Hinterhof eines angrenzenden Mehrfamilienhauses, kamen an ein Tor und gelangten von dort aus in eine kleine Gartenkolonie und schließlich auf die belebte Hauptstraße. Hobbes orientierte sich kurz. Prinzregentenplatz. Zu zweit war es noch schwieriger, sich durch die Masse der Fußgänger zu schlängeln. Aus der Ferne hörten sie Sirenen. Ein Helikopter jagte im Tiefflug über die Köpfe der Passanten.

Sebastians Hoffnung, dass die Röhre noch einmal eine Biegung machen würde, erfüllte sich nicht. So kroch er weiter und betete, dass der Killer nicht noch einmal schießen möge. Er musste dicht hinter ihm sein. Und er schien keine Angst zu haben, seine Beute aus den Augen zu verlieren.

Wieder spürte Sebastian dieses Kribbeln in den Eingeweiden, so als hätte jemand Kohlensäure in seine Bauchhöhle gegossen. Als wäre das nicht genug, machte sich in ihm eine Art Klaustrophobie breit. Er spürte, wie er Angst vor der Röhre selbst bekam. Was wäre, wenn dieser Schlauch immer enger würde, ihm die Luft nahm … Gott im Himmel! Nicht daran denken! Denk lieber an den Kerl hinter dir, befahl Sebastian sich.

Plötzlich sah es aus, als weitete die Röhre sich ein wenig:

eine waagerechte Verzweigung. Welchen Weg sollte er nehmen? Keine Zeit, lange darüber nachzudenken. Kurz entschlossen kroch er geradeaus. Nach zehn hektischen Metern gönnte er sich einige Sekunden Pause und horchte. Nichts. Er spürte einen Luftzug. Natürlich, er war schließlich in einem Lüftungssystem. Wieso kam kein Geräusch von hinten? Ein Anflug von Hoffnung erstarb schnell, als auf einmal seltsame Töne zu hören waren. Piep, piep, piep, mit kurzen Pausen. Dann kamen die Töne immer schneller hintereinander und vereinigten sich zu einem unangenehmen Summen. Als es aufhörte, folgte wieder ein Kratzen und Scharren. Also weiter, dachte Sebastian. Er hatte keine Ahnung, was das eben gewesen war. Es hatte geklungen wie ein Geigerzähler. Nach einer Weile kam er wieder an eine Abzweigung. Nein, diesmal war es eine Kreuzung. Ohne nachzudenken, schob er sich in den linken Gang hinein und kroch zehn Meter voran. Hinter einer Biegung kam er an eine Stelle, wo die Röhre einen Stutzen von einem halben Meter Länge aufwies, der nach unten zeigte und in Lüftungsschlitzen mündete. Ein schwacher Lichtschein drang hier in die Röhre, und er konnte einen Blick auf den Dreck werfen, durch den er kroch.

Er machte eine Pause. Diesmal hörte er das Geräusch des Typen sofort, allerdings erheblich leiser als zuvor. Der Mann blieb also etwas zurück. Die Geräusche erstarben. Jetzt musste er an der Kreuzung angelangt sein. Sebastian hielt den Atem an. Wenn der Typ hoffte, er könnte jetzt hören, wie Sebastian sich bewegte, dann hatte er sich geschnitten. Rate mal, wo ich bin, dachte er. Die Chancen stehen zwei zu eins zu meinen Gunsten.

Plötzlich spürte er ein Kratzen im Hals. Verdammter Staub. Aus dem Kratzen wurde ein würgender Druck. Sebastian schluckte mehrmals hektisch und hoffte, dadurch ein Husten unterdrücken zu können.

Wieder dieses Piepen. Und wieder wurde es schneller und endete in einem Summton. Dann hatte sich der Killer für den richtigen Gang entschieden. Verdammt, das durfte doch nicht wahr sein, dachte Sebastian. Verzweifelt raffte er sich auf, hustend und spuckend. Jetzt war es egal, ob der Killer ihn hören konnte oder nicht. Im dämmrigen Licht spürte er, dass seine Arme Wolken aus Staub aufwirbelten, die sich in seine Lunge legten wie ein alter Filzteppich. Und immer wieder hatte er das Gefühl, als würden klebrige Fäden durch sein Gesicht gezogen. Was war das bloß für ein Gerät, das sein Verfolger benutzte? Eine Art Richtmikrofon?

Plötzlich stieß er mit dem Kopf gegen eine Wand. Die Röhre führte über und unter ihm senkrecht weiter. Hier waren die Röhrensysteme der einzelnen Etagen miteinander verbunden. Er drehte sich auf den Rücken, schob seinen Oberkörper mit ausgestreckten Armen in die obere Röhre hinein. Indem er seine Hände seitlich gegen die Wand presste, konnte er sich hochziehen, bis er die Füße gegen die Kante stemmen konnte. Er zog sich hoch und hinein in ein kurzes, waagerechtes Stück. Nach einem halben Meter wiederholte sich das ganze Spiel. Die Systeme zweier Etagen waren an dieser Stelle über ein geknicktes Zwischenteil verbunden. Jetzt hatte er das System der zweiten Kelleretage verlassen und war in das nächsthöhere gelangt. Hier führte der Gang in die Richtung zurück, aus der Sebastian gekommen war, nur dreieinhalb Meter höher. Nach unten führte vermutlich ein entsprechender Knick. Er hoffte, den Killer ein gutes Stück hinter sich gelassen zu haben. Aber während er sich noch in den zweiten waagerechten Röhrenteil hineinzog, hörte er das Schleifen von Metall. Keine Zeit für eine Pause. Er hatte keine Ahnung, wie weit er sich jetzt schon kriechend fortbewegt hatte, aber langsam ging ihm wieder die Puste aus. Er kroch geradeaus, ohne auf die senkrechten Röhrenstücke zu achten, auf die er stieß. Von dort unten schimmerte jedesmal ein wenig Licht herauf. Und dort unten führten die Institutsgänge in die Freiheit. Könnte er nicht versuchen, durch einen dieser Stutzen aus den Röhren herauszukommen? Denk drüber nach, während du weiterkriechst, befahl er sich.

Den Killer musste er jetzt ein gutes Stück hinter sich gelassen haben, das Piepsen war schon eine ganze Weile verstummt. Er schob den linken Arm unter seinen Körper und versuchte, an seine Hosentasche zu kommen. Nach einigen verzweifelten Bemühungen gelang es ihm, sein Handy aus der Gesäßtasche hervorzuziehen. Aus der Ferne hörte er wieder das bedrohliche Schleifen. Er tippte Matos Nummer ein.

Dessen Stimme überschlug sich fast, als er anfing zu reden: »Sebastian. Was ist passiert? Was sollen wir machen wegen Sareah? Was ...«

»Hör zu«, flüsterte Sebastian. »Ich werde verfolgt. Tu bitte, was ich dir sage. Sei zwanzig Sekunden ganz leise, und dann schrei in das Mikro, so laut du kannst. Frag jetzt nicht, mach einfach!«

Mato schwieg.

Sebastian zog sich wieder in die Höhe und horchte von dort hinunter. Der Killer war, den Geräuschen nach, noch ein Stück entfernt. Sebastian stellte die Lautstärke seines Telefons hoch, dann streckte er die Hand, so weit es ging, in Richtung seiner Beine und ließ das Mobiltelefon in die Tiefe fallen. Es stürzte an dem Gang, aus dem er gekommen war und in dem jetzt der Killer steckte, vorbei und landete mit einem dumpfen Knall auf der Röhre. Dann schob sich Sebastian langsam von der Abzweigung weg, bis er den nächsten senkrechten Teil erreicht hatte. Hier drehte er sich leise auf den Rücken, blieb liegen und fing an zu zählen. Als er bei siebzehn angekommen war, hörte er ein leises Geräusch, das nicht von dem Killer stammte. Mato hatte offensichtlich das Handy an eine Box seiner Stereoanlage gehalten. Bachs ›Brandenburgisches Konzert in G-Dur‹

schallte leise durch das Röhrensystem. Sebastian spannte unbewusst alle Muskeln. Der Killer würde gleich das Handy finden. Und dann würde er denken, sein Opfer hätte sich durch den unteren Gang davongemacht. Das musste er doch denken? Die Musik würde das Mikrofon des Killers so stören, dass der nicht mehr bestimmen konnte, wo sich sein Opfer befand.

Dann spürte er, wie die Kunststoffröhre zu zittern begann. Der Killer war auf dem Weg zu ihm.

Er benutzte kein Richtmikrofon. Er benutzte einen Wärmesensor.

Hobbes' Aktion hatte eine Lawine ausgelöst. Er hatte schon lange nicht mehr so viele Polizeiwagen und Hubschrauber gleichzeitig gesehen. Die Bullen waren die Straßen in beide Richtungen abgefahren und durchkämmten die umliegenden Viertel. An jeder Ecke spuckten Mannschaftswagen behelmte, mit Maschinenpistolen bewaffnete Polizisten aus.

Hobbes ließ den Karton, hinter dem er lag, wieder zurückgleiten, so dass sein Kopf vollständig verdeckt war. Sareah und er hatten zuerst versucht, in eines der Häuser zu gelangen, als die Polizeiwagen überall aufgetaucht waren. Aber die Türen waren alle abgeschlossen. Nicht eine war defekt, sie kamen nirgends hinein. Die übrigen Passanten hatten sich, als die ersten Blaulichter erschienen waren, schnell zurückgezogen. Wer hier wohnte, war verschwunden, wer nicht, begab sich vorsichtig in Richtung Polizei, in der Hoffnung, eine Kontrolle unbeschadet zu überstehen. Die Geschäfte hatten die Panzerglastüren dichtgemacht und die Stahlgitter vor den Fenstern herabgelassen. Wenn hier jetzt noch jemand herumlief und nicht wusste, wo er Deckung suchen konnte, so war er hochgradig gefährdet. Vorhin hatte Hobbes beobachtet, wie am anderen Ende der Straße ein junger Mann von einer Streife in die

Mangel genommen worden war. Wahrscheinlich war der inzwischen auf dem Weg in ein Polizeirevier.

Sareah und er hatten es geschafft, Bogenhausens Nobelviertel zu verlassen. In der Gegend, in der sie sich jetzt aufhielten, wuchsen die Müllberge zwischen den Häusern und Innenhöfen schon seit Jahren. In einem dieser Haufen hatten sie sich vergraben. Eine Weile hatte Hobbes – wider besseres Wissen – gehofft, die Bullen würden ihre Suche verlagern. Aber er hatte mindestens zwei Beamte getötet. Da würden die Kollegen gründlich suchen.

Wieder hastete eine Gruppe von Polizisten im Laufschritt vorbei. Hobbes spürte, wie etwas in seinen Kragen lief. Angeekelt zog er eine halbleere Ketchup-Flasche von seiner Schulter und holte die Pistole aus der Jackentasche. In diesem Augenblick konnte er keine Verfolger in der Nähe sehen. Mit einem Knacken ließ er das Magazin aus der Waffe gleiten und schob das zweite hinein. Zwar hatte er erst eine Kugel gebraucht, aber vielleicht kam es ja schon bald auf jede einzelne an. Das angebrochene Magazin verstaute er in seiner Jacke. Mit der Pistole in der Hand wandte er sich an die blauen Müllsäcke zu seiner Linken.

»Psssst …«

Sareahs Gesicht erschien.

Hobbes flüsterte, während er mit den Augen weiter das Geschehen auf der Straße verfolgte.

»Wenn ich gleich verschwinde, wartest du noch eine Weile und machst dich dann auf den Weg zum Institut, okay?«

»Wieso ›Wenn ich gleich verschwinde‹? Was soll das heißen?« Bevor sie weitersprechen konnte, fiel er ihr ins Wort:

»Wenn wir hier noch länger warten, dann sind wir bald beide dran. Wir müssen uns aufteilen, wenigstens einer muss es zu Sebastian schaffen. Mach du das, Sareah. Die Polizei ist auf der Suche nach einem Mann. Dich werden sie laufen lassen.«

Sareah machte keine Anstalten.

»Los, mach schon. Ich komme klar. Hab ja eine Waffe.« Dann fiel ihm ein, dass Sareah die Waffe unter Umständen genauso gut gebrauchen konnte. Wem war mit der Pistole mehr gedient?

Sein halbes Leben war er weggelaufen: vor der Polizei, den anderen Banden, die in seinem Revier gewildert hatten, Drogendealern, die er und seine Jungs beklaut hatten... Verdammt, er hätte jetzt wirklich gerne einen der Kumpel von damals dabeigehabt. Finger oder den Roten oder... Scheiße, warum träumte er hier von irgendwelchen Freunden, die vielleicht nicht einmal mehr lebten?

Er nahm das Magazin aus der Tasche.

»Du weißt, wie man damit umgeht?«, fragte er Sareah und hielt ihr Pistole und Magazin hin.

Sie schaute ihn erstaunt an. »Du hast doch eben gesagt...«

»Aber jetzt sage ich etwas anderes. Kennst du dich damit aus?«

Sie schüttelte den Kopf. Er zeigte ihr, wie die Waffe ent- und gesichert wurde und wie man das Magazin wechselte. Dabei behielt er die ganze Zeit die Straße im Auge. Eine Streife näherte sich zügig. Es wurde Zeit.

»Ich kann gegen die Arschlöcher mit dieser Waffe sowieso nichts ausrichten. Aber du wirst sie vielleicht brauchen.« Er schob den Karton vor seinem Gesicht zur Seite. »Warte noch fünf Minuten, okay? Dann sieh zu, dass du zum Institut kommst.«

Bevor er loslief, sah er sich die Umgebung noch einmal sorgfältig an und ging in Gedanken die nächsten Schritte durch. Dann schob er leise den Rest des Mülls von seinem Körper und kroch bis zum Bürgersteig.

Im nächsten Augenblick war er weg. Sareah hörte Warnrufe und Befehle, eine Waffe wurde abgefeuert, eine zweite fiel ein.

Dann erstarrte sie bei einem lauten Schrei. Aber es war kein Schmerzensschrei, sondern ein grelles Jauchzen. Es klang beinahe wie ein Kampfruf. Schließlich hörte sie das Trampeln schwerer Stiefel, weiße Helme fegten vorbei. Die Schreie und Schüsse verloren sich in der Ferne.

Nach fünf Minuten schlich auch sie sich zur Straße. Das Viertel war wie ausgestorben. Sie rannte los.

Sebastian strampelte verzweifelt, bis er den Rand der oberen Röhre zu fassen bekam. Er zog sich hoch, den Verfolger diesmal nur weniger Meter hinter sich. Und wieder ging das Spiel von vorn los. Er schob sich vorwärts, so schnell er konnte, in der Hoffnung, die Distanz zwischen sich und seinem Verfolger wieder zu vergrößern.

Aber wieder spürte er, dass er langsamer wurde. Er musste sich jetzt über den Gängen des dritten Untergeschosses befinden. An der nächsten Kreuzung spürte er einen warmen Luftzug, der ihn von der Seite anblies. Ohne zu überlegen, bog er ab, der Wärme entgegen. Erst nach einigen Metern wurde ihm klar, dass sein Unterbewusstsein eine gute Entscheidung getroffen hatte. Wenn der Typ hinter ihm einen Wärmemelder hatte, dann konnte Sebastian ihn in dieser Umgebung vielleicht abhängen. Irgendwo hier unten musste der Heizungskeller liegen. Vielleicht kam die Wärme von dort. Sebastian nahm nun an jeder Kreuzung die Abzweigung mit der wärmsten Luft. Inzwischen schwitzte er nicht mehr allein wegen der Anstrengung aus allen Poren. Er beschloss, bei der nächsten Gelegenheit zu überprüfen, wie stark die Abdeckungen der Lüftungsstutzen waren. Er musste alles auf eine Karte setzen.

Endlich gelangte er wieder an einen der Stutzen. Er kroch darüber hinweg und schob dann rückwärts die Beine hinein. Schließlich stand er gebückt auf der Abdeckung und drückte sein Kreuz gegen die Decke. Das Blech, auf dem er stand, bog sich durch, ebenso der Kunststoff über seinen Schultern. Sonst geschah nichts. Er ging in die Knie, streckte sich dann und ließ die Schultern gegen die Decke krachen. Es gab einen dumpfen Schlag, aber noch immer stand er auf der verfluchten Abdeckung des Lüftungsstutzens. Wie lange hatte er wohl noch zu leben, wenn er jetzt nicht schleunigst hier herauskam? Wenn es jemals einen Zeitpunkt gegeben hatte, die sprichwörtliche Kraft der Verzweiflung zu spüren, dann jetzt, verdammt noch mal. Sebastians Angst verwandelte sich in Wut. Aus der Ferne hörte er die vertrauten Geräusche. Verfluchte Scheiße, dachte er, jetzt oder…

Er schmetterte die Füße mit aller Kraft auf die Abdeckung. Es krachte, und das Licht, das zuvor von unten nur einen schwachen Schimmer heraufgeschickt hatte, brach jetzt heller an der Seite des Bleches hervor. Eine Ecke der Abdeckung hatte sich gelöst. Sebastian zog die Füße noch einmal hoch. Im Licht sah er dort, von wo er gekommen war, wie sich in einigen Metern Entfernung ein Gesicht aus dem Schatten schälte. Vor dem Gesicht konnte er Hände erkennen, die zwei Gegenstände hielten. Ein langer Lauf glitzerte metallisch. Das andere Gerät war kaum zu erkennen. Sebastian sah kleine Lichtpunkte, die sich in den Augen seines Verfolgers spiegelten. Das Gesicht erinnerte ihn an jemanden. Aber er hatte keine Zeit, darüber nachzudenken. Er ließ die Füße wieder auf die Abdeckung krachen. Dann verlor er den Halt unter den Füßen. Seine Hände rutschten ab, und er schlug mit den Ellenbogen auf den Rand des Stutzens. In einem Regen aus Staub und Dreck flog er aus dem Rohr heraus und schlug neben der Abdeckplatte auf dem Boden auf. Ein stechender Schmerz jagte durch seinen Oberschenkel. Dann lag er da und spürte, wie sich ein Metallrost in seine Wange drückte. Einen Augenblick dachte er, wie angenehm es wäre, einfach hier liegen zu bleiben. Dann kam von oben eine abgerissene Ecke der Abdeckung heruntergesegelt und knallte auf seinen Rücken. Es gab ein Oben, und da oben gab es jemanden, der…

Sebastian rappelte sich mühsam auf und humpelte los. Er befand sich jetzt in einem großen Raum auf einem eisernen Laufsteg, unter ihm mannshohe Öfen, die das Institut mit Strom und Wärme versorgten. Dicke Spiralen von Wasserrohren hielten die Öfen wie riesige Schlangen umschlungen. Die Lüftungsrohre führten in fünf Metern Höhe über die Öfen hinweg. Hätte er den nächsten Stutzen benutzt, um aus dem Lüftungssystem herauszukommen, so hätte er den Sturz kaum überlebt. So aber war er auf einem Gang gelandet, der hoch über den Öfen an den Wänden entlangführte. Einige Meter vor ihm war eine Treppe. Er rannte los. Irgendetwas schepperte hinter ihm, aber er drehte sich nicht um. Als er die Stufen hinunterlief, hörte er einen Schuss. Neben ihm spritzte plötzlich ein Strahl heißes Wasser aus einem der Rohre, nur knapp an seinem Gesicht vorbei. Er spürte die Wärme und hob schützend die Hände vor das Gesicht, während er weiterrannte. Wieder ein Schuss, wieder ein Strahl heißes Wasser. Es fuhr ihm seitlich unter die Jacke und tat verdammt weh. Immer in Bewegung bleiben, dachte Sebastian. Keine Zielscheibe abgeben. Scheißescheißescheißescheißescheiße, wo war die Tür?

Schließlich sah er einen Ausgang am anderen Ende des Raumes. Wieso befand sich diese Tür auf der anderen Seite? Immerhin gaben die Öfen ihm auf dem Weg dorthin Deckung. Er rannte weiter, links und rechts von ihm wanden sich die Spiralen der Wasserrohre in die Höhe. Ein weiterer Schuss. Sei offen, betete Sebastian, als er die Tür erreichte, sei bitte offen.

Er drückte die Klinke und zog. Nichts.

Idiot, dachte er und drückte. Die Tür ließ sich ganz leicht

öffnen. Hinter sich hörte er sie wieder ins Schloss fallen. Es gab keine Möglichkeit abzusperren. Also blieb ihm nur, zu rennen. Die Beleuchtung im Gang war schwach. In diesem Teil des Instituts war er bisher nur ein einziges Mal gewesen. Außer dem Wartungstechniker und dem Hausmeister hatte hier niemand etwas zu suchen. Verzweifelt versuchte er, sich zu erinnern, wohin er von hier aus kam. Der Gang bog sehr schnell ab und erweiterte sich in einen großen Raum. Während er um die Kurve bog, warf er einen schnellen Blick zurück. Die Tür zum Heizungsraum war offen. Sein Verfolger hatte eben den Gang betreten und sah ihm nach. Jetzt wusste Sebastian, warum ihm das Gesicht bekannt vorkam:

Barth!

Der nächste Raum war eine Art Zentrale. Die Wände waren voll mit Schalttafeln, Zeigern und Zahlen. Sein Blick fiel auf einen Glaskasten mit dicken roten Buchstaben: NOTAUS und FEUERALARM. Daneben, hinter einer Glasscheibe, hing eine große, rote Axt. Sollte er …? Gegen eine Schusswaffe?

Da war eine zweite Tür. Er rannte hinüber. Bevor er dort war, fuhr ihm noch einmal das Wort durch den Kopf: NOTAUS. Na klar. Eine Stromunterbrechung. Nur die Notaggregate auf Batteriebasis würden dann noch arbeiten. Er lief zu dem Knopf. Ein Regler daneben war mit Hinweisen versehen, die zeigten, dass er zur Notfall-Versorgung gehörte. Der Killer war noch ein gutes Stück hinter ihm gewesen. Sebastian hatte also ein paar Sekunden Zeit. Mit dem Ellenbogen schlug er die Scheibe ein, die den Notausschalter schützte, und hieb auf den Knopf. Um ihn herum wurde es dunkel. Er hörte, wie das Summen eines Generators leiser wurde und erstarb. Dann ging flackernd die Notbeleuchtung an und tauchte den Raum in diffuses rotes Licht. Sebastian blickte sich schnell noch einmal um, prägte sich die Raumaufteilung ein und riss dann an der Verschalung der Konsole mit den Anzeigen für die Notstromversorgung. Sie löste sich leicht. Er fasste in die Konsole hinein und packte alle Kabel, die er mit seinen Händen auf einmal greifen konnte. Er zog und zerrte daran. Knirschend brach schließlich eines, dann ein zweites aus der Fassung. Es gab einen Knall, und Sebastian spürte einen kräftigen Schlag, der ihm den rechten Arm hinauf bis ins Schultergelenk fuhr. Aber er hatte Glück. Der Stromschlag hatte seinen Arm nicht einmal betäubt. Die Versorgung des Gebäudes mit Batteriestrom lief tatsächlich direkt durch diesen Regler, und er hatte das Kabel für die Notbeleuchtung erwischt. Jetzt war es stockdunkel. Er hastete zur Tür, die er sich gemerkt hatte, fand die Klinke, riss die Tür auf, schlüpfte hindurch und fand sich in einer winzigen Kammer. Er versuchte, flach zu atmen, und schloss die Augen. Der Schweiß rann ihm von der Stirn und brannte unter seinen Augenlidern. In der Kammer kam es ihm noch wärmer vor als bei den Öfen. Aber: Je wärmer, desto besser. Seinen Wärmemelder konnte Barth so vergessen.

Er hörte, wie sich die Tür zur Schaltzentrale öffnete. Langsame Schritte, dann wieder Stille. Da war es wieder, dieses Piepen. Unregelmäßige kurze und lange Pieptöne. Wieder die Schritte. Gedämpft durch die Tür, verrieten ihm die Geräusche nicht, wohin sein Verfolger sich bewegte. Nach drei, vier Schritten blieb er stehen. Wieder das Piepen. Sebastian stellte sich vor, wie der Kerl sein Gerät langsam herumschwenkte. Unter dem Türschlitz plötzlich ein Lichtschein! Barth hatte eine Taschenlampe.

Die Pieptöne wurden plötzlich länger und länger, bis das Gerät nur noch einen lang anhaltenden Ton abgab. Sebastians Magen krampfte sich zusammen. Wenn der Killer jetzt an die Tür käme … Alle Muskeln seines Körpers spannten sich. Das war es dann wohl.

Hobbes war seit Jahren nicht mehr so gelaufen. Es war wie früher. Wieder hetzte ihn eine Meute, und wieder schlug er Haken um Haken, sprintete in Hinterhöfe, über Müllhaufen, überstieg niedrige Mauern, landete in der Sackgasse. Über eine kleine Pforte ging es weiter, wieder in einen Hinterhof mit kniehohem Müll. Eine unverschlossene Tür, ein Treppenflur, dann wieder die Straße.

Nachdem er sich von Sareah getrennt hatte, war er das erste Stück für jedermann sichtbar über die Straße gerannt. Sämtliche Polizisten, die sich auf seiner Höhe befunden hatten, waren sofort hinter ihm her gewesen, behinderten sich aber gegenseitig. Ein paar Kugeln, die gefährlich nahe gekommen waren, hatten ihn dennoch verfehlt.

Jede Häuserecke, die er zwischen sich und die Bullen bringen konnte, war eine Chance, die Richtung zu ändern, ohne von ihnen gesehen zu werden. Nach zwanzig Metern mitten auf der Straße war er in eine Seitengasse gerannt, seine Verfolger von zwei Seiten nach sich ziehend. Immer wieder war es ihm gelungen, sie abzuhängen, doch von überall tauchten irgendwann Polizisten und Helikopter auf.

Ursprünglich hatte er gehofft, die Bullen einfach abzuhängen. Aber sie waren überall. Er war weiter und weiter gelaufen, bis er schließlich in eine Gegend gekommen war, die er gut von früher kannte. Dann fiel es ihm wieder ein: natürlich konnte er nicht sicher sein, dass es ihren Treffpunkt noch gab. Aber er musste jetzt schnell handeln.

Er kletterte auf eine kleine Mauer, die zwei Hinterhöfe im Glockenbachviertel voneinander trennte, und sah seine Verfolger von vorn und von hinten kommen. Er richtete sich auf und sprintete die kurze Mauerkrone entlang, sprang dann auf das Fenstersims eines dreistöckigen Hauses und von dort an das Fallrohr der Regenrinne. Das Rohr führte in einem Winkel des Hauses in die Höhe, die ihn vor den Verfolgern hinter ihm verbarg. Die anderen aber begannen, aus allen Rohren zu feuern. Um ihn herum flog der Putz von der Häuserwand. Dann hatte er die Dachrinne erreicht und schwang sich auf das Dach. Während er die Schräge hinaufrannte, krachten die Dachpfannen unter seinen Füßen. Es hatte zum Glück seit Stunden nicht mehr geregnet, und das Dach war nicht so feucht, wie er befürchtet hatte. Am Dachfirst hielt er an und sah sich um. Sie machten sich jetzt vermutlich daran, das Haus zu umstellen und in den Hausflur einzubrechen. Von hier oben sah er Polizeiwagen mit Blaulicht in allen Straßen der Umgebung stehen, andere patrouillierten schneller oder langsamer durch das Viertel. Zwei Helikopter näherten sich.

Das Haus war umgeben von höheren Gebäuden. Hobbes rannte den First entlang. Die Fassade des gegenüberliegenden Nachbarhauses war drei Meter entfernt, er musste dort die Terrasse einer Penthousewohnung erreichen, möglichst ohne sich den Hals zu brechen.

Er sah hinunter auf die Straße und drehte sich noch einmal um. Ein Stück hinter ihm befand sich ein Dachfenster. Er trat die Scheibe ein. Das Glas prasselte in die graue Badewanne. Vorsichtig stieg er hinein und versuchte, unverletzt an den Scherben vorbeizukommen. Er riss die Tür des altmodischen Badezimmers auf und rannte durch die Wohnung. Ein alter Mann starrte ihn erschrocken aus seinem Lehnstuhl heraus an. Hoffentlich bekommt der keinen Schlaganfall, dachte Hobbes. Dann hatte er das Balkonzimmer erreicht und trat hinaus. Die Nachbarfassade schien jetzt deutlich näher. Hobbes kletterte auf die Brüstung, balancierte auf den Blumenkästen und drückte die Unterschenkel gegen das niedrige Geländer. Er ging in die Knie und spannte die Beinmuskeln an. Dann stieß er sich ab. Er flog hinüber und knallte gegen die Wand des gegenüberliegenden Balkons. Der Aufprall war hart und schmerzhaft. Aber er war schnell wieder auf den Beinen. Lief doch eigentlich ganz gut.

Also begann er, die Balkone über sich zu erklimmen. Es ging schnell, und er hatte schon den vierten Balkon erreicht, als die ersten Polizisten auf dem Dach des ersten Hauses auftauchten. Von unten instruiert, entdeckten sie ihn schnell. Mit Sicherheit waren andere jetzt schon dabei, auch in dieses Haus einzudringen. Die Polizisten auf dem Dach unter ihm begannen, auf ihn zu schießen. Die Kugeln schlugen um ihn herum in die Fassade ein. Aber er war schon zu hoch, als dass sie von ihrer Position aus viel mehr von ihm sehen konnten als ab und zu seinen Hintern. Zwei Hubschrauber kreisten auf seiner Höhe, behinderten sich aber gegenseitig. Doch bevor die Schützen auf ihn zielen konnten, stiegen beide Maschinen wieder auf.

Hinter einer Fensterfront sah Hobbes in ein erschrockenes Gesicht. Dann rasselte ein eisernes Rollo herunter. Von den Bewohnern des Hauses durfte er keine Hilfe erwarten. Die würden heilfroh sein, wenn die Bullen wieder weg wären, mit ihm oder ohne ihn.

Nach einer elenden Kletterei erreichte er schließlich die oberste Plattform. Sie gehörte, wie er vermutet hatte, zu einem Penthouse. Hier schien niemand zu wohnen. Es lag überall Müll herum, leere Bierflaschen, Kondome, Plastiktüten, Pizzaverpackungen und Einwegspritzen. In der Ecke roch es scharf nach Urin. Die Wände waren mit Graffiti beschmiert. Einige Zeichen wiederholten sich ständig. Jetzt wusste er, dass die Geschichten stimmten, die er damals gehört hatte. Das hier war einer der Treffpunkte der Banden, die es überall in den Vierteln gab und von denen jede ein eigenes, eifersüchtig verteidigtes Revier besaß. Und eine der Banden, mit denen er damals zu tun gehabt hatte, war für ihren Schlupfwinkel berühmt gewesen.

Hier hatten die Mitglieder sich mit persönlichen Signaturen verewigt, wie sie es auch an den Häuserwänden ihres Viertels taten. Hobbes konnte nicht alles lesen, was hier stand. Nur eines war klar, die Jungs, die sich hier oben trafen, waren schon verdammt tief gesunken. Etwa die Hälfte der Signaturen war mit dem Rhombus versehen, der besagte, dass der Betreffende im Knast saß. Jetzt war keiner von ihnen mehr hier; beim Auftauchen der Polizei waren sie längst getürmt.

Es musste also einen geheimen Fluchtweg geben.

Die Glastür zur Wohnung stand offen. Ein zerrissener Vorhang wehte im Luftzug. Hinter der Tür war es dunkel. Hobbes ging vorsichtig hinein, gefasst darauf, dass ihn ein Empfang erwartete, wie ihn seine eigenen Kumpel früher ungebetenen Gästen bereitet hätten. Aber der Raum war leer. Er stieg über umgeworfene Sessel und über ein Holzbrett auf leeren Bierdosen. In der Ecke gammelte eine aufgerissene Matratze.

Hobbes inspizierte rasch die Wohnung. Die Polizei würde bald hier sein. Er rückte die Überreste der Möbel von den Wänden, klopfte gegen die Tapete. Plötzlich sah er unter einem umgestürzten Regal zwei Beine herausragen. Er trat dagegen. Der Typ, der dort lag, zog ein Bein an und brummte vor sich hin. Hobbes packte ihn und zog. Der Junge war vielleicht elf. Er bekam die Augen kaum auf, schmale, schräge Schlitze. Hobbes packte ihn am Kragen und zog ihn hoch. Er war stockbetrunken. Hobbes schlug ihm mit der flachen Hand ins Gesicht, bis er sich zu regen begann. Als er es endlich geschafft hatte, einen Blick in Hobbes' Gesicht zu werfen, kam Leben in seine Glieder. Er begann zu strampeln und wild um sich zu schlagen. Hobbes hatte damit gerechnet. Er packte ihn und sprach auf ihn ein.

»Ich tue dir nichts«, sagte er. »Hör mir zu. Die Bullen sind auf dem Weg hierher. Wenn die dich finden, bist du dran. Also mach dich weg.«

Er ließ den Jungen nach Luft schnappen. Nachdem der wieder Atem geschöpft hatte, sah er sich mit umnebeltem Blick im Raum um und versuchte, sich zu orientieren.

»Was ist los? Wo sind die anderen?«

»Die haben die Bullen unten gesehen und sich aus dem Staub gemacht. Und das würde ich dir auch empfehlen.«

Von der Tür zum Flur hörte man ein Krachen. Eine Tür barst. Hastige Schritte auf der Treppe.

»Die sind abgehauen und haben mich hier liegen gelassen? Diese …«

»Dann zeig mal, wie schnell du dich von den Socken machen kannst.«

Mit großen Augen starrte der Junge Hobbes an.

»Was bist du eigentlich für einer?«, fragte er.

Hobbes wusste genau, wie er die Situation für sich ausnutzen konnte. Er würde dem Bengel imponieren.

»Ich bin einer, der von einem ganzen Bataillon Bullen gesucht wird. Und die stehen jetzt ziemlich genau vor dieser Tür.«

Tatsächlich spiegelte sich Anerkennung in den Augen des Jungen. Dann sprang er auf und hastete durch den Raum. Von draußen kamen wieder Geräusche einer zersplitternden Tür. Eine Stimme war zu hören, die irgendetwas brüllte. Schwere Schritte näherten sich der Wohnung.

Der Junge hatte die Wand erreicht und hob ein altes Poster von einer Heavymetal-Band an. Dahinter war eine Klappe und dahinter ein Loch. Der Kleine hechtete kopfüber hinein. Hobbes schaute in die schwarze Öffnung. Zum Teufel, wenn der Bengel da reinsprang, dann musste das in Ordnung sein. Er stürzte hinterher. Der Schacht, durch den er fiel, war so eng, dass er die Reibung der Wände an seinen Schultern spürte. Ein Scheißgefühl, so mit dem Kopf voran in die Tiefe zu stürzen. Aber der Junge wusste hoffentlich, was er tat. Das hier war der Fluchtweg. Und Hobbes' einzige Chance.

Tiefer und tiefer ging es hinunter, ein alter Müllschacht, vermutlich. Er streckte die Hände weit vor, um den Sturz am Ende etwas abfangen zu können. Aber dann bemerkte er, wie die Reibung an seiner Brust zunahm. Schließlich rutschte er noch einige Meter schräg auf dem Bauch und flog dann durch ein fast waagerecht angelegtes Endstück des Schachtes ins Freie. Schützend warf er die Arme vor das Gesicht. Aber er landete verhältnismäßig weich auf einem Haufen alter Matratzen und zerrissener Wäsche.

Der Haufen lag inmitten eines Raumes mit rohen Backsteinwänden. An einer Seite war eine Türöffnung zu erkennen, doch sie schien zugemauert. Durch ein Loch im Boden verschwand in diesem Augenblick der Junge, Hobbes stand auf und stieg hinterher. Er gelangte in einen niedrigen Gang aus Backsteinen. Gedämpftes Licht fiel ab und zu durch Ritzen in der Decke. Nach einer Weile wurde ihm klar, dass er sich nicht mehr unter dem Haus befinden konnte, aus dessen oberstem Stockwerk er eben heruntergestürzt war. Der Gang schien verschiedene Häuser des Viertels unterirdisch zu verbinden. Wunderbar. Das musste eines der alten Tunnelsysteme unter dem Glockenbachviertel sein. Immer wieder stieß er auf abzweigende Gänge, aber er folgte dem Jungen, dessen Schritte er dumpf vor sich hörte. Immer geradeaus, dachte er. Je größer die Entfernung zu dem Ort, an dem die Polizei ihn vermuten musste, umso besser.

Schließlich erreichte er den Jungen, der gerade dabei war, einen Kanaldeckel über seinem Kopf zur Seite zu schieben. Gemeinsam schafften sie es. Sie gelangten in einen Hinterhof. Der Junge brachte den Kanaldeckel wieder in seine ursprüngliche Position und begann, Müll darüber aufzuschichten. Er sah Hobbes an. Der wusste genau, was der Junge befürchtete.

»Pass auf. Ich kenne euren Schlupfwinkel nicht und schon gar nicht euren Fluchtweg. Und du hast ihn mir auch nicht gezeigt. Okay? Und wenn deine Kumpel blöde Fragen stellen, dann verfluch sie dafür, dass sie dich liegen gelassen haben. Jemanden im Stich zu lassen ist ja wohl immer noch das Letzte, oder?«

Der Junge nickte ernst. Dann schaute er sich noch einmal um und ging auf die Eingangstür eines der umliegenden Häuser zu. Auch Hobbes setzte sich wieder in Bewegung, weiter, immer weiter weg von den Bullen. Unterwegs begegneten ihm ein paar Streifenwagen, aber da er jetzt in einem völlig anderen Viertel war, brauchte er sie nicht mehr zu fürchten. Die Bullen würden sich nach wie vor auf die Gegend konzentrieren, in der er auf den Häusern herumgeklettert war.

Er fühlte sich gut. Es war wie früher. Besser als früher. Nie hatte er sich lebendiger gefühlt als nach einer Jagd. Und diesmal, dachte er, diesmal bin ich sogar auf der richtigen Seite. Bis auf ein leichtes Zittern in den Knien hatte sein Körper das Adrenalin gut verkraftet.

Er machte sich eilig auf den Weg zum Institut.

Sebastian hörte, wie eine Tür aufging und wieder ins Schloss fiel. Alles wurde still. Erleichtert stieß er die Luft aus und entspannte sich. Er verstand nicht, was passiert war, aber noch lebte er. Er beschloss, eine Weile zu warten. Er würde sein unbequemes Versteck ohnehin schon bald aufgeben müssen. Seine Beine begannen einzuschlafen.

Nach einer Weile, die ihm wie eine Ewigkeit vorkam, öffnete er schließlich vorsichtig die Tür der Abstellkammer. Sie quietschte leise, und er hielt einige Male inne, weil er meinte, etwas zu hören. Aber es blieb ruhig. Wieder in der Schaltzentrale, war er überrascht, dass er überhaupt nichts sehen konnte. Seine Augen gewöhnten sich nicht an die Dunkelheit, weil es einfach kein Licht gab, auf das sie sich hätten einstellen können. Er fühlte sich besser, als er die Augen wieder schloss. Er hatte sich noch nie viel Gedanken darüber gemacht, aber jetzt fiel ihm ein, dass es immer wieder hieß, man könne die Anwesenheit eines Menschen spüren. Selbst in einem dunklen Raum. Sebastian wusste, dass das physikalisch nicht möglich war.

Nachdem er eine Weile nichts mehr gehört hatte, kam er zu dem Schluss, dass er wirklich allein war.

Es war furchtbar warm. Er zog endlich die Jacke aus. Dann tastete er sich durch den Raum, bis er an die Tür zu den Labors und Büros dieser Etage kam. Auch hier war es völlig dunkel. Sebastian bewegte sich mit zusammengekniffenen Augen langsam vorwärts, während er mit der linken Hand die Wand abtastete. Irgendwann musste dieser Gang zum Fahrstuhl führen. Allerdings würde der Lift ja nicht funktionieren! Also wieder ins Treppenhaus zurück? Bei dem Gedanken bekam er eine Gänsehaut.

Nein. Vor allem anderen musste er jetzt erst mal die Polizei alarmieren. Aber wie?

Mit etwas Glück war der Killer in den Heizungskeller zurückgegangen. Aufgegeben hatte er bestimmt nicht. Vielleicht stand er jetzt sogar direkt vor ihm und würde ihn gleich über den Haufen knallen.

Plötzlich ertönte eine Sirene. Das Jaulen begann leise, wuchs immer stärker an, ließ sein Trommelfell beben und erstarb dann wieder. Was war da los? Sebastian tastete sich weiter und weiter. Es kam ihm vor, als nähme die Hitze noch immer zu. Richtig schwül war es. Wieso hatte diese Sirene eigentlich Strom? Vielleicht hatte er nicht sämtliche Kabel herausgerissen, die den Notstrom verteilten.

Seine Hände fuhren ins Leere. Die Wand war hier zu Ende, der Gang erweiterte sich. Er musste die kleine Halle erreicht haben, in der sich der Fahrstuhl und die Tür zum Treppenhaus befanden. Und jetzt? Er zuckte zusammen, als die Sirene erneut losging. Ihr Warnton kam direkt aus einem Lautsprecher über seinem Kopf und brannte sich einen Weg durch sein Gehirn.

Wohin sollte er jetzt? Rauf oder runter? Als das Heulen der Sirene wieder abschwoll, hörte er ein Geräusch vor sich, gedämpft durch eine Tür. Schritte auf der Treppe. Eilige Schritte. Sie endeten genau vor ihm. Wieder Alarm. Sebastian warf sich herum und begann, in die Richtung zu laufen, aus der er gekommen war, während er hörte, wie sich hinter ihm die Tür öffnete. Ein Lichtkegel tauchte auf, strich hinter ihm über die Wand, folgte ihm, erfasste ihn, fuhr über ihn hinweg und kehrte zurück. Da war er also wieder, der Killer. Weiter, weiter... Sebastian wartete verzweifelt auf das Geräusch eines Schusses. Dann hatte er die Tür erreicht.

Sie öffnete sich und Barth kam heraus.

Verdammt, war der nicht hinter ihm gewesen? Erschrocken warf Sebastian sich zur Seite, rutschte aus und knallte auf den Boden. Im Schein einer Taschenlampe sah er, wie Barth die Waffe hob. Er rollte sich zur Seite, aber die Pistole zielte auf die zweite Lampe. Sebastian konnte jetzt im Schein von Barths Licht erkennen, dass der auf einen Mann in Uniform zielte: den Pförtner. Als Sebastian endlich begriffen hatte, was geschah, hörte er den Schuss. Es folgte ein kurzer, erstickter Schrei und ein dumpfer Schlag. Ein gurgelndes Geräusch löste sich im Lärm der Sirene auf.

Im nächsten Augenblick schaffte Sebastian es, alle Kraft und Energie, die er noch hatte, in einer einzigen Bewegung zu konzentrieren. Er schwang sich herum und wuchtete dem Killer seine Beine in die Kniekehlen. Überrascht von der plötzlichen Wehrhaftigkeit seines Opfers, knickte Barth ein und schlug hart auf den Boden. Seine Taschenlampe flog durch die Luft. Ihr Licht bildete einen Kegel, der den Gang erhellte. Während Barth stürzte, rollte Sebastian sich auf den Bauch und sprang auf. Barth hatte die Pistole nicht fallen gelassen. Sebastian riss die Tür des Schaltraums auf. Heiße Luft schlug ihm entgegen. Er rannte in die Dunkelheit des Raumes hinein, die Tür fiel hinter ihm zu und schnitt den Lichtschein ab. Wieso war es hier nur so heiß?

Er rannte weiter. Während er lief, hörte er seine Füße durch eine Flüssigkeit platschen. Der Gang machte einen Bogen, und Sebastian stand wieder vor der Halle, in der die Öfen brannten. Er machte die Tür auf, und über seine Schuhe schwappte eine Welle von Wasser. Feuchter Nebel schlug ihm entgegen. Natürlich! Barth hatte in die Rohre mit Heißwasser geballert, mit denen die Generatoren angetrieben wurden.

Der Dampf waberte rötlich um ihn herum. Dann erkannte er die Quelle des Lichts. Die Öfen glühten von innen. Das Wasser, an das sie ihre Hitze abgaben, lief nur noch langsam durch die durchlöcherten Rohre. Die Flüssigkeit führte die Wärme nicht mehr ab. Deshalb heizten sich die Öfen immer stärker auf.

Wieso schaltete die Heizung sich nicht ab? Dafür musste es doch eine Automatik geben. Jetzt konnte Sebastian es riechen. Gas. Barth hatte nicht nur die Wasserleitungen getroffen. Die Sirene heulte infernalisch. Wahnsinn! Wenn der Killer hier einen Schuss abgab, dann würde alles in die Luft fliegen.

Weg, dachte Sebastian, nur weg. Panisch rannte er los, blieb wieder stehen, schlug sinnlos nach den Dampfschwaden vor seinem Gesicht, wirbelte herum wie ein Derwisch. Dann stolperte er und stürzte in die warme Brühe, die den Boden bedeckte. Das brachte ihn zur Besinnung. Er stand auf und zog sich von der Tür zurück, wobei er vorsichtig Abstand zu den heißen Öfen hielt. Dann hatte er eine Idee.

Die Tür öffnete sich. Vorsichtig, aber mit einem Ausdruck sicherer Überlegenheit im Gesicht, betrat Barth den Heizungsraum. Er blieb an der Tür stehen und beschrieb mit der Taschenlampe einen Kreis. Dann begann er, systematisch die Ecken auszuleuchten. Dampfschwaden zogen durch den Lichtkegel der Lampe. Schließlich humpelte er tiefer in den Raum.

Vor jeder Lücke zwischen den Öfen hielt er an und leuchtete vorsichtig hinein. Als er den dritten Zwischenraum erreicht hatte, sah Sebastian seine Chance. Er schnellte aus der Lücke, in die er sich zurückgezogen hatte, hervor und rammte den Killer mit voller Wucht. Barth reagierte schnell. Er drehte sich zur Seite und hob die Waffe, doch bevor er abdrücken konnte, verlor er das Gleichgewicht und prallte mit dem Gesicht gegen den glühend heißen Ofen. Sein Mund öffnete sich zu einem grauenhaften Schrei. Sebastian ließ sich zur Seite fallen, streifte dabei mit dem Oberarm den Ofen. Ein brennender Schmerz fuhr ihm durch die Haut. Sein T-Shirt klebte am heißen Metall, wurde aber durch seinen Fall wieder abgerissen. Dann lag er auf dem Boden und kroch zur Seite, weg von Barth. Der Killer brüllte wie am Spieß. Sein Schreien übertönte sogar die Sirene. Sebastian richtete sich auf und rannte zur Tür. Von dort sah er noch einmal zurück. Barth lag jetzt zusammengekrümmt auf dem Boden. Die eine Hand krampfte sich noch immer um die Pistole, hielt sie am ausgestreckten Arm der Decke entgegen.

Hinter Sebastian fiel die Tür zu. Hier, ohne den Schein der glühenden Öfen, stand er wieder in vollkommener Dunkelheit. Aber jetzt überkam ihn ein Gefühl der Erleichterung. Barth würde ihm keine Probleme mehr machen. Langsam tastete er sich voran. Auch hier war die Hitze unerträglich. Was aber würde passieren, wenn die Öfen sich weiter und weiter aufheizten? Irgendwie mussten Barths Kugeln so eingeschlagen sein, dass die Menge Gas, die ausströmte, zu gering war, als dass die Überdruckventile ansprangen. Wenn das ausströmende Gas jetzt auf einen Funken stieß …

Er musste verschwinden. Sofort.

Als er den Schaltraum erreichte, tastete er sich vorsichtig weiter in Richtung Flur. Dann erreichte er die Konsole der Notstromversorgung. Zwischen zwei Sirenentönen hörte er ein leises Prasseln. Es klang nach Elektrizität. Er hob die Konsolenverkleidung hoch, die er vorhin losgerissen hatte, und sah, dass die herausgerissenen Kabel Funken sprühten. O Gott! Wenn das Gas bis hierher kam, dann … Er griff in die Konsole hinein und versuchte, die Kabel zu packen und so zu legen, dass sie keinen Kontakt mehr mit dem Metall der Verkleidung hatten. Diesmal fuhr der Stromschlag durch seinen ganzen Körper bis hinunter in seine feuchten Schuhe. Sebastian taumelte zurück.

Diese verdammte Sirene, diese verdammte Feuchtigkeit. Es war inzwischen heißer als in der Sauna. Drecksfurken. Wenn das Feuerwerk losging, dann wollte er mehr als nur ein paar Meter von den Öfen entfernt sein. Wie viel Zeit hatte er noch?

Sebastian fuhr zusammen. Sein Magen verwandelte sich in einen Eisblock. Er hatte nicht bemerkt, dass sich eine der Türen geöffnet hatte. Der Lichtkegel einer Taschenlampe huschte durch den Raum, wurde von den Abdeckungen der Konsolen zurückgeworfen.

Er schmiss sich auf den Boden. Im Fallen sah er etwas, das einmal ein Gesicht gewesen war. Die linke Seite eine rote, rohe Masse, das Auge nicht mehr zu erkennen. Die andere Hälfte verzerrt von Schmerz und Hass.

Das war es nun also. Sebastian lag mit geschlossenen Augen da und wartete auf den Schuss. Doch der kam nicht. Ob man diesen letzten Schuss selbst vielleicht wirklich nicht mehr hörte? Mit der Gewissheit zu sterben verging die Angst. Er wartete ergeben darauf, was kommen würde.

Dann hörte er den Knall. Also doch. Aber wieso verging so viel Zeit, bis er den Einschlag spürte? Alles war furchtbar friedlich. Gewissheit bedeutete Frieden. Auch der Lärm der Sirene drang nicht mehr in seinen Kopf. War er schon tot? Dann wurde es hell hinter seinen Augenlidern. Strahlend hell.

Als Sareah die Eingangshalle des Instituts betreten wollte, stand sie vor den verschlossenen Glastüren. Über eine Gegensprechanlage versuchte sie dem Pförtner zu erklären, wen sie suchte. Plötzlich gingen alle Lichter in dem Gebäude aus, flackerten noch einmal kurz, um dann endgültig zu verlöschen. Eine Sirene heulte los. Der Pförtner ließ Sareah einfach stehen, ohne sie daran zu hindern, die Glastüren zu öffnen, die plötzlich keinen Widerstand mehr leisteten. Im Licht der Abenddämmerung beobachtete sie, wie ein Mann mit einer Taschenlampe aus dem Nebenzimmer kam und durch die Halle lief. Im Rennen rief er ihr zu, dass der Strom ausgefallen sein musste und die Notaggregate nicht arbeiteten. Auch mit den Öfen schien etwas nicht zu stimmen. Die Sirenen bedeuteten jedenfalls, dass sofort alle Menschen das Gebäude verlassen mussten, da die Öfen jederzeit in die Luft fliegen konnten.

Wo war Sebastian? Sareah folgte dem Mann und rief ihm hinterher, bis er in einem Treppenhaus verschwand. Die Tür des Treppenhauses öffnete sich sofort wieder, und eine Gruppe von Menschen kam heraus. Sareah zählte sieben Personen, aber Sebastian war nicht darunter. Alle hetzten an ihr vorbei, sie versuchte, die Leute anzuhalten und fragte immer wieder nach Sebastian. Plötzlich war ein älterer Mann mit grauen Haaren neben ihr. »Wen suchen Sie?«, fragte er hektisch. Bevor sie antworten konnte, hatte ihn ein Mann im Handwerkeroverall weggerissen und zerrte ihn in Richtung Ausgang. »Kommen Sie schon, schnell«, brüllte der Mann. »Wir müssen sofort hier raus.« Eine Frau wollte Sareah mit sich ziehen. Aber die riss sich los und rannte ins Treppenhaus. Sie wollte dem Pförtner folgen. Die Tür fiel hinter ihr ins Schloss, und tiefe Finsternis verschluckte sie. Sie stolperte und stürzte einige Stufen hinunter. Hastig rappelte sie sich hoch und tastete sich weiter in die Richtung vor, in der diese Tür liegen musste. Plötzlich hörte sie einen Knall.

O Gott! Das klang wie ein Schuss, dachte Sareah. Mit zitternden Knien erreichte sie ihr Ziel. Hobbes' Pistole! Jetzt war sie froh darüber und versuchte sie zu entsichern. Dann drückte sie die Tür auf. Es ging furchtbar schwer. Vorsichtig trat sie in den dahinter liegenden Gang.

Eine Taschenlampe lag auf dem Boden. In ihrem Schein war ein Teil der kleinen Halle zu sehen, in die das Treppenhaus und der Fahrstuhl führten. Der Pförtner lag mitten im Gang auf dem Rücken, den Oberkörper in einer dunklen Lache. Das Blut pulsierte in kurzen, schwachen Stößen aus seinem Hals. Sie lief zu ihm, doch noch während sie sich mit blutverschmierten Händen an seinem Hals zu schaffen machte, setzte der Herzschlag des Mannes aus und kam nicht wieder. Sie sah ihm ins Gesicht und war froh, dass sie die Augen, die tief in den Höhlen lagen, nicht erkennen konnte. Sie sah sich um. Wenn jemand den Pförtner getötet hatte, dann war dieser Jemand womöglich ganz in ihrer Nähe. Sie würde zurück laufen und die Polizei rufen, beschloss sie. Was sollte sie sonst tun? Dann dachte sie an Sebastian. Nein, sie würde nicht umkehren, sie musste ihn suchen.

Sareah bückte sich, um die Taschenlampe des Pförtners aufzuheben. Sie war voller Blut, und sie ließ sie liegen, um die warme Flüssigkeit nicht noch einmal zu berühren. Noch während sie sich aufrichtete, flackerte das Licht und verlosch. Vorsichtig tastete sich Sareah in der Finsternis weiter. Als sie gegen eine Wand stieß, wurde ihr klar, dass sie die Orientierung verloren hatte. Nach einer Weile, die ihr wie eine Ewigkeit vorkam, erreichte sie schließlich das Ende des Ganges, drückte mit der linken Hand eine Klinke, in der Rechten hielt sie die Pistole. Als sie die Tür öffnete, wehte ihr heiße Luft ins Gesicht und nahm ihr den Atem.

Direkt gegenüber trat im gleichen Augenblick jemand durch eine zweite Tür. Sie erkannte einen Mann, der seltsam gebückt in einem kleinen Raum stand, so als könne er sich nur unter

Schmerzen aufrecht halten. Er zielte mit einer Waffe auf jemanden am Boden. Sebastian! Sareahs Gegenüber schien durch ihr plötzliches Erscheinen überrascht, reagierte aber schnell. Er riss die Waffe hoch und hob sie vor ein entsetzlich entstelltes Gesicht. Sareahs Reflexe übernahmen die Kontrolle über ihren Körper. Blitzschnell, ohne nachzudenken, hatte sie ihre Waffe im Anschlag und drückte ab.

Der Kopf ihres Gegenübers wurde nach hinten gerissen, für einen Sekundenbruchteil von einem fächerförmigen Strahlenkranz umhüllt. Der Mann taumelte zurück bis zur Tür, seine Beine knickten unter ihm weg, und er sackte zusammen, die Arme halb erhoben, in einer hilflosen, abwehrenden Geste.

Der Mann kippte zur Seite und schlug hart auf. Schockiert starrte Sareah auf den Menschen, dessen Leben sie ausgelöscht hatte. Die Pistole fiel ihr aus der Hand. Nach einigen Sekunden gewann sie ihre Fassung zurück. Was war mit Sebastian?

Sebastian spürte einen Luftzug. Das grelle Licht war plötzlich gedämpft. Er öffnete vorsichtig die Augen. Vor ihm lag ein seltsam verrenkter Körper. Die Lichtstrahlen der Lampe dahinter zeichneten einen scharfen, gezackten Grat vor ihm in den Raum: die Silhouette eines Menschen. Barth.

Seltsam, dachte Sebastian. Seltsam. Dann spürte er, wie jemand an seinem T-Shirt zerrte. Langsam wälzte er sich auf den Rücken. Im Halbdunkel sah er eine Gestalt, die sich über ihn beugte. Langes Haar fiel von ihren Schultern und kitzelte sein Gesicht. Ein Engel, dachte Sebastian. Die Kirche hat Recht.

Er versuchte sich zu konzentrieren. Langsam begann sein Gehirn wieder zu arbeiten. Dann erkannte er sie. Plötzlich spürte er die Hitze, die Schmerzen, seine Erschöpfung nicht mehr, plözlich war da nur noch Erleichterung. Er fühlte sich, als würde er in kühles, weiches Wasser eintauchen. Als sie ihn in die Arme nahm und festhielt, stiegen ihm Tränen in die Augen. Er klammerte sich an Sareah, als hinge alles davon ab.

Langsam kehrte auch sein Gehör zurück. Die Sirene drang ihm wieder ins Bewusstsein. Dann sah er Sareahs Gesicht ganz dicht vor seinem. Sie bewegte den Mund, versuchte, ihm etwas zu sagen.

»... weg. Schnell!«

Was wollte sie?

»Was ist denn los?«, flüsterte er. Aber sie verstand ihn nicht. Ganz dicht vor seinem Ohr wiederholte sie schreiend ihre Worte.

»Sebastian! Wir müssen hier weg. Schnell. Kannst du aufstehen? Dann komm. Komm endlich!«

Sie zog ihn hoch. Mühsam kam er auf die Beine. Alles in ihm schrie danach, einfach liegen zu bleiben. Es war doch alles vorbei. Alles war gut. Sareah bückte sich, nahm die Taschenlampe vom Boden auf. Der Lichtschein erfasste die Pistole am Boden. Die Pistole, die Hobbes ihr gegeben hatte, als er sich auf den Weg gemacht hatte, um die Bullen abzulenken. Vielleicht hatte er Sebastian das Leben gerettet. Aber jetzt mussten sie weg!

Die Intervalle der Sirene wurden kürzer, drängender. Sareah schob Sebastian zur Tür. Als sie über Barths Körper stiegen, sah Sareah, wie dessen Beine zuckten. Seine linke Hand öffnete und schloss sich, als wollte sie von diesem Körper fortkriechen und ihr eigenes Leben retten, wie eine Ratte, die das sinkende Schiff verlässt.

Im Gang schälte der Schein der Lampe den Körper des Pförtners wieder aus der Dunkelheit. Sebastian hatte kaum mitbekommen, was in den letzten Minuten geschehen war. Jetzt erstarrte er beim Anblick der Leiche. Mit Gewalt zog Sareah ihn an dem Toten vorbei auf die Ausgangstür zu. Durch den Gang schallte ein seltsames Summen. Dann zersprang etwas mit einem hellen Klirren, ein lautes Krachen folgte. Die Öfen, dachte Sebastian, und plötzlich war er wieder bei sich. Sie würden alle in die Luft fliegen!

Er fasste Sareah an der Hand und sie rannten, so schnell es ging. Seine Beine zitterten. Dann hatten sie die Tür erreicht und stolperten die Treppen hinauf. Er wusste bald nicht mehr, wie viele Treppen sie noch hinauf laufen mussten, um ins Erdgeschoss zu gelangen. Er zog Sareah hinter sich her. Sie liefen um ihr Leben.

Auf einmal erbebte das ganze Gebäude. Von unten herauf kam ein tiefes Grollen, das die Sirene übertönte. Sie hörten einen Knall, und ein helles Licht drang in den Schacht hinein. Dann erreichte sie die Druckwelle des explodierenden Gases und Sebastian wurde die letzten sechs Treppenstufen hinauf und gegen die Wand geworfen. Sareah hatte die Klinke der Tür zum Erdgeschoss gerade hinuntergedrückt, als die nächste Druckwelle sie mit hinausriss. Sie landeten in der Eingangshalle. Hinter ihnen war das Treppenhaus zu einem einzigen Flammenmeer geworden. Eine erneute Explosion, Feuer schlug aus dem Türrahmen heraus und erfasste die Verkleidung der Wände. Sebastian und Sareah krochen vorwärts. Sebastians T-Shirt hatte Feuer gefangen, er wälzte sich auf dem Boden. Um sie herum fraßen sich die Flammen ihren Weg die Wände hoch bis zur Decke. Ein kurzer, heißer Sturm fegte durch die Halle. Dann erbebte das Gebäude erneut. Sareah zog Sebastian auf die Füße, dann zerrten sie sich gegenseitig zum Ausgang. Alles war plötzlich in dicken, schwarzen Qualm gehüllt. Wieder bebte das Gebäude, diesmal so stark, dass sie den Boden unter den Füßen verloren. Als Sareah aufstehen wollte, sah Sebastian den Riss, der sich quer durch die gläserne Außenfront der Halle zog. Sebastian hielt Sareah fest, drückte sie zu Boden. Mit einem infernalischen Kreischen barst das Glas, und handtellergroße Scherben prasselten auf sie herab. Wieder raste eine Explosionswelle durch das Gebäude. Dann begannen die tragenden Säulen des Instituts ihren Halt zu verlieren. Teile der Decke kamen herunter. Mühsam versuchten die beiden, sich auf den Beinen zu halten, und rannten weiter. Dann hatten sie das Portal erreicht, hustend und keuchend liefen sie weiter, hinaus ins Freie.

Dabei versuchten sie so gut es ging, den Glasscherben und Mauerstücken auszuweichen, die von der Außenfassade herabregneten. Im Laufen sah Sebastian zur Fassade hinauf. Die Flammen schlugen jetzt aus den Fenstern der obersten Etage und beleuchteten die Nachbarhäuser mit nervös flackerndem Licht. Mit letzter Kraft schleppten sie sich auf die andere Straßenseite, weg von diesem Inferno, und sackten auf dem Bürgersteig zusammen.

Nach und nach nahm Sebastian wieder wahr, was um ihn herum geschah. Ihm wurde bewusst, dass er sich an Sareah klammerte, die die Arme um ihn gelegt hatte und ihn festhielt. Menschen liefen umher, die Polizei war da. Das Blaulicht eines Streifenwagens mischte sich rhythmisch pulsierend in das gespenstische Orange der Flammen. In der Ferne hörte man die Martinshörner der Feuerwehr. Das gesamte Institutsgelände war abgeriegelt.

Plötzlich sah Sebastian in der Menge der Schaulustigen ein bekanntes Gesicht. Er rappelte sich auf, drängte sich zwischen den Leuten hindurch und stand schließlich hinter Steadman, der auf das Spektakel starrte.

»Steadman.« Der Wissenschaftler zuckte zusammen und fuhr herum. Er schaute Sebastian fassungslos an.

»Ich lebe noch«, flüsterte Sebastian. »Euer Killer hat mich nicht erwischt. Und da drin« – er zeigte auf die Flammen, die aus dem zusammenfallenden Gebäude schlugen – »da drin stirbt gerade dein Traum.«

Er ließ den Amerikaner stehen und kehrte zu Sareah zurück.

Dann hörte er seinen Namen. Mato lief auf ihn zu.

»Seid ihr okay?« Der Chinese blickte ungläubig zwischen den beiden Freunden und dem brennenden Institutsgebäude hin und her. »Mein Gott, was ist denn hier passiert?« Dann bemerkte er die Brandflecken an Sebastians T-Shirt. »Wart ihr etwa da drin?«

Sebastian nickte nur. Mato fasste seinen Arm. »Mann. Braucht ihr einen Arzt?«

Als sie verneinten, schaute er Sareah an. »Hat Sebastian dich vor der IS/ISTA gewarnt?«

»Nein, das war Hobbes«, antwortete sie. »O Gott! Wo der jetzt wohl steckt?«

Sie gingen ein Stück die Straße hinunter. Sebastians Erschöpfung und seine Schmerzen waren für den Moment vergessen. Aus der Entfernung sahen sie, wie das Institutsgebäude nach und nach zusammenfiel. Die Feuerwehr, die schließlich mit schwerem Gerät bis an den Unglücksort herangekommen war, konnte nichts mehr machen.

Dort drinnen, dachte Sebastian, verbrennen nicht nur die CDs mit den Aufzeichnungen meines Vaters. Da verschwindet auch ein Teil meines Lebens, meiner Vergangenheit und meiner Zukunft. Aber nur ein Teil. Ein anderer Teil meiner Zukunft steht neben mir. Meine Zukunft hält meine Hand und streicht mir eine Haarsträhne aus dem Gesicht. Er sah Sareah an, und seine Beine hörten endlich auf zu zittern.

»Was wolltest du eigentlich von Steadman?«, fragte Mato. Überrascht sah Sebastian ihn an. »Na, ihm sagen, dass ich noch lebe und dass er seine Hoffnungen begraben soll.«

Mato runzelte die Stirn. »Aber wieso Steadman …«

Ein Taxi hielt vor ihnen am Bürgersteig. Ein junger Mann stieg aus und schaute zu dem brennenden Gebäude hinüber. Er fuhr sich mit der Hand durch die stoppeligen blonden Haare. Dann kam er zu Sebastian und Sareah herüber. Mit dem Daumen wies er über die Schulter in Richtung Feuer.

»Krass! Sieht aus, als hättet ihr was zu erzählen.« Er setzte sich auf einen der Blumenkübel, die den Bürgersteig verzierten, und streckte die Beine von sich. »Ach ja«, sagte Hobbes, »könntet ihr das Taxi bezahlen?«

»Herr im Himmel, Sebastian! Bin ich froh, dich zu sehen.« Wallroth öffnete die Tür und ließ ihn herein. Er umarmte Sebastian und wischte sich dann mit einem Handtuch Rasierschaum aus dem Gesicht. »Junge, ich habe mir solche Sorgen gemacht. Ich habe versucht, dich zu erreichen, aber du bist nicht ans Telefon gegangen. Ich hatte solche Angst um dich! Wie bist du rausgekommen?«

Er griff nach Sebastians Arm und führte ihn durch den Flur seiner hellen, großen Wohnung ins Wohnzimmer. Sebastian marschierte zur Bar und schenkte zwei Gläser Rotwein ein.

»Was für eine Katastrophe«, sagte Wallroth, als er Sebastian ein Glas abnahm. Es ist alles zerstört, unsere ganze Arbeit. Es ist unglaublich.«

»Und du? Wie bist du rausgekommen?«, fragte Sebastian zurück und setzte sich auf die weiße Ledercouch.

»Na, ich bin mit allen anderen raus, als der Alarm losging«, antwortete Wallroth und rieb sich die tiefen Ringe unter den Augen. Sein Gesicht wirkte grau. »Aber dich habe ich nirgendwo gesehen.« Er schüttelte den Kopf und steckte die Daumen hinter die Hosenträger. Sebastian sah, dass er einen leichten Bauchansatz entwickelte. Wenn er seine eleganten Hemden trug, fiel das kaum auf. Doch das Unterhemd spannte deutlich.

»Wir müssen reden.« Sebastian sprach in sein Glas.

Wallroth sah ihn fragend an.

»Wir kennen uns schon so lange, Wallroth. Und ...« Sebastians Blick wanderte unruhig im Zimmer umher. »Eigentlich kann ich es noch immer nicht fassen.«

Wallroth schaute ihn verwirrt an und fuhr sich mit der Hand über die unrasierten Stellen in seinem Gesicht.

»Warum hast du mich belogen?«, fragte Sebastian schließlich.

»Dich belogen?« Wallroth legte den Zeigefinger an den Mund und schien nachzudenken. »Meinst du jetzt wieder diese Sache in Peru? Das habe ich dir doch erklärt.«

»Ja, das hast du mir erklärt. Und ich habe eigentlich die falsche Frage gestellt.« Sebastian blickte über seine Schulter auf das abstrakte Gemälde, das zwei Quadratmeter Wand über der Couch bedeckte. Er hatte es schon oft gesehen, doch zum ersten Mal erinnerte es ihn an rotgelbe Flammen, die aus dem Rahmen herauszuschlagen und nach dem Betrachter zu fassen schienen.

»Ich sollte besser fragen: ›Warum hast du das getan?‹«

»Was getan?« Wallroth nippte an seinem Glas. Die freie Hand hielt er hinter dem Rücken. Seine Haltung wirkte militärisch, kontrolliert, dachte Sebastian. Er stand auf und ging zum Panoramafenster mit Blick über den Olympiapark. Das Stadion schien sich mit seinen bizarren Verstrebungen am Boden festzuklammern. In der Nachmittagssonne war das rote Licht des Olympiaturms kaum zu sehen.

»Du weißt, dass ich jetzt eigentlich tot sein müsste«, sagte Sebastian. »Und du …« Er drehte sich zu Wallroth um. »Und du wärst dafür verantwortlich gewesen!«

Der Forscher war blass geworden. »Was … Wieso schreist du mich an?«

Habe ich geschrien? Gut möglich, dachte Sebastian. Ihm war nach Schreien zumute.

»Du hast mich von vorn bis hinten belogen. Und du hast meinen Vater belogen. Du …« Ihm versagte die Stimme. Er wusste plötzlich überhaupt nicht mehr, was er sagen sollte. Er durfte jetzt nichts falsch machen, musste sich zusammenreißen. Er ballte die Rechte zur Faust. Mit geschlossenen Augen holte er tief Luft.

»Du selbst hast mir doch erzählt, was in Peru passiert ist. Du hast mir erklärt, wie es zu dem Massaker in diesem Dorf gekommen ist. Ein Versuch, bei dem ein Stress-Medikament getestet werden sollte. Und dabei ist etwas schief gegangen. Weil sich etwas mit eurem Medikament gemischt hat oder etwas in der Art. Richtig?«

»Darüber haben wir doch schon …«

»Richtig?«, brüllte Sebastian.

»Ja, natürlich.« Wallroths Gesicht zuckte.

Sebastian holte ein paar Papiere aus der Tasche und hielt sie Wallroth hin. Es war der Ausdruck der Datei, die Robert und Mato in den gespeicherten Ordnern entdeckt hatten.

Wallroth nahm sie schweigend. Als er las, schien ein Schatten über sein Gesicht zu fliegen. Er knüllte die Papiere zusammen und warf sie Sebastian vor die Füße.

»Woher hast du das? Woher!? Das ist kriminell! Aber das weißt du sicher. Na, ist ja auch …« Sein Gesicht war völlig reglos: eine starre, steinerne Reglosigkeit. Er wandte sich ab, ging zu einem der Ledersessel hinüber und setzte sich.

»Wir waren wirklich überrascht, als wir das entdeckt haben.« Sebastian zeigte auf das Papier am Boden. »Es war ein Zufall, weißt du? Eigentlich hatten wir Steadmans Rechner im Visier. Aus Versehen wurde auch deine Festplatte kopiert. Und siehe da: ein E-Mail-Wechsel, hochinteressant.« Sebastian schüttelte den Kopf. »Ich konnte es wirklich nicht glauben, als Mato mir das heute Nacht erzählt hat.«

»Ich glaube nicht, dass ihr irgendetwas begreift.« Wallroths Stimme drückte Besorgnis aus. »Was willst du von mir? Wenn du so weitermachst, wird unsere Freundschaft leiden, Sebastian.« Es klang, als machte Wallroth sich eher Sorgen um Sebastian als um sich selbst.

»Oh, ich bin mir ziemlich sicher, dass ich verstehe, was da zu lesen ist«, erklärte der. »Inzwischen habe ich genug Steinchen gesammelt, um ein Bild zusammenzusetzen.«

»So, und was soll das für ein Bild sein, mein Sohn?«, fragte Wallroth.

»Kein sehr schönes«, fuhr Sebastian fort. Er bückte sich nach den zerknüllten Seiten und faltete sie wieder auseinander. »Aus diesem Briefwechsel zwischen dir und einem gewissen Dietz geht hervor, dass bei einer Reihe von Versuchen in Südamerika – ich erspare uns die Details – einer der Wissenschaftler gezielt das zu testende Medikament verändert hat. Und dass es deshalb zu einem Massaker gekommen ist. Es war kein Versehen. Das Massaker war Ziel des Versuchs gewesen. Es war das, worauf einer der Wissenschaftler spekuliert hatte.« Sebastian spürte, dass seine Hand mit dem Weinglas zitterte. Er nahm einen Schluck und stellte das Glas auf dem Couchtisch ab.

»Ich hatte eine Weile gedacht, dieser Wissenschaftler wäre Steadman gewesen. Ich habe dich ja sogar gefragt, ob du dir das vorstellen könntest. Du hast gelacht. Jetzt weiß ich auch, warum. Nicht Steadman hat mit Dietz zusammengearbeitet. Das warst du, Wallroth.«

Er schaute seinem Gegenüber ins Gesicht. »Stimmt es, was ich gesagt habe? Sag mir, ob es stimmt«, forderte Sebastian ihn auf. Wallroths Gesicht war von roten Flecken überzogen. Aber er schwieg.

»Wie heißt doch gleich der Ort, an dem ihr damals deinen Versuch gemacht habt? *Deinen* Versuch, von dem mein Vater und die drei anderen Wissenschaftler annahmen, es sei ein ganz anderer?«

»San Mateo.«

Wallroth hatte seinen Kopf in die Hände gestützt, und die zwei Worte kamen so leise, dass Sebastian sie kaum verstanden hatte.

»Was hast du gesagt?«

»San Mateo!«, antwortete Wallroth lauter. Er bewahrte noch immer die Fassung, versuchte, seiner Stimme einen spöttischen Klang zu geben. Aber es schien ihm nicht leicht zu fallen. »Was willst du eigentlich«, fuhr er fort. »Das ist doch alles lange vorbei.«

»Ich will jetzt die Wahrheit wissen, Wallroth. Ich will jetzt die ganze Wahrheit von dir hören.«

»Na gut. Dann hör mir mal zu. Ich weiß zwar nicht genau, was das hier soll, aber bitte. Vielleicht hilft es dir ja beim Erwachsenwerden. Es war fast so, wie du es beschrieben hast. Auf ein Massaker hatte ich nie gehofft. Aber immerhin, das Mittel zeigte Wirkung – in die richtige Richtung. Es war ein gutes Projekt. Es diente einem guten Zweck und es war erfolgreich. Wenn die anderen nicht wussten, was los war, dann nur, weil wir ihnen nicht vertrauen konnten. Christian ...« Der Wissenschaftler stockte.

»Was war mit meinem Vater?«, fragte Sebastian.

»Dein Vater hatte doch zu dieser Zeit nur Flausen in seinem brillanten Kopf. Er war ein Idealist. Freie Forschung zum Nutzen der ganzen Menschheit. Alle Erkenntnisse der Allgemeinheit und dieser ganze Quatsch. Er wäre im Zweiten Weltkrieg ein zweiter Klaus Fuchs gewesen, der den Russen die Atombombe geschenkt hätte. Warum nicht gleich uns Deutschen oder den Japanern? Ein Idealist.« Er schüttelte den Kopf. »Wir brauchten ihn und die anderen. Also mussten wir ihn und die drei Dummköpfe im Unklaren lassen. Und das war gut so. Wie haben die sich angestellt.« Wallroths Empörung war echt. »Dieser Trottel Koch wollte tatsächlich Selbstmord begehen. Hätte er das nur getan. Leider hat dein Vater ihn von der Idee abgebracht. Und Steadman – der arme Kerl hat seitdem keine einzige Studie mehr auf die Reihe gebracht.«

Sebastian konnte es nicht fassen. Dieser Mann vor ihm hatte

sich jahrelang als Freund seines Vaters ausgegeben. Diesen Menschen hatte er selbst für einen väterlichen Freund gehalten.

»Du bist verantwortlich für ein Massaker an den Bewohnern eines ganzen Dorfes. Du hast einen Massenmord organisiert!«

»Unsinn. Meine Aufgabe war rein wissenschaftlicher Natur. Die Organisation, wie du es nennst, lag nicht in meinen Händen.« Wallroth wirkte jetzt wie in Gedanken versunken. Er sprach nicht zu Sebastian, sondern zum Fenster hinaus.

»Das Projekt wurde damals zusammen mit einer Regierungsorganisation entwickelt«, fuhr er ruhig fort.

Sebastian unterbrach ihn. »Der IS/STA?«

Wallroth schaute auf und nickte. »Fast richtig. Die gab es in dieser Form damals noch nicht.« Er zeigte auf die Papiere in Sebastians Hand. »Es war ein Projekt mit dem Namen MKFUROR. Ein Beamter vom Bundesnachrichtendienst hat das Projekt damals organisiert, das Operationsgebiet ausgesucht und vorbereitet. In Zusammenarbeit mit den Amerikanern natürlich. Und dieser Beamte hat auch dafür gesorgt, dass diejenigen, die gefährlich waren, die ein Risiko für das Projekt oder die Verantwortlichen darstellten, keinen Schaden anrichten konnten. Koch und Berthold, die gingen mich nichts mehr an, nachdem der Versuch abgeschlossen war. Das war eine Sache, die nur Dietz etwas anging.«

Wallroth hatte den Namen Dietz von sich aus genannt. Sebastian fühlte eine Woge der Erleichterung, die gegen seinen Zorn und Hass anbrandete. Wallroth hatte im Grunde soeben ein Geständnis abgelegt. Allerdings sah er es selbst wohl nicht ganz so. Denn ohne Anzeichen eines schlechten Gewissens erläuterte er Sebastian weiter, was damals geschehen war.

»Du sagst ›Massenmord‹. Weißt du denn eigentlich, was in diesem Land, in Peru, für Zustände herrschten, als wir damals das Projekt dort begannen?« Wallroth gab sich selbst kopfschüttelnd die Antwort. »Dafür bist du noch zu jung. Aber schau doch mal in Richtung Balkan oder Sudan. Was dort los ist. Was bedeutet schon ein kleines Dorf mit ein paar unbedeutenden Menschen?«

Wallroth sprach leise, aber eindringlich. »In Peru war das Leben eines Indios damals nichts wert. Was leisteten denn diese zurückgebliebenen Bauern auch für ihr Land oder für die Welt? Außerdem wurden sie sowieso ständig umgebracht, wenn nicht vom Militär, dann von den Guerilleros – von linken Idealisten. Was soll da das Aufhebens um ein einzelnes kleines Dorf? Weißt du, mit welcher Geschwindigkeit die Bevölkerung in diesen Ländern wächst? Und außerdem ...«

Wallroth sah Sebastian jetzt direkt an. »Außerdem plante das Militär dort sowieso eine Säuberungsaktion. Wir haben nur die Effizienz der Soldaten erhöht.«

Der Blick des Forschers war eindringlich auf einen Punkt über Sebastians Nasenwurzel gerichtet, seine Gesichtshaut färbte sich langsam wieder von Weiß zu Rot.

»Es gibt die Pflicht eines jeden Bürgers eines Gemeinwesens, seine Kraft in den Dienst der Allgemeinheit zu stellen. Unsere Forschung diente und dient dazu, unser Land zu schützen. Ich bin Patriot!«

Sebastian konnte nicht glauben, was er da hörte.

»Patriot? Ich wusste nie so genau, was das eigentlich ist. Jemand, der selbst nicht genug leistet, um darauf stolz zu sein, und sich deshalb an seine Nationalität klammert, dachte ich immer. Jemand, der eine Fahnenstange braucht, um sich daran festzuhalten, weil ihm das Rückgrat fehlt, um aufrecht zu stehen. Aber dass es etwas so Widerliches, Ekliges, Menschenverachtendes ...«

»Und was meinst du wohl, welchen Zweck unsere Forschung damals hatte?« Wallroth stand auf, beugte sich über den Tisch und fuhr ihn an. »Du scheinst doch so gut Bescheid zu wissen. Weißt du, worum es damals wirklich ging?« Mit beiden Händen schaufelte der Forscher Luft. Sebastian war sich seiner Sache zwar sicher, aber er war nun doch gespannt:

»Du hast es mir ja bereits ansatzweise erklärt. Ich denke, ihr habt an Substanzen gearbeitet, die nach der Einnahme dafür sorgen, dass alle humanen Gedanken, Gefühle und Empfindungen ausgeschaltet sind.«

Wallroth sah ihn mit Respekt an.

»Nett formuliert. Allerdings ging es nicht um all diese Gefühle. Wir haben es geschafft, in den Probanden ein Zusammengehörigkeitsgefühl innerhalb der Gruppe zu erzeugen und gleichzeitig paranoide Tendenzen zu verstärken, die sich gegen Außenstehende richten. Ziel war eine Substanz, mit der sich die Effizienz unserer Armee und Polizei steigern ließ. Und willst du vielleicht leugnen, dass das wichtig ist? Ist dir eine Armee von Soldaten lieber, auf die du dich nicht verlassen kannst, weil sie im Kriegsfall erst diskutieren, ob es nicht besser wäre, Fersengeld zu geben?«

»Mir ist alles lieber, was wir erreichen, ohne dafür ganze Dörfer auszulöschen. Ideen, die aus so einem kranken Hirn wie deinem stammen, das ist doch …«

Sebastian holte tief Luft. Dann war er plötzlich ganz ruhig. »Hast du nicht einen medizinischen Abschluss? Bist du nicht Arzt? Was ist mit dem hippokratischen Eid? Schwört man da nicht, Leben zu schützen?«, fragte er leise.

»Aber ja«, lachte Wallroth kalt. »Ich schütze Leben. Aber wie wäre es, wenn wir auch gleich noch die Medizin der alten Griechen wieder anwenden, wenn wir uns schon nach ihren verstaubten Sprüchen richten sollen?«

Sebastian ging nicht darauf ein. »Schon deine Bereitschaft, eine Vielzahl von Menschen umzubringen, um an Forschungsergebnisse zu kommen, zeigt doch, dass du krank bist. Es sind Leute wie du, die überhaupt erst Kriege auslösen. Das ist meine Überzeugung.«

»Krank«, fauchte Wallroth verächtlich. »Was weißt du denn schon. Mal im Ernst. Unsere Erfolge von damals dienen heute noch dazu, die Leistung unserer Polizei und unserer Soldaten zu steigern. Da ist das Zeug schon seit Jahren im Einsatz. Mit großem Erfolg übrigens.« Er sah wehmütig in sein Glas, als er fortfuhr: »Schade, dass wir diese Leistungen nicht öffentlich machen können.«

Ach! Diese Leistungen der Polizei habe ich erst kürzlich beobachtet, dachte Sebastian. Wieso diskutiere ich überhaupt mit diesem Typen? Aber diese letzte Information konnte sehr wichtig sein. Wer wusste davon, wenn Wallroth seine Studienergebnisse nicht veröffentlichen durfte? Gab es vielleicht sogar in der Regierung Leute, die wussten, was wirklich vor sich ging? Und gab es tatsächlich einen Zusammenhang zwischen den Ereignissen in Peru und dem Massaker im Sudan, von dem Altmann gesprochen hatte? Das herauszufinden würde nicht seine Aufgabe sein. Aber er wollte noch Gewissheit in einem Punkt.

»Der Agent der Regierung, der damals mit euch zusammengearbeitet hat, hieß Dietz. Das ist der gleiche Dietz, der heute Chef der IS/STA ist, oder?«

Wallroth nickte. Sebastian tat so, als hätte er es nicht gesehen, er schaute aus dem Fenster und wiederholte die Frage.

»Natürlich«, antwortete Wallroth jetzt laut. »Du wirst doch nicht an solche Zufälle glauben.«

»Ich wüsste gern noch eine Sache. Mein Vater hatte damals, ohne es zu wissen, für euch gearbeitet. Und jetzt wollten diese IS/STA-Leute wieder an seine Forschungsergebnisse, oder? Er hatte etwas Neues erreicht. Eine neue Technik, um Erinnerungen von noch lebenden Personen aufzunehmen.«

Wallroth schaute auf. Er schien erregt. »Was weißt du eigentlich davon?«, fragte er.

Sebastian hob abwehrend die Hand. »Moment. Er hatte also etwas Neues entdeckt und ihr wolltet es haben. Und diesmal wurde er sogar gefragt, nicht wahr? Denn anders wäre es nicht gegangen. Wer ist denn zu ihm gegangen und hat ihm vom großen Interesse an seinen Forschungsergebnissen erzählt? Du, nicht wahr? Denn dich kannte er ja schon. Auf dich – so euer Kalkül – würde er vielleicht nicht gleich so abwehrend reagieren wie auf irgendwelche verbeamteten Mörder. Aber er hat dir gesagt, dass diese Forschung nur der Befriedigung seiner eigenen Neugier, seines eigenen Ehrgeizes gedient habe. Er wollte nicht, dass die Technik in falsche Hände geriet. In deine Hände. In ihre Hände. In die dreckigen Pfoten der IS/STA. Und er hat in sein Tagebuch geschrieben, seit Jahren wieder zum ersten Mal. Er hat den Namen der Abteilung geschrieben und deinen Namen und die Worte *Nie wieder.*«

Sebastian wiederholte die Worte, brüllte sie Wallroth ins Gesicht: »*Nie wieder!* Hat er dir das nicht genauso in deine Visage geschrien, wie ich es jetzt tue?«

Als Wallroth antwortete, klang seine Stimme verzerrt. Er sprach sehr leise, flüsterte fast:

»›Nie wieder‹. Ja, das hat er gesagt. Und er hat gedroht, die technischen Aufzeichnungen über das Verfahren zu löschen, die er entwickelt hatte. Er wollte diesen Abschluss unserer jahrelangen Forschung vernichten. Jetzt, wo es so weit war! Einfach löschen. Wir waren doch endlich am Ziel. Und wenn er alles gelöscht hätte, dann hätte es sicher nochmals zwanzig Jahre gedauert, bis wieder jemand so weit gewesen wäre. Dein Vater war ja der Einzige, der genug davon verstand.«

Sebastian musste sich an den Rahmen der Wohnzimmertür lehnen. Seine Beine zitterten.

»›Nie wieder‹, hat er gesagt, und damit sein eigenes Todesurteil ausgesprochen, nicht wahr? Denn du wolltest ihm drohen. Du wolltest ihn zwingen, indem du ihn an die alte Geschichte erinnert hast. Die Geschichte, über die er nie hinweggekommen ist. Denn obwohl er es niemals gewollt hatte, war er mit dir und der IS/STA untrennbar verbunden. Er hat einmal in seinem Leben einen fatalen Fehler gemacht. Einen Fehler, der ihn dazu brachte, sich selbst zu verachten. Denn er ließ sich dazu bringen, eine Sache zu verheimlichen. Er ließ sich kaufen mit diesem Institut und hat geschwiegen über den Vorfall, an dem er damals beteiligt war. Vielleicht wurde er ja auch schon früher bedroht. Von der Abteilung, für die du damals schon gearbeitet hast. Er ließ sich kaufen, vielleicht erkaufte er sich damit sein Leben und das seiner Familie, während Koch und Berthold sterben mussten. Er erkaufte sich den Posten hier, und er dachte, dass er der Gesellschaft mit seiner Forschung einen Dienst erweisen könnte. Vielleicht in der Hoffnung, etwas von der Schuld, die er auf sich geladen hatte, wieder gutzumachen.« Sebastian sah Wallroth an, konnte aber in dessen Gesicht nichts erkennen.

»Du bist zu ihm gegangen und wolltest seine Ergebnisse«, fuhr Sebastian fort. »Und er wollte sie dir nicht geben. Dann drohte er dir vielleicht, die alte Geschichte ans Tageslicht zu bringen. Denn ihm war jetzt alles egal. Er hatte sich einmal kaufen lassen. Aber er hatte sich geschworen, es nicht noch einmal zu tun. Er drohte dir mit der Veröffentlichung des Geheimnisses, das er mit dir teilte. Und obwohl in unserer Gesellschaft viel zu viele Leute wie du leben und sogar an der Macht sind – diese Geschichte hätte dich, Dietz und vielleicht einige andere den Kopf gekostet.«

»Unsinn!«, widersprach Wallroth. »Den Kopf hätte es uns wohl kaum gekostet. Aber leider gibt es noch zu viele Kräfte, die nicht verstehen, was vor sich geht. Deshalb arbeiten wir ja auch im Geheimen. Aber dein Vater hat mir niemals gedroht.« Er schüttelte den Kopf. »Wenn er es getan hätte, vielleicht hätten die ihn getötet. Aber er hat uns nicht gedroht.«

Sebastian war verwirrt. Er war fest davon überzeugt gewesen, dass Wallroth ihm seine Theorie bestätigen würde.

»Aber du wolltest doch unbedingt an die Aufzeichnungen, die auf dem Rechner meines Vaters zu finden sein mussten, oder etwa nicht? So dringend, dass du versucht hast, sie noch an dem Abend, an dem mein Vater gestorben ist, auf seinem Computer zu finden.« Sebastian lehnte sich vor und spuckte Wallroth die Sätze ins Gesicht. »Und dabei hast du sogar den Namen meiner Mutter als Passwort getestet.«

Wallroth krampfte beide Hände um die Kanten des Sesselpolsters, auf dem er saß.

»Ich weiß nicht, wovon ...« Er unterbrach sich selbst und dachte eine Weile nach. Sebastian sah ihn schweigend an, wartete ab. Dann hatte Wallroth sich offensichtlich entschlossen, eine weitere Karte aufzudecken. »Du hast Recht. Auf dem Rechner mussten sich Daten befinden, die ich haben wollte. Wichtige Daten. Wir brauchten sie dringend. Und als er tot war, warum sollte ich sie mir nicht holen?«

»Wallroth! Mein Vater lag auf dem Fahrstuhldach und krepierte, da warst du schon an seinem Computer«, flüsterte Sebastian hasserfüllt.

Wallroth wirkte erschrocken und überrascht. Der Gedanke erfüllte ihn offensichtlich mit Unbehagen.

»Während er dort lag ...«, wiederholte er leise, den Kopf zwischen die Schultern gezogen. »Woher weißt du das? Aber das ist ja auch egal. Vielleicht war es so. Na und?«

Wallroth fummelte nervös an seinem Ohr. Sebastian starrte ihn durchdringend an. Plötzlich lachte Wallroth leise auf.

»Du meinst, ich hätte etwas mit seinem Tod zu tun? Ich hätte ihn umgebracht? Sebastian: Er war mein Freund.«

Bei diesen Worten ergriff Sebastian erneut eine Woge des Zorns, die ihn alle Vorsätze vergessen ließ.

»Dein Freund?«, schrie er Wallroth an. »Dein Freund? Wieso hast du ihm dann nicht geholfen, oder Hilfe geholt?«

»Ich habe keine Hilfe geholt«, erklärte Wallroth, »weil ich wusste, was dein Vater getan hatte. Er war ein konsequenter Mann. Ich war sicher, dass er das, was er vorhatte, gründlich zu Ende bringen würde.«

»Was meinst du damit?«

»Er wollte sein Gehirn zerstören.«

Sebastian war einen Augenblick verwirrt. Beharrte Wallroth darauf, dass sein Vater sich selbst umgebracht hatte? Aber er durfte sich jetzt nicht ablenken lassen. Es gab noch mehr zu klären.

»Du hast doch nur darauf gewartet, dass er endlich sein Ziel erreichte. Du hast hier gesessen, meinem Vater auf die Finger geschaut und auf jeden Hinweis geachtet, auf jede verräterische Silbe in einer zufälligen Äußerung meines Vaters, immer in der Hoffnung, er könnte dir und deinen sauberen Freunden endlich die Möglichkeit in die Hand geben, Erinnerungen von lebendigen Menschen aufzuzeichnen. Nicht wahr? Nicht wahr?«

Wallroth schwieg.

»Du hattest doch den Auftrag, ihn zu überwachen, oder?«, fuhr Sebastian fort. »Du wusstest doch, dass er es geschafft hatte, seine eigenen Erinnerungen aufzuzeichnen. Und du bist zu ihm gegangen und hast ihn aufgefordert, dir und deinen Freunden zu zeigen, wie es geht. Denn leider waren alle Daten nur auf seinem Computer gesichert. Auf seiner Festplatte – und in seinem Gehirn.«

Der Wissenschaftler schüttelte den Kopf und setzte an, etwas zu sagen. Aber Sebastian ließ ihn nicht zu Wort kommen.

»Du und deine Freunde. Deine Freunde von der IS/STA. Ihr wolltet ihn zwingen und habt ihn getötet.«

Wallroth öffnete den Mund, doch Sebastian überschrie ihn.

»Gib es doch zu. Gib es endlich zu!« Er holte tief Luft.

Wallroth, der jetzt zum ersten Mal die Gelegenheit gehabt hätte, zu sagen, was er schon die ganze Zeit hatte sagen wollen, schwieg. Er hatte die Zeigefinger beider Hände an seine Schläfen gelegt und schob die Haut hoch, dass sich über den Jochbeinen tiefe Falten bildeten. Sebastian schaute ihn gespannt und erregt an.

Schließlich richtete Wallroth sich wieder auf.

»Er hat sich uns mitsamt seinem Wissen entzogen. Er hat sich getötet und den Schädel eigenhändig zertrümmert. Er wollte sichergehen, dass niemand mehr aus seinem toten Gehirn Informationen würde gewinnen können. Nicht jetzt und niemals. Deshalb waren die Daten auf dem Rechner so wichtig.« Wallroth sah Sebastian jetzt direkt an.

»Du willst wissen, warum dein Vater gestorben ist. Kennst du den Roman ›Die Fliege‹ von George Langelaan? Ich erzähle dir jetzt die Wahrheit. Du hast Recht. Dein Vater hatte Erfolg mit der Aufzeichnung von Erinnerungen eines lebenden Menschen. Und als uns das klar wurde, wollten wir die Technik von ihm. An dem Abend, an dem er starb, hatten wir einen heftigen Streit, und es war schließlich klar, dass er uns freiwillig nicht helfen würde. Ich drohte ihm tatsächlich damit, dass die Leute von der IS/STA ihn besuchen würden. Deinem Vater waren die Methoden der Abteilung bekannt. Ich erinnerte ihn an Koch und Berthold.« Wallroth lachte verächtlich.

»Schließlich rief ich Dietz an, und der machte sich auf den Weg zum Institut. Deinem Vater war klar, was passieren würde«, fuhr Wallroth fort. »Er gab scheinbar klein bei und versprach, uns die Daten zu geben. Aber in Wahrheit wollte er auf jeden Fall verhindern, dass wir seine Ergebnisse bekamen. Und deshalb zog er seine Konsequenzen. Wenn er verhindern wollte, dass wir an die Daten herankamen, musste er alle Informationen zerstören.« Der Wissenschaftler schüttelte den Kopf, als könnte er noch immer nicht glauben, was er jetzt erzählen würde.

»Er ging in sein Büro, angeblich um die Daten zu kopieren, und ich begleitete ihn. Aber als er bemerkte, dass ich ihn nicht allein lassen würde, erklärte er, er müsste auf die Toilette. Ich wartete und versuchte, den PC hochzufahren. Aber dein Vater kam nicht zurück. Dann tauchte Dietz auf, und wir suchten nach ihm. Als wir ihn Stunden später gefunden hatten, hatte er sein Gehirn zerstört – den einzigen Ort, wo wir außer auf seinem Computer nach Hinweisen auf seine Arbeit oder wenigstens auf das Passwort für seinen Computer hätten suchen können. Deshalb war er zum Fahrstuhl gegangen … Er benutzte keinen Presslufthammer wie dieser Wissenschaftler in dem Roman, sondern er zerstörte seinen Kopf mithilfe des Fahrstuhls.«

Sebastian wusste nicht mehr, was er glauben sollte. Also doch Selbstmord? Eigentlich hatte sein Vater nur vorweggenommen, was ihm ohnehin geblüht hätte, womöglich unter noch schlimmeren Umständen. Was Wallroth bisher gesagt hatte, schien die Wahrheit zu sein. Weshalb sollte er jetzt noch lügen?

Er hatte von Wallroth, was er wollte: ein Geständnis über das Massaker und über seine Rolle und die der IS/STA beim Tod seines Vaters. Reichte das, um sie ins Gefängnis zu bringen? Er hoffte es – ob sein Vater nun tatsächlich Selbstmord begangen hatte oder nicht. Blieb noch ein Punkt offen.

»Nachdem ich gestern zu dir gekommen war und angekündigt habe, die Aufzeichnungen meines Vaters zu zerstören … da hast du mir diesen Killer auf den Hals gehetzt, stimmt's?« Sebastian spürte, wie seine Beine bei der Erinnerung daran zu zittern begannen. »Und vorher hattest du Dietz geraten, Sareah Anderwald zu entführen, um mich unter Druck zu setzen.«

»Sebastian, du wirst niemals begreifen, worum es hier geht. Was auf dem Spiel steht. Ich wollte nicht, dass dir etwas passiert. Der Mann, der gestern hinter dir her war, kam von der IS/STA. Darauf, was diese Leute tun, habe ich gar keinen Einfluss.«

»Ach ja?« Sebastian konnte es nicht glauben. Wallroth hatte Barth auf ihn gehetzt und schob jetzt alle Verantwortung von sich. Und Sareah …

»Was ist eigentlich aus den Daten geworden«, fragte Wallroth unvermittelt. »Hast du sie noch? Wenn du sie mir gibst, dann wird vielleicht alles …«

Sebastian ballte die Fäuste und ging auf Wallroth zu. Dicht vor dem Wissenschaftler blieb er stehen.

»Sie sind zerstört«, flüsterte er ihm ins Gesicht. »Sie sind zerstört, genauso wie das Institut. Genau wie du.«

Mit einem bitteren Gefühl des Sieges knöpfte Sebastian sich langsam das Hemd auf. Irritiert schaute Wallroth auf die dünnen Kabel.

»Ich glaube, Sie können jetzt hereinkommen«, sagte Sebastian leise. Als die Beamten des Bayerischen Landeskriminalamtes in das Zimmer kamen, begann Wallroth zu zittern. Das Glas fiel ihm aus den Fingern. Die rote Flüssigkeit tränkte den weißenTeppich.

Sieht aus wie Blut, dachte Sebastian.

»Es ist vorbei.«

Sebastian blickte auf. Vor ihm stand Christof Altmann und streckte ihm die Hand hin. »Wir haben es geschafft«, hörte er den Professor sagen. »Sie haben es geschafft.«

»Wo …?«

»Sie ist unten, vorm Eingang. Die Beamten haben sie nicht ins Haus gelassen.« Altmann lächelte. »Sie wartet dort auf Sie.«

Kopie eines Schreibens des Vorsitzenden des Parlamentarischen Untersuchungsausschusses »Spezialkräfte«, Dr. Reinhard B. (SPD), an die Mitglieder des Parlamentarischen Untersuchungsausschusses »Spezialkräfte«

Berlin, 3. Mai
Betrifft: Parlamentarischer Untersuchungsausschuss »Spezialkräfte«
Sehr geehrte Damen und Herren,
in den letzten Tagen kam es zu einer Reihe von Ereignissen, die in mittelbarem und unmittelbarem Zusammenhang mit der Arbeit des Parlamentarischen Untersuchungsausschusses »Spezialkräfte« stehen. Ich fasse hier die Ereignisse noch einmal zusammen, die Ihnen zum größten Teil bereits bekannt sein dürften.

1)
Nach unserer letzten Sitzung wurden die beiden Zeugen, die als Angehörige des KSK an dem Massaker im Sudan beteiligt waren, schriftlich gebeten, Auskunft darüber zu geben, a) ob sie und andere Bundeswehrangehörige während der Operation »Freedom Encouragement« Drogen oder Medikamente konsumiert haben, b) um was für Mittel es sich gegebenenfalls handelte und c) woher sie stammten.

Beide Zeugen erklärten, es sei üblich gewesen, unter bestimmten Voraussetzungen Amphetamine in Form von Dexedrin zu konsumieren. Das Medikament wird nach ihrem Wissen regelmäßig verwendet, bislang offenbar ohne Probleme. Nach der Ankunft der Zeugen auf dem Luftwaffenstützpunkt Sharqiyah Air Base im Sudan wurden die Angehörigen des KSK mit einer frischen Charge Dexedrin versorgt. Ausgegeben wurde das Mittel wie in früheren Fällen vom Kompaniearzt. Beide Zeugen erklärten weiterhin, dass ihres Wissens nach sämtliche an dem fraglichen Einsatz beteiligten KSK-Angehörigen das Medikament am Morgen des 20. Dezember konsumiert hätten.

2)

Nach konkreten Hinweisen von Professor Christof Altmann, Emeritus der Ludwig-Maximilians-Universität in München, hat der Vorsitzende des Untersuchungsausschusses »Spezialkräfte« Kontakt mit der Staatsanwaltschaft beim Bayerischen Obersten Landesgericht in München aufgenommen. Auf der Grundlage entscheidender Hinweise gelang es der Staatsanwaltschaft in Absprache mit dem Generalbundesanwalt und mit Unterstützung des Bayerischen Landeskriminalamtes (LKA), das Gespräch eines Wissenschaftlers vom Wilder-Penfield-Institut für Neurophysiologische Forschung in München mit einem seiner Studenten abzuhören, aus der eindeutig Folgendes hervorgeht: Innerhalb des Deutschen Nachrichtendienstes existierte eine Organisation, die versucht hat, in Zusammenarbeit mit Wissenschaftlern, Mitarbeitern des Militärischen Abschirmdienstes (MAD) sowie des Bundesnachrichtendienstes (BND), Methoden der Manipulation von Angehörigen der deutschen Streitkräfte und der Sicherheitskräfte zu entwickeln. Diese Methoden beinhalten auch den Einsatz von psychoaktiven Substanzen. Wie aus den Aussagen des Wissenschaftlers hervorgeht, finden wissenschaftliche Versuche in dieser Richtung international bereits seit Jahrzehnten statt. Mehrfach kam es in der Vergangenheit in diesem Zusammenhang zu Übergriffen durch Streitkräfte und der Polizei auf Zivilisten.

3)

Aus dem Abhörprotokoll des o.g. Gesprächs geht weiter hervor, dass an der Organisation der dort erwähnten Projekte ein

Beamter des Bundesnachrichtendienstes namens (geschwärzt) beteiligt war. Der Beamte hat wiederholt den Stützpunkt Sharqiyah Air Base aufgesucht. Er wurde von einem unserer Zeugen, (geschwärzt), wiedererkannt. Er war ihm vor Ort begegnet, ohne dass der Zeuge jedoch dessen Position oder Aufgabe gekannt hätte. Angesichts der Informationen aus dem abgehörten Gespräch ist ein Zusammenhang zwischen den Aufenthalten des Beamten im Sudan und dem Massaker, das Soldaten des KSK dort unter Zivilisten angerichtet haben, naheliegend.

Vor dem Hintergrund dieser Erkenntnisse empfehle ich, die Arbeit des Parlamentarischen Untersuchungsausschusses »Spezialkräfte« zu beenden. Es ist meiner Einschätzung nach nun Aufgabe der Bundesanwaltschaft, gemeinsam mit dem Internationalen Strafgerichtshof in Den Haag, die Ermittlungen im Zusammenhang mit dem Massaker im Sudan, bei dem Angehörige der deutschen Streitkräfte einheimische Zivilisten getötet haben, zu übernehmen.

Bundeskanzler, Verteidigungsminister, Innenminister und Generalbundesanwalt sind informiert und haben ihr Einverständnis signalisiert.

Alles Weitere entnehmen Sie bitte den Anlagen.

Mit freundlichen Grüßen,
Dr. Reinhard B.

Nachwort des Autors

Die Wissenschaft dringt immer tiefer in den Kosmos unseres Gehirns ein. Hirnforscher entschlüsseln immer präziser die Funktionen der Netzwerke aus über einer Milliarde Nervenzellen, die unser Denkorgan bilden. Wir wissen inzwischen, welche Regionen unseres Gehirns aktiv sind, wenn wir sehen, hören, Worte zu Sätzen verknüpfen, wenn wir Angst haben oder uns freuen, und wir wissen, dass unsere Persönlichkeit geprägt ist vom Zustand unseres Stirnhirns und dass es im Gehirn eines Amerikaners eine einzelne Nervenzelle gibt, die auf Bill Clinton – und nur auf Bill Clinton – reagiert.

Die großartigen Erkenntnisse der letzten Jahre zeichnen ein immer schärferes Bild von unserem Denken und unserem Ich. Darüber hinaus bietet die Hirnforschung immer mehr Möglichkeiten, Krankheiten wie Depressionen, Schizophrenie und in Zukunft vielleicht auch Parkinson oder die Alzheimer-Krankheit zu behandeln.

Doch was Friedrich Dürenmatt für die Physik formuliert hat – dass der Inhalt der Physik die Physiker angeht, die Auswirkung aber alle Menschen –, gilt auch für die Hirnforschung.

Die Physiker haben dem Menschen die Macht gegeben, den Atomkern zu manipulieren, und damit die Möglichkeit, unseren Planeten zu zerstören. Die Hirnforschung ist dabei, in den Kern unseres Bewusstseins vorzudringen – und könnte dem Menschen damit eventuell die Macht geben, diesen Kern zu manipulieren und zu zerstören.

Als ich während des Studiums auf die Experimente des kanadischen Hirnchirurgen Wilder Penfield an der McGill University in Montreal stieß, machte ich mir über all das noch keine Gedanken. Penfield hatte in den 50er und 60er Jahren gezeigt, dass unsere Erinnerungen in Verknüpfungen von Nervenzellen gespeichert sind, über die ein elektrischer Strom fließt. Ich stellte mir nun die Frage, ob es dann nicht möglich sein müsste, den Inhalt unseres Gedächtnisses auf einen Computer zu übertragen, auf ein Speichermedium, das nach dem gleichen Prinzip funktioniert. Nachdem ich mich mit den Strukturen unseres Denkorgans auseinander gesetzt hatte, war klar, dass unsere Hirnfunktionen dafür zu komplex sind. Außer: es gäbe einen Raab'schen Kanal. Es war demnach nötig, einen Christian Raabe zu erfinden und ihn seine Entdeckung machen zu lassen. Für seine Technik würden sich dann natürlich die Geheimdienste dieser Welt interessieren – wie sie sich auch für Telepathie, Telekinese und anderen Unsinn interessiert haben. Die Geschichte begann sich zu entwickeln. Doch bei den Recherchen für dieses Buch stellte ich fest, dass das, was ich mir ausdachte, viel näher an der Realität war, als ich es mir hatte träumen lassen: Es gibt tatsächlich Hirnfunktionen, auf die Wissenschaftler und Politiker in der Vergangenheit Einfluss zu nehmen versuchten – unter anderem mit dem Ziel, Menschen in kampfbereite Roboter zu verwandeln.

Einer der ältesten bekannten und zugleich erfolgreichsten Versuche fand Ende des 11. Jahrhunderts statt. Um das Jahr 1090 entwickelte der Perser Hasan-i Sabbah, Kopf einer ismaelitischen Sekte, eine perfekte Methode, mit der er und seine Nachfolger ihre politischen Gegner ausschalteten. Sabbah ließ junge Männer auf seine Festung Alamut verschleppen, setzte sie unter Drogen (Haschisch) und ließ sie rauschende Feste feiern. Zurück in der kalten Realität, wurde ihnen von Sabbah erklärt, sie hätten einen Blick auf das Paradies werfen dürfen, das nach ihrem Tode auf sie wartete. Süchtig nach den erlebten Genüssen, waren die jungen Männer mehr als bereit, für den Alten vom Berg zu sterben. Die Sekte brachte so die berühmtesten Selbstmordattentäter der Weltgeschichte hervor: die Assassinen (von *Haschaschîn*, die Haschischraucher). Führende muslimische Persönlichkeiten starben ebenso wie christliche Kreuzritter inmitten ihrer Leibwächter unter den Messern der Fedajin.

Fast 900 Jahre später, in den Jahren nach dem Zweiten Weltkrieg, begannen Angehörige des US-Verteidigungsministeriums DOD und des Auslandsgeheimdienstes CIA mit Versuchen, die das gleiche Ziel hatten wie die Methoden des Alten vom Berg. Sie führten Experimente an US-Bürgern durch, im Rahmen derer unter anderem herausgefunden werden sollte, unter welchem Einfluß sich ein Mensch in eine Kampfmaschine ohne eigenen Willen verwandeln ließ.

Die amerikanische Öffentlichkeit ahnte davon nichts. Selbst die Regierung – oder zumindest weite Teile davon – wurden offenbar nicht informiert.

Erst 1974, als während der Watergate-Affäre auch die CIA ins Visier der Ermittler geriet, veröffentlichte die ›New York Times‹ einen Artikel, in dem der Geheimdienst beschuldigt wurde, während der 60er Jahre wissenschaftliche Experimente an US-Bürgern durchgeführt zu haben. Präsident Gerald Ford setzte eine Kommission unter seinem Vizepräsidenten Nelson A. Rockefeller ein, die den Vorwürfen nachgehen sollte. Auch der Kongress ließ die Anschuldigungen von einem Komitee unter Senator Frank Church untersuchen. 1975 und 1976 bestätigten die Gremien, dass die CIA und das Verteidigungsministerium tatsächlich Drogen-Experimente an Menschen durchgeführt hatten – ohne deren Einverständnis. Erstmals fielen in der Öffentlichkeit die Begriffe MKULTRA, BLUEBIRD und ARTECHOKE.

Doch die Untersuchungen blieben oberflächlich. Denn:

CIA-Direktor Richard Helms und der für das Projekt verantwortliche Chef der Abteilung Technische Dienste, Sidney Gottlieb, hatten bereits 1973 alle MKULTRA betreffenden Unterlagen zerstören lassen. Bei den Anhörungen wenige Jahre später konnte niemand gefunden werden, der sich an Details der Projekte erinnerte. Den Ermittlern stand wenig mehr zur Verfügung als ein interner CIA-Bericht, in dem die Versuche 1963 kritisiert und in dessen Folge sie angeblich 1964 gestoppt worden waren.

Unbefriedigt von den Ergebnissen der Untersuchungen, verlangte der amerikanische Journalist John Marks im Rahmen des so genannten Freedom of Information Act die Herausgabe aller CIA-Dokumente, die mit Humanexperimenten zu tun hatten. Es war eine Formalität, auf die er nicht viel Hoffnung setzte, doch bei der CIA suchte man tatsächlich noch einmal intensiv – und wurde fündig. 1977 wurden Marks einige Kisten voller Papiere zum MKULTRA-Projekt zugänglich gemacht, die der Zerstörung zufällig entgangen waren. Noch im gleichen Jahr beschäftigte sich ein Kongress-Komitee unter den US-Senatoren Daniel Inouye und Edward Kennedy mit den Dokumenten.

Aus den Unterlagen ging hervor, dass das Projekt seinen Ursprung in einem Programm mit dem Namen BLUEBIRD hatte, in dem die CIA ab 1950 herauszufinden versuchte, wie man aus feindlichen Agenten Informationen gewinnen und die Gehirnwäsche eigener Agenten verhindern konnte. Die Agency war aufgeschreckt worden von Hinweisen auf ähnliche Techniken, die die Chinesen und Russen zu verwenden schienen. Es folgte das Programm ARTECHOKE, in dem die Versuche weiterentwickelt wurden. 1953 startete die Agentur schließlich MKULTRA, mit dem die Finanzierung und Durchführung von Humanexperimenten im großen Rahmen organisiert wurden.

Die Papiere belegten, dass das MKULTRA-Programm mindestens 149 Unterprogramme umfasste. Die einzelnen Projekte wurden an Universitäten, in Krankenhäusern, Gefängnissen und privaten Unternehmen durchgeführt. Es ging nicht mehr nur um Befragungstechniken und Gehirnwäsche, sondern auch um die gezielte Manipulation von Menschen. Eines der Ziele war es herauszufinden, wie man Personen dazu bringen konnte, ohne eigenen Willen zu töten.

Die Teilnehmer der Experimente wussten häufig nicht, worum es bei diesen Versuchen ging – nicht einmal, dass sie überhaupt Versuchspersonen waren. Auch vielen beteiligten Wissenschaftlern war nicht bewusst, dass ihre Projekte von der CIA finanziert wurden. Aus den Dokumenten ging ebenfalls hervor, dass es im Rahmen eines als MKDELTA bezeichneten Programms auch zu Versuchen außerhalb der USA kam.

Die Öffentlichkeit war empört, als die Geheimdienstaktivitäten bekannt wurden – doch alle Personen, die an den angeblich längst beendeten Projekten beteiligt gewesen waren, waren nicht mehr im Dienst. Die Aufarbeitung der Affäre war schwierig, und es dauerte weitere 17 Jahre, bis schließlich das Committee on Veterans' Affairs unter dem Vorsitz von Senator John D. Rockefeller IV. abschließend feststellte, dass es Tausende von US-Bürgern waren, die an den Versuchen des DOD und der CIA teilgenommen hatten. 1994 legte der Senator einen Bericht vor, demzufolge »das Verteidigungsministerium in Zusammenarbeit mit der CIA in den 1950er und 1960er Jahren Tausenden von ›freiwilligen‹ Soldaten Halluzinogene verabreichte«. »Diese Armeeangehörigen«, so Rockefeller weiter, »nahmen an Versuchen mit Medikamenten teil, die zur Bewusstseinskontrolle oder Verhaltensveränderung führen sollten – oft ohne ihr Wissen oder ihre Einwilligung.«

Darüber hinaus »führte das Verteidigungsministerium zahlreiche *break-man*-Tests durch, bei denen Soldaten chemischen

Waffen ausgesetzt wurden, um festzustellen, bei welcher Belastung es zu Verlusten kommen würde – d. h. wann ein Mann die Belastung nicht mehr aushielt (break a man)«.

Rockefeller berichtete darüber hinaus, dass »vom Verteidigungsministerium oder in seinem Auftrag noch immer jedes Jahr Tausende von Experimenten an Menschen durchgeführt werden«. Diese Experimente dienten zwar unter anderem dazu, Informationen über Krankheiten zu erlangen. Doch der Weg zu diesem Ziel erschien ihm äußerst bedenklich: Offiziere, so fand Rockefeller heraus, hatten ihren Untergebenen unter Drohungen befohlen, »freiwillig« an Studien teilzunehmen: »Zum Beispiel erklärten etliche Golfkriegsveteranen bei einer Befragung durch Komitee-Mitglieder, ihnen sei befohlen worden, während der Operation Desert Shield 1990 experimentelle Impfstoffe zu nehmen – oder ins Gefängnis zu gehen.«

Sind die Versuche, Menschen mithilfe von Drogen zu manipulieren, heute vorbei? Wer weiß. Es waren sicher nicht nur Militärs, Nachrichtendienstler und Wissenschaftler in den USA, die solche Experimente durchführten – ähnliche Versuche dürfte es in einer Reihe weiterer Staaten gegeben haben. Wahrscheinlich gab es Humanexperimente mit Wahrheitsdrogen auch in der Sowjetunion und China. Wenn also die Versuche mit und der Einsatz von bewusstseinsverändernden Mitteln in den USA beendet wurden – für die übrige Welt gibt es dafür keine Garantie. Auch die Vereinigten Staaten sind heute kaum eine andere Demokratie, und die US-Regierung fühlt sich den Menschenrechten heute vermutlich nicht stärker verpflichtet als während der 50er und 60er Jahre. Die Bedrohung durch den Kalten Krieg, mit der die CIA die Versuche zu rechtfertigen versuchte, ist vorüber – doch heute gibt es eine neue Gefahr: Der Westen befindet sich im Kampf gegen den Terror und die Assassinen des fundamentalistischen Islam. Können wir sicher sein, dass es heute keinen Richard Helms, keinen Sidney Gottlieb mehr gibt, die ohne Wissen der Öffentlichkeit oder sogar ohne Wissen ihrer Regierung bereit sind, die fundamentalen Menschenrechte zu opfern, in der Überzeugung, es diente der Nationalen Sicherheit? Dr. Gottlieb verteidigte die MKULTRA-Experimente 1977 mit den Worten: »So hart dies im Rückblick aussehen mag, wir empfanden es als vernünftig, bei einer Sache, die das Überleben der Nation zu betreffen schien, auf diese Weise zu handeln und ein solches Risiko einzugehen.«

Hat sich die Haltung der Verantwortlichen in der Zwischenzeit geändert? Ich habe meine Zweifel.

Markus C. Schulte von Drach
München, Juli 2004

Nachwort von Christof Koch

Mit ›Furor‹ hat Markus C. Schulte von Drach einen Wissenschafts- und Politthriller im Stil Michael Crichtons geschaffen, der sich mit einigen der negativen Folgen unserer ständig wachsenden Möglichkeiten, das menschliche Gehirn zu manipulieren, beschäftigt. Man darf diesen gut konstruierten Roman jedoch keinesfalls mit Science fiction verwechseln, verfasst von einem Wissenschafts-Freak für andere Wissenschafts-Freaks. Die in dem Buch angesprochenen Themen sind sehr real und erfordern eine ernsthafte und nachhaltige Auseinandersetzung in der breiten Öffentlichkeit. Denn jeder von uns wird mit den Konsequenzen dieser schon bald realisierten Techniken leben müssen.

Tatsächlich erleben wir gerade die Enstehung der so genannten Neuro-Ethik, einer neuen wissenschaftlichen Disziplin, die sich mit den sozialen, juristischen und ethischen Konsequenzen der modernen Neurowissenschaften beschäftigt. Doch warum die ganze Aufregung? Wieso diese Hektik? Ganz einfach: Die wissenschaftlichen Erkenntnisse über das Nervensystem von Tieren und Menschen haben inzwischen eine Reife erlangt, die es uns erlaubt, unser Wissen praktisch und therapeutisch umzusetzen.

Die Bandbreite der Anwendung ist enorm: Sie reicht von profanen, nüchternen Methoden bis hin zu bizarren und bewusstseinsverändernden Techniken. Für den interessierten Leser hier ein paar Beispiele der Themen, mit denen sich die Ethiker gerade jetzt auseinandersetzen müssen – und die aufzeigen, welche Relevanz ›Furor‹ in der Tat hat.

Ein Bereich umfasst die sogenannten bildgebenden Verfahren (Brain Imaging): Mit Methoden wie der Kernspintomographie lassen sich anatomische und neuronale Anzeichen von Krankheiten wie Schizophrenie, Autismus oder Depressionen identifizieren. Doch wie verlässlich sind diese Hinweise? Und wenn eine Depression charakterisiert ist durch neuronale Aktivitäten in bestimmten Hirnregionen – oder das Fehlen dieser Aktivitäten –, gilt dann auch das Gegenteil? Neigt also jeder Mensch mit einem entsprechenden Profil der Hirnaktivität gleichermaßen zu Depressionen oder ist er gar schon depressiv? Mit anderen Worten: Ermöglicht bereits die Diagnose eines solchen Profils dem scharfsinnigen Arzt, die Neigung eines Menschen zu Depressionen für die Zukunft vorauszusagen? Oder lassen sich mit dieser Methode sogar Aussagen treffen über die Fähigkeit eines Menschen, seinen Ärger oder seine sexuellen Triebe zu kontrollieren? Könnten – und sollten – bildgebende Verfahren angewandt werden, um zukünftige schulische Leistungsfähigkeit zu beurteilen oder Bewerber von Krankenversicherungen zu checken? Kann auf ihrer Grundlage die Entscheidung gefällt werden, Gefangene lebenslänglich einzusperren, wenn sie möglicherweise eine Gefahr für die Allgemeinheit darstellen (z.B. Triebtäter)? Oder kann man mit ihrer Hilfe einen Selbstmordattentäter identifizieren, der gerade an Bord eines Flugzeugs geht? Die meisten dieser Fragen sind nicht wirklich neu, sie wurden bereits im Zusammenhang mit dem so genannten genetischen Fingerabdruck gestellt.

Ein weiteres problematisches Gebiet stellt die fortschreitende Entwicklung von Substanzen dar, die sehr gezielt auf bestimmte Systeme von Hirnbotenstoffen wirken.

Ein Beispiel dafür ist das Anti-Depressivum *Fluctin (Prozac)*, von dem mehrere Tonnen jährlich allein in den USA konsumiert werden. Wo aber verläuft die Grenze zwischen dem legitimen Einsatz bei einem Patienten, der unter den lähmenden Folgen einer Depression leidet, und der missbräuchlichen

Anwendung, um ihn einfach glücklich zu machen? (Man erinnere sich an *Soma*, die Droge, die in Aldous Huxleys ›Brave New World‹ die Menschen von allen existenziellen Ängsten befreit.) Ist der weitverbreitete Gebrauch von *Ritalin* wirklich gerechtfertigt, mit dem man versucht, unruhige Jungen von einem vermuteten Aufmerksamkeitsdefizit-Hyperaktivitäts-Syndrom (ADHD) zu heilen? Man denke an *Vigil (Provigil)*, eine Tablette, die Menschen mit Narkolepsie und anderen Schlafstörungen hilft, ihren Schlaf zu regulieren. Diese Tabletten werden auch von Yuppies eingenommen, die eine durchfeierte Nacht hinter sich und einen arbeitsreichen Tag vor sich haben, oder von Soldaten hinter den feindlichen Linien, die über Tage in ständiger Alarmbereitschaft und einsatzbereit sein müssen.

Natürlich werden psychoaktive Substanzen wie Alkohol, Nikotin, Haschisch oder Heroin seit Menschengedenken konsumiert: zur Entspannung, um zu vergessen, um zu träumen oder um Selbstvertrauen aufzubauen. Neu ist jedoch das Designen von immer zielgerichteteren, effizienteren, raffinierteren Drogen, die weniger unangenehme Nebenwirkungen haben – etwa Sucht oder Kater – und auf eine sehr spezifische Weise wirken. ›Furor‹ beschreibt die katastrophalen Folgen einer Droge, die Solidaritätsgefühle innerhalb einer Gruppe von Soldaten verstärken und gleichzeitig Misstrauen und Paranoia gegenüber allen anderen hervorrufen soll. Auch wenn es ein solches Mittel derzeit noch nicht gibt: Es ist im Bereich des Möglichen. Ob diese Droge aus rein praktischer Sicht tatsächlich erstrebenswert wäre, etwa um Armeen zu kontrollieren, ist eine andere Frage.

Große Hoffnung hatten Geheimdienste und Agenten weltweit auf sogenannte Wahrheitsdrogen gesetzt – allerdings vergeblich. Sie funktionieren nicht. *Sodium Amytal*, das sogenannte »Wahrheits-Serum«, hat sich bei Versuchen, Informationen aus unwilligen Personen zu holen, als unzuverlässig erwiesen. Unter dem Einfluss von *Sodium-Amytal* fängt der Befragte zwar an zu plaudern, doch was ausgeplaudert wird, ist meist ausgemachter Unsinn oder erfunden. Man verrät schließlich unter Narkose im Operationssaal dem Chirurgen auch nicht die Nummer seines Schweizer Bankkontos oder seine Liebesaffären.

Doch statt aus jemandem die Wahrheit herauszuzwingen, lässt sich ein Gehirn durchaus der Lügen überführen. Es ist möglich, dass bildgebende Verfahren zeigen könnten, ob eine bestimmte Hirnregion aktiv ist, wenn eine Person bewusst lügt. Man könnte sich dies als Lügendetektor vorstellen, der jedoch verlässlicher funktioniert als die klassischen Geräte, die die Hautfeuchtigkeit, den Blutdruck oder die Herzschläge überwachen, und so prüfen, ob man sich aufgrund einer Lüge aufregt. Aber auch Hirnbilder könnten hier möglicherweise versagen, wenn Gewohnheitslügner oder Soziopathen befragt werden, die sich beim Lügen nicht aufregen.

Und was ist mit noch weitergehenden Technologien? Wissenschaftlerteams in den USA leisten bereits jetzt bahnbrechende Arbeiten mit Neuro-Prothesen, die im Schädel in die Hirnsubstanz implantiert werden, um gelähmten Patienten zu ermöglichen, einen Rollstuhl oder einen Roboter allein über die Gedanken zu kontrollieren. Mit experimentellen Untersuchungen an Affen wurden bereits Hirnsignale identifiziert, die vom sensomotorischen zum motorischen Großhirnbereich gehen und für spezifische Bewegungen der Augen oder Glieder verantwortlich sind. Mit Hilfe einer Anordnung von Elektroden, die die elektrische Aktivität von Nervenzellen abhorchen, lässt sich zum Beispiel bestimmen, ob der Affe seine Hand hebt oder senkt, ob er sie nach links oder rechts bewegt. Dem Tier kann nun beigebracht werden, einen Cursor auf einem Bildschirm zu bewegen, indem es bloß an die Bewegung seiner Hand denkt.

Auch den nächsten Schritt hat eine neu gegründete US-Firma, Cyberkinetics, inzwischen vollzogen: Im Rahmen einer klinischen Pilotstudie mit Patienten, die ihre Hände aufgrund einer Verletzung der Wirbelsäule, eines Schlaganfalls oder Muskeldystrophie nicht mehr benutzen können, hat sie ein elektronisches Gerät in die Hirnrinde einer Versuchsperson eingesetzt. Das Cyberkinetics-System soll Nervensignale lesen, mit denen Muskeln kontrolliert werden. Zu diesem Zeitpunkt versteht die Neurowissenschaft allerdings die stärker zentral kodierten Gedächtnis-Signale noch nicht, die für das Aufrufen von detaillierten Erinnerungen wie in dem Film ›Paychek – Die Abrechnung‹, oder eben für Christian Raabes *Memo-Scanner* in ›Furor‹ notwendig sind.

Andere Geräte wurden entworfen, um Signale in die Hirnrinde zu senden, die die fehlenden Informationen zerstörter Augen oder Ohren ersetzen sollen. Wird die Sehrinde, der visuelle Cortex, über eine dort eingepflanzte Gruppe von Elektroden gereizt, so werden Phosphene wahrgenommen. Diese leicht erkennbaren Lichtblitze bieten für Patienten, die ihr Augenlicht etwa aufgrund einer Krebserkrankung oder anderer trauriger Umstände verloren haben, ein gewisses Maß an Information. Die optische Qualität dieser Signale ist zwar nur gering, etwa so, als sähe man die Welt über einen Schwarz-Weiß-Fernsehschirm mit einer Auflösung von 10 mal 10 Pixel. Für einen vollständig erblindeten Menschen aber ist es ein echter Segen.

Die Technologie der Neuroprothetik steckt noch in den Kinderschuhen. Wenn man jedoch bedenkt, mit welcher atemberaubenden Geschwindigkeit elektronische Schaltkreise schrumpfen und das Wissen um Moleküle und Neuronen wächst, so stellt man fest, dass es kein grundsätzliches wissenschaftliches Prinzip gibt, das waghalsige Medizintechniker daran hindern würde, letztlich auch lebensechte Bilder und

Töne von höchster Qualität direkt in die Hirnrinde zu speisen, oder die feinen, sich ständig verändernden Signale im sogenannten Broca-Sprachzentrum abzulesen und in eine künstliche Stimme zu übersetzen, was zum Beispiel Patienten helfen würde, die nach einem Schlaganfall die Sprache verloren haben.

Aber warum sollte man hier aufhören? Warum sollte man diese Verfahren auf die Behandlung verletzter Patienten beschränken und nur ersetzen, was sie verloren haben? Warum sollte man nicht die Sinne erweitern und gesunden Menschen vollständig neue Fähigkeiten verleihen?

Während es schwierig ist, etwas Konkretes für die Zukunft vorherzusehen, so lässt sich aber mit Bestimmtheit sagen, dass sichere und verlässliche Hirn-Maschinen-Kopplungen (Interfaces) innerhalb weniger Jahrzehnte Realität werden. Diese Geräte könnten die Form von Schädelkappen haben, die elektromagnetische Strahlung in winzige Bereiche der darunter liegenden Hirnrinde senden, um gleichzeitig Nervenzellen zu stimulieren und ihre bio-elektrische Aktivität abzutasten. Ein wahrscheinlicheres Szenario stellt eine Art organo-elektrisches Gerät dar, das eine dauerhafte Verbindung zwischen einem konventionellen Computer innerhalb des Schädels und eigenen Hirn-Neuronen bildet, eine Verbindung, die wächst, während sich das Gehirn im Laufe des Lebens verändert. Mit einem passenden Sofware-Interface könnte dies eine nahtlose Erweiterung des eigenen Gehirns darstellen: Man denkt an etwas Abstraktes oder an ein zurückliegendes Ereignis, und der implantierte Chip findet die dazugehörenden Informationen sofort wieder. Nervensysteme sind so veränderbar und plastisch, dass sich die Methode nach einer kurzen Zeit der Anpassung völlig natürlich anfühlen würde. Tatsächlich würde man sich bald wundern, wie man vorher ohne ein solcherart künstlich erweitertes Gehirn leben konnte.

Allerdings müssen, damit selbst die primitivsten Anwendungen von Neuroprothesen erfolgreich sein können, noch beachtliche Hürden überwunden werden. Diese reichen von Abstoßungsreaktionen des Immunsystems, der Entstehung von Hitze und der langfristigen Stabilität der Verbindung zwischen Hirn und Maschine auf der technischen Seite bis zu dem dringend notwendigen Verständnis des Codes, der von den Hirnzellen genutzt wird, um sensorische, motorische und Erinnerungs-Informationen zu entschlüsseln und zu kommunizieren, auf der wissenschaftlichen Seite.

Wie ›Furor‹ ganz deutlich macht, wirft unsere zunehmende Fähigkeit, Gehirne zu verstehen und zu manipulieren, grundlegende ethische Fragen auf. Wer kontrolliert diese Technologie? Und mit welchen Motiven? Und wo sind die Grenzen – wenn es überhaupt welche gibt? Während die meisten Menschen wenig Probleme in Verfahren sehen dürften, die einem Behinderten dabei helfen, sich zu bewegen oder einem Menschen mit Depressionen ein aktives Leben zu ermöglichen, so verursacht der Gedanke, diese Technik im großen Rahmen mit dem Ziel anzuwenden, die sinnlichen, motorischen und kognitiven Fähigkeiten zu verstärken, gemischte Reaktionen.

Manche Menschen glauben an die unendliche Formbarkeit des Individuums, die schier grenzenlosen Möglichkeiten, die Vergangenheit hinter sich zu lassen und den Körper und den Geist zu verbessern mit Hilfe von harter Arbeit, Training, Ausdauer, und durch den Einsatz von Chemikalien und Chirurgie (vom Working-out und der Einnahme von Vitaminpräparaten bis zu Schönheitsmitteln und Hormonen). Andere argumentieren auf der Basis religiöser Überzeugungen oder der Verantwortung für soziale Gerechtigkeit dafür, diesen rutschigen Weg nicht hinabzugehen – den Weg, der zum künstlich erweiterten oder perfektionierten Menschen führt.

Doch es gibt die durch die Neurowissenschaften ermöglichten Technologien nun einmal, und sie werden sich über die Jahre weiter entwickeln. Somit ist die eigentliche Frage nicht, ob wir sie nutzen sollten. Die Frage ist vielmehr, wie und unter welchen Umständen wir sie nutzen sollten. Angesichts der Bedeutung für die Medizin, die Gesellschaft und die langfristige Evolution der Gattung Mensch ist dies eine Debatte, an der sich jeder beteiligen sollte.

Christof Koch,
Pasadena, Juli 2004
(Aus dem Englischen übersetzt von
Markus C. Schulte von Drach)

Christof Koch, Jahrgang 1956, gilt international als einer der renommiertesten Bewusstseinsforscher. Koch ist Professor für Informationsverarbeitung und neuronale Systeme am California Institute of Technology (CalTech), Pasadena. Zuvor arbeitete er am Max-Planck-Institut für Bio-Kybernetik in Tübingen und am Massachusetts Institute of Technology in Cambridge.

Dank

Ich danke Herrn Professor Christof Koch, dass er sich die Zeit genommen hat, mein Manuskript nicht nur zu lesen, sondern selbst etwas zu dem Buch beizutragen. Ich danke auch allen anderen, die mein Werk gelesen und mir Mut gemacht haben, weiter daran zu arbeiten. Weiterhin danke ich Bianca Dombrowa vom Lektorat Belletristik und ihren Kolleginnen und Kollegen vom Deutschen Taschenbuch Verlag für die konstruktive und angenehme Zusammenarbeit. Ganz herzlich bedanke ich mich bei Angelika Jung-Hüttl – für viel mehr als nur dafür, dass sie diesem Buch die Türen geöffnet hat. Besonders danke ich meiner Frau Silvia von Drach für ihre Geduld und ihre Bereitschaft, so häufig auf mich zu verzichten, wie es das Schreiben eines Buches notwendig macht.